Infortúnios trágicos
da constante Florinda

Coleção *Clássicos Globo*

Coordenação: Manuel da Costa Pinto

Títulos publicados:
AS AVENTURAS DO SR. PICKWICK, de Charles Dickens
A CARTUXA DE PARMA, de Stendhal
MEMÓRIAS DE UM SARGENTO DE MILÍCIAS, de Manuel
Antônio de Almeida
O SILVANO, Anton Tchécov / CONTOS E NOVELAS, Voltaire

CLÁSSICOS GLOBO

A coleção *Clássicos Globo* traz obras célebres da literatura universal e da língua portuguesa, retomando e ampliando um dos projetos editoriais mais marcantes da história recente do Brasil: o acervo de traduções constituído nos anos 1930 e 1940 pela editora Globo de Porto Alegre, que tinha, entre seus colaboradores, intelectuais como Erico Verissimo e Mario Quintana, e ficou conhecida como "Globo da rua da Praia".

Os títulos da coleção *Clássicos Globo* foram escolhidos a partir desse catálogo. Além das traduções (revistas e atualizadas) de livros pertencentes ao cânone da literatura ocidental, a coleção compreende também novas obras, em edições críticas e versões feitas por tradutores contemporâneos que dão continuidade a esse legado editorial.

Gaspar Pires de Rebelo

∞

INFORTÚNIOS TRÁGICOS
DA CONSTANTE FLORINDA

organização, notas e posfácio:
Adma Muhana

Editora
GLOBO

Copyright da organização, notas e posfácio © 2006
by Adma Muhana

Todos os direitos reservados. Nenhuma parte desta edição pode ser utilizada ou reproduzida — em qualquer meio ou forma, seja mecânico ou eletrônico, fotocópia, gravação etc. — nem apropriada ou estocada em sistema de bancos de dados, sem a expressa autorização da editora.

Revisão: Eugênio Vinci de Moraes, Ricardo Jensen de Oliveira, Maria Sylvia Corrêa
Cronologia: Adma Muhana
Tradução das citações latinas: Aristóteles Angheben Predebon
Capa: Isabel Carballo
Imagem de capa: Jean-Auguste-Dominique Ingres, *Paolo e Francesca* (1819), óleo sobre tela, 480 x 390 cm, Musée Turpin de Crissé, Angers, França

---

Dados Internacionais de Catalogação na Publicação (CIP)
(Câmara Brasileira do Livro, SP, Brasil)

Rebelo, Gaspar Pires de, (1585?-1642?)
Infortúnios trágicos da constante Florinda / Gaspar Pires de Rebelo : organização, notas e posfácio de Adma Muhana. — São Paulo : Globo, 2006.

ISBN 85-250-4118-1
ISBN 85-250-3916-0 (obra completa)

1.Romance português – Século 17 I. Muhana, Adma. II. Título.

06-0226 CDD-869.32

Índice para catálogo sistemático:
1. Romances : Século 17 : Literatura portuguesa 869.32

Direitos de edição em língua portuguesa
adquiridos por Editora Globo S. A.
Av. Jaguaré, 1485 — 05346-902 — São Paulo, SP
www.globolivros.com.br

Sumário

Nota introdutória 9
Infortúnios trágicos da constante Florinda 21
Tabuada deste livro 309
Glossário 313
Cronologia 325
Posfácio 327
Notas 377

Nota introdutória

O texto

Infortúnios trágicos da Constante Florinda foi publicado pela primeira vez em 1625. Tratava-se de uma ficção em que elementos das epopéias em prosa gregas da Antigüidade e bizantinas vinham de mistura com elementos das novelas de cavalaria ibéricas. Tornou-se um sucesso. Em 1633 veio a público uma continuação (como de hábito, em obras de êxito), intitulada *Constante Florinda parte II, em que se dá conta dos infortúnios de Arnaldo buscando-a pelo mundo*. E foi por esse título — *Constante Florinda* — que se fez conhecida nos séculos seguintes.

Por algum acaso da história da impressão, estão hoje perdidas as primeiras edições tanto dos *Infortúnios trágicos* como da *Constante Florinda*. Dos *Infortúnios trágicos*, há notícia de edições em 1625, 1633 (em que se baseia esta nossa), 1665, 1672 e 1707; da *Constante Florinda parte II*, em 1633, 1635, 1671, 1708 e 1721. Em 1685, 1747 e 1761 são publicadas edições que trazem juntas, em dois volumes, ambas as partes. A última edição dos *Infortúnios trágicos* a trazer prólogo do autor é de 1633, uma vez que Gaspar Pires de Rebelo faleceu em algum momento próximo a novembro de 1642, quando o rei d. João IV nomeia um sucessor para o cargo de prior que Rebelo ocupava na Igreja Matriz de Castro Verde, no Alentejo, Portugal (ver a Cronologia, neste volume).

Esta edição, com a grafia modernizada, utiliza um exemplar cuja edição original é de 1633. Curiosamente não se trata da mesma edição, com esta data, que se encontra depositada na Biblioteca Nacional de Lisboa e em outras bibliotecas. Nessas, consta uma edição de 1633, feita pelo impressor Antônio Álvares, contendo 412 páginas numeradas, mais 20 sem numeração. A edição de que disponho — ao que me conste a única do século XVII existente no Brasil, uma vez que o exemplar da Biblioteca Nacional do Rio de Janeiro é de 1761 — traz na folha de rosto a mesma data e consta ser do mesmo impressor, mas contém apenas 246 folhas numeradas, no reverso, além de dezoito páginas sem numeração, as quais correspondem à folha de rosto, licenças, dedicatória, prólogo e, no final, tabuada ou sumário dos capítulos. Esta impressão não é referida nem por Inocêncio, nem por Barbosa Machado, nem, recentemente, por Artur Henrique Ribeiro Gonçalves, que realizou uma transcrição das duas partes da *Constante Florinda* em sua tese de doutoramento, utilizando, para a primeira parte — *Infortúnios trágicos* — um exemplar daquela edição de 1633 pertencente à Biblioteca Pública de Braga.[1] Por tudo isso, suponho que se trate de uma segunda impressão da mesma segunda edição feita pelo tipógrafo Antônio Álvares — numa tentativa, talvez, de fornecer ao público mais exemplares da obra, novamente esgotada, em algum momento entre a segunda e a terceira edição, a qual consta ser do distante ano de 1665. Com efeito, conforme diz Gaspar Pires de Rebelo no Prólogo da *Constante Florinda parte II* (1633), a primeira edição dos *Infortúnios trágicos* fora tão bem recebida "que em dous anos se gastou a impressão toda, e ao terceiro se tornara a imprimir, se não fora a falta que havia de papel" — o que parece corroborar as informações de que a primeira edição foi publicada em 1625, já que as licenças para a segunda são datadas de 1628; mas, devido à falta de papel, como justifica o autor, só terá saído em 1633 e, talvez, impressa em número insuficiente, o que pode ter acarretado a feitura de uma nova impressão, mais tarde. Não considero porém o assunto esclarecido, havendo notícias desencontradas acerca de muitas dessas impressões.

Opções de Atualização

Nesta edição, optei por uma moderada modernização da ortografia, preservando em grande medida a grafia, a pontuação e especificidades do português seiscentista. Menos do que obrigar o texto a se limitar aos hábitos lingüísticos de um virtual "leitor não especializado", procurei manter as diferenças do texto seiscentista, de modo a provocar os leitores a se defrontarem com sua estranheza, desde que fosse possível solucioná-las com sua própria experiência da língua. A modernização ortográfica, parcimoniosa, portanto, levou em consideração, sobretudo, a existência de formas dicionarizadas, mantendo os arcaísmos uma vez que pudessem ser identificados em dicionários contemporâneos de língua portuguesa vigentes no Brasil.[2] Assim, sempre que encontrei dicionarizada uma forma gráfica, conservei-a independentemente de haver ou não uma forma atual mais freqüente, ou de oscilarem os registros no original; são os casos de *apiadar/*apiedar, *assi*/assim, *mi*/mim, *permeio*/pormeio, *calidade, cantidade, cousa, dous, fruito, menhã, per/pera, reposta, rezão, rostro, salvagem* etc. Em segundo lugar, ainda como critério para a atualização ortográfica, considerei o gênero da obra, épico, que preconiza como registro uma linguagem elevada, que tem no uso de neologismos, termos raros e desusados um dos seus principais recursos; mantive, então, a forma gráfica de termos ou expressões que, já no princípio do século XVII, eram antiquadas ou castelhanismos, desde que pudessem significar um diferencial da linguagem comum: *antre* (entre), *aventejado* (avantajado), *desgraciado* (desgraçado), *despois* (depois), *estromento* (instrumento), *frol* (flor), *polo/pola* (por + art.), *té* (até), *valeroso* (valoroso), entre outras. Foram mantidas igualmente as formas sem equivalência no português moderno, seja por corresponderem a uma derivação incomum, seja por terem adquirido, modernamente, outro sentido: *comũa* (feminino de "comum"), *discurso* (decurso), *densidão* (densidade), *febo* (febeu), *pírola* (pílula), *obscuridão* (escuridão), *inferiora* (feminino de "inferior"), *atelado* ("com telas"), *salteiro* (saltério), *balho* (baile), *espécias* (aparências), *solicitidão* (inquietação) etc.

Por outro lado, não me preocupei em manter a grafia de palavras cuja notação apenas correspondia a signos tipográficos diversos (*u* em lugar de *v*; ʃ em vez de *s*; & em lugar de conjunção aditiva *e*), ou a uma grafia desusada: como as duplas consoantes (*elle, occupado, effeito, immortal*) e o emprego de *ph* por *f*. Tampouco mantive aquelas que, tratando-se de texto em prosa, poderiam eventualmente corresponder a uma fonética algo diversa da contemporânea. Atualizei, pois, a nasalação do *u* no indefinido feminino (*hũa*/uma e *algũa*/alguma), da mesma maneira como no masculino (*hũa*/um e *algũa*/algum), bem como a nasal final das formas verbais e nominais (*derão*/deram; *fizerão*/fizeram, *amão*/amam, *ocasiam*/ocasião, *tam*/tão, *nam*/não); desfiz o hiato entre vogais (aliás, possivelmente já resolvido no século XVII) em termos como *meo* (meio), *cheo* (cheio), *correo* (correio); atualizei oscilações vocálicas como *encuberto*/encoberto, *molher*/mulher, *tevera*/tivera, *deziam*/diziam; os ditongos *eo* e *io*: *Deos*/Deus, *ceo*/céu, *ergueo*/ergueu, *sahio*/saiu, *pedio*/pediu; e o ditongo *oa*: *lingoa*/língua, *legoa*/légua. Resolvi metáteses (*contrairo*/contrário, *giolhos*/joelhos, *estrovara*/estorvara, *borquel*/broquel, *premeio*/permeio); padronizei conforme o português moderno o uso do *h*, das fricativas *ç, s, ss, z, x*, e das sibilantes *g* e *j* no meio das palavras, e substituí o *y* por *i* ou *e*, conforme o padrão atual: *muyto*/muito, *meyo*/meio, *mãy*/mãe, *pay*/pai.

Emendei gralhas tipográficas, mas não grafias que, embora desviantes da norma culta do português contemporâneo, poderiam corresponder a padrões da língua no século XVII, como a forma verbal *lembre* para o imperativo da 2ª pessoa do plural ("lembrai-vos"), *impida* (por "impeça") e *lhe* para o pronome átono da 3ª pessoa do plural ("lhes"). Também resolvi abreviaturas, padronizei em certa medida o uso de minúsculas e maiúsculas (mantendo estas, porém, nos substantivos abstratos, em nomes pátrios, prosônimos e títulos), bem como a acentuação e a hifenização (como elemento de ligação entre pronomes átonos e verbos e entre palavras compostas por justaposição), além de inserir travessões para identificar a mudança de interlocutores, e aspas para destacar falas no interior de narrações. Do mesmo modo, foram atualizados, conforme as normas vigentes, o espanhol e o latim nas citações dessas línguas.

Linguagem e estilo

As notas dizem respeito sobretudo ao esclarecimento de termos e construções sintáticas desusadas para um leitor do século XX e início do XXI. Muitas das figuras sintáticas presentes nos *Infortúnios trágicos* correspondem, novamente, a uma emulação da elevada linguagem poética, com o que encontramos uma quantidade de hipérbatos, inversões e separações que, mais tarde, ficaram restritos à linguagem poética em verso. Tais procedimentos, que a princípio causam estranheza, tornam-se familiares à medida que a leitura avança; no início são como enigmas, tendo o leitor de, para poder compreender-lhes o sentido, buscar o sujeito da oração, o complemento, ou o adjunto. Na continuação, porém, essa ordem diversa no interior das frases torna-se habitual, a um ponto que terminamos por reconhecê-la como tão ou mais expressiva do que outras comuns à contemporaneidade. Por esta razão, detive-me em esclarecê-las principalmente nos capítulos iniciais, certa de que, na seqüência, já não ofereceriam dificuldade.

Nos *Infortúnios trágicos* encontramos muitos dos elementos que costumam ser atribuídos quer a cultistas, quer a conceptistas: metáforas genéricas (de metais e pedras preciosos, elementos da natureza etc.), giros latinizantes (hipérbatos e inversões) e alusões mitológicas (estas, muitíssimo mais freqüentes na *Constante Florinda parte II*). Todos eles devem ser entendidos dentro do gênero e para os fins propostos, desde que, no século XVII, há a convicção de que as obscuridades são patrimônio da poesia, havendo apenas um tipo delas censurável. Nos mesmos anos em que Rebelo escreve, o crítico português Manuel Pires de Almeida, num texto sobre "o poema heróico", aponta quais os defeitos de uma elocução obscura. Por ser texto ainda inédito, transcrevo a extensa passagem:

há alguns poetas, que afetam tanto a obscuridade, que querem qualificá-la por verdadeira poesia, e só usam do estilo dificultoso, orações desatadas, palavras esquisitas, translações nunca vistas, locuções peregrinas, tropos duplicados, figuras, e metáforas mui continuadas, e sobre tudo a colocação das coisas, e disposição do argumento intricado, sem ordem, nem arte, nem claridade: confesso, que não achei até agora autor sábio em esta arte, que aprovasse doutrina tão falsa, e mal-fundada; antes muitos [...] que se queixam, e maldizem os primeiros inventores desta seita, a que vulgarmente chamam Cultos por ironia, e sendo assim, que este modo de poetar dificultoso, é o mais fácil de todos, porque só se anda à caça de palavras, e figuras sem outras disposições, e advertência. [...] há quatro obscuridades, três que são mui artificiosas, e virtuosas, e dignas de que se pratiquem, sem as quais não pode haver boa poesia. A 3ª que é indigna desta arte vituperada dos sábios, e seguida só dos ignorantes. A primeira artificiosa é a que nasce, ou da alteza do conceito, ou da indústria do poeta [...]. A segunda obscuridade se origina da muita lição na qual não tem culpa, antes merece grandes louvores, e excelências, [...] e são claros aos homens doutos, e lidos. A terceira é a viciosa, e condenada, que se produz da falta de invenção, de confusão de engenho, de ruim colocação de conceitos intricados, e dificultosos, da disposição das palavras, dos tropos, das figuras, da eleição das coisas, *et sic de coeteris*. Outra obscuridade há bem artificiosa, e é a que se inclui na Alegoria, mui freqüentada na Épica, e de grande louvor, e excelência, e primor nela, e comum aos livros sagrados. [M. P. de ALMEIDA, *Discurso do poema heróico*, ms. Casa do Cadaval, v.1, fl. 635-635v.]

Alguns elementos são destacáveis nessa crítica de Almeida aos cultos, que se assemelha à de outros autores seus contemporâneos.[3] Embora reconheçam que o estilo poético deve fugir das dicções humildes e usar aquelas mais apartadas do falar comum e plebeu,[4] consideram que, para a linguagem ser elevada, deve se conter dentro dos limites da compreensão, além dos quais a obscuridade impede o ensinamento e o deleite. Quando a obscuridade resulta dos conceitos difíceis — alegorias, referências de poetas antigos e pensamentos intrincados, naturais ou teológicos —, é elogiada e reconhecida como própria da matéria poética elevada, tendo sua expressão numa complicação sintática correspondente. Quando porém resulta do uso freqüente de palavras peregrinas (termos estrangeiros e neologismos), acúmulo de metáforas e figuras de sentença próprias da língua latina (inversões, hipérbatos etc.), trata-se, segundo os mesmos críticos, de uma obscuridade que se origina exclusivamente da elocução e, portanto, esconde a ausência de conceitos. As polêmicas do século, sobretudo na Espanha, acerca da obscuridade da poesia culta foram intensas e envolveram a maior parte dos poetas de então.

No caso de Rebelo, há uma grande chance de ele ser considerado um prosador "culto por ironia" (se os raros críticos portugueses houvessem dado alguma atenção à ficção em prosa, considerada menor que a poesia), desde que não poupa o uso de equívocos, múltiplas figuras num mesmo período e inversões raras. Mas isso não se coaduna com o sucesso dos *Infortúnios trágicos* em seu século, a demonstrar que escrevia não "para poucos". Talvez o mais importante seja reconhecer que a dificuldade da sua narração resulta de uma obscuridade que, marca de uma linguagem excepcional que se quer adequada a coisas excepcionais, baseia-se em uns quantos procedimentos constantes, deslindáveis para seus leitores: elipse contínua de vocábulos, hipérbatos em profusão e, principalmente, ritmo binário ou estrutura bimembre das frases. Esse é proporcionado pelo emprego maciço de orações coordenadas e justapostas, tanto do tipo paralelístico, antitético, comparativo, como distributivo, consecutivo, adversativo etc. Em relação a Rebelo cabe o que já foi dito a propósito da prosa de Gracián, "sus parágrafos [llegan] a ser normalmente una sucesión de auténticos apotegmas [...] una prosa verdaderamente anticiceroniana".[5] Alguns exemplos:

— "[Deus] lhes concedeu uma filha, em todo extremo bela e fermosa, e em todo ele deles estimada" (capítulo primeiro) — em que o pronome (*ele*) substitui elipticamente um advérbio (*extremo*) e a amplificação semântica se dá tanto pelo eco (*ele deles*) como pela proporção resultante da elipse.

— "E se o hei sido em descobrir o que padeço, não sejais vós avaro em me dardes o remédio" (capítulo 3) — em que há elipse do adjetivo com função de predicativo (*avaro*) no primeiro sintagma, o qual é reposto pela estrutura paralelística do período.

— "O fim da qual [voz] foi princípio de uma estocada, a qual atravessou o braço esquerdo a Arnaldo, que não com pouco ânimo com seu criado se defendia, e ofendiam" (capítulo 4) — oração que se inicia (*fim/princípio*) e se finda (*defendia/ofendiam*) com antíteses, intensificadas pela elipse do sujeito na última oração (*ofendiam*), e pela súbita progressão do singular para o plural.

— "se não disparara o pistolete tiveram uma morte abreviada nas unhas de um leão, e não morreram muitas das mãos de quatro" (capítulo 8) — em que a estrutura bimembre sustenta uma contraposição entre a velocidade da morte pelo ataque de um único leão (reforçada pelo substantivo *unhas*), e sua delonga pela agressão de muitos homens.

— "não há pior bem que aquele que traz logo consigo o fim no princípio" (capítulo 16) — em que a antítese comparativa é amplificada pelo oxímoro inicial (*pior bem*).

— "e como eu visse a certeza de minha morte, comecei por escapar dela em meu pensamento de traçar alguma ordem" (capítulo 26) — em que a obscuridade é produzida tão-só pela múltipla inversão.

— "não encobrindo os efeitos de sua grandeza [do amor] em seus olhos e rostro, [...] ainda que calava público falava secreto" (capítulo 30) — em que a oração adversativa (*ainda que calava*) anteposta à principal (*falava segredo público*), bem como a intercalação de verbos e nomes, enfatiza a dupla antinomia (*calava/falava; público/secreto*).

Não faltam passagens em que tal simplicidade sintática parece se complicar pelo mero recurso de justapor sucessivas orações coordenadas, cujo acúmulo imita, o mais das vezes, a perturbação afetiva da narrativa. Memorável é o longo trecho do capítulo 5 (quatro páginas, no original), do qual destaco uma parte em que se descreve o momento da despedida de Florinda da casa dos pais, todo composto de sintagmas curtos, reiterativos, apostos em seqüência veloz, desde o momento em que abre a porta para o jardim, até o instante em que dele sai para sempre:

> E despojando-se de seus vestidos (qual outro Amadis de Gaula fez dos seus tomando um hábito de ermitão por uma falsa nova que de sua amada Oriana lhe haviam dado) e vestindo-se com o outro de homem que comprado tinha, se desceu abaixo abrindo as portas com muita cautela, e tomando o mais ligeiro e fermoso cavalo que seu pai tinha, lhe pôs uma rica sela, e por uma secreta porta do jardim se saiu fora com muitas lágrimas em seus olhos, e dobradas lástimas em seu coração ao despedir-se de sua casa, donde deixava seus pais que como seus olhos lhe queriam, deixando suas criadas, seus parentes, sua pátria donde era tão adorada e servida, assi por sua fermosura como por sua liberalidade e nobreza, tão rica, tão poderosa, tão cheia de fama que por todo o Reino se estendia, deixando seus pais sós e a todos seus bens, pois não tinham outra. Mas, ai dor, que aqui lança o cruel e tirano amor suas âncoras, aqui emprega suas setas, aqui lança suas raízes, aqui usa de seu poder, aqui de sua tirania, daqui toma a matéria para seu sustento, daqui toma traça para melhor disfarçar seu engano, daqui forças pera melhor usar de seu poder. Que agravos e ofensas te havia feito uma tenra donzela em a frol de sua idade para que a não deixasses gozar de tantos bens assim da natureza como da fortuna? de sua muita fermosura, graça, aviso e discrição? de tão boas artes e afábil condição, dos mimos e regalos de seus pais que tanto lhe queriam? de tantas fazendas e jóias que possuíam? servida de muitos, malquista de nenhum? para que a tratasses tão sem dó, que não haveria alguém que vendo-a o não tivesse dela, senão tu? [...] És peçonha que logo te derramas pelas veias, erva que logo prende em as entranhas; pasmo que faz adormecer os membros, e fim que o dás a todos; [...] e finalmente és de tal condição que por te darmos nosso querer nos fazes sempre em contínua pena viver, como bem se viu nesta presente

donzela, que quando mais contente e satisfeita estava lhe mostraste tudo ao contrário do que ela desejava. À qual tornando, que deixamos saindo-se pela porta do jardim a tempo que o relógio dava meia-noite, etc.⁶

O que ocorre com maior freqüência, porém, é a concisão sintática se acoplar à amplificação semântica, de modo a se multiplicarem as dificuldades. Em *Infortúnios trágicos*, isso se dá pelo uso intensivo de parônimos, equívocos e paronomásias. O procedimento mais usual é a ambivalência semântica, procurada com diligência e, sempre, o esquadrinhamento da polissemia, resultando em períodos com riqueza de significados e concordâncias raras. Exemplos:

— "Em verdade, amado e querido Arnaldo, que vos não posso encarecer o demasiado espanto que me tem causado ver o que pusestes a vossas palavras" (capítulo 3) — em que a dificuldade reside no duplo sentido do termo *espanto*, que significa "admiração", mas também significa "o ato de enxotar ou afugentar", que é o sentido do termo oculto no segundo sintagma (*o espanto que pusestes a vossas palavras*).

— "a tempo que o sol deixava as terras; e rompendo por altas e espessas brenhas, e elas fazendo-o a estes pobres vestidos (de que dão claras mostras) andei sempre até as horas que vós, senhor, chegáveis" (capítulo 7) — cujo equívoco parece ser entre os sentidos literal e figurado do termo *brenha*: mata espessa, emaranhada, e confusão, enredamento. Não se exclui também que o pronome substitua o termo "rompimento", não expresso mas subtendido pelo verbo *rompendo*.

— "Logo que Leonora acabou de ler esta segunda carta a recolheu em a boceta donde a tirara dando um ai tão sentido que nenhum teria quem ouvindo-o o não sentisse" (capítulo 15) — em que se exploram as múltiplas acepções do termo *sentir*, em suas diversas categorias gramaticais: *um ai tão sentido*, em que, adjetivo, significa "sentimento"; *que nenhum sentido teria*, em que, substantivo, significa "senso"; *quem o não sentisse*, em que o verbo significa "sofrer".

— "neste passo mostrou tanta dor do que contava, que fazia (assim a Leandro como a suas irmãs) não fazerem mais conta que de a terem dela" (capítulo 16) — onde a dificuldade resulta também do uso de parônimos: *contar*, relatar; *fazer conta*, dar importância; *ter conta*, cuidar.

Todos esses equívocos, agudezas, por outra palavra, servem ao ornamento da prosa, dotando-a de formosura, que proporcione deleite aos leitores. Se na dificuldade dos conceitos e em seu deciframento reside o ensinamento dos leitores, na gala da elocução, na constância do seu paralelismo ritmado e nas graças dos equívocos reside o específico do discurso ficcional, poético a seu modo, claro ou escuro conforme o saber do leitor.

Além dessa recorrência no uso de equívocos, o léxico de Rebelo é o habitual dos seus mais ilustres contemporâneos: Vieira, Francisco Manuel, Bernardes. Em sua maior parte, os termos raros que emprega se limitam àqueles da nomenclatura floral, do vestuário e os relativos a metais e pedras preciosas. Como se bem conhecesse a crítica feita ao uso de termos estrangeiros pelos "cultos", Rebelo não se vale de citações latinas sem que providencie logo sua tradução (exceto na dedicatória e no prólogo[7]); a única outra língua que emprega, o espanhol, é sobejamente conhecida dos leitores portugueses súditos dos Felipes para que possa ser considerada estrangeira. No que se refere então a esses termos raros ou obscuros, preocupei-me em esclarecer os que não se encontram em dicionários contemporâneos ou que estavam empregados numa acepção invulgar, e para cujo entendimento se fazia necessário recorrer a dicionários da época, como o *Vocabulario portuguez & latino* do padre Rafael Bluteau, de inestimável auxílio, sempre.

Tudo junto, o resultado dessa breve aproximação à linguagem e ao estilo de Rebelo é que têm de ser compreendidos no âmbito da procura de uma linguagem elevada da prosa, que imita a elevada linguagem épica em verso, em primeiro lugar. Em segundo, que essa linguagem é de um tipo reconhecido na época como elevado, mas não obscuro. Proverbial, sim, conveniente para a transmissão de ensinamentos morais agradáveis aos leitores. Sendo em prosa, seu modelo principal será o da prosa sentenciosa de autores latinos, em especial, Sêneca — como veremos no estudo que serve de posfácio a esta edição.

A. M.

Infortúnios trágicos
da constante Florinda

Autor o Licenciado Gaspar Pires de Rebelo. Freire professor da Ordem militar do Glorioso Apóstolo Santiago da Espada, Sacerdote Teólogo e Pregador, Prior de Castro Verde e natural da Vila de Aljustrel, do campo de Ourique.

OFERECIDO AO ILUSTRÍSSIMO Senhor Luís Correia, Abade da Paroquial Igreja e Mosteiro de Lordelo, Doutor em os Sagrados Cânones e Mestre em Artes, pela Universidade de Coimbra.
    Nesta segunda impressão, acrescentados pelo mesmo Autor.
    Ano 1633.
    Com todas as licenças necessárias.
    Em Lisboa. Por Antônio Álvares.

Licenças

Vi este Livro, intitulado *Infortúnios trágicos da constante Florinda*, e nele não acho coisa que encontre nossa Santa fé ou bons costumes, antes está aprovado já pelo Doutor Jorge Cabral da Companhia de iesu. E com licença do Ilustríssimo Senhor Dom Fernão Martins Mascarenhas Inquisidor Geral, que Deus tem em glória se imprimir e correr, e quanto ao estar o livro em algumas partes riscado não se podem julgar por censuras, senão por demasia de leitor que as fez despropositadamente. Pelo que sem os acrescentamentos acostados, me parece, se pode tornar a imprimir, assi, e da maneira que foi impresso a primeira vez. Em São Domingos de Lisboa, 11 de Outubro de 1628.

Fr. Antonio de Sequeira.

Em cumprimento do mandado acima dos senhores do Conselho de sua Majestade e do Geral da Santa Inquisição, vi o livro intitulado *Infortúnios Trágicos*, cujo Autor trata a matéria deles com muito engenho, entendimento e com muita honestidade. E assi se lhe deve dar a licença que pede. Nem faça dúvida o ter muitos lugares riscados, porque nem o riscado, nem o que se põe em seu lugar, nem o mais conteúdo em todo o restante tem cousa alguma por que se lhe não deva dar licença que pede. Em São Francisco da Cidade, em 24 de Outubro de 1628.

Fr. Sebastião dos Santos.

Vistas as informações, pode-se imprimir este livro intitulado *Infortúnios trágicos da constante Florinda*, e despois de impresso torne conferido com seu original pera se dar licença para correr, e sem ela não correrá. Lisboa, aos 24 de Outubro de 1628.

        G. PEREIRA.   FRANCISCO BARRETO.

Dou licença para se imprimir este livro. Lisboa, a 4 de Novembro de 1628.

                                  GASPAR DO REGO DA FONSECA.

Que se possa imprimir este livro, vistas as licenças do Santo Ofício e Ordinário. Em Lisboa, a 7 de Novembro de 1628. E não correrá sem sua taxa etc.

                                            PIMENTA D'ABREU.

Dedicatória

AO ILUSTRÍSSIMO SENHOR *Luís Correia, Abade da Paroquial Igreja e Mosteiro de Lordelo: Doutor em os Sagrados Cânones e mestre em Artes, pela Universidade de Coimbra.*

Sempre tive por bem acertado costume, ilustríssimo senhor, o que os Autores antigos tiveram, e ainda quase todos os modernos hoje costumam, de oferecer e dedicar suas obras a grandes e poderosos senhores. E assino eu duas razões em confirmação da muita que eles mostram. A primeira é, porque em eles está mais certo o refúgio, mais seguro o amparo, mais aventejado[1] o favor, mais agradecido o serviço e mais bem apremiado o trabalho. E debaixo de sua proteção fica a obra mais livre de calúnias, mais isenta de ofensas e mais amparada das tempestades de algumas línguas. Segunda, que como a bondade corra sempre a parelhas com a nobreza, parece que interessam no oferecimento receber os efeitos dela, não só como obrigação, senão também como dívida: que assi como nesta está o sábio de dar conselho ao ignorante, está o poderoso de amparar ao fraco, e ao nobre de honrar a todos com sua proteção e amparo.

Isto é o que quis mostrar aquele antigo filósofo Crisipo quando disse: Que uma das cousas porque nasciam os homens era para ampararem aos homens. No qual sentido parece que falou Aristóteles no 5º das *Éticas* dizendo: Que aquele se pode chamar bom que usa de sua nobreza e bondade, não só para si mas pera os outros. Do qual intento não foi muito fora o divino Platão em uma carta que escreveu a Arquitas Tarentino donde disse: Que não nascemos somente pera nós mas para aproveitarmos aos homens. *Vir bonus ille est* (diz Cícero) *qui prodest quibus potest, nocet autem nemini*.[2] Que parece que só dos nobres e poderosos fala, pois eles têm mais poder pera fazer bem e maior força pera executar o mal.

Logo, pois, se então mais a bondade se manifesta quanto mais a outros aproveita, e ela ande tão chegada à nobreza que ambas correm a uma parelha, lugar me fica de inferir: que não só estão os poderosos em obrigação de amparar aos fracos, mas ainda lhe[3] estão em dívida os nobres de receberem suas obras debaixo de sua proteção e amparo. Pois se tenho por minha parte o costume, e sai em crédito e proveito meu o interesse,[4] que poderoso e que nobre podia eu achar de que mais interessado ficasse que da pessoa de V.M., em quem parece que a verdadeira nobreza está de morada como em seu próprio centro?, e como tal se pode recontar mais que todas por isenta de faltas, pera que com sobeja rezão se possa aventajar a muitas. Que a verdadeira nobreza não só consiste em ilustre sangue, mas em ser acreditado[5] com a virtude, e tanto que aonde não há esta, por impróprio se pode ter o nome com que a nobreza se declara. Bem acredita esta verdade o Príncipe da Filosofia Aristóteles, em o 2º *Rhetoricorum*, donde diz *Homines appellari nobiles iure nequeunt, nisi virtute propria commendati*.[6] E Plauto no mesmo sentido afirma, que *pulchrius est nobile virtute fieri quam nasci*.[7] Como que mais se há de estribar na virtude que na bondade do sangue. Condição que Claudiano apontou aos retores romanos, como que esta lhe faltava pera ensinar a seus discípulos, conforme o dá a entender em estes versos:

> *Altera Romanæ longe rectoribus aulæ*
> *Conditio: virtute decet non sanguine niti.*[8]

E Juvenal em cinco versos da 8ª sátira resolve que a nobreza não só em o sangue, mas na virtude consiste. E como pela definição da cousa se alcança mais o conhecimento dela, na opinião dos Estóicos muito mais esta verdade se declara. *Nobilitas*, dizem eles, *est splendor quidam, non aliunde veniens quam ex ipsa virtute*.[9] E é tão grande bem ao nobre ser acompanhado de virtude que não só a si mas a todos os antepassados acrescenta nobreza. Isto quis mostrar Horácio quando disse:

> *Maiores pinnas nido extendisse loqueris,*
> *Vt quantum generi demas, virtutibus addas.*[10]

E Crisóstomo em a Homilia 5ª dá o último remate a esta verdade dizendo, *Nobilitas vel bonitas cognatorum non valet, nisi fuerimus nos ipsi boni*.[11] Fica logo claro que não podia eu achar outra pessoa mais nobre que a de V.M. a quem pudesse (ainda que não foram de permeio as obrigações) oferecer esta pequena obra; porque em ela não só com ilustre sangue, mas com rara virtude, mais se qualifica sua nobreza.

Quanto ao ilustre sangue bem se vê pois V.M. descende da nobilíssima família dos Correias, tão antiga como estimada não só dos Reis de Portugal, mas também de outros estranhos conhecida, por haver mais de 300 anos que se continua, misturando-se sempre com as mais ilustres casas do dito Reino, pela qual rezão é V.M. também Meneses, Miranda, Távora e Silveira. E os Reis de Portugal fizeram sempre muito caso dos Correias, assim nas guerras e conquistas da Índia, como também em a paz. El-Rei Dom Afonso quinto fez muito caso de Rodrigo Afonso da Atouguia, tresavô de V.M., fazendo-o de seu conselho, e dele foi como a um dos mais principais estimado, e despois foi veador da fazenda da Infanta dona Brites, filha del-Rei Dom Manuel.

Pois se de uma parte é V.M. tão ilustre, não o é menos pela dos Silvas: família tão nobre e antiga, que conforme os escritores traz seu princípio de Enéias Sílvio e Ascânio, continuando-se pelos Imperadores romanos, até as mais ilustres e nobres famílias do Reino, sendo de todos os Reis estimados, e como a tais lhes cometeu e encarregou sempre os maiores ofícios, como ainda hoje ao presente vemos. E pois é tão conhecida de todos esta verdade, não me detenho mais em relatar grandezas de ilustre sangue, e mais quando elas têm por cifra que lhe acrescenta o ser tanta virtude; que é a com que V.M. qualifica sua nobreza: que mal pode estar ao mundo encoberta, pois como diz Fr. Heitor Pinto. *Virtus cum generis splendore copullata illustrior apparet, et prætiosior instat gemmæ in auro purissimo inclusæ.*[12] E em outra parte chama a virtude, *Mons altus qui altitudine sua nubes transcendit, et cælum attingit.*[13] É cousa que deita de si resplandor, e mais quando é tal que chega a tocar em o Céu, mal se pode encobrir aos olhos humanos, se não for aqueles que com a névoa da inveja estiverem cegos. E mais quando V.M. tem dado tantas mostras dela ao mundo e está continuamente dando. Por que, que maior mostra de virtude que deixar o estado secular e tomar o de Sacerdote, pera que melhor pudesse encaminhar as almas ao Céu, gastando alguns anos em as Universidades, que não tantos foram como foi o muito que V.M. em eles aproveitou com seu claro engenho, ficando tão aventejado em letras, quanto o é nas virtudes? E tanto que faz força a todo o entendimento o dar ascenso a que se possam compadecer[14] com tão pouca idade, e isto pera que melhor ajudasse as almas com o bom conselho, com a sã doutrina e com mais acertado remédio: fruitos que V.M. esperava tirar da ciência: dos quais parece que falava Lactâncio quando disse: *Quis enim scire contentus est non expetens aliquem fructum scientiæ.*[15] Com os quais sustenta V.M. as almas, pera que possam alentadas com seu favor parar na bem-aventurança, levando por guia aquela por cujos fruitos de ciência alcançarão, a qual é comum estrada por donde mais facilmente se possui, como diz Hugo: *Per scientiam ad disciplinam, per disciplinam ad bonitatem, per bonitatem ad beatitudinem.*[16] E que maior mostra de virtude que apartar-se V.M. de seu natural, e mais sendo a cidade de Lisboa: digna de ser entre todas as do mundo por principal, assi por suas grandezas tão raras como pôr dar a ele um sujeito tão grande e tão ilustre tida qual é a pessoa de V.M.? E isto por fugir das honras do mundo e só tratar do bem de sua alma e de aproveitar as alheias. Do divino Platão se conta que, por fugir das honras do mundo, e pudesse melhor aproveitar a si e aos outros, deixou a cidade de Atenas e se foi a um lugar chamado Academia, e ali ensinava a seus discípulos a desprezar as riquezas humanas e suspirar pelas divinas, e alguns livros fez em que ensinava a governar as repúblicas e excitava os mortais à imortalidade. A quem cabe melhor esta figura que a V.M., pois por fugir as honras do mundo deixou o natural e se retirou em a sua Igreja em o Mosteiro de Lordelo, donde está ensinando suas ovelhas o caminho da glória? E ainda se ocupou em fazer um livro, para mais aclarar o caminho aos letrados de sua faculdade o qual (com o favor de Deus) virá cedo a lume, e bem creio que por ser parto de tal entendimento dará grande claridade ao mundo. Porém estou eu tão receoso, como bem certo que se não logrará muito seu piedoso intento: e pois o que teve foi de desprezar as glórias deste mundo, mui cedo em outro estado mais levantado se verá V.M. dele engrandecido, porque quem despreza o mundo, esse o fica mais ensenhoreando, e quem não quer honras, esse é mais merecedor delas, como diz Hugo. *Sæpe enim gloria vt acquiratur contemnitur; et mundus vt obtineatur relinquitur.*[17] Despreza a glória (diz Sêneca) e serás glorioso, despreza a honra e serás honrado. E a tal honra então fica em V.M. mais engrandecida, pois só com merecimentos a granjeia; que a glória então é mais excelente quando mais se merece e menos se procura: e deixará V.M. em o mundo por tão memorável feito imortal fama. E, se não, pregunto, qual foi a rezão porque Aristóteles deixou em o mundo a fama de príncipe da Filosofia? e Cícero a quem a perpetuidade sempre terá diante de seus olhos, e Marco Cúrio, antigo romano a quem o mundo nunca perderá da memória? foi porque deixaram cargos e desprezaram honras que o mundo lhe[18] oferecia. E é tanto assim que os que deixam o mundo, esses mais o possuem; que estando Marco Cúrio já de todo do mundo retirado, vieram os embaixadores dos Sanitas a oferecer-lhe honras, dignidades e muita quantidade de ouro. Retirado estava o nobre Cincinato das honras do mundo e, quando mais descuidado, o vieram buscar para Ditador de Roma, cargo que então era o maior que nela havia. Pois logo rezão me fica de estar receoso que não estará V.M. muito tempo neste estado, pois também se soube retirar das cousas do mundo. Nem eu sinto algum nele que V.M. não mereça, não só pelo que tenho dito, se não também pelas excelentes partes com que está ornada sua pessoa. Por acreditar muito Plínio à de Catão Censorino tão celebrado dos antigos, disse que tinha três particularidades: que era perfeito capitão, perfeito orador, perfeito senador. Pois quanto mais ventagem leva V.M. em ser perfeito sacerdote, perfeito virtuoso e perfeito letrado. E que homem houve em o mundo que deixasse imortal fama com quem V.M. não tenha muita competência? Que Numa Pompílio a quem não compita em religião e recolhimento? Que Alexandre na condição? Que Quinto Fábio na prudência? que Catão na gravidade? que Fabrício na constância? que Régulo na lealdade? que Nestor na sabedoria? que Dédalo no engenho? que Platão no entendimento? e finalmente que Sócrates em desprezar o mundo e riquezas dele? Do qual se conta que deitou muita quantidade de ouro em o mar para que com a carga dele se não perdesse. Em outro mar mui diferente deita V.M. suas riquezas para que nele estejam melhor guardadas, que é nas mãos dos pobres, com os quais V.M. tão liberalmente as reparte. E são estas partes em uma pessoa dignas de tanto louvor que até por elas seus parentes o merecem, assim o diz Lúcio Apuleio. *Si laudas aliquem quia generosus est: parentes eius laudas.*[19] E bem alcanço que vem mui curtos a V.M. estes louvores, por serem nele mui grandes os merecimentos. Porém como estes nascem da nobreza e virtude, e esta regada com água de louvor então mais cresce, elas virão a deitar e produzir tantos ramos que, ficando o mundo à sombra deles assombrado, conheça que quis recatar-me de antes para que não crescessem tanto que dessem mostras de alguma isenção das dívidas em que por eles lhe estava obrigado: porque então lhe ficaria ao mundo lugar de se mostrar em lhas satisfazer mais isento, no que eu ficava pouco interessado pelos desejos que tenho de o ver muito engrandecido. E nestes me está V.M. em dívida: se não é que em me querer amparar esta obra toda se paga:

que como em ela satisfaça a obrigação já não fica obrigado a dívida. Nestas estarei eu sempre a V.M. porque, além das muitas que lhe tenho, me aceita este fraco serviço, que ainda que o pareça ser na obra, ainda tenho por mim quem me desculpa, que é Cícero na primeira *Tusculana* donde diz: *Lectionem sine delectatione neglego*.[20] E ainda que esta pareça não ser de muito proveito, contudo sempre causará deleitação ao entendimento. Quanto mais que diz Juvenal: *Nullus liber tam malus est, qui non aliqua parte profit*.[21] E por entender que merece ser mordido de algumas línguas venenosas, para que lhe não possam fazer mal com a peçonha, peço a V.M. ma queira amparar de baixo de sua sombra. Da pedra chamada jacinto dizem os *Naturais*[22] que tudo o que a ela se chega defende de toda a peçonha. Pois se uma pedra tão pequena tem tanta virtude, muito mais a terá a sombra de V.M., pois é uma pedra tão grande que não é menos que uma coluna da Igreja. Pois quem também a sabe sustentar, muito melhor a saberá reger. E estribadas minhas esperanças nos grandes merecimentos da pessoa de V.M. dou fim a esta, e principio a rogar a Deus pelo estado que (como servo e capelão de V.M.) lhe deseja.

Vale.
O Licenciado GASPAR PIRES DE REBELO.

Prólogo ao leitor

É O NOSSO ENTENDIMENTO, curioso[23] leitor, de tal condição e natureza, que ainda que à nossa poucas cousas dela a satisfaçam; só a ele a variedade de muitas o deleitam.[24] Em esta, pois, consiste a perfeição, como a doutrina de Aristóteles o ensina e a experiência nos mostra, porque se todas as cousas do mundo foram ornadas de fermosura, e não houvesse algumas que carecessem dela, nem a sua se mostrara, nem a perfeição delas se conhecera. Porque (como diz o mesmo filósofo) a causa mais mostra os quilates de sua perfeição e fermosura tendo junto a si contrário, porque este faz com que resplandeça mais o ser e valia dela. Isto parece que quis mostrar Sêneca em o quarto Livro que fez *De beneficiis*, quando disse que se mostrara a natureza muito imperfeita quando não criara as cousas várias e não medidas pola vara de uma perfeição: e acrescenta mais, dizendo que foram seus bens miseráveis, duvidosos e infecundos, quando entre os homens não fizera uns fortes e outros fracos, uns perfeitos em estatura de seu corpo, outros com muitas faltas nele. Uns de mais claro engenho, outros de mais obscuro e grosseiro; e, entre os animais, uns mansos e outros bravos, uns medicinais e outros peçonhentos. E conclui dizendo que a cousa perfeita consiste em muitas várias.

E pois a perfeição não só consiste em as cousas que de si têm bondade, mas também em as que de sua natureza carecem dela (como temos dito), fica claro que não merece menos em seu gênero a que de si é vil, baixa e ruim e abatida, do que aquela que de sua natureza é alta, fermosa, boa e levantada.

Aplicando pois a meu intento, digo, que se todos os livros que saem a público fossem de cousas espirituais e divinas, e todos bons e levantados por seu alto estilo, que nem o entendimento com a lição deles se deleitara, nem sua perfeição e bondade se conhecera. Porque (como diz Sêneca) ainda que a lição boa, certa e verdadeira a nosso entendimento aproveita, contudo a que é vária e de cousas humanas o deleita. E diz mais em a epístola oitenta e cinco *De alternitate lectionis*, que não cessava nunca de ler lições várias, afirmando serem todas proveitosas e necessárias, e que de ler um livro só se não contentava: porque de uns tirava o que havia mister, e de outros o de que havia de fugir: dando com esta variedade pasto ao entendimento, quando com a iguaria de um só estava enfastiado. Porque (como ele mesmo afirma) a lição é pasto do entendimento, e que cansado do estudo sem outro se não satisfaz. As abelhas (como diz Plínio) não só de uma frol[25] fazem o favo, mas, de muitas e várias que colhem, dispostas pela ordem que a natureza lhes ensina, fazem e aperfeiçoam seu doce mel, o que confirma Virgílio dizendo:

Liquentia mella stipant, et dulci distendunt nectare cellas.[26]

E pois nem só os livros e lições espirituais e divinas a nosso entendimento aproveitam, senão aqueles que em humanidades e lições várias se fundam, e estes também mereçam ser estimados, pois em seu gênero ajudam a perfeição, ou ao menos fazem com que a bondade dos outros mais resplandeça, para que de todos possa ser mais estimada: quis eu (como abelha fraca por não ter de todo apurado as asas de meu engenho, para poder voar a cousas mais altas e levantadas, como o são as divinas) mostrar a fraqueza dele em estas humanas, porque me seria por crime mal contado, querer do primeiro vôo subir tão alto; ou ao menos receoso de outro castigo semelhante ao de Ícaro, o qual voando subiu tanto que pelos raios do Sol foram suas asas derretidas, e ele prostrado em um rio como imprudente e atrevido.

O que contém o presente volume são uns *Infortúnios Trágicos* que uma donzela passou pelo mundo por cumprir a palavra e fé que a seu amante tinha dado, e do que alcançou pela guarda dela. Vão mais algumas histórias extravagantes[27] metidas em o enredo da que contém o livro, do qual não dou mais larga conta, porque, como são histórias com que recebe deleitação o entendimento, nunca lhe causam tanta quando se dá miúda conta delas ao princípio, que as cousas então são mais gostosas quando menos esperadas.

E ainda que conheço não ser digno do grau que os bons merecem, contudo como entendo ser próprio de nobres ânimos favorecerem sempre a cousa mais fraca, para que, à vista dos que nela empregarem a sua, não fique tão abatida, estando no conhecimento de quanto o seja esta que ofereço: estou certo dos que[28] na lição dele se ocuparem, que nem será posta em o grau mais levantado, nem de todos lugares[29] mais abatido; mas só me contentarei quando lho queiram dar em estes dous extremos. Porque como estes sempre sejam viciosos, nem a mim me está bem o desejá-los, nem esta obra pode ser colocada em algum deles. Porque a causa favorecida de bons ânimos não pode deixar de receber suas virtudes. E esta sempre em os meios consiste, como o mostrou Platão naquelas palavras que tinha escritas em as portas de sua Universidade, que diziam:

Nemo huc ingrediatur, expers geometriae.[30]

Pelo qual entendia que toda a bondade e virtude consistia em o meio dos extremos; porque esta mostra o um, como bom e verdadeiro; e outro, como mau e vicioso, e ficando em este lugar, nem eu lhe quero mais bondade, nem ele pode receber maior virtude, e como tenha esta fica no grau que lhe desejo, e dele tão contente e satisfeito, como de ser (de todos os que o lerem) em ele posto confiado.

Infortúnios trágicos da constante Florinda

CAPÍTULO PRIMEIRO

Da pátria e criação de Florinda, e princípio de seus amores.

EM A MUITO NOBRE E POPULOSA cidade de Saragoça, principal do Reino de Aragão, não só polos ilustres varões de que está povoada, altos edifícios e outras grandezas que a fazem digna de muita estima; senão também porque é fertilizada com as claras águas do rio Ebro, que com acelerado curso se vão desobrigar ao mar Oceano; houve um cavaleiro chamado dom Flóris, igual aos mais nobres em sangue e aventejado de todos em vários bens e riquezas da vida, possuindo muitos, não só em algumas terras, que como senhor possuía, mas também gozando de ricas jóias e curiosas peças de outras estranhas de que o não era; e sobretudo de bons costumes e melhoradas virtudes, que estas partes são que fazem ao homem ter muitas para ser de todos estimado e querido, como na verdade era este cavaleiro. Porque como fosse conhecido por homem limpo em sangue, atentado no regimento, acautelado em sua vida, experimentado já na idade, livre nas palavras, virtuoso nas obras, em a paz pacífico, em a guerra esforçado e liberal de seus bens pera com os pobres, e ajudava com eles a sustentar a fazenda dos mais ricos; não havia quem a sua pessoa sujeito não fosse, nem alguma que de sua amizade se isentasse. A este pois deram os Céus por esposa a uma mulher igual a ele em honra, virtudes e nobreza, a qual se chamava Aurélia. Os quais estiveram casados por alguns anos sem poderem haver filhos, com o que viviam com assaz descontentamento e desconsolação; do qual davam claras mostras as contínuas lágrimas que corriam de seus olhos: porque como elas nasçam do íntimo do coração, donde toda a paixão[31] e tristeza se recolhe, para que com a força dela não rebente, dão-lhe lugar e saem-se a dá-las do que padece. E como quer que lágrimas justas sempre são de Deus ouvidas e premiadas, apiedando-se destas lhes concedeu uma filha, em todo extremo bela e fermosa, e em todo ele deles estimada,[32] à qual puseram nome Florinda: em cujo nascimento se fizeram muitas e grandes festas, em que se acharam todos os amigos e parentes que seu pai dom Flóris tinha, não só em a dita cidade, mas nas vilas mais circunvizinhas a ela. Passadas as festas entenderam[33] em a criação de sua única e querida filha, que mais que a seus olhos queriam, dando-lhe amas que com muito cuidado a criassem, e criadas que com todo ele a servissem. Despois, já que tinha oito anos de idade, vendo-a o pai tão fermosa, alegre e com mostras de bom engenho, deu-lhe mestres experimentados em toda virtude, para que lhe não ensinassem cousa que o não fosse. Pretendendo também com tão bons exercícios desviá-la de algum amor, a que costumam dar se levadas da vanglória de tantas graças, como já se mostravam em Florinda. Porque como fosse de bom engenho, não se contentou só com saber as línguas espanhola, latina, francesa e alguns princípios da italiana, mas deu-se a tanger alguns instrumentos, cantar e dançar a eles, em que era muito destra, e algumas vezes em uma quinta sua tomava lições de esgrima e passeava em um cavalo, como quem se aparelhava para sair à praça do mundo a correr lanças com a fortuna, como adiante diremos no processo da história de sua vida. E despois de passados oito anos, deixados os regalos e mimos que de seus pais era criada, crescendo com eles a fermosura e aperfeiçoando-se mais com o exercício (assim das línguas, como na destreza com que tangia e cantava a seus instrumentos) sua pessoa, não só em a cidade, mas por todo o Reino já voava sua fama. E como a fermosura (como diz Cícero) seja uma acomodada proporção dos membros do corpo, ornados com suavidade de cor, pera que se entenda que com bem rezão era Florinda tida em tal conta, quis aqui dá-la de suas feições. E como as que mais ornam o rosto sejam os olhos e a alvura dele: eram tais os de Florinda, tão negros e fermosos que pareciam tochas, que com a claridade que de si lançavam ofendiam a vista de outros que em a quererem empregar neles mais atrevidos se mostravam, pera que agravados[34] tivessem mais rezão de os apregoar por tiranos, cruéis e roubadores; e não teriam pouca, porque, como os mais isentos à vista deles ficavam rendidos, bem era que mostrassem o perigo aos mais fracos, pera que desviados dele não ficassem também cativos. Seu rosto era tão claro e bem corado qual cristal e fresca rosa, na maior pureza de sua perfeição. Tinha os cabelos tão fermosos que pareciam madeixas de fino ouro, e tão compridos que estendidos cobriam seu corpo, mostrando-se ornado com eles, como se o fora de algum vestido artificial por mais custoso e rico que fosse: o qual era de tão bom talhe e dotado de tanta perfeição que parecia só em o fabricar pusera todo seu cabedal a natureza; e finalmente era tal que, havendo em o Reino muitas damas dignas de serem estimadas por sua fermosura, só na sua se falava como mais aventejada de todas: de maneira que pela verem vinham muitos mancebos fiados em sua nobreza e boas partes a pretenderam seus amores: e outros que não tinham tanta, só por darem recreação a seus olhos: porque é tal a fermosura, que ainda aqueles que não têm esperanças de possuí-la lhe[35] aviva os sentidos pera que mais se deleitem com a vista dela. Vendo-se pois Florinda moça, fermosa, rica, nobre e bem aparentada, ornada de dons da natureza (que com ela havia sido tão liberal, como com outras avara) e destra em tantas artes adquisitas,[36] tão estimada e querida de todos, alvo em que o cego amor mais emprega suas setas, deu lugar a que lhe tirasse[37] algumas. E parecendo-lhe que coberta com tais armas a não ofenderiam, não só lhe não fugia, mas antes a todas as que o amor lançava se oferecia. E como seja costume seu adonde acha mais resistência tirar uma ervada,[38] pera que, já que não pode (pelo impedimento das armas) chegar ao coração, ao menos ferindo o corpo tire sangue e fique presa, até que correndo a malignidade da erva chegue a ele e o mate; entre outras que tirou a Florinda foi uma destas: a qual sentindo-se ferida começou com mais cuidados[39] do que tinha de anos (porque não eram a este tempo mais de dezasseis) buscar no princípio o remédio da sua chaga, porque a que no princípio se não cura, no fim é dificultoso o remédio dela; e ainda que buscou muitos não achou algum pera lho poder dar. Foi pois o caso que havia em a mesma cidade um mancebo não de menos nobreza e riquezas, a quem os pais tinham em seus olhos, por ser o herdeiro de todos seus bens, que eram muitos, o qual havia nome Arnaldo, e sobre todos os deste tempo o tinha assim de gentil-homem, bom cavaleiro, destro em armas e esforçado, como agradável e liberal pera seus amigos, e tido em muito respeito de[40] todos eles. Este, sendo ainda de pouca idade, vendo a fermosura de Florinda e notando as graças e perfeições, assim naturais como adquisitas de que era ornada, não podendo seu fraco coração com os duros golpes de amor, foi tão ferido dele que banhado em seu próprio sangue o ofereceu em perpétuo sacrifício no altar de um propósito (que em meio de sua vontade edificou) de ser seu cativo, de tal modo que lhe ficasse algum de pretender o alcance de sua liberdade; e quando não merecesse o alcançá-la, morrer cativo e preso com os desejos que levava de possuí-la. E porque comumente a batalha que há entre estes seja tão arriscada e semelhante à do amor com a desconfiança, e este tome mais posse de um fraco peito pera que não possa ter entrada o amor (de quem como de inimiga foge buscando só os mais confiados e atrevidos pera os alentar com o regalo de seus favores), sentindo o peito de Arnaldo com pouca resistência, nascida de uma natural vergonha (certa companheira da pouca idade), se apoderou tanto dele que nem ousava descobrir seu ânimo a Florinda, nem pedir-lhe as mercês que pelo sacrifício (já feito) lhe devia. Assim andou Arnaldo quatro anos havendo-se o amor em ele como fogo em tenros e verdes ramos, em os quais não se acende senão despois de deitadas as disposições que lhe são impedimento e resistem à sua forma: e como pera a introdução desta seja necessário serem em tempo dispostas, pareceu-lhe ao amor bastante o que dissemos, para que com menos impedimento se apoderasse de seu lastimado coração. No cabo do qual tendo Arnaldo já de idade dezoito anos (achando-o com pouca resistência nascida da muita fermosura, que com a idade crescia mais em Florinda, e de amorosos ciúmes, que de outros a pretenderem tinha) com tanta veemência se apoderou dele, que abrasado em as chamas do fogo de amor, qual outra ave Fênix, tornou a ficar mais puro, para que de novo se entregasse aos cuidados de que já andava tão preso, que lhe não dava liberdade alguma mais que pera cuidar no remédio dela. E como este se não achasse fora do que de Florinda se esperava, porque só de sua vontade dependia, começou Arnaldo de buscar ocasião de lhe manifestar a sua, para que, conhecida dela, ou lhe aumentasse as esperanças que tinha de alcançá-lo, ou lhe mostrasse o atrevimento da confiança que levava de merecê-lo. E no cabo de algum tempo em que buscando traça e ordem pera lhe falar (como desejava) não tinha achado alguma, sucedeu fazerem-se umas grandes festas em a cidade, em as quais se achou Florinda com outras damas amigas suas; e parecendo a Arnaldo ser boa esta ocasião, ao menos pera ser visto dela, confiado com esta traça dar bom princípio a seus amores, estribado na boa postura e graça de seu corpo e gentileza de seu rostro, em que por ser em público se não isentaria Florinda de pôr seus olhos, entre outros cavaleiros que saíram a correr canas[41] e touros em a praça (donde Florinda estava), foi ele um. E como fosse conhecido de muitos pelas boas partes que havemos dito, folgaram de o ver tão bem posto e vestido em seu fermoso cavalo; de modo que não havia dama que se isentasse de louvar sua postura, e poucas de cobiçar sua pessoa. Até este tempo havia estado Florinda bem isenta de amor resistindo a todas as setas que lhe lançava, mui alegre de não ser de alguma delas ferida: porém como era chegado o tempo em que queria já usar da destreza de seu ofício, chegando Arnaldo em seu brioso cavalo por baixo da janela donde Florinda estava com as damas, foi chamada de algumas pera que visse sua gentileza e boa postura; o que logo fez mais por zombar como fazia de outros, do que com ânimo de o ver aventejado deles, como as damas lhe afirmavam. E com este pensamento, bem fora de ter algum de que o amor a vencesse, chegou, e vendo-o tão gentil-homem, airoso e bem ornado com a riqueza de seu vestido brincado de várias jóias e peças que mais graça lhe emprestavam; certificada de quem era, e certa no que dele já ouvira, com tanta eficácia empregou seus olhos em os de Arnaldo, que venturosos se achavam com a dita de tal encontro, que esquecendo-se de si teve lugar o amor de empregar sua ervada seta; e ainda que não pôde chegar a ferir o coração, contudo como este mal seja repentino e apressado, em pouco tempo se apoderou dele e ficou rendido e morto pela beleza de Arnaldo, que mui contente estava, sentindo os efeitos que causava em Florinda sua vista, porque como ela seja a porta de afeição, cada um comunicou a que tinha em seu coração por ela: que esta mais com os olhos que com a língua se declara. E como era avisada dissimulou por então em o rostro o que não podia em o coração, e em todo o tempo que Arnaldo corria, ou fazia sortes[42] em seu cavalo, andavam seus olhos escondendo-se dos outros pera que os não vissem empregados em quem já tanto queriam (próprio de quem ama parecer-lhe que todos notam a causa de sua afeição), a qual se lhe aumentou mais quando viu que Arnaldo fazia extremos, assim nas sortes, como nas canas, e que todos pregoavam a ventagem que lhes levava, e era bem conhecida a melhoria que lhes fazia. E acabadas as festas se recolheram os cavaleiros e Florinda com as damas, louvando entre si as grandezas de Arnaldo, como que entre todos merecia ser engrandecido: como quem só a seus olhos tinha sido venturoso; só Florinda por dissimular as abatia, louvando mais as obras de outros, ainda que bem sentia o contrário em seu coração: porque é propriedade da mulher que ama nunca declarar com a boca aquilo que no mais secreto dele se encerra.

CAPÍTULO II

De como Arnaldo se fingiu estrangeiro pera dar uma carta a Florinda e da reposta[43] dela.

PASSADO POIS ESTE PRIMEIRO princípio e fundamento dos amores de Arnaldo, e agradecido dele a sua ventura, como mais buscado do que achado nela, como o amor não consinta quietação em uma alma que o serve, não pôde mais Arnaldo ter alguma, antes com mil inquietações e desasossegos (propriedades devidas a novo amor) começou de buscar ocasião em que mostrasse a Florinda sua antiga liberdade estar posta em nova sujeição.[44] No que gastou alguns meses, dando músicas de noite à Florinda, e de dia passeando sua rua, ora só, esquecido de sua gravidade, ora acompanhado de amigos e criados: outras vezes a cavalo, fazendo nele muitas galantarias (em que era mui destro) sem em todo este tempo ter mais que poucas vistas de Florinda, porque como estava acompanhada de suas criadas, não lhe davam lugar a que pudesse estar em parte donde pudesse ser vista as vezes que ele desejava. Bem conhecia Florinda pelos extremos que via em Arnaldo ser grande o amor que lhe tinha, porém como se sentisse impossibilitada de se mostrar dele agradecida, declarando-lhe a força do que já tinha tomado posse de seu coração; pera que não caísse em tão grande falta, como a da ingratidão, quis o amor (como costumado a tirar, de fraquezas, forças, pera não dar em algumas faltas) dar tantas forças a Florinda que, ajudadas delas, deu mostras do que[45] tinha ser igual ao que Arnaldo lhe mostrava. E foi que passeando ele como costumava um dia por sua rua, se deixou ela ficar de propósito em sua janela, a uma por estar só, e a outra, porque não passava então gente por ela; e pondo seus olhos em os que tanto ver desejava, foi tão sobressaltada com o demasiado gosto e contentamento que recebeu com sua vista, que desamparada de seus sentidos se reclinou sobre seus braços ao umbral da janela de um amoroso acidente,[46] de que ficou tão trespassada que mal soube fingir reposta que dar a suas criadas, que lhe perguntavam a causa. Bem entendeu Arnaldo, que tal excesso não podia nascer senão donde houvesse muito de amor: e misturando o sentimento[47] que recebera (compadecido do acidente que com sua vista dera a Florinda) com a alegria da causa dele, começou de fazer-lhe em seu peito um tão excessivo abalo, que bem foi sentido de seus criados, ainda que (temperado com a força de seu juvenil ânimo) não foi de todo, e não falte nas mulheres indústria para um fingimento conhecido deles. E como o amor seja fogo, e tanto mais se aumente quanto mais matéria tem em que se sustente, alentado com esta se acendeu mais em os corações destes tão queridos amantes, de tal maneira que nem Arnaldo podia quietar em sua casa, nem conversar amigos, como costumava; nem Florinda suas criadas, de quem era mui querida. Recolhendo-se pois Arnaldo a sua casa, dispôs-se a fazer-lhe uma carta, pera que manifestando-lhe seu ânimo entendesse a verdade do seu: pois se via tão impossibilitado de o fazer de palavra, quão cuidadoso havia sido de ocasião em que lho pudesse manifestar por ela. E porque lhe parecia que mandando-a por terceira pessoa seria descoberta, ou não fosse dada em sua mão própria, buscou ordem e traça pera que se lhe desse sem ser de alguém sentida. E foi que despojando-se de seus vestidos próprios se vestiu em outros alheios, fingindo-se estrangeiro; e comprando algumas peças curiosas, se foi a uma quinta donde Florinda estava com suas criadas e mais gente de casa folgando; e mandou logo recado de como trazia jóias de estima de outros reinos pera vender, entre as quais tinha uma de grande novidade. E como as mulheres comumente sejam amigas dela, logo o mandaram subir e vieram receber à primeira sala, ficando a que ele trazia no coração recolhida em a sua. E começando cada uma comprar o que mais lhe servia, dando-lhe as peças lhe roubava os corações, porque era em tanto extremo gentil-homem e bem-disposto, que ainda em trajos tão vis o representava. Logo Florinda mandou a sua aia lhe levasse a mostrar a mais curiosa peça que aquele estrangeiro trazia, e o preço dela. Vendo ele o bom lanço e ocasião, tirou de uma boceta um cofrezinho pequeno todo marchetado de ouro, semeado de muitas e várias pedras, e fechado lhe mandou, dizendo, se lhe contentasse, desse o preço que mais fosse servida, e que no dia seguinte tornando o receberia; e com isto se foi logo, e Florinda ficou notando a curiosidade do cofre e perfeição dele, não determinando de lhe dar preço certo, senão o que ele lhe pedisse. E chegado o seguinte dia, em que tinha ficado de vir receber, vendo Florinda que não cumprira o que dissera, nem em os dous seguintes vinha, como avisada que era suspeitou ser alguma traça de Arnaldo: e recolhendo-se só à sua câmara, tomou o cofre que fechado estava com certo engenho,[48] que sem chave se abria; e depois que deu nele, viu dentro um papel dobrado sem mais alguma cousa, com o que ficou em extremos sobressaltada, e abrindo-o achou ser carta de seu querido Arnaldo: e assim do que tinha precedido como do que de presente conhecia, entendeu que ele fora o mesmo portador dela; e por se dar com mais segredo, estrangeiro se fingira. E com grande alvoroço de seu coração a começou ler, a qual era da maneira seguinte:

Carta de Arnaldo a Florinda.

Se com a ventura que me falta me faltasse agora, senhora minha, o atrevimento de descobrir-vos os secretos de meu coração, ficaria enterrada em o seio do perpétuo esquecimento a mais honesta vontade e pronta a vosso serviço que há nascido nem pode nascer em um namorado peito. Porém por não fazer este agravo a meu justo desejo, quero que entendais que não tenho outro mais que de servir-vos e amar-vos; e este já tão entregue nas mãos de minha vontade, que não sou senhor dela pera cousa que seja fora deste intento. E por saber a resolução do vosso tomei este meio forçado do amor que abrasa meu coração há quatro anos, sem em todo este tempo achar algum pera vos poder manifestar o que padeço: e porque entendo que de tão nobre sujeito, como o vosso, está bem certa a paga que mereço, por o estar tanto a vossa pessoa; cesso, e não de vos querer, como a minha própria, etc.

    Havendo pois Florinda dado fim à carta de seu amado e querido Arnaldo, e conhecido dela o grande amor que lhe tinha, nascido do contentamento que recebera, se tornou a encarnada cor de seu fermoso rostro, em várias e diversas, e sem dúvida que a não lhe atalhar os efeitos que o amor lhe começava a causar, uma criada sua, que da parte de seu pai a chamava, por ventura se enxergaram em ela tanto que pudesse dar mostras de alguma suspeita; porém, como avisada, deitando de si tudo o que lhe podia ser causa de alguma; dissimulou por então em o rostro o que tanto sentia em seu coração. E como seja propriedade do amor quando tem tomado posse de algum, facilmente apartá-lo de todas as cousas que não vão dirigidas ao cumprimento de seus costumes, vendo-se Florinda em parte donde não podia mostrar-se, que não fosse isenta deles, se fingiu doente para que o pai tivesse mais rezão de a tornar mandar para a cidade, o que logo fez com toda sua casa. E despois que Florinda se viu nela, começou com novos cuidados entregar-se ao amor de Arnaldo; e porque este quando é grande não sofre dilação em quem o serve, mormente quando é em proveito da cousa amada, entendendo o que resultava a Arnaldo com a brevidade da reposta (devida em lei de primoroso e honrado termo), apartando-se de suas criadas por não ser vista delas, lha fez logo: a qual para lhe dar com mais cautela, esperou que passasse uma noite (como fazia muitas) por sua rua, e sem que a visse pessoa alguma lha deixou cair; a qual ele sentindo ergueu, e com ela os olhos, à causa de tanto bem, mas não foi possível de aquela vez falar-lhe, porque logo que despediu da mão a carta, o fez ela da janela por não ser sentida. Logo Arnaldo mui contente se foi a sua casa, e abrindo a carta de sua amada Florinda viu que eram as regras[49] dela da maneira seguinte:

Carta de Florinda a Arnaldo em resposta da sua.

Se o grande amor que tem tomado já posse deste coração para ser só vosso não fora de tanta força que lhe deixara alguma para lhe poder resistir, pudera, como experimentada em alheios males, fazê-lo à vossa. Porém como fora dele, já agora será impossível haver para mi cousas que o não sejam, é-me forçado dar crédito a esta, pois na abonação dela fico ganhando um bem com tanta liberalidade oferecido; que nem a mim me seria bem contado mostrar-me ingrata em não querê-lo, nem ele por quem é merece ser desprezado. A traça que buscastes vos agradeço, porque não corria menos risco (sendo vossa carta descoberta) minha honra do que perigo para com meu pai, minha pessoa, e porque há muitas em esta casa que me são impedimento de poder referir às vossas (como a primorosa lei de amor pede), peço-vos cesseis com elas, e eu buscarei tempo em que vos possa manifestar de palavra o que ele agora me não dá lugar a fazer por letra. E entretanto, vos guarde o Céu, etc.

Logo que Arnaldo acabou de ler a carta de sua querida Florinda, ficou tão contente quão cuidadoso do meio que teria para falar-lhe, pois o proibia de escrever-lhe. Porém, estribado em sua palavra, dissimulou o mais que pôde e não o continuar sua rua e dar músicas como costumava: no que se gastou mais quatro meses, sem em todo este tempo o achar Florinda acomodado para a cumprir, ainda que não estivesse ociosa em buscá-lo, levada do interesse de dar alívio a seu coração, porque não há nenhum mais certo aos que amam do que por elas descobrirem o que padecem. E no cabo deles, estando Arnaldo dando uma noite acostumada música perto das casas de Florinda, tiraram de dentro com um limão, o qual caindo junto dele ergueu, e logo julgou o que podia ser pelo pouco peso que lhe sentiu; e recolhido a sua casa abriu-o (que cerrado estava uma ametade com a outra) e achou dentro ambas vazias, e só com um pequeno papel, com duas regras, e o nome de Florinda ao pé, as quais diziam assi:

Bem sentida estou, senhor, de não haver ocasião de poder falar-vos mais cedo; esta noite que vem às dez e meia entrai em o meu jardim, e na janela que cai para ele me achareis, e nisto não haja falta, porque em cumprir o que digo não haverá alguma.

Florinda.

Tão alvoroçado ficou Arnaldo com estas poucas regras, que nem pôde mais quietar o restante da noite, nem no seguinte dia cessar de lê-las. Não se descuidando porém da ordem que teria para entrar em o jardim, porque a porta dele estava sempre fechada, nem se iria só, ou acompanhado: porém como avisado que era, não se quis fiar de seu parecer, antes falando com um criado seu de quem muito se fiava lhe pediu conselho no que faria: porque melhor é errar um seguindo conselhos alheios, do que acertar fiado em seus pareceres próprios.

CAPÍTULO III

*De como Arnaldo entrou em o jardim
e do que lhe aconteceu à porta dele,
despois de falar a Florinda.*

DESPOIS QUE ARNALDO houve dado conta a seu criado (como temos dito) e recebido o conselho que no caso lhe pedia (que era de não levar outrem consigo mais que ele), em o qual podia ir confiado o ajudaria em tudo o que suas forças pudessem chegar, ficou tão contente e satisfeito que levantando os braços os deitou a seus ombros, dando-lhe dele muitos agradecimentos, e logo se começou aparelhar para o pôr por obra. E chegado o tempo em que os dourados raios do Sol tinham deixado as terras e a inimiga noite com seu escuro manto cobertas, porém não de modo que a pudesse guardar das calamidades do Céu, se vestiu ele e seu criado (e como é próprio de amor e dos amantes as armas, pois seu pai as faz)[50] com algumas armas de muitas que tinha, para que melhor se pudessem defender quando alguma cousa lhe sucedesse. E despois de dadas as dez se saíram de casa, e chegando ao jardim foi de parecer o criado que lhe desse Arnaldo ajuda pera entrar, e que lhe abriria a porta; e entraria por ela sem trabalho; o que logo fez, e buscando a mais baixa parte da cerca e ajudado de Arnaldo, entrou dentro; e logo abrindo a porta entrou Arnaldo sem impedimento algum, e ele se pôs da parte de fora em guarda dela. Despedindo-se pois de seu criado, se foi direito à janela, e não achando ainda em ela o lume de seus olhos ficou sem vista, porque só da sua se sustentavam; e por que não fosse sentido se encobriu debaixo de um copado limoeiro. Estando pois assim não muito tempo, sentiu que se abria a janela donde ele tinha (como outra águia em o Sol) fitos e pregados seus cegos olhos, esperando pela luz em que consistia a vista deles; e cobrando-a com a presença de sua amada e querida Florinda, ficou com tanto excesso de alegria, qual costumam receber os campos quando com os claros raios do Sol são alumiados, que como tais se lhe representavam a Arnaldo os que Florinda lançava de seus olhos. E querendo ele romper o silêncio da noite para descobrir seu peito a quem tinha já por senhora dele, não pôde por um bom espaço pronunciar palavra, porque é propriedade do amor emudecer a mais solta língua. E sentindo Florinda que dele lhe nascia o impedimento dela, dissimulou por um pouco, dando-lhe lugar a que lho desse aquele repentino sobressalto de amor para poder falar. E vendo contudo que ele o não fazia, pareceu-lhe que se enganara com o pensamento que tivera, e que de Arnaldo ter outros (causados de alguma desconfiança que dela tivesse) lhe nascera. E como entre estas e ciúmes mais se esforce o amor, acendeu tanto o coração de Florinda (de quem já estava apoderado) que não podendo as palavras sofrer as chamas dele, com muita pressa se saíram pela boca de Florinda, manifestando o que sentia desta maneira.

— Em verdade, amado e querido Arnaldo, que vos não posso encarecer o demasiado espanto que me tem causado ver o que pusestes a vossas palavras:[51] e já pode ser que o grande amor que abrasa este vosso coração, neste pouco tempo que há que vê seu corpo (de quem tão saudoso estava), me tenha feito revolver tantas cousas em o pensamento que não acerto em nenhuma. Mas se já é, amado meu, o enganardes-vos com minha fermosura, parecendo-vos que era maior, e agora vos certifiqueis do contrário com minha presença; lembre-vos[52] que em o meu pensamento não trato mais senão de como vos hei de servir e amar, cousa que à minha vontade se não deve, mas só à vossa gentileza e graça, que ma roubou; lembre-vos, senhor, que em mi não achareis nunca menos segredo do que fé e conhecimento, partes que costumam satisfazer pera com amor, quando há falta de algumas naturais, como entendo em mi achareis; lembre-vos a palavra que me destes em a vossa carta, e que é de homem, e não é bem que torne atrás, e a vossa muito menos, pois é de um peito tão nobre; lembre-vos o muito que arrisco vir-vos a tal hora falar, e o perigo a que me ponho se for sentida. E se de nenhuma destas cousas vos lembrardes, não vos esqueçais de me tirar a vida, que a quem vós faltardes ela sobeja. E se o hei sido em descobrir o que padeço, não sejais vós avaro em me dardes o remédio.[53]

Com estas últimas palavras deu a fermosa Florinda fim às suas e princípio a copiosas lágrimas, que como pérolas saíam de seus claros olhos com tanto ímpeto que, alcançando umas a outras em o meio de seu rostro (que qual a fresca rosa com o orvalho da menhã fermoso e corado se mostrava), assim juntas desciam até fazer seu curso em outras naturais, que a seu cristalino pescoço esmaltadas[54] em fino ouro tinha. Não sem grande cópia[55] delas, ainda que reprovadas a juvenil peito (posto que em tal ocasião tinha desculpa), ouviu o galhardo Arnaldo as doces e sentidas palavras de sua amada Florinda, o sentimento das quais lhe era causa das suas, e movido dele começou a romper nestas.

— Suposto que, amada Florinda, acertásseis a causa que o fora do espanto de minhas palavras, por onde fiquei mudo ante vossa fermosa presença: contudo não o fizestes no sentido que o foi de me tirar o meu (como de vossas que outro maior me causaram entendi):[56] por onde escusas foram as lembranças que fizestes a quem não tem nenhuma mais que de vós; se tendes parecer que o tinha eu de vossa fermosura ser outra da que agora cobre esse soberano rostro, e arrependido queria tornar atrás com minha palavra: prouvera[57] a Deus que não fora ela tanta que, não o sendo, nunca chegara ser de vós tão mal julgada; e por fim me dizeis que o dê[58] a vossa vida: se já é quererdes nisso dizer que o ponha à minha (que bem se infere, pois só de vós a terdes depende); pois está em vossa mão, para que é mandar fazer por outrem o que por ela podeis livremente executar? O sentido pois que ignorastes, na causa que conhecestes, é ser propriedade da fermosura enlevar com tanta força os corações que nela se empregam, que lhe não fica nenhuma para poderem proferir palavras; e como as que com a boca se pronunciam nasçam da abundância dele, e o meu o esteja tanto na muita de que a natureza vos dotou, de necessidade havia de ficar mudo, como bem vistes, ainda que o contrário de mi julgastes; e esta é a rezão que podeis ter por tão verdadeira como a que dissestes por falsa.

Com estas palavras cobrou novo alento a fermosa Florinda, e retendo as lágrimas que ainda derramava, já com mais alegria lhe tornou a falar nesta maneira:

— É tão grande e excessivo o amor que vos tenho, querido Arnaldo, e com tanto ímpeto abrasa minhas entranhas, que tenho por boa sorte o que de vós julguei, para com o sentimento que recebi matasse alguma parte do fogo que arde em meu coração, porque doutra maneira se consumiria com as chamas do fogo de amor, causa que sentiria mais por ser vosso, do que sem ele perder a vida, que só quero para a empregar em vosso serviço; e desde hoje me ofereço à vossa vontade, protestando de não fazer à minha cousa fora do lícito cumprimento dela.

Não se pode encarecer a alegria que com estas palavras recebeu Arnaldo, por serem tão cheias de amor; das quais entendeu que estava Florinda tão rendida como ele afeiçoado. E querendo-lhe satisfazer com outras, lhe foi a fortuna contrária (porque ainda o é àqueles a quem é favorável o costume de ser felicidade entre amantes a igualdade em amor), ouvindo ruído de espadas à porta do jardim por donde tinha entrado, e seu criado, guardando a entrada dela, lhe esperava. E julgando o que podia ser se despediu de Florinda, não com pouca mágoa de seu coração, e ela não com menos sobressalto o fez dele, porque já os golpes se ouviam dentro em suas casas, e algumas criadas acudiam às janelas a tempo que ela se tirava da sua, sem ser vista, nem sentida de alguma. E deixando-a agora recolhida em seu aposento (ainda que no de seu corpo não cabia o coração) tornemos a Arnaldo, o qual apunhando a espada em uma mão e embraçando o broquel em a outra, se foi direito donde os golpes soavam, ainda que tropeçando em alguns canteiros do jardim: como o que vindo de ter os olhos aos claros raios do Sol, fica como cego entrando donde não há claridade (porque de tais lhe serviam aos seus os de Florinda). E chegando à porta já com mais vista, viu a seu criado que valerosamente estava defendendo a entrada dela a três homens, que com muito esforço tentavam entrar por força. E não podendo já o mancebo menear a espada, por ter uma estocada em o braço dela, o valeroso Arnaldo supriu a falta, como valente que era e tinha diante a cousa que o afeiçoava (em cuja presença Amor fez muitas vezes valerosos, mui cobardes, que tais são suas forças), dando tal pressa em os deitar da porta, que a poucos passos derrubou um e os outros deram às costas — não por covardia, que eram mui esforçados, mas porque recresceu alguma gente, e não serem conhecidos. O que Arnaldo vendo se recolheu logo a sua casa com seu criado. E passada a noite, e desse com várias imaginações e pensamentos sobre quem seria a quem tinha dado a morte, e seus companheiros, e se teriam a mesma pretensão: ainda que a lembrança das palavras de Florinda davam alguma força a seu coração pera resistir-lhe. Chegado o dia, mandou logo inquirir do morto quem fosse e a quem culpavam em sua morte, não se esquecendo da cura de seu criado o mais secreto que pôde, porque o estimava muito (nem se devem ter em menos os que o são). Inquirindo pois outro criado seu da morte (como lhe mandara) viu que levavam a enterrar um homem, dizendo todos que morrera aquela noite de morte súpita, e perguntando quem era, soube ser criado de um nobre fidalgo daquela cidade chamado dom Luís; e dando conta de tudo a Arnaldo, ficou com a nova tão espantado como pesaroso, por ter em ele um competidor e inimigo mui forte; e mais o ficou parecendo-lhe teria a mesma pretensão; porque era este dom Luís filho dos mais nobres fidalgos de todo o Reino, o qual possuía um morgado de muitas rendas, sem outras muitas que de terras de que era senhor lhe acudiam, o que tudo o fazia ser dos mais ricos e poderosos daquela cidade e ainda de todo o Reino, e sobretudo mui esforçado. Este pois amava a Florinda com tanto extremo, que lhe não levava Arnaldo ventagem, senão em ser mais favorecido dela: a qual bem entendia o amor que lhe tinha, porém queria tanto a Arnaldo que, a todas as ocasiões em que dom Luís lhe podia por alguns sinais mostrar o amor que lhe tinha, dava as costas, com o que ele andava tão cioso, entendendo que o teria a outro, que não cessava de buscar muitas para se tirar de sua suspeita; e assim aconteceu achar esta como desejava, vindo de propósito como o fazia algumas noites passear as ruas e porta do jardim, até que passando esta com um amigo seu e um criado (que foi o morto), achou a porta aberta, e querendo entrar lhe sucedeu o já dito; e porque se certificou de sua suspeita ficou assim com ela (como com a morte de seu criado, que muito queria) tão apaixonado[59] que caiu em uma enfermidade que lhe durou alguns dias: na qual o deixemos e acudamos a dar conta do que passou a fermosa Florinda com o sobressalto passado. Não se pode encarecer as muitas lágrimas que o restante da noite derramou, os pensamentos que revolvia, os suspiros que retinha em seu peito por não ser sentida: maldizendo a sua vida com tanta lástima que não haveria quem, vendo-a em tal ocasião, a não tivesse dela: porque donde o amor é grande há comumente mil inquietações e desassossegos, enquanto não tem presente a cousa amada, e como Florinda não só carecesse da presença de seu querido Arnaldo, mas não estava certificada se existia a sua ainda em o mundo, pelo sucesso passado, não podia deixar seu coração de estar mui aflito e angustiado, do que dava boas mostras seu fermoso rostro, porque nele se enxergavam claramente os efeitos daquele que está com alguma pena lastimado.

CAPÍTULO IV

De uma carta que dom Luís mandou a Florinda e do que mais sucedeu despois da reposta dela.

CHEGADA POIS A MANHÃ (tempo em que os sucessos da noite se descobrem) houve por bem o Céu de se divulgar este para que a atemorizada Florinda quietasse, descobrindo-se quem era o morto, porém não o matador; o qual só encobriu dom Luís atalhando as vozes de todos com mandar denunciar que seu criado morrera a caso[60] de súpito aquela noite, dissimulando o ódio que em seu peito tinha já a Arnaldo; porque como nunca falta uma língua má, já lhe haviam dito quem era e como amava a Florinda, e ela a ele com grande excesso de amor, cousa que mais o estimulava à vingança, que em seu danado peito já tinha propósito de tomar dele. E como era mancebo resistiu mais depressa à doença e em poucos dias foi livre dela. E tornando a suas forças primeiras dissimulou por alguns seu danado intento, dando conta dele a seu particular amigo, que nunca em sua enfermidade o havia desamparado; e como há poucos que dêem sãos e verdadeiros conselhos, este lhe aprovou o que dom Luís no caso lhe pedia, de matar a Arnaldo, para o que lhe ofereceu seu favor, forças e ajuda, e até a vida se fosse necessário; com o que ficou mui satisfeito (porque não há nenhum peito mau que com ruins conselhos o não fique) porém não quis logo executar seu intento sem primeiro saber o de Florinda. E como buscasse ocasião por muitas vezes para lhe falar, passeando de noite e de dia sua rua e vigiando sua janela, e não achasse alguma (porque não dava Florinda lugar a que seu intento se efetuasse, porque o que tinha era de esconder-se) dispôs-se a fazer-lhe uma carta para saber dela sua determinação: a qual feita lhe mandou por pessoa secreta de sua casa; e sendo-lhe dada sabendo que era de dom Luís quis logo rompê-la sem a ler, porém considerando ser desprimor não lhe responder a ela, de necessidade se constrangeu a abri-la, a qual lendo viu que dizia assi:

Carta de dom Luís a Florinda.

Se os males que padeço, senhora Florinda, não foram nascidos de desfavores vossos, não me tenho por de tão poucas forças que não pudesse sustentar o peso deles. Porém como os meus só daí procedam, confesso minha fraqueza, que me não deixam usar delas pera o fazer. E assim me tem prostrado por terra tão sem acordo, que me não ficou nenhum mais que para fazer-vos esta carta, pela qual quisera que conhecêreis antes a fé mui limpa de meu coração, que não ler as mal compostas regras dela. Porque nelas não conhecereis mais que minhas más palavras, e vendo esta alcançareis estarem estribadas em boa rezão minhas queixas. E quando eu merecera que o grande descuido de que usais pera comigo se passasse em mim, e minhas ânsias e males se passassem todos em vós, neles veríeis quão pequenas são as que dou, a respeito do grande tormento que padeço. E se este o pudera pregar a boca como o sabe sentir o coração, por ventura que da força dele nascera um sentimento com o qual se pudesse despertar vosso descuido. E pois que de meu coração, não querendo, não possa deixar de ser vosso, vos nasça usardes de tantos, pera que o vosso, podendo, se não declare por meu; quero saber de vossa vontade se hão de ter termo com detrimento da minha, ou em satisfação dela. Para que ou meus cuidados comecem de tirar ao alvo de vossos serviços, ou se empreguem em vos causar contínuos desgostos. E porque o mais destes entendo que será o tirar a vida a quem vós a dais com vossos favores, quando não quiserdes aumentar a minha fazendo esses a esta pessoa, bem podeis começar a sentir com lágrimas a falta da sua; que eu vos dou palavra que (quando logo me não deis outra de serdes minha) vejais bem depressa a execução dela. E com isto não digo mais, que ficar esperando pela resolução da vossa, etc.

Logo que Florinda acabou de ler a carta de dom Luís, e considerando suas tão resolutas como soberbas palavras, ficou tão fora de sentido que nem de si o tinha. E cobrado algum com a certeza que lhe ficava do esforço de seu querido Arnaldo que se saberia bem defender dele, pareceu-lhe bem dar-lhe conta da carta de dom Luís, para que com o parecer que lhe desse determinasse o seu; o que fez vindo-lhe ela falar como fazia algumas noites em o jardim (não obstante o que nele lhe havia acontecido nem o risco que corria a sua vida exposta a tantos perigos; que como o amor em os mais arriscados aí os ache menores, não reparou em os que lhe podiam acontecer, contanto que gozasse da vista e presença de sua amada Florinda), o qual vendo a resolução de suas palavras e soberba delas, fingiu em seu rosto que as desprezava, porém não deixou de o sentir em seu coração, que como é em tudo verdadeiro parece que lhe adivinhava já o que com ele lhe havia de suceder. E encobrindo o sentimento o mais que pôde (cousa que raramente se faz em abonos de ódio e de amor como estes eram), lhe disse respondesse a dom Luís o que o amor lhe ensinasse. E entendendo ela que a vontade de Arnaldo era ver a verdade da sua, e se era bem firme o amor que lhe mostrava (porque não há peito namorado que não seja desconfiado), despedindo-se dele se recolheu a seu aposento, e expondo-se a tudo o que a fortuna ordenasse lhe fez umas poucas regras, porém cheias de muitos desenganos, a qual deu ordem que lhe fosse dada em sua mão, e ele abrindo-a (não sem alegria de seu coração) por lhe parecer veria nela o que desejava, viu que dizia assim:

Reposta de Florinda a dom Luís.

Uma carta, senhor, recebi vossa com mais torvação que gosto, porque já podereis entender que nenhuma cousa vossa mo causa. Pesame de não poder satisfazer o amor que me mostrais com o que ele se paga, que é outro; porque não se pode ter verdadeiro mais que a um só; que já ouvíreis dizer que a mulher que a dous ama a ambos engana, e eu nem quero enganar-vos, nem ficar enganada; porque então o fora quando deixara de amar a quem amo: ao qual entendei tenho tanto amor que nem a morte será bastante para o desfazer; porque como ele tenha fundado suas raízes em a alma, e esta não tenha fim, com ela sempre eternamente durará. E porque quero que entendais em não me ser molesto com outras, cesso por vo-lo não ser a vós com as regras desta, etc.

Não costuma o indomável tigre vendo levar dos caçadores a algum filho seu ficar mais bravo e cruel do que dom Luís ficou com a reposta de Florinda que lhe serviu de vento que levou pelos ares sua esperança; e desde aquele ponto converteu todo o amor que lhe tinha em ódio e vingança, a qual quisera pôr logo em execução (porque era de mui bravo ânimo) se lho não estorvara seu amigo indo-lhe à mão[61] aplacando sua ira e dando-lhe algumas rezões com que mitigasse o sentimento que recebera. Dissimulou ele aquela noite e algumas mais, porém não em seu ânimo o pôr em efeito a morte que intentava dar a Arnaldo e ainda a ela, se pudesse (que tal era o ódio que já lhe tinha), o qual não deixava de se resguardar o mais que podia, maiormente quando de noite dava músicas a Florinda ou lhe falava, levando consigo criados que o defendessem. Tinha já Arnaldo passado com Florinda três anos de amores, sem em todo este tempo ter mais liberdade para falar com ela que (como havemos dito) pelo jardim, e isto poucas vezes e de uma alta janela, e dando-lhe algumas músicas (próprios exercícios de quem ama) e em ausência passando-a em contínuos ais e suspiros, porque quando o amor é grande estas são as verdadeiras mostras dele; e como seja próprio em mulheres atropelar mil inconvenientes por satisfazerem seus apetites, Florinda o fez a muitos que tinha, determinando-se a falar-lhe uma noite em uma janela de grades baixa que caía para uma escusa rua donde ela até então lhe não tinha falado; e porque desejava de manifestar a Arnaldo o propósito que tinha de nunca deixar seu amor e dar-lhe palavra de não amar a outrem mais que a ele: sabendo que dom Luís era ausente da cidade (que ele fingiu para melhor conseguir seu intento) lhe declarou o seu dizendo-lhe a noite em que havia de vir; estando-lhe falando uma como fazia outras, e ele dando-lhe palavra de vir no tempo que dizia, se despediu por então dela. E chegado já o em que o dourado Apolo com seu inflamado carro havia deixado nosso hemisfério, metendo-se em o salgado fundo do mar Oceano para refrigerar e apascentar seus febos[62] cavalos em os amenos e antárticos prados; e tendo a inimiga noite feito três horas de curso, que ao todo seriam já as onze dela, quando Arnaldo se saiu de sua casa só com seu criado; e tão grande era o alvoroço que levava de falar de tão perto a sua amada Florinda, por ser cousa que té[63] então não tinha feito, que lhe não deu lugar a que armasse seu corpo como outras noites fazia, fiado também na ausência de dom Luís; e chegado ao passo para onde dirigia os seus, tentou as portas da janela, e sentindo estarem ainda fechadas, deu uma volta a toda a rua, e sem achar nem ver pessoa alguma se tornou a ela, já a tempo que Florinda abria as portas com muito resguardo por não ser sentida; e como Arnaldo estivesse pensativo de sua tardança, logo que em o fermoso rostro de Florinda empregou sua vista se ausentaram dele pensamentos, fugiram imaginações, desterraram-se temores, deixaram livre seu peito todos os receios, não teve mais vãs suspeitas, e de todo ficaram alegres suas esperanças e tiveram lugar os olhos de ficar de sua beleza tão satisfeitos, como o coração isento de sentimentos, que não há nenhuns tão poderosos que com a vista do que muito se deseja não sejam desterrados. E como o amor costuma apoderar-se dos mais livres, pera que com menos impedimentos possa deles ser acreditado, havendo que então o é mais quando dos amantes com palavras é menos encarecido, tomou tanta posse do coração de Arnaldo que o fez dar em um profundo silêncio; se é que o não quebram os olhos que estavam descobrindo os secretos de corações; porque quais os dous mudos romanos, Etrasco e Verona, se haviam Arnaldo e Florinda, comunicando pelos olhos a afeição, como que se para o fazerem por palavra tivessem impedimento na língua, que são efeitos do amor que impede a memória viva, turba o juízo claro, encobre o estilo suave, atalha a eloqüência profunda e ainda ata a língua mais experta. Aqui pois quis o amor mostrar-se mais engrandecido, pois era senhor de um tão firme e verdadeiro peito qual o de Florinda, dando a entender que o ensenhoreava em fazer força a seu coração, que o acreditasse para com Arnaldo; e mostrando-se para o efeituar alvoroçado foi bastante, pois dele ficou logo conhecido nos efeitos de seu alvoroço, que foi um acidente amoroso que sobreveio a Florinda, que despois de livre dele se achou em meios braços de seu querido Arnaldo recostada, que se as grades de ferro foram mais liberais sempre tivera seu peito por cabeceira.

Cobrando pois Florinda mais algum alento, despediu dele um íntimo suspiro, com o qual (se não rompeu os ares por ser mui brando) abriu o peito de seu querido Arnaldo; o qual sentido de sua lástima, conhecido da grandeza de seu amor, certificado do muito que lhe queria, obrigado da boa vontade que lhe mostrava e satisfeito dos grandes excessos de amor que por ele fazia, fez força à sua língua, que logo rompeu o silêncio com amorosas palavras, falando a Florinda nesta maneira:

— Se donde o amor mais se apura mais o entendimento não enfraquecera, sempre me ficara para vos descobrir o que sinto alguma força: porém como o amor faz tanta a meu entendimento, não me culpeis, senhora, em vos não descobrir por extenso meus pensamentos, em vos não manifestar meus desejos, em ser avaro de palavras com que descubra meus sentimentos: e ainda em vos não poder declarar o que vos quero descobrir o quanto vos amo, e mostrar-vos a lealdade e firmeza de meu peito; que ainda que tenhais rezão de o ter alcançado, contudo não me acho com isso satisfeito. Porque vivo de vosso amor mui interessado, e assim de não ter nunca outro faço prometimento; e ainda que para encarecê-lo me faltem palavras, nunca faltarei com esta que vos dou de ser vosso esposo, ainda que todos os contrastes do mundo se ponham de pormeio,[64] não o tomando entre eles a morte, porque com esta dão fim palavras, quebram-se votos, fenecem firmezas, não têm lugar prometimentos, ficam frustradas as esperanças, mortificados os sentidos, e de todo deitados por terra amorosos desejos, e crede que os que em mim vivem não são (em quererem mais) demasiados, nem serão até me não nomear por esse satisfeitos; salvo que então o ficarão em parte quando em favor seu se declarar vossa vontade; e se a tendes de me dar vossa palavra, havei que não quero tomar mais testemunha que de vosso nobre peito e leal coração alcanço, que dando o tempo lugar será cumprida, e enquanto ele o não conceder viverei com ela tão satisfeito, como que já (do que mereço pelo que vos quero) estivesse apremiado. E se o mais aventejado prêmio do mundo se deve ao mais firme, maior e mais honesto amor dele, só a mim pertenceis de direito: como a quem na bondade de amor vos tem melhor merecido.

E com isto impôs Arnaldo a suas palavras silêncio, que logo Florinda com outras quebrou, assi dizendo:

— Quem pudera, meu querido Arnaldo, emendar a natureza, que parece em deixar o coração encerrado em o peito se mostrou esquecida, porque então como achásseis em este vosso mais fácil entrada, veríeis às claras o quanto vos ama e ficaríeis sem receios, viveríeis sem sobressaltos, andaríeis sem temores, e estaríeis sem cuidados, e nem vos molestaram penas, nem vos atormentariam males, nem vos oprimiram sentimentos, nem vos cansaram esperanças, nem vos alentaram prometimentos; e nele víreis fé, conhecêreis firmeza e alcançáreis lealdade; e quiçá vos fizera sua grandeza escusar de pedir (de vo-las guardar) minha palavra, nem ainda prometimento de ser vossa esposa. Porém pois isto não pode ter emenda, daqui vo-la dou de ser vossa, e com ela esta mão que vos fique de prenda, que é a maior que se permite dar uma namorada donzela; e se nenhuns contrastes da fortuna serão poderosos para que se não cumpra vossa palavra, lembre-vos[65] que nem eles poderão nunca vencer minha constância.

Que palavras há que possam encarecer a alegria? que pena que declare o contentamento? que língua que manifeste o grande gosto que Arnaldo recebeu com as amorosas palavras de sua querida Florinda? E já dele (como agradecido delas) mais estimada. Enfim foi a maior alegria, foi o maior contentamento, foi o maior gosto e ainda foi o maior regalo que nunca em sua vida tivera. Mas, ai dor, que não há contentamento nem alegrias que não sejam vigílias de males; porque estando Arnaldo na maior bonança de seus gostos lhe sobreveio a tempestade dos maiores trabalhos. E foi o caso que mal ele havia aceitado a derradeira palavra de sua amada Florinda, quando sentiu chegar seu criado avisá-lo de quatro homens rebuçados que vinham direito a ele, e sabendo Arnaldo que tantos e a tais horas não podiam ser senão dom Luís seu inimigo (que por mais o segurar se fingira ausente havia dias), livrando sua mão da de sua Florinda a meteu à sua espada, e a outra a um pequeno broquel, já a tempo que os golpes das suas vinham caindo sobre ele, entre os quais se ouviu uma voz, que contra Florinda com espantosa soberba dizia: "aqui verás, cruel imiga, a palavra que prometi, que sou homem que a cumpro ante teus olhos". O fim da qual foi princípio de uma estocada, a qual atravessou o braço esquerdo a Arnaldo, que não com pouco ânimo com seu criado se defendia, e ofendiam.[66] Porém, como dom Luís vinha acompanhado de muito ódio, armas e amigos, não porque fosse mais esforçado que Arnaldo, ficou com mais ventagem; e sentindo que pelo muito sangue que do braço lhe saía não podia já sustentar o broquel, entrou com outras estocadas, fazendo os companheiros o mesmo a seu fiel criado. Porém como só a Arnaldo queriam tirar a vida, deixando o criado, se vieram a ele, dando-lhe outras estocadas, que ao todo foram nove. E desamparado do muito sangue que dela lhe corria, caiu em o chão à vista dos olhos de Florinda, que o fim da briga esperava. O qual como o deixassem por morto, não quiseram fazer o mesmo a seu criado, deixando-o com vida, que ele quisera dar por seu senhor. E embainhando suas espadas se foram com pressa, por não serem de alguém sentidos. E esforçando-se o criado ergueu do chão a Arnaldo, e vendo (ao que ele lhe parecia) que estava morto, chegando-se à grade não com poucas lágrimas o fez saber a Florinda, e tomando-o às costas o levou a sua casa. Ao qual deixemos (não se esquecendo o curioso leitor de notar e ter na memória estas palavras até seu tempo) e tornemos a Florinda, porque o principal intento do autor é contar os infortúnios trágicos de sua vida e sucessos dela (tudo por guardar fé e palavra a seu querido Arnaldo), que melhor lhe fora antes uma descansada morte, pois pelo discurso[67] de tão trabalhosa vida mais se pode dizer que morreu do que viveu, porque uma vida que vivendo morre, é-lhe melhor e mais segura uma morte descansada.

CAPÍTULO V

Dos efeitos que causou em Florinda o parecer da morte de seu querido Arnaldo, e se partiu em trajos de homem pelo mundo, e do que lhe sucedeu com dom Luís, seu inimigo.

SE PUDERA COM MEU FRACO ESTILO encarecer a grande dor e sentimento que a fermosa Florinda recebeu com o sucesso já contado, aumentando-se-lhe de novo quando no fim dele o criado de Arnaldo com mil lágrimas em seus olhos lhe deu a triste nova de sua morte (que ela sempre teve para si), manifestara a maior que nunca ocupou coração humano, e não com pouca rezão; porque como o amor quanto é maior tanto maiores são seus efeitos, e o que tinha ligado os corações destes amantes fosse tão grande que não há pena que o declare, nem língua que o manifeste, de crer é que seus efeitos haviam de ser excessivos e grandes como no processo desta história se verá. Quem poderá dizer as muitas lágrimas que como fermosas pérolas fazendo de seus olhos outra Índia Oriental donde corriam com tanta abundância de suspiros e ais, arrancando seus dourados cabelos, maldizendo sua desgraciada vida, deitando por terra seus galantes toucados, despojando-se de todos seus guarnecidos vestidos e de todas suas jóias, maldizendo ao tredo e falso dom Luís, e ao cruel amor, pois fora causa de tais extremos, e sobretudo sempre dera fim a sua vida com crua morte, se levada do sentimento da de seu Arnaldo não propusera em seu peito de vingá-la, dando-a ao falso dom Luís por qualquer meio que fosse, ainda que (como outro Sansão) tirando-lhe a vida perdesse a sua. E recolhendo-se à sua câmara sem ser sentida de pessoa alguma, gastou o restante da noite em imaginar o meio que teria para pôr em efeito tão temerário intento, para o qual se não resolvera se não fora constrangida do grande amor que a Arnaldo tinha, e dotada de um bravo ânimo ainda que mulher e tão moça que não tinha a este tempo mais que vinte anos. E no cabo de mil imaginações que em seu entendimento revolveu, tomando à resolução deles, se resolveu a vestir-se em trajos de homem e sair-se de casa de seu pai em um cavalo pelo mundo donde a ventura a guiasse até lhe dar o fim que ela quisesse; porque como tinha dado palavra a seu querido Arnaldo e pusesse em sua vontade de a cumprir ainda que ele fosse morto, bem conhecia que era impossível estando em casa de seu pai guardar-lhe a fé prometida, por ser muito fermosa e requestada de muitos mancebos, e seu pai a havia de constranger a que tomasse por esposo a algum. E como ela fosse tão firme e constante que antes esperaria a morte que quebrar sua palavra, não dando conta a pessoa alguma determinou de se partir com ânimo de se vingar. Passada que foi esta noite a mais triste que nunca tivera, veio o claro dia, e ainda que costuma ser alegre para todos os mortais, contudo pera ela o foi mais triste: porque o coração lastimado sempre costuma receber mais tristeza com aquilo com que os que estão mais alegres e contentes recebem mais prazer e alegria. Porém ela fingindo-se dissimulava, mostrando-se alegre o mais que podia: em a qual não entendeu mais que no provimento necessário para tal caminho. Logo mandou chamar secretamente certa mulher que vendia pela cidade toda a sorte de vestidos, e achando entre eles um que mais lhe contentou, fingindo ser para um primo seu que havia de vir de fora, não reparando em o preço, com as mais alfaias que lhe pareceu eram necessárias (de que adiante faremos menção) se passou o dia sem dar conta à pessoa alguma do que intentava. Havendo pois já Febo metido suas douradas rodas em as salgadas ondas do mar Oceano, e seus raios não davam claridade às terras, começou Florinda de abrir os mais ricos escritórios de sua casa, e deles tirou assim dinheiro como muitas jóias ricas e peças de estima (que como no princípio dissemos tinha o pai muitas), como eram algumas cadeias e pedras que mais comodamente e sem peso pudesse levar. Acabou pois a fermosa Florinda de se aviar de todo o necessário, a tempo que a fermosa lua espargia às terras a emprestada luz que do claro Sol recebe, não deixando apoderar tanto delas o escuro manto da úmida noite, sentindo só os mortais os efeitos dela: assi os mais nobres que, privados de seus externos sentidos, davam lugar a que a fantasia operasse seu ofício, empregando-se em vários sonhos; como os que por sua irracionalidade o não são tanto, tomando o doce sono, uns em tenros ramoszinhos, outros em suas habitações e escuras covas tão isentos dos efeitos que em nós causa a fantasia, como livres das operações dela.[68] E despojando-se de seus vestidos (qual outro Amadis de Gaula fez dos seus tomando um hábito de ermitão por uma falsa nova que de sua amada Oriana lhe haviam dado)[69] e vestindo-se com o outro de homem que comprado tinha, se desceu abaixo abrindo as portas com muita cautela, e tomando o mais ligeiro e fermoso cavalo que seu pai tinha lhe pôs uma rica sela, e por uma secreta porta do jardim se saiu fora com muitas lágrimas em seus olhos e dobradas lástimas em seu coração ao despedir-se de sua casa donde deixava seus pais que como seus olhos lhe queriam, deixando suas criadas, seus parentes, sua pátria donde era tão adorada e servida, assi por sua fermosura como por sua liberalidade e nobreza, tão rica, tão poderosa, tão cheia de fama que por todo o Reino se estendia, deixando seus pais sós e a todos seus bens, pois não tinham outra. Mas, ai dor, que aqui lança o cruel e tirano amor suas âncoras, aqui emprega suas setas, aqui lança suas raízes, aqui usa de seu poder, aqui de sua tirania, daqui toma a matéria para seu sustento, daqui toma traça para melhor disfarçar seu engano, daqui forças pera melhor usar de seu poder. Que agravos e ofensas te havia feito uma tenra donzela em a frol de sua idade para que a não deixasses gozar de tantos bens assim da natureza como da fortuna? de sua muita fermosura, graça, aviso e discrição? de tão boas artes e afábil condição, dos mimos e regalos de seus pais que tanto lhe queriam? de tantas fazendas e jóias que possuíam? servida de muitos, malquista de nenhum? para que a tratasses tão sem dó, que não haveria alguém que vendo-a o não tivesse dela, senão tu? Se pretendias tirar-lhe a vida, porque o não efeituavas logo, e não deixaras morrer tantas vezes, como em o processo de sua trágica vida se verá de seus trabalhos? porque uma vida que se passa com eles, mais tem nome de morte que de vida; e quando isto não respeitaste, não te apiadaras de causar trabalhos a quem era digna de passarem muitos por seu serviço. Não tiveras compaixão de uns membros tão tenros e delicados (que mais pareciam de cristal, que de carne humana) para que não foras causa de se exporem às riguridades[70] do tempo, às intemperanças do ar, ao açoute dos ventos, ao castigo das águas, às tempestades do mar, aos perigos do mundo, aos sucessos da fortuna, à ventura de sua honra, e finalmente posta nas mãos da ventura, ao que dela quisesse dispor e ordenar? Enfim, baste o nome que tens de cruel e tirano, para que de tudo isto e de mais sejas causa; bem te pintam cego, que se tu tiveras vista, vendo a beleza de Florinda, tu mesmo te perderas por ela, e sendo tu perdido ficara ela ganhada, e nunca te fora tão sujeita nem estivera a ti tão rendida; mas o que mais espanta é que não vendo tu a ninguém, nem alguém vendo-te a ti, te sentem sem saberem por onde entras, nem por onde vens. Donde veio dizer de ti aquele famoso poeta Ovídio, na arte que fez de bem amar, que eras não sabia quê, vinhas não sabia por donde, mandava-te não sabia quem, geravas-te não sabia como, contentavas-te não sabia com quê, e eras sentido não sabia quando, matavas não sabia porquê, e finalmente que, sem nos romper as veias, nos sangravas e esgotavas todo o sangue. Enfim és alma do mundo, e como tal tens de tua natureza ser comunicativo, não é muito que te achem entre cruéis e que tu sejas um deles. És peçonha que logo te derramas pelas veias, erva que logo prende em as entranhas; pasmo que faz adormecer os membros, e fim que o dás a todos; e por remate de tudo és tanto nosso contrário, que quando estamos acordados então dormes, e quando dormimos então estás acordado; ris quando choramos e choras quando rimos, asseguras prendendo e prendes quando asseguras, falas quando calamos e calas quando falamos, e finalmente és de tal condição que por te darmos nosso querer nos fazes sempre em contínua pena viver, como bem se viu nesta presente donzela, que quando mais contente e satisfeita estava lhe mostraste tudo ao contrário do que ela desejava. À qual tornando, que deixamos saindo-se pela porta do jardim a tempo que o relógio dava meia-noite, e deitando todo o temor de seu peito (que a tal costuma causar) se partiu direito a uma quinta que dom Luís tinha cousa de uma légua da cidade, parecendo-lhe o achasse nela por causa do sucesso passado; e não lhe saiu frustrado seu intento, porque chegando ela à porta da quinta já a tempo que a fresca menhã começava de alegrar as terras, achou um homem e informando-se dele soube que dom Luís estava em outra quinta perto com um seu amigo, e que conforme lhe ouvira não tardaria muito, e que se lhe quisesse alguma cousa esperasse, ou sem dúvida no caminho o acharia. E despedindo-se Florinda tomou logo o que o caseiro lhe ensinara, esforçando seu coração; e trazendo à memória a morte de seu querido Arnaldo, se deliberou em dá-la a dom Luís, ainda que se arriscasse a perder a vida. E a menos de um quarto de légua (a tempo que o Sol com seus raios enriquecia os campos de sua claridade) se encontrou com ele levando já aparelhada uma pistola com dous pelouros de prata, escondida donde o não pudesse ver, e cobrindo bem o rostro com uns antolhos que levava por não ser dele conhecida, levantou a voz e disse-lhe.

— Lembra-te, falso dom Luís, a injusta morte que há duas noites deste ao valeroso Arnaldo, e diante de quem?

Ao que ele respondeu com grande arrogância:

— Sim, lembro, e darei a ti quem quer que fores se por injusta a defenderes.

— Ora, pois (respondeu ela) para que tu não dês outras semelhantes, bem é que ta dêem a ti, pois dando a que deste ma causaste a mi.

E acabadas estas rezões lhe disparou o pistolete em os peitos, e passando-o de parte a parte caiu em terra sem falar palavra, e ali acabou miseravelmente a vida. Logo que Florinda efeituou o que desejava, largando a rédea a seu ligeiro cavalo (não com pouco temor que enfim era mulher) se partiu com muita pressa tomando um caminho que lhe pareceu ser pouco continuado de gente, pelo qual andou alguns dias desviando-se quanto podia de povoados grandes, para mais segurar sua pessoa, sem em todos eles lhe acontecer cousa de que se possa dar conta. No fim dos quais, movido do grande calor com que o Sol tratava as terras, sentindo a falta das espaçosas sombras que a resguardavam da riguridade dele, coarctando-se às que as árvores e plantas lhe faziam, de tal modo que mal se enxergavam debaixo de seus verdes ramos e frondosas folhas, por estar o Sol em o meio do hemisfério (tempo em que o dia costuma ter seu meio) e constrangida do trabalho e descostume do caminho, e o cavalo não pudesse já continuá-lo, parecendo-lhe que não podiam já alcançá-la, se desceu dele para tomar algum descanso; para o qual o convidava uma caudelosa[71] ribeira, cujas cristalinas águas lhe causaram tanta saudade, por ver em o acelerado movimento delas o vivo retrato de suas já principiadas desditas, que não pôde deixar de lhe fazer companhia com algumas lágrimas que caindo na corrente das claras águas, não misturando-se em elas, por serem mais tênues e sutis, mas como brancas pérolas deixando-se levar à sua disposição pelo rio abaixo, até que sendo vistas das reais águias que em ele se criavam, cada uma com acelerado curso era levada, não sem grande competência[72] que entre elas havia, sentindo bem o de quanto valor e estima se mostravam; pois não querendo com suas penetrantes unhas ofendê-las, só em seus negros bicos com assaz resguardo eram levadas; porém não com tanto que se não desfizessem em ele em uma aguazinha algum tanto salgada, da qual gostando,[73] como que conheciam a causa delas, que eram ais e suspiros, começaram a romper os ares com muitos, acompanhando com eles os tristes que do íntimo do coração saíam a Florinda, porque quando são de amor até os brutos animais parece que os conhecem para se compadecerem deles. Tirando pois Florinda o freio a seu cavalo para que gozasse dos frescos prados de que as praias do claro rio estavam alcatifadas, se assentou debaixo de um fresco e copado freixo (por ser já a calma[74] muito grande), e dando refeição a seu cansado corpo com alguma cousa de que se havia provido, não se esqueceu de a dar também a seu lastimado coração com uma fermosa estampa em uma lâmina, em a qual tinha retratado mui ao natural a seu querido Arnaldo (a qual sempre consigo trouxe servindo-lhe de espelho em que se via). E ali entre muitas e mui tristes lástimas (nascidas do sentimento de seu coração) com que rompia os ares, fez nova protestação e prometimento de se não deixar nunca possuir de outro, pois não merecera ser esposa do original dele: porque entendia que semelhante na fermosura, gentileza, esforço e boas partes não o teria o mundo, contentando-se só de sua imagem e retrato, enquanto o céu dispunha de sua vida: o que cumpriu à risca como constante e firme, cousa que em poucas se acha; porque o comum das mulheres é serem-no só em serem mudáveis. E porque esta nunca o foi, é bem se diga dela e denuncie o mais generoso peito, e donde o amor mais puro e firme se achou que quantos ocuparam coração humano, como no processo de sua história se verá. E porque prometemos de dar conta do vestido que levava e mais peças, me pareceu fazê-lo agora, enquanto ela, ou para melhor dizer, ele (que já se tinha posto a si mesmo nome, para passar por tal até a fortuna dispor outra cousa, o qual era Leandro, que por este o trataremos daqui em diante), cansado já de derramar lágrimas se havia recostado sobre o coxim da sela a dar algum descanso a seu corpo. Era pois o vestido de um pano muito fino azul e amarelo todo golpeado,[75] tomado os remates dos miúdos golpes com uma mosca[76] de fino ouro, e um botão de prata que às vezes preso em um alamar do mesmo o cerrava e, quando aberto, descobria o forro que era de cetim aleonado, que mais graça dava aos golpes de que todo o vestido estava cheio. Debaixo do qual vestia um jubão[77] de corte verde com passamanes de prata entressachada de ouro e tão miúdos que mal davam lugar que o verde por entre ele se divisasse. Um chapéu pardo com plumas brancas, verdes e negras, com um trancelim de fino ouro e por remate um fermoso diamante (peça que o pai tinha em dous mil cruzados). Levava mais uma cadeia de ouro com os fuzis[78] esmaltados de branco, sobraçada em os ombros com sua espada e adaga, com terços⁷⁹ de prata dourada e brincada de esmaltes vários; e em dinheiro levava, afora o que tinha já gastado, setecentos cruzados em ouro e prata, e outras peças miúdas que ocupavam pouco e eram de valia. Fazia pois estas cousas ao novo Leandro tão galhardo e fermoso que causava espanto, não só às criaturas racionais, mas a muitas irracionais, como mil diversidades de passarinhos que acaso passando com seu brando vôo, vendo-o estar dormindo se paravam em os brandos raminhos do verde freixo e com suas melífluas gargantas mostravam a seu modo dar a seu Criador as graças pelas muitas que em Leandro reconheciam. A cujas graciosas vozes acordando (já quase às cinco da tarde), enlevado na harmonia delas lhe cresceram novas saudades e tristezas, desejando aquela solidão para meditação delas (o que sempre fizera se a fortuna o não chamara a outras maiores), porque é costume de corações tristes e lastimados desejarem partes solitárias para com mais liberdade se entregarem em a contemplação de suas tristezas.

CAPÍTULO VI

De como desapareceu o cavalo a Leandro e do que lhe aconteceu em busca dele.

Logo que Leandro de todo houve despertado, vendo como o dia estava já quase no fim, contudo não seus trabalhos (porque o fim de um era princípio de outro), lançou seus chorosos olhos ao prado donde tinha deixado seu cavalo pascendo e não o viu nele, nem na outra parte do rio, com o que ficou assaz sentido porque era já tarde e estava em terras inabitáveis e não conhecidas dele, e o que sentia mais era o peso do dinheiro que lhe ficava em o coxim da sela. Porém esforçando-se o mais que pôde o tomou a seus ombros, parecendo-lhe que o acharia logo, e despedindo-se dos passarinhos (que mais aceleravam suas brandas e melífluas vozes, quase sentindo sua despedida) tornou pelo mesmo caminho que até ali trouxera, por antre[80] umas espessas matas, e não achando rastro algum dele tornou atrás a prosseguir o caminho que levava, não cessando de lançar seus olhos a uma e outra parte das montanhas, sem poder descobrir cousa viva, nem ouvir voz humana. Tendo pois de todo posto término àquele, seguiu uma pequena vereda, que parecia demandar um grande e fermoso arvoredo, que dali a pouco mais de meia légua se divisava. O qual seguindo com vagarosos passos (porque com o peso e descostume não tinha força pera apressá-los) viu que se acabava sem achar outra que seguisse: e já a tempo que o roxo Apolo havia escondido seus dourados raios, deixando encomendada sua luz à fermosa lua, governo e tocha da obscura noite: a qual não tardou muito que não estendesse seu negro manto em as terras: e os feros animais (como lobos e leões, de que aquela espessa montanha estava cheia) espargindo nos ares temerosos bramidos. E o nosso triste Leandro já tão cansado como triste e temeroso deles. E qual seu coração podia estar em tal tempo o pode sentir o que for piadoso. Ver uma donzela tão bela, tão fermosa, que não havia em muitas partes do mundo outra que se lhe igualasse, tão nobre, tão delicada, cujos membros eram tão claros como o branco marfim, e por amor, em trajos não decentes a sua pessoa: com o peso do dinheiro às costas, só, de noite, entre lobos e feros animais, metida entre umas tão ásperas montanhas. Quem haverá tão senhor de suas lágrimas, que com elas lhe não faça companhia; pois elas são as que em semelhantes trabalhos o costumam ser? Andado pois, que havia já Leandro muita parte da noite, sem acertar caminho, nem um pequeno campo em que reclinasse seu cansado corpo: já seu vestido rasgado, suas meias, e sapatos feitos pedaços, não fazendo já conta da vida pelos muitos perigos a que havia exposta: quando apiadando-se dela a fermosa lua lançou seus raios com a claridade, dos quais ficou algum tanto em si, porém cada vez mais perdida e menos segura (não de males da fortuna que sempre lhe faziam companhia.) E despois de ter andado quase espaço de três horas da noite, chegou a um alto donde com a claridade da lua descobriu muita parte da espessa mata, e lançando os olhos por toda ela viu ao que julgava ainda longe um alto arvoredo, que lhe pareceu pelo que tinha andado ser outro do que de dia tinha visto. E movendo seus delicados pés para ele o melhor que pôde, quando a cabo de poucos passos deu em um claro que em o meio da montanha se mostrava, e parecendo-lhe acomodado para descansar o restante da noite, até que chegasse a menhã, e lhe mostrasse o que havia de fazer, dando já princípio a sua deliberação, ouviu para a parte do alto arvoredo um ai tão grande que penetrava os ares e rompia as espessas brenhas, e segurando mais o sentido daí a um pequeno espaço ouviu outro do qual julgou não estar longe quem os dava; e como não tinha já em conta sua vida, não reparou em aventurá-la ao que a fortuna ordenasse. E começando de guiar seus passos para donde o eco lhe mostrava sua origem, antes de muitos ouviu entre ais e lastimosos suspiros chorar, e chegando-se mais perto conheceu assi no choro, como no que entre ele dizia ser mulher, ou alguma cousa má, que lhe aparecia em tão remotas partes para lhe causar mais medo e temor. Porém animando-se o mais que pôde, foi pouco a pouco chegando, até que ao pé de uma árvore que em um claro da mata se mostrava viu um vulto assentado, o qual como sentisse que Leandro chegava se levantou logo, e com novo choro deu a fugir, dizendo em altas vozes: "ainda cruel, ainda cruel, ó mal afortunada mulher, em desgraciada hora nasci". Pelas quais palavras que dizia, acompanhadas de tantas lágrimas, conheceu Leandro que o era. E vendo que fugia dele metendo-se pela espessa mata, começou a bradar-lhe dizendo. "Ó tu, quem quer que és, espera, que não sou o que cuidas, que também ando perdido em estas espessas brenhas." E constrangida ela assim das palavras de Leandro, como da pouca força que tinha de cansada para continuar sua fugida, se parou já a tempo que ele vinha chegando, e vendo que era homem quis ainda tornar a fugir dando novos gritos e derramando novas lágrimas, porém não lhe deu Leandro lugar que com amorosas palavras a deteve, até chegar de todo, e tomando-a por um braço lhe rogou com brandas palavras se quietasse, e não houvesse medo que segura estava sua pessoa e muito mais certa sua honra, e que houvesse por bem de descobrir seu rostro (que coberto trazia com um meio cendal) e lhe desse conta de tão estranho caso, e quem a trouxera só, e a tais horas a tão ásperas terras, e que ele lhe dava palavra de lhe dizer também o como andava perdido nelas. E ouvindo ela as boas palavras de Leandro, sentindo serem verdadeiras, não lhe negando o que pedia descobriu logo seu rostro; o qual ele vendo conheceu ser de tanta fermosura, que enlevado nela ficou suspenso por um bom espaço sem poder mover a língua para dizer palavra. E como a de Leandro era tão rara não pôde a perdida donzela isentar-se de outro: pondo os olhos nele e vendo um mancebo tão galhardo e gentil-homem e a tais horas: mais lhe pareceu ser Anjo que o Senhor lhe queria mandar em aquela aflição para resguardo seu do que criatura humana, por lhe parecer que não havia no mundo nenhuma tão bela. E cobrando novo ânimo com este pensamento lhe perguntou o que nele tinha imaginado:[81] ao que Leandro respondeu já estando ambos sentados, dizendo:

— Em verdade vos afirmo, fermosa donzela, que cuido me adivinhastes este pensamento que de vós tinha formado por vossa rara beleza e fermosura, que mais parece angélica que humana, porém se vós o não sois, sabei que eu sou tão humano que por o ser tanto ando qual me vedes, perdido e tão perseguido da fortuna, que há muitos dias que me não concedeu alívio senão este de vossa vista, a cabo de tantos trabalhos, como vos eu contarei se nisso levardes gosto.

Ao que a perdida donzela agradecendo respondeu:

— Eu o recebi tão grande com a vossa que tenho por bem empregados os trabalhos que me foram causa dela; e passara já agora outros muitos por vós com grande gosto se nisso, senhor, o recebereis, e se o vosso é de me dardes conta do que haveis passado, e eu dar-vo-la dos que tenho padecido: faça-se que (segundo entendo) não hei mister palavra vossa do resguardo de minha honra (que tanto risco o dia de hoje correu como vos logo contarei) porque vosso bom rostro e brandas palavras saem por fiadoras de vossas boas obras, e assi assegurada na confiança delas descobrirei este magoado peito ao vosso, senhor, que segundo entendo não o deve de estar pouco, e se despois de o alimpar de todas as mágoas e tristezas de que está cheio quiserdes tomar posse dele, crede que achareis em mi tão pouca resistência como (de vos guardar fé e amor) firme constância.

— Em verdade fermosa donzela (respondeu Leandro) que vossa angélica beleza juntamente com o piadoso amor que me mostrais me tem já tão sujeito a vossa vontade que a não tenho para resistir-lhe; porém como a rezão me ensine outra cousa fora da que a vossa intenta, dareis licença à minha para que o faça, e na execução dela entendereis a que hei tido de pedir-vo-la; e quando vos não satisfaça disporeis de ambas como de cousa vossa.

— Mal pode (tornou ela) deixar de não contentarem os efeitos a quem tanto satisfaz a causa deles; pelo que podeis, senhor, dar-me conta de vossos infortúnios e trabalhos, que se o ganho deles está na perda de minha vida eu a haverei por bem empregada, contanto que eles se restaurem.

E porque era passada já muita parte da noite, não tornou Leandro dar o agradecimento destas últimas palavras à perdida donzela, antes lhe começou com outras a dar miúda conta do que té então havia passado, exceto ser mulher, mas só fingindo-se homem, e que matara a outro pelo que vinha fugindo, e de como se lhe perdera o cavalo, e que por ventura se lançaria a Nápoles, de cujas terras tinha notícia serem acomodadas para que dando-se às armas achasse alguma donde comodamente pudesse viver, e isto dizia Leandro para que mais persuadisse aos homens o cuidarem que o era; e assi lhe contou tudo o mais que havia em o caminho passado; o que acabado lhe falou a donzela perdida com grandes mostras do que seu coração sentia nesta maneira.

— Recebi tão grande sentimento com os trabalhos que me haveis contado de vossa vida, que se o não desfizera com as lágrimas que no processo deles tenho derramado, não vos pudera dos da minha dar conta e por quem eu a tenho já lançada aos meus, quero que entendais que não serei comprida no discurso deles.

— Podeis dá-la (tornou Leandro) para que recebam os meus algum alívio, porque o costuma causar a companhia da mesma pena.

— Se eu (disse ela) não temera dar-vo-la em relatar todos por extenso, fizera-o só a fim de o dar maior aos vossos.

— Sem que vós o sejais (tornou Leandro) de força a hei de receber, porque como ela acompanha sempre o sentimento, e este comece já de persentir meu coração com o princípio que lhe quereis dar, de necessidade o hei de fazer também ao processo dela.

— De maneira, senhor (disse a donzela), que quereis ganhar-me por mão? Ora eu vo-la dou em tudo, e vos me dai atenção a minha vida, que é o teor dela, desta sorte.[82] Sabereis (senhor) como eu sou natural da cidade de Toulon, uma que o é das principais do Reino de

França, por ter em si causas que o fazem sê-lo. Meus pais não são tão baixos, nem tão pobres que não sejam dos mais nobres cavaleiros e dos mais ricos dela: cujos nomes calo por não fazerem a nosso intento e só o meu direi (porque é bem que o saibais a quem já dissestes o vosso), o qual é Artêmia. Fui criada deles com tantos mimos e regalos quão servida e estimada de muitos, e com tanto cuidado que não havia em casa quem de mim o não tivesse, procurando dar-me alegrias e contentamentos, que só a lembrança deles me causam mais descontentamento do que tenho da consideração dos males presentes, e por vos não ser causa de algum, com mais particularidade lhe porei silêncio, e só direi o mais principal e necessário. Tendo eu pois já de idade dezesseis anos, levados de importunos rogos, me mandaram para casa de um meu avô já muito velho, vizinho[83] de uma nobre cidade chamada Nisa, e dos principais e mais nobres dela; porém não para morar sempre com ele, mas só por lhe dar gosto e estar em sua casa alguns meses; para a qual fui levada com grande acompanhamento assi de parentes como de criados, porque tinha meu pai muitos. E despois que havia estado em sua casa servida com muito cuidado de toda a gente dela, me foi criando meu avô tanta afeição que não havia a quem maior que a mim tivesse, pelo que era de todos novamente servida e de muita gente da terra conhecida, e de galantes dela requestada; porém como em minha terra me não faltavam muitos que por minha fermosura me amavam e serviam, não lançava mão, nem fazia caso de seus favores, senão agradecendo a uns e pagando com boas palavras a outros, vivia isenta de amor, gozando livremente minha tenra mocidade. Houve pois entre estes galantes um que sem dúvida o era mais que todos a quem chamavam Felício, muito rico e nobre, e filho de um particular amigo de meu avô. Este se me afeiçoou tanto que nem ele em seu coração podia encobri-lo, nem eu pelos excessos que fazia por mim me atrevi a sofrê-lo; e despois de me requestar por mais de seis meses, não podendo já sofrer o grande peso de amor, teve ordem de me pedir a meu avô por esposa, do que ele ficou estranhamente alegre, porque além de ser amigo do pai, era mancebo gentilhomem esforçado e de muitas riquezas; porém não querendo ele dar-lhe palavra sem meu parecer e vontade mo fez um dia a saber para que com a resolução da minha reposta tivesse desejado efeito a sua. E como eu lha não tinha boa não satisfiz aos desejos de meu avô no que intentava, antes dando-lhe claro desengano lhe respondi que per nenhum modo tal faria. E certificado já Felício de como eu o desprezava, como fosse poderoso e arrogante tomou tanto a peito o desprezo que eu dele fazia, que cada vez mais apaixonado e sentido se mostrava. E depois que de todo houve perdido as esperanças de me haver por bem, trabalhou quanto pôde de me haver por mal; e conhecendo eu seu depravado intento determinei tornar-me para minha terra, parecendo-me que ausente de sua vista descuidasse da pretensão que tinha; para o que avisei a meu pai, não do intento de Felício, mas de como (vencida de saudades dele) me queria tornar: e como ele tivesse muitas de mim, logo me mandou buscar com muito gosto e grande acompanhamento. E depois de chegada já a minha terra, deixando meu avô e mais gente de sua casa com as lágrimas em seus olhos por minha vinda, fui recebida de meu pai e de toda a nossa com muitas de alegria por minha chegada. E continuando com os costumados mimos e regalos em que havia sido criada, bem fora de poder lembrar ainda a Felício, vivia muito contente, servida e regalada. Porém como uma esquiva ausência costuma fazer grandes abalos, em peitos que desordenadamente amam não pôde deixar a minha de os causar em o seu: o qual movido do impulso deles começou de inventar novas traças por onde pusesse o desejado fim a seu desordenado apetite. E buscando muitas deu em uma donde lhe parecia o tinha mais certo. E foi que depois de passados alguns meses se foi só a minha terra demudado de seus vestidos e o mais que pôde na figura: à qual chegou a tempo que meu pai tinha mandado por certo criado seu buscar um homem para lhe trabalhar em uma quinta sua, o que ele sabendo se ofereceu de boa vontade, dando mostras de saber exercitar-se em semelhante trabalho, e não reparando em o preço de sua soldada se concertou logo e foi trazido a meu pai que dele ficou mui contente e satisfeito, porque se esperava (assim por sua pessoa, como pelo que mostrava a boa postura de seu corpo) fazer bom serviço, e por não ser molesta deixo de dizer os muitos que fez e quão aceitos foram de meu pai, e só digo que chegou a gostar tanto dele e de sua boa prática[84] e conversação, que de trabalhador o fez escudeiro de sua casa, sem em todo este tempo, que seriam cinco meses, eu o conhecer, porque além de andar muito demudado nos vestidos, e ainda na pessoa, eu não punha nele os olhos, senão poucas vezes e fora de todo o pensamento de ele ser quem era: ainda que não deixava de notar a eficácia com que punha em mim seus olhos, porém não reparava em seu atrevimento; mas despois que ele teve outro estado e andava já bem vestido e conversava mais familiarmente em casa, foram-se descobrindo as espécies[85] que dele em o entendimento tinha, e conheci-o de todo, com o que fiquei notavelmente sobressaltada e logo estive em o fazer a saber a meu pai e dar-lhe conta de quem era e do que intentara estando eu em casa de meu avô, se não temera que o matasse (que prouvera a Deus que o fizera, porque não fora causa de todas minhas desgraças e trabalhos); porém bem dizem que quem poupa a vida a seu inimigo, que às suas mãos morre. E dissimulando eu, não o fazendo ele com seu mau intento para comigo, trabalhou quanto pôde pelo efeituar; o que eu conhecendo, procurei fugir-lhe a todas as ocasiões, porém não pude fazê-lo tanto que lhe pudesse escapar de uma, e foi que recolhendo-me eu uma tarde de um jardim que em nossas casas tínhamos para dentro delas, sucedeu ser em o mesmo tempo que meu pai o mandava colher certas flores dele, e assim nos encontramos sós sem parecer[86] pessoa alguma de casa; fiquei eu muito sobressaltada com sua presença, porque o aborrecia[87] muito, e querendo fugir-lhe não pude, porque qual carniceiro lobo à mansa ovelha se lançou a mim e apertando-me entre seus braços com muita força pretendeu fazer-ma; apoderando-se tanto da minha que me não ficou para resistir-lhe, nem o fizera se um pajem que vinha descendo a escada não fora,[88] o qual sendo dele sentido me largou, ficando eu de suas mãos algum tanto mal composta; porém dissimulei com o caso o mais que pude de modo que não fosse sentido. Bem quisera eu logo fazê-lo saber a meu pai, porém temi que suspeitasse de minha honra alguma cousa, e assim determinei fugir-lhe com me recolher de maneira que nunca mais me visse: porém não foi bastante, porque se o fiz à sua pessoa, não o pude fazer a sua falsa e fementida língua; porque despois que não teve efeito o que pretendia, nem alcançar de mim o que desejava, determinou vingar-se com publicar por toda a terra a alguns amigos seus de mau ânimo como ele que me tinha desonrado. Mostrando-lhe cartas falsas dizendo-lhe serem minhas, e de como me queria casar com ele a furto, e outras cousas com que mais acreditava sua mentira e afeava minha fama. E estes o divulgaram de tal maneira que já toda a cidade não falava em outra cousa mais que em minha desonra e afronta de meu pai e parentes, pois casava com um criado a furto deles. Assim andou esta tão ruim fama rompida por toda a cidade algum tempo, e já saída dos muros dela quando chegou às orelhas de meu pai, o qual já ora vedes qual ficaria com tão afrontosa nova e tão pública; porque me queria como a seus olhos. E dissimulando por então o mais que pôde fingiu-se não sabedor de cousa alguma pretendendo matar ao falso mancebo, porém não teve efeito sua determinação, porque logo se ausentou de nossa casa, deixando-me a mi tão infamada por toda a terra que não me atrevi mais a sair de um aposento donde passava a vida envolta em lágrimas e suspiros. E dando meu pai lugar mais algum tempo em que de todo se descobrisse a verdade (porque não podia acabar consigo que o que de mim se dizia o era) achou que cada vez mais se divulgava; e parecendo-lhe sem dúvida ser certo o que de mim ouvia, e que com dar-me a morte restauraria a honra que perdida tinha, e desse fim à ruim fama que de mim corria, quis a pesar seu pô-lo por obra. E sem ouvir minhas rezões, nem ver mais o rostro (de quem ele nunca tirava seus olhos), me mandou certo dia dizer me aparelhasse, que queria no seguinte mandar-me pera casa de um tio meu, que em uma quinta cousa de quatro léguas vivia. E parecendo-me que era verdade (ainda que o coração, como verdadeiro que é em tudo, o contrário sentia) tomei algumas peças das melhores que tinha e aparelhei-me para tudo o que a fortuna de mim ordenasse; porque aquele que a tem contrária é melhor entregar-se em suas mãos, que às vezes deixa de sê-lo usando de brandura, do que pretender escapar delas, fazendo-lhe resistência.

CAPÍTULO VII

Em que Artêmia prossegue sua vida, e dos mais trabalhos que té então havia passado.

— JÁ A TRISTE E OBSCURA NOITE tinha deixado as terras do nosso ártico pólo e começava a cobrir e estender seu estrelado manto nas do antártico, e o claro Sol deixando-as por sós doze horas tornava a comunicar-se por outras tantas às nossas; quando meu pai me mandou pôr em umas andas e, acompanhada de quatro homens de cavalo e duas donas, me mandou pera onde me tinha dito: ao que eu sempre dera crédito se à minha despedida não sentira alguns ais e suspiros que meu pai dava e muitas lágrimas que a gente de casa por minha partida derramava; que me fez já quase ter por certo aquilo que eu sempre tivera por duvidoso. Porque nunca me pareceu que comigo tal crueldade se usasse. Saída pois já de casa e da cidade com acompanhamento que tenho dito, dando pressa ao caminho em poucas horas chegamos a uma grande e fermosa ribeira: ao pé da qual estava um sombrio freixo, donde um mais velho dos criados me mandou descer das andas e a toda a mais companhia. E despois que deixou adormecer alguns do cansaço do caminho, me tomou à parte e deu conta do que meu pai lhe havia encarregado: e como me mandava por ele tirar a vida, pera que com minha morte restaurasse a honra que perdida tinha e aplacasse a ruim fama que de mim corria. E que ele não podia fazer outra cousa fora do que lhe estava mandado; mas só o que me faria era dar-me a morte como a eu quisesse; que ainda que matar-me fosse com assaz lástima de seu coração. Contudo não podia fazer o contrário, porque os outros o descobririam, e ele ficava culpado pera com meu pai. Qual eu fiquei com semelhante nova podeis, senhor, mui bem julgar. E vendo eu a resolução de minha vida estar posta no fim, comecei com muitas lágrimas a pedir-lhe se compadecesse de mim e me deixasse, que eu me iria pelo mundo donde nunca fosse achada, nem a piedade que comigo usava (não me dando a morte) descoberta. Mostrando-lhe com rezões e palavras a verdade de minha inocência e de como aquele falso traidor me havia infamado injustamente. Porém não foram bastantes todas as que lhe dava, porque os outros acordando o estorvaram, não me admitindo mais algumas; e levando logo de uns agudos punhais se vieram a mim já de todo deliberados a dar-me a morte com eles, como se fora eu a maior malfeitora do mundo. E sem dúvida deram, se as donas levadas de compaixão minha não sustiveram seus braços, pedindo-lhe com rogos me dessem outra morte e não aquela tão cruel e desumana; ao que eles obedeceram, esperando dissesse eu qual queria. E parecendo-me que se me deitassem em o rio me afogaria logo e não a sentiria tanto, acordei me lançassem em ele: o que logo fizeram, despojando-me primeiro de todas as jóias e vestidos que levava: e só com uma fina camisa que cobria meu corpo me lançaram com os olhos tapados com um lenço em o meio dele. E dando as costas, se tornaram com muita pressa, deixando-me por afogada. Porém como o Céu sabia a verdade de minha inocência, permitiu que as águas em que me queriam dar a morte, essas me livrassem dela. E foi que (como outra cesta de Moisés) fui pelo rio abaixo levada das águas, sem ir ao fundo delas mais que a primeira vez que me lançaram; e assim fui até dar em uma corrente, donde tomei pé, e ajudada da água que me levava me achei em menos de um quarto de hora da outra parte do rio. E logo saí em terra só, porém não de grande temor (porque era junto de umas brenhas muito altas como estas em que agora estamos) e não via caminho nem pessoa que me guiasse a ele. E como eu estava em camisa e em tais terras e perto da noite, temi que ainda que encontrasse alguém me não valesse, antes de mim fugisse, como de feito aconteceu. Porque há poucas horas que eu tinha saído da água (estando posta à ventura junto de uma fonte, que ao pé de um fermoso freixo corria; e assentada perto de um claro que ali fazia a faldra da montanha, donde a ribeira impulsada de alguma corrente chegava, e recolhendo-se deixava muita e miúda areia, ainda que com minhas lágrimas não sentiam a falta dela), lançando meus tristes olhos a uma parte da espessa mata, vi um pastor que descia do alto dela, buscando certo gado que perdido tinha. E levantando-me logo em pé, comecei dar-lhe vozes que chegasse sem temor que era mulher, por certa desgraça em tão ásperas brenhas perdida. Porém foi em balde, porque quanto eu mais bradava, tanto mais ele sem me responder fugia. E vendo eu o trabalho que ameaçava meu cansado corpo tão falto de vestido que o amparasse da riguridade da noite, quão cheio já do sentimento dela, e só em umas brenhas, temendo os feros animais de que mostrava estar cheia, me fui após o pastor, dando gritos com a maior pressa que pude, trabalhando por alcançá-lo, pondo-a ele cada vez mais em fugir-me, de modo que em pouco tempo o perdi de vista; mas não deixei de continuar seguindo seu rastro cousa de meia légua, até tempo que as terras começavam sentir a ausência do claro Sol, que já delas se ausentava. E estando eu assim envolta em mil pensamentos derramando muitas lágrimas de meus olhos, ouvi umas vozes não muito longe de mi e, levantando-os, vi que chegava o mesmo pastor com sua mulher. E foi que morava dali perto, e não se atrevendo só a vir-me buscar, chamou-a, pera que com sua companhia não temesse tanto: os quais vendo fiquei com algum alívio. E esforçando-os que não temesse, que era uma mulher perdida, chegaram, e dando-lhe eu conta de meu desastrado sucesso, começaram a derramar lágrimas de compaixão minha: e logo me levaram a uma pobre cabana em que viviam, e me regalaram com sua pobreza, mostrando-me muito amor: e me deram um pobre vestido com que cobri minhas inocentes carnes. E daí a poucos dias se passou a outras terras mais longe, pera onde me levou com uma filha sua de minha idade: na qual vivemos alguns sete meses ajudando-os em seu serviço, pera que melhor nos pudessem dar o sustento. Aqui passava a vida trabalhosa do corpo, porém quieta do espírito, e estava já tão contente dela que nenhuma cousa do mundo me lembrava. Porém como ele não estava cansado de me perseguir, ainda tão tirada[89] dele, não quis deixar de o fazer. Era meu costume todos os dias à tarde trazer um cântaro de água de uma fonte, que algum tanto desviada ficava de nossa casa, o que fazia com muito contentamento por me ver tão quieta e fora já de contrastes da fortuna. E aconteceu que uma vez, já quase no fim do dia, me assentei sobre o bocal dela, e querendo dar entrada a alguns pensamentos que a lembrança de cousas passadas me representava, bem fora de a dar a algum de cousas futuras, saíram a mim de detrás de um espesso silvado que junto estava quatro homens rebuçados, que mais pareciam bravos leões que homens racionais, todos com suas espingardas, traçados e pistoletes. E levando-me um deles em seus braços fez tanta força com eles que sempre ma fizera se os outros o não estorvaram, pondo pressa ao que tinham vindo. E foi que logo me puseram em uma cavalgadura que escondida tinham e tapando-me os olhos com um lenço me trouxeram não sei por donde, nem para que parte. Mas só sei que andamos aquela noite, que foi esta passada, e até a véspera deste dia, que conforme o tempo que é e o andar que fizeram, creio que seriam boas quinze léguas; no cabo das quais pararam e, descendo-me da cavalgadura, me tiraram o pano dos olhos entre uns arvoredos, que cousa de uma légua daqui ficam em umas choupanas em que se agasalhavam. E tirando os rebuços vi que nunca vira, que o principal e capitão de tão cruéis ladrões, era meu capital inimigo Felício, e o que tinha sido causa de todos os meus trabalhos. E pondo logo de parte as armas que trazia se foi a mim e levando-me em os braços começou de me afagar com mimos e amorosas palavras, dizendo que não tivesse a mal o atrevimento que comigo havia usado, que tudo era causado do muito amor que me tinha, e pedindo-me perdão de me haver infamado e de quanto sentira a morte que meu pai me mandara dar, tudo por seu respeito, e que isso fora causa de se ausentar como desesperado já de me poder alcançar e se fizera salteador com os outros seus companheiros, porém agora que tinha o bem que ele tanto desejava não o seria mais, antes se queria tornar comigo a sua terra, e dizendo mais de como a caso passara um dia pela casa do pastor donde eu estava, tendo-me já de todo por morta, e ali me conhecera ao que logo dera crédito, visto que como eu estava inocente da morte que me davam acudiria o Céu com algum meio para que me livrasse dela, apontando certo dia em que eu vira um homem rebuçado a nossa porta, e que era ele e que despois chamara a seus companheiros para me trazer como tinha visto, e que quisesse por bem satisfazer a sua vontade, e não fosse causa de lhe pôr o fim forçada a minha. E vendo eu o pouco remédio que tinha para me defender dele, aceitei a fingir-me mostrando-me pronta a seu depravado ânimo, dizendo-lhe como eu lhe quisera sempre bem, mas que ele me não dera nunca lugar a que lho manifestasse, e de como fora livre da morte e lhe perdoava, agradecendo-lhe muito o tirar-me da casa do pastor donde padecia muitos trabalhos, e outras cousas com que ficou muito satisfeito; e deitando-me os braços (que eu desejava ver cortados) a meu pescoço me deu muitas mostras de agradecimento. E assim satisfeito de minhas palavras não quis logo executar sua vontade, crendo por certo que nesta noite o faria; e porque ela estava já perto se foram todos quatro (permitindo assi o Céu) a buscar mantimentos para a ceia a certas aldeias que, como eu lhe ouvi, perto dali estavam. E assim me deixaram em companhia de um moço que os servia, tão solta como segura em sua guarda. E considerando eu que se vinha chegando o tempo da perda da minha honra, estive deliberada matar-me com minhas próprias mãos, e sempre o fizera se neste tempo se não saíra o moço da cabana a buscar água a uma fonte que algum tanto apartada dela estava, e me ficou a mi para que me saísse; e notando a parte que seguia, eu tomei a contrária, já quase a tempo que o Sol deixava as terras; e rompendo por altas e espessas brenhas, e elas fazendo-o a estes pobres vestidos[90] (de que dão claras mostras) andei sempre até as horas que vós, senhor, chegáveis, e de cansada me sentei ao pé daquela árvore donde me levantei fugindo quando vos senti; e porque me pareceu que era ainda meu cruel inimigo, comecei a dar os gritos que ouvistes cuidando que vinha ainda em meu alcance. E esta é a história de minha vida que tendes ouvido; e se depois de tantos trabalhos o Céu me permitia descanso deles, com o que hei recebido de vossa presença, me dou já por tão paga como satisfeita dela; e pois em vossa vontade está o deixardes-me lançar mão dele, peço-vos pois a fortuna o permite o não negueis vós, porque bem sabeis que quando ela permite algum descanso é bem se lance mão dele pela inconstância de suas cousas.

CAPÍTULO VIII

De como Leandro tirou a vida a um leão que os vinha matar, e do que por respeito do tiro lhe sucedeu.

DEPOIS QUE ARTÊMIA DEU FIM a sua lamentável e afortunada história, esteve por um bom espaço derramando copiosas lágrimas, enquanto Leandro enxugando as suas dava lugar ao entendimento discorresse pela graveza dela, como claro e vivo exemplar de toda sua vida e trabalhos, parecendo-lhe nada os que tinha padecido em comparação dos que Artêmia lhe havia contado; e querendo com palavras deitar de seu coração alguma parte do sentimento deles, pediu a Artêmia refreasse o seu, porque a grandeza dele lhe impedia o passo para o fazer. Ao que ela obedecendo, cuidando lhe dava no que pedia algum gosto, se mostrou menos sentida, como que (de Leandro executar o que queria) ficava interessada.[91] O que ele conhecendo, e já no princípio de pô-lo por obra, lhe estorvou o efeito dela um bravo e fero leão, que (ou já passando por aquela parte a caso, ou de propósito ouvindo o eco de suas vozes) se vinha lançando a eles para os fazer pedaços, como de feito fizera, se a clemência dos Céus se não apiedara deles. E foi que logo que Leandro o sentiu perto levou do pistolete que nunca de si largara, e disparando-o acertou a dar-lhe com dous pelouros em as espáduas, dando com ele em terra; com o qual sucesso ficaram tão espantados e temerosos, que sem poder falar palavra comunicavam com os olhos que sentiam seus corações; mas, ai dor, que se escaparam de um perigo, não puderam fugir das mãos de outro: porque é tal a fortuna que a quem persegue nunca dá uma sorte boa, se não quando sabe que há de ser causa de outra má, como esta o foi; porque se não disparara o pistolete tiveram uma morte abreviada nas unhas de um leão, e não morreram muitas das mãos de quatro. E foi que ao tiro acudiram logo o cruel inimigo de Artêmia com seus companheiros, que em busca dela (tudo o que tinha passado da noite) andavam pelas espessas brenhas, e dando de súpito sobre eles não lhe deram lugar a que se pudessem pôr em fugida, por estarem ainda do caso passado amedrentados;[92] e assim sem resistência chegaram a eles com grande alvoroço de seus corações, e não pouco de suas línguas, dizendo-lhe muitas palavras ruins e afrontosas, entre as quais era ser a rezão de sua fugida o ter amor àquele mancebo que em busca dela viera, mas que ele pagaria seu demasiado atrevimento; e atando-lhe as mãos atrás sem lhe ouvirem rezão alguma mais que somente o Céu seus ais e suspiros os trouxeram diante de si até as suas cabanas, donde chegaram já quase meia noite e, desatando-lhas, o primeiro em que entenderam foi despejar a maleta de Leandro do dinheiro e peças, do qual ficaram muito contentes: porém não parando aqui sua maldade o mandaram despir de seus ricos vestidos, e vendo que também lhe queriam tirar o gibão, conhecendo o arriscado perigo a que estava posta sua honra, por serem suas carnes tão claras que temia serem por de mulher conhecidas, desapoderado do calor natural a cobriu um suor tão frio como a neve, caindo em terra desacordado: o que eles vendo como estavam enlevados no dinheiro (que já começavam a contar) tomaram um vestido velho e fazendo-o entrar em si lho vestiram, dizendo que podia estar certo lhe não fariam mal e tivesse ânimo que ficaria em sua companhia; e cobrando mais algum despois de se ver vestido, começou a desfazer a mágoa do que via com copiosas lágrimas, que não eram de tão pouca eficácia que em alguns deles não causassem também algumas; porém como estavam alegres de seu interesse não foram muitas. E tornando a Artêmia, é de saber que despois que os viu enlevados em o dinheiro e em despojar a Leandro, e ela se sentiu com as mãos desatadas (como tinha certa a perda de sua honra, não duvidou de pôr a perigo sua vida, e temendo mais uma afronta perpétua que uma morte abreviada), se lançou segunda vez pelas espessas brenhas à ventura do que lhe sucedesse: a qual deixemos agora não rompendo o silêncio da noite por não ser sentida, mas só regando as agrestes plantas com a água de seus claros olhos, e tornemos a Leandro que não tinha os seus isentos delas: o qual despois que viu a falta de Artêmia ficou tão triste como saudoso dela. E buscando-a eles ainda em o dia seguinte, e não achando, se tornaram não muito tristes pelo dinheiro que já tinham (porque não há mais certa alegria para aqueles que o estão que a abundância dele), tirando Felício, que mais sentiu sua última fugida que todos, como aquele que mais interessado vivia de seu amor; mas como se via impossibilitado de remédio compôs-se com suas mágoas, continuando com os mais seu ofício, servindo-lhe Leandro de companhia, não em os furtos e roubos que faziam e mortes que davam, antes eram dele sempre repreendidos, pelo que era Leandro muitas vezes injuriado com palavras e maltratado por obras. Porém como eles lhe não davam liberdade temendo que fugisse como Artêmia (de cuja fugida lhes parecia ser ele a causa) não pôde deixar por mais que fez de andar em sua companhia mais de dous meses; no fim dos quais (deixando a trabalhosa vida que com eles tinha passado) tendo já chegado a fama dos furtos e mortes que faziam por todas aquelas partes, ajuntando-se as justiças de muitas terras mais vizinhas, deram com eles uma noite quando mais descuidados estavam; e tomando-os às mãos sem poderem resistir, se entregaram nas da justiça, e assi os trouxeram presos todos, e a Leandro juntamente com eles, como ladrão e malfeitor; o qual vendo-se em tão afrontoso estado começou a derramar novas lágrimas, o sentimento das quais movia os corações de muitos a que o tivessem dele e usassem de mais brandura e menos riguridade, e alguns houve que, se puderam, sem lhe correr folha,[93] lhe deram logo liberdade; porém como ele havia de passar por tantos trabalhos não podia escapar deste. E levados que foram ao primeiro povo donde tinha saído a principal justiça, e entrando em conselho, acordavam a que os mandassem à cidade de Nisa, visto ser Felício natural dela, e estava ao presente Corregedor, para que aí fossem sentenciados. À qual chegando, foram metidos em o cárcere, e logo carregados de ferros, não ficando o nosso triste Leandro isento deles, e despois de corrida a folha, e os acharam culpados, os enforcaram em forca pública, tirado Leandro, que por lhe não acharem culpas, pois sua inocência o tinha isento delas, como os próprios companheiros confessaram antes de sua morte; e também movida a justiça de sua gentileza e paciência que em todo o tempo de sua prisão havia mostrado, foi logo posto dela em sua liberdade; e Felício que, ajudando-se de sua nobreza, ficou livre da morte, mas não de um grande degredo que lhe deram, que foi assaz pouco castigo para suas grandes culpas e perseguições que a Artêmia tinha feito. Mas deixando a ele tornemos a nosso Leandro já posto em sua antiga liberdade, em a qual foi de muitos festejado, e ele pelas boas obras que (levados de sua graça e beleza) lhe faziam a todos agradecido; e como o que o é de benefícios passados seja merecedor de outros futuros, não havia quem se isentasse de fazer-lhe muitos: e como da freqüentação destes comumente nasçam forçosas obrigações, vendo-se Leandro penhorado de tantos, não se atrevendo passar a vida sujeita à satisfação delas, determinou partir-se daquela terra para outras, donde enganando o mundo pudesse viver menos conhecido dele. E porque entendia se o fizesse sabendo-o os cidadãos e mais povo não o deixassem ir, pelo que lhe queriam, se partiu uma noite sem ser sentido de algum intentando passar a Bolonha e daí a Veneza, e pelo tempo adiante (achando ocasião) a Nápoles. Já a este tempo, ainda que não com semelhantes vestidos como saíra de sua pátria, caminhava o nosso cuidadoso Leandro, ora só, ora acompanhado, passando às vezes trabalhos e necessidades (próprio de largos caminhos) com algumas faltas de mantimentos para passar a riguridade deles, dando refeição a seu cansado corpo, que seu coração bem cuidados tinha em que se sustentava, recordando cousas passadas: e seu querido Arnaldo, que ainda que (a seu parecer) morto, contudo não o estava a lembrança dele em sua memória; e ainda que algumas vezes perdida por falta de esperanças, contudo a memória o não era para o sentir; porque, quando uma lembrança se perde, a memória se perdera juntamente, pouco se sentira a dor de tal lembrança.

CAPÍTULO IX

De como Leandro se passou a Bolonha, e do que lhe aconteceu antes de chegar a ela.

PARTIDO JÁ O NOSSO LEANDRO DE NISA, donde estivera preso, determinou de ir-se a Bolonha, fora de todo o pensamento de fazer em ela detença como fez, e adiante diremos, em o qual caminho gastou muitos dias (porque além de ser comprido por estar Bolonha em Itália, e ele se partia de França) não eram suas forças bastantes que pudesse fazer alguma a seus pés, para que movidos dela acelerassem mais os passos, que em menos tempo costumam dar fim a largos caminhos. E forçado um dia do trabalho deles, já quanto[94] cousa de duas léguas antes de chegar a Bolonha, se sentou para tomar algum descanso ao pé de uma copada árvore, que em o meio de um fresco e sombrio vale, algum tanto desviado do caminho estava; e querendo dar princípio dele a seus cansados membros, sentiu que lhe impedia um ruído de armas que perto dele soava, entre os quais se ouviam algumas vozes como de homem afligido: e estando bem no conhecimento delas, não pode quietar seu coração a que não chegasse até poder tê-lo[95] de quem eram. E despois de discorrer por muitas partes do vale, foi dar em uma que bem se mostrava ser a mais oculta dele, por ser toda em roda cercada de muitas e densas árvores e a que mais remota do caminho estava; em a qual viu a dous mancebos em extremo galantes e bem-postos que valerosamente batalhavam, e já tão feridos (mormente um deles que como desconfiado da vida espargia aos ares tão lastimosos suspiros, como que só em os despedir do íntimo do coração estava o remédio dela) que assim do muito sangue que lhes corria, como movidos da repentina vista de Leandro e de suas boas palavras com que os persuadia a que não se matassem tão cruelmente, pois não tinha outras armas com que os apartasse, houveram por bem de terem tréguas, tendo inda intento um deles que mais isento e soberbo se mostrava de acabadas elas tornar a seu desafio, como quem dele se sentia melhorado. E depois de assentados tornou Leandro de novo com amorosas palavras (em a língua que lhes ouvira que era Italiana) rogar-lhe que não quisessem perder suas vidas e honra, e sobretudo a alma, e outras que movidos do bom ânimo e zelo com que as dizia respondeu o que estava mais ferido que era muito contente, e que sendo-o seu contrário, de ele lhe propor a causa de seu desafio, e estivesse pelo que julgasse, ele o era, e dava palavra que julgando não ter rezão no que sustentava fazerem tudo o que ele pedia.[96]

— Parece-me, senhor (disse Leandro), terdes tanta no que dizeis que não cuido terá vosso contrário tão pouca que deixe de condescender a ela, e pois ele está presente pode dizer sua vontade, que a minha não irá em nada fora do parecer das vossas.

A isto respondeu o outro mancebo dizendo:

— Eu aprovo por boa essa rezão, porém quando ele a tenha em contar tudo como na verdade aconteceu.

— Quando o não for (tornou o mancebo) o que eu disser, aí estais vós, senhor, que me podeis ir à mão, que eu vos dou licença, e pois aceitais o partido peço-vos ma deis para apertar este sangue que me está correndo, ao que me ajudará esse belo mancebo que cuido nos foi hoje oferecido do Céu para nos não perdermos.

— Podeis curar-vos (disse o contrário) que eu não tenho necessidade mais que da rezão que peço, porque cuido que com muita a sustento.

Logo Leandro apertou as feridas do mancebo com muita caridade e amor, e depois de lhe agradecer a com que o tratara lhe pediu se sentasse e desse pronta atenção a sua história, e acabada ele julgasse sem paixão nem amor o que dela sentisse.

— Assi o farei (disse Leandro) pois me fazeis juiz da sentença.

— Ora, pois, ouvi, que é o teor dela desta sorte. Sabereis, galardo[97] mancebo, como esse que aí vedes agora meu contrário e eu nascemos ambos aqui em esta cidade de Bolonha, que cousa de duas léguas está de nós; a mi me chamam Otávio, e a ele Fulgócio, o qual mereceu ao Céu dar-lhe pai e mãe conhecidos, e eu, como alheio de merecimentos, nenhuns conheci nem nunca em certo se soube quem fossem os meus próprios e naturais, porque de oito dias fui enjeitado, e com muito amor criado da mãe de Fulgócio, juntamente com ele por sermos do mesmo tempo e idade; e assi como crescemos nela o fizemos em amor, de tal modo, que sua mãe que me criava tinha eu como mãe própria, e a ele como verdadeiro irmão. Assim fomos dela criados até idade de quinze anos, de maneira que como a cidade seja povoada de muitos estrangeiros por ser Universidade pública, não havia quem me julgasse senão por filho legítimo da mãe de Fulgócio, e a ele por irmão natural e verdadeiro. Seu pai lhe morreu de uma morte apressada sendo inda de tão pouca idade que mal o conheceu (pelo menos a mi não me lembra dele) e despois de sua morte a dez meses inteiros pariu ela uma filha em extremo fermosa, e como fosse cousa de grande novidade começou de murmurar o povo, porque a tinham em reputação de honrada e virtuosa; e divulgando-se o caso por toda a cidade foi posto em parecer de alguns letrados, assi médicos, como filósofos, se podia naturalmente andar mais tempo do costumado a criatura em o ventre, que são nove meses, e ainda que alguns foram de parecer que era impossível, contudo a maior parte deles acordaram em que podia ser naturalmente, pela qual rezão devia de ser tida a filha por única e verdadeira de seu já defunto marido. E movido o povo desta, e da larga experiência de sua honra, facilmente condescendeu a ela, e nesta reputação foi sempre tida Felisberta (que assim lhe puseram o nome) de maneira que nunca mais pessoa alguma se persuadiu ao contrário. E despois de todos termos idade em que o uso da rezão claramente se descobre, pareceu bem a dona mãe sua e ama minha, e a Fulgócio, que a recebesse por esposa, visto a criação e amor que entre nós havia, o que eu aceitei com muito gosto e vontade porque lhe queria como a mi próprio; porém como nossas fazendas eram poucas acertei (visto também termos ainda pouca idade) a que aprenderia primeiro alguma faculdade, pois estava em terra donde com pouco custo o podia fazer, e despois de perfeito nela a receberia por esposa, para o que dei minha palavra, e ela, diante de sua mãe e irmão, a mim a sua. Logo me dei a aprender medicina, em a qual ciência gastei cinco anos sustentado de minha ama como mãe e tratado de Fulgócio como irmão, e regalado de Felisberta como de esposa; em cuja conta por ser tida não lhe falava pessoa alguma em casamento, ainda que a desejavam muitas por sua fermosura: sabendo que o era minha por palavra, até acabar meu tempo pera se efeituar por obra. E despois que de todo fui perfeito em minha faculdade: foi parecer de todos a recebesse. Com o qual se conformou o meu, porque o desejava muito e na verdade era tempo. E ordenados já de todo o necessário pera nossos desposórios, quatro dias antes da celebração deles, estando eu em minha casa (em que morei sempre apartado despois que demos palavra de nos desposarmos) entrou em ela um homem com umas cartas em a mão, e dando-mas em a minha, abri-as logo, parecendo-me serem de algum amigo; se não quando dei em uma com o sobrescrito que dizia: *Será dada em a própria mão de meu filho Otávio, Estudante de medicina em a Universidade de Bolonha.* E abrindo-a, logo fui ver o sinal[98] de quem a mandava; e achei: *De vosso pai Fabrício, ainda que de vós não conhecido.* Quando eu vi a novidade[99] da carta comecei logo ler as regras dela que em suma diziam assim:

CARTA DE FABRÍCIO, A SEU FILHO OTÁVIO.

Bem sei, filho meu, que por vos não tratar nunca por este, não viestes no conhecimento de quem éreis. Porém já que o Céu ordenou que não o tivésseis de mim, não permitiu que eu passasse desta vida presente sem que me lembrasse de vós. Sabereis como eu, ainda que não natural de Bolonha, em minha mocidade gastei em ela muitos anos, dando-me a várias ciências. No princípio dos quais vos houve de uma mulher, se não das principais, não era das mais baixas; e como fosse recolhida[100] aos oito dias de vossa nascença, vos mandou enjeitar, e soube como vos criara uma dona nobre, não que soubesse nunca de vossos pais, nem o soube pessoa alguma mais que meus Confessores; nem fazia conta de o descobrir, se agora no fim da minha vida me não constrangeram a isso: e juntamente a declarar como Felisberta é minha filha, a qual eu houve da dona que vos criou, logo a um mês despois de morto seu marido; e ao tempo que se declarou entre os letrados da Universidade que era causa natural sua nascença, eu fiz com muitos fossem desse parecer, alegando-lhe muitas rezões que os satisfizeram, porém de modo que nunca julgou algum ser eu interessado no caso, mas que só o fazia por zelo da honra da dona, porque era nobre, e logo me ausentei e me vim a minha terra, que é um lugar pequeno que está três léguas de Pavia contra Bolonha, e nele vivi com minha fazenda, que era muita, a qual vos deixo a vós as duas partes, a outra a vossa meia-irmã Felisberta, porque como não casei e não tive mais filhos que a vós ambos, obrigaram-me meus confessores a que o fizesse assim; porém de tal maneira vos havei em repartirdes a fazenda com Felisberta, que não saiba pessoa alguma que é filha minha, pois está e foi sempre tida em boa reputação, e nisto vos havei como de vossa prudência e bom entendimento confio. A fazenda qual seja, e donde, vereis nesta cédula de testamento que com esta deixo que logo se vos mande; e com isto, e com a minha benção, que vos lanço, vos ficai em este mundo em boa hora, que eu me parto para o outro donde espero me conhecereis em a glória, pois me não conhecestes em esta vida.

— Logo que eu acabei de ler a carta abri a cédula do testamento e vi a fazenda que me deixava, e donde, que ao todo seriam bons quinze mil cruzados. Quando eu vi uma novidade tão grande como esta, afirmo-vos, senhor, que vos não sei declarar, nem dizer o como fiquei enlevado em tantos pensamentos que nem podia dar crédito ao que lia, nem se era sonho o que eu por verdadeiro julgava; porque na verdade vendo eu que no cabo de vinte e quatro anos se descobriu meu pai, sem em todo este tempo se saber dele, e deixando-me tanta fazenda; e sobretudo o ser Felisberta minha irmã, e saber-se a tempo que eu estava para a receber por esposa, que já ficava impedido para o fazer, e eu se o descobria ficava sua mãe desonrada, e ela muito mais pois era tida por legítima: finalmente metido em o meio de tão grandes pensamentos, acertei a condescender a um, que por melhor e mais acertado julgava, e foi de dar conta de tudo a Fulgócio que aí está, como de feito fiz. E vendo ele um caso tão pouco esperado ficou tal, qual da grandeza dele se pedia, porque além de ser brioso de ânimo era nobre de geração e estava tido em reputação de muito honrado, e sua mãe e irmã juntamente: e vendo que se a não recebesse ficava lugar ao mundo de julgar alguma cousa contrária a sua honra, visto o concerto que estava feito havia tantos anos, e de presente se queria já efeituar, e se descobrisse a causa de a não receber ficava mais desacreditada ela e toda sua geração; por outra parte via a fazenda que lhe cabia. Finalmente tão sobressaltado ficou que resguardou a reposta para outro dia, e ao presente ma não pôde dar. Neste meio tempo dei eu conta a alguns amigos meus somente de como se descobrira meu pai e me deixara certa fazenda pela qual rezão não podia logo receber a Felisberta como tinha determinado, e logo me parti a Pavia, donde a mais da fazenda estava com meus estromentos[101] autênticos de quem era, e achei na verdade toda a fazenda que o testamento dizia, e tomando posse fiquei senhor dela e de toda a mais que meu pai me deixara, assi nesta como em outras partes. E tornando-me a Bolonha fui-me ter com Fulgócio a ver o que tinha determinado de fazermos em o caso: ao que ele me respondeu que era forçado em todas as maneiras receber a Felisberta sem embargo de ser minha meia-irmã, porque de outro modo qualquer que fosse ficava desonrada, e sua mãe e toda sua geração infamada; e que maior inconveniente achava na falta de sua honra do que (suposto todos os que havia de ser Felisberta irmã minha) a receber por esposa. A isto respondi eu que per nenhum modo tal faria, porque era contra toda a rezão humana e lei natural e divina. "Não é", respondeu ele, "porque logo que a receberdes tomareis de vossa fazenda muita parte em dinheiro e ausentar-vos-eis pelo mundo, e nele buscareis algum modo de vida, e ela cobrará por este sua fazenda, e estará sempre em boa-fé cuidando ser vossa esposa, e neste estado viverá com suas fazendas até o Céu ordenar de vós ou dela outra cousa, e ficará honrada e minha mãe não só com seu crédito como de antes, mas com a ajuda de sua fazenda remediada." "Isso não farei per nenhum modo (respondi então) que eu não me quero ausentar de minhas terras podendo descansadamente viver em elas; porém ordenai outra cousa qualquer que seja que eu estarei por ela, quando em pouca rezão não seja igual a essa." "Não há outra", disse Fulgócio, "que não caia em desonra minha senão esta, pelo que vos não podeis livrar de não consentirdes nela." "Não consentirei" (tornei eu). "Não?", disse ele, "ora pois vós vos determinai dentro em quatro dias, e quando não quiserdes eu vos hei por desafiado para fora da cidade duas léguas, e sede certo que um de nós há de perder a vida: porque se fordes vós fica minha irmã honrada e livre para poder receber outro, e minha mãe não fica tida em ruim conta, nem eu afrontado, nem minha geração desacreditada; e sendo eu o que perca a vida não viverei afrontado, porque melhor é uma morte abreviada do que viver um homem desonrado toda a sua vida." E vendo eu a deliberação de Fulgócio aceitei o desafio, interessado em dar-lhe a morte para que pudesse ficar livre para fazer o que me parecesse: pois não tinha outro contrário que mais me estimulasse.[102] E acabados os quatro dias, estando cada um em seu propósito, sem darmos conta a pessoa alguma nos viemos a este vale por nos parecer parte mais oculta, em o qual haverá meia hora que estamos brigando, e sem dúvida, senhor, que se o Céu vos não trouxera, cuido que perdera a vida, porque estava quando chegastes malferido, e assim como desconfiado dela comecei a dar muitos ais e suspiros, a cujos ecos creio que acudistes; e isto é o que passa na verdade, e se alguma cousa acrescentei ou diminui da inteireza dela aí está Fulgócio que pode dizê-lo, e eu fico de (sendo dentro dos limites da verdade) confessá-lo, porque melhor é confessar uma verdade do contrário, do que sem ela aprovar seu parecer próprio.

CAPÍTULO X

Do parecer que Leandro deu em este caso, e de como foi levado a Bolonha, e dos mais que lhe aconteceu em ela.

LOGO QUE OTÁVIO PÔS FIM a sua história e deu lugar a que Fulgócio aprovasse por verdadeiro o teor dela, ou mostrasse a rezão de sua falsidade, quando a ele em a contar não tivesse: já quase como arrependido Leandro tomou um pouco à mão[103] dizendo:

— Em verdade, senhores, que é tão sobejo o desgosto que hei recebido com o sucesso de tão extraordinário caso, que me faz sê-lo em pedir-vos me escuseis do parecer dele; porque na verdade está pedindo outro entendimento mais levantado, e não o meu, que anda com várias imaginações e pensamentos destraído.

— Não é bastante escusa essa (respondeu Fulgócio) porque como temos já posto o caso em vossas mãos, delas há de sair o despacho.

— Ora, pois assim é (tornou Leandro), é necessário que deis vosso consentimento, ou se estais pelo que tem dito Otávio, para que eu dê o fraco parecer que de mim se espera, porque não se pode dar algum entre partes sem se ouvirem ambas.

A isto respondeu Fulgócio que em todo[104] Otávio dissera verdade, mas que só lembrava que desse o parecer de modo que não ficasse sua irmã desonrada. Não ficou nada contente Leandro com esta última lembrança de Fulgócio, porque se mostrava em ela algum tanto isento, e como quem estava já ameaçando a quem não desse a sentença em seu favor: contudo não foi bastante pera que não desse seu parecer conforme no caso entendia: e foi que pera evitar todos os inconvenientes que se seguiam, lhe parecia bom remédio e acertado parecer que Otávio, além da terça parte da fazenda que de direito cabia a Felisberta, lhe desse mais contia que chegasse a ametade de toda sua fazenda, e isto com título de a mãe o haver criado e por lhe gratificar o trabalho que com ele havia tido: e que se queria ir morar a Pavia donde tinha suas fazendas, as quais seu pai lhe deixara com obrigação de as possuir em estado livre de solteiro como ele sempre fora, pera que por sua morte ficassem pera certa obra pia que ele deixava. E com isto ficava Otávio livre de uma impossibilidade tão grande, como era receber por esposa a sua meia-irmã, e ela não ficava desonrada, nem Fulgócio injuriado. E vendo a Felisberta com tanta fazenda, não faltaria quem a pedisse por esposa. Mal Leandro tinha acabado de dar seu parecer, quando Fulgócio levantando-se em pé, e com vozes altas, começou a dizer que não estava pelo que dizia, pois não tinha rezão no que julgava. Porque se se fosse Otávio da terra despois de lhe dar sua fazenda, ficava lugar ao mundo de julgar o que quisessem de sua honra, e não havia de haver alguém que a aceitasse por esposa. A isto respondeu Otávio que ele estava pelo que Leandro tinha dito, conforme tinham entre si concertado, e que estava prestes pera lhe dar ametade de sua fazenda como ele julgara.

— Não quero vossa fazenda (disse Fulgócio) pois com ela não liberto minha honra.

— Sim, libertais (tornou Otávio), porque com esta desculpa dou satisfação ao mundo, e ele tendo-a, não pode julgar mal de Felisberta, e assim não haverá impedimento pera que muitos a não peçam por esposa.

— Assim é (disse Leandro), nem eu acho cousa que o impida.[105]

A isto respondeu Fulgócio:

— Ora, pois julgais por tão fácil o que eu tenho por duvidoso, sede vós um dos que dizeis, e eu daqui vos prometo e dou palavra de ela o ser vossa.

— Eu, não (disse Leandro), porque sou estrangeiro, que determino (acabadas certas peregrinações) tornar-me a minha terra, e não posso ficar morador e cativo em a estranha.

— Não estou por isto (tornou Fulgócio), pois assim destes a sentença de duas há de ser uma: ou vós haveis de ser esposo de Felisberta, ou Otávio há de perder a vida.

E dizendo isto se levantou em pé apunhando a espada. Quando Otávio viu a deliberação de Fulgócio, e que não se queria governar pela rezão, pois intentava cousas que manifestamente iam contra ela, quis ainda ver se se podia defender dele: porém como estava malferido não sentiu em si forças para o fazer; o que entendendo Fulgócio se mostrou mais atrevido, vindo já contra ele com a espada feita em a mão. O que vendo Otávio pediu a Leandro quisesse reparar sua vida dando palavra de ser esposo de Felisberta, que ele lhe dava a sua de lho agradecer enquanto vivesse. E movido Leandro da lástima com que lhe pedia o remédio de sua vida, e vendo que não corria perigo em dizer que sim, visto o poder-se ausentar quando quisesse, deu logo palavra a Fulgócio de fazer o que pedia, porém com condição que o havia de sustentar um ano, ou dous em a Universidade, que queria dar-se a alguma ciência, para saber acomodar-se ao costume da terra e saber falar diante dos moradores dela.

— Sou muito contente (disse Fulgócio), e eu vos sustentarei para isso de todo o necessário despois de vós dardes palavra a Felisberta diante de testemunhas de ser vossa esposa despois de um ano acabado.

— Assi o farei (disse Leandro).

— E eu (respondeu Otávio) darei ajuda para isso quanto seja necessário. — E lançando os braços ao pescoço de Leandro lhe deu muitos agradecimentos, protestando de lhe fazer por tão grande mercê muitos serviços. E agradecidos de Leandro, como quem de sua presença e nobreza os tinha certos, disse: que pois o céu ordenara de estarem ambos concertados, que houvessem por bem de se tornarem como antes amigos.

— Eu estou prestes (disse Otávio), quando Fulgócio seja contente.

— Sim, sou (respondeu ele), e vos peço perdão de algum agravo que vos haja feito, que por zelo de minha honra o hei cometido.

— Bem entendo isso (disse Otávio) e vós me perdoai a vontade que trazia de vos matar, para que ficasse livre de vós que tanto me perseguíeis.

— Sim, perdôo (tornou Otávio) — e dizendo isto se abraçaram com muitas lágrimas de amor, nascidas das lembranças de sua criação e irmandade, e Leandro, que com outras lhe fazia companhia (movido do gosto que tinha de os ver amigos); e assim o levaram em a sua para Bolonha, tratando entre si do necessário cada um a sua vida, e Fulgócio muito contente de haver achado tão bom esposo a sua irmã, como se enganava com a presença de Leandro, que já dela e de sua prática e conversação estava tão satisfeito, como a seu bom ânimo e branda condição rendido. Chegados que foram à cidade, levou logo Fulgócio a Leandro pera sua casa, e nela o agasalhou como pedia a nova obrigação em que já lhe estava. E ao dia seguinte deu conta do que passava a sua mãe, e irmã, calando sempre o caso de Felisberta, por não lhes dar desgosto, em o que já não havia remédio. Mas só dizendo-lhe como Otávio herdara muitas fazendas por morte de seu pai, do qual lhe vieram cartas com o testamento, não nomeando porém quem fosse. E que lhe era forçado ir-se morar a Pavia donde as tinha, com obrigação de as possuir em o estado de solteiro, que assim o deixara o pai em o testamento, pelo que não era possível receber a Felisberta: porém que queria dar ametade de sua fazenda pera seu casamento, visto a criação que em ele sua mãe tinha feito: pelo que se conhecia por obrigado. Não ficou nada contente Felisberta com esta nova, porque queria muito a Otávio, e o tinha já quase como a esposo: porém vendo as rezões tão forçosas que havia pera o não ser, compondo-se com o interesse da muita fazenda que liberalmente lhe dava, esteve por tudo o que sua mãe e irmão dela ordenassem. E depois de Otávio lhe ter feito as escrituras de sua fazenda, e Fulgócio em nome de sua mãe e irmã já de posse delas, se despediu com muitas mostras de sentimento, porque se ausentava de quem como filho o criara, e de Fulgócio, que já outra vez em lugar de irmão tinha e de Felisberta, a quem como a oculta irmã em seu coração amava. E agradecendo de novo a Leandro o bem que lhe havia feito, se ofereceu a seu serviço. E despedindo-se, assim dele como de alguns amigos, se foi pera Pavia, donde o deixemos vivendo honradamente com suas fazendas. E tornemos a Fulgócio, o qual despois de ausente Otávio, tomou um dia à parte sua mãe e irmã, e propondo-lhe algumas rezões de como o mundo sabia da palavra e concerto que tinham feito com Otávio, e agora vendo que não recebia por esposa a Felisberta, temia não haver quem a quisesse aceitar, sem embargo da fazenda que tinha: e que ele considerando isto achara em a cidade um mancebo estrangeiro de tantas partes, que o obrigaram a prometer-lhe a Felisberta por esposa; e outras rezões, das quais a mãe vencida disse, que lhe parecia bem o que tinha feito: conformando-se Felisberta com seu dito. Logo Fulgócio ao dia seguinte trouxe a Leandro, e apresentando-o a sua mãe e irmã disse:

— Vede aqui, senhoras, o mancebo em que vos tenho tratado: de cujas partes estou mui satisfeito.

E pondo Felisberta os olhos nele, e vendo a graça de sua pessoa e a rareza de sua fermosura, ficou tão contente, que se não pôde persuadir ao que seu irmão dizia. E despois de satisfeita com as boas rezões que Leandro lhe dava, diante de alguns amigos e gente de casa fizeram seus concertos, dando Leandro palavra no cabo de um ano (como tinha dito) de a receber por esposa. Logo Fulgócio o pôs em uma casa apartado, dando-lhe todo o necessário pera seu sustento, e livros bastantes a seu estudo. E por evitarmos palavras, é de saber que em este estado vivia Leandro muito contente, porque como sabia que muitos da cidade o conheciam por esposo de Felisberta, ou ao menos que lhe tinha dado palavra, estava mais certo em não ser deles conhecido por quem era, e assim passava ali a vida mais encoberta. E como tinha de espaço um ano, queria em ele aprender alguma faculdade, porque como fazia conta de correr mais mundo soubesse melhor tratar com a gente dele. E deixados os mimos e regalos com que de Felisberta em todo este tempo era servido e o muito amor com que dela foi sempre tratado, o nosso Leandro se deu a ler muitos e vários livros humanos,[106] e tanto aproveitou em eles que antes do ano acabado era já de todos por sábio conhecido. Porque como não se deu a outra ciência (ainda que em a Universidade aprendia) mais que a saber humanidades e sentenças, pera com elas mais ornar suas palavras, tudo o que havia de alcançar em outras aproveitou em esta faculdade, de tal modo que de todos os da cidade, por antonomásia era chamado, o estrangeiro sentencioso. E como tal (já quase no fim do ano) foi escolhido pera umas festas que certos Doutores da Universidade faziam. As quais por serem proveitosas ao entendimento me pareceu bem pôr aqui o teor delas. Porque as cousas que causam proveito é bem que se digam: pera que, enquanto se manifestam, aquelas que são alheias dele se encubram.

CAPÍTULO XI

Em que dá conta das festas, e quais foram os cinco letrados e escolhidos para elas.

ERA ANTIGO COSTUME em a Universidade de Bolonha fazerem em certo tempo do ano uma festa, em que se davam muitos prêmios ao que saía melhorado dela. Em a qual se faziam muitos desenfados de jogos e farsas, em que mais se deleitava a vista do que se recreava o entendimento. Sucedeu um ano cair a sorte em um doutor em todo extremo sábio e curioso; e querendo aventejar-se dos passados ordenou um modo de festa com a qual causasse mais proveito ao entendimento do que deleitação à vista; a qual por ser nova e cousa nunca feita em a cidade, acudiu muita gente dela, mormente letrados, a quem mais de direito pertencia; era pois o teor dela desta sorte: escolheram entre os estudantes da Universidade cinco, cada um em sua faculdade mais único: a saber, um Teólogo em ditos dos padres muito visto, e um Filósofo humanista que era o segundo lido em sentenças de Filósofos. O terceiro, um latino prático em ditos sentenciosos. O quarto foi o nosso Leandro, escolhido por sentencioso. O quinto era um Espanhol mui dado a ditos graciosos como adágios e outros com que em sua conversação movia a riso. Estes pois se haviam de pôr em público diante de todos, e a cada palavra que por sorte saísse havia de dizer cada um sua sentença ou autoridade de repente, por esta ordem. Primeiramente havia logo de dizer o Teólogo um dito de Padre qualquer que fosse. O Filósofo uma sentença de autor humano.[107] O Latino um dito sentencioso em sua própria língua; e Leandro, que o era, uma sentença qualquer que fosse, contanto que a propósito viesse. E o Espanhol havia de dizer seu adágio em sua língua própria também, ao mesmo intento, e aquele que mais continuasse até o fim e ficasse vencedor, esse levaria o prêmio que estava deputado,[108] o qual era uma fermosa livraria de cinqüenta livros todos encadernados em pasta forrada de veludo de várias cores e as brochas de prata dourada com muitos esmaltes, e em os cantos e meios engastes do mesmo. Davam mais a armação da sala em que se haviam de fazer as sortes[109] que era de brocado branco aveluatado[110] de vermelho em modo de ramos, e nos extremos de cada um uma rosa de ouro, com que mais rica e fermosa se mostrava, e além disto outras peças curiosas, tudo logo posto em a sala, para que com a vista do prêmio mais se esforçassem pelo interesse de ganhá-lo. E determinado o dia em que se haviam de fazer as sortes, e posto em ordem todo o necessário para elas, acudiu muita gente, não só da Universidade, mas outra muita que à fama das grandes festas de fora tinha vindo por ver a novidade delas. E assentada em ricos assentos de que toda a sala em roda estava cheia, mandou logo o Doutor que fazia as festas assentar os cinco sábios que havemos dito, cada um em sua cadeira de veludo azul com borlas de ouro em meio da sala, para que pudessem de todos ser ouvidos. E a quatro Doutores dos mais velhos e antigos da Universidade, se sentassem dous de uma parte e dous da outra, pera serem juízes nas sortes e darem a sentença por quem levasse a melhoria delas. E logo mandou tocar muitos instrumentos, e despois de cantarem a eles certos músicos que pera isso tinha: fez sinal se começassem as sortes. E logo um estudante que pera as tirar estava deputado, abrindo uma caixa pôs em cima da mesa que estava armada um vaso de prata dourada, em que estavam muitas lâminas de ouro, e em cada uma a palavra sobre que se havia de dizer a sentença, esculpida em letras de vários esmaltes, as quais o mesmo Doutor tinha mandado fazer às escondidas, pera que, não vindo à notícia dos sábios, dizendo de repente, fossem mais claras mostras de seus engenhos.[111] Logo o estudante levantando-se em pé tirou uma, e em voz alta disse:

— A primeira cousa, senhores, que se nos ofereceu em nossas sortes é o AMOR.

E levantando-se o Teólogo, a quem de direito cabia o primeiro lugar, fazendo cortesia aos circunstantes, se virou a seus companheiros e disse:

— Parece-me, senhores, que pois o Amor é o primeiro, que digamos mais alguma cousa dele pera o festejarmos. E porque na verdade ele o está merecendo — e dando eles consentimento, tornando-se a sentar em sua cadeira disse: — Ora pois assim é, digo com Santo Ambrósio em um sermão da Assunção: *É tão impaciente o amor que sempre cuida ter presente aquilo que muito deseja.* E Santo Agostinho contra Maniqueu diz: *Não há cousa tão dura e tão de ferro que com o fogo de amor não seja vencido.* E Ricardo de São Vitoreu diz: *Tal é a doçura do amor, que quanto com mais veemência ama, tanto mais suavemente gosta.*

E levantando-se logo o Filósofo humanista disse: — O que me lembra do amor é que diz Sêneca em os *Provérbios*: *Que é causa da solicitidão*[112] *ociosa.* E o mesmo Sêneca diz também: *O amor não pode ser atormentado, mas pode ser desprezado.*

Logo o Latino a quem cabia o terceiro lugar, em sua própria língua disse: — *Amore omnia illustrantur, augentur, et conseruantur.* — Que quer dizer em nossa língua: *Com o amor se ilustram, acrescentam e conservam todas as cousas.* E continuando mais por diante disse: — *Amor minima, maxima videri facit. O amor as cousas pequenas faz parecer grandes.*

Logo se levantou o nosso Leandro e, fazendo cortesia com muita graça a todos os ouvintes, se tornou logo a sentar, e sorrindo-se (como quem do amor podia dizer mais que todos pela larga experiência que dele tinha) com alegre semblante disse desta maneira: — *Muitas vezes permite o amor que viva no pensamento o que na vontade morreu.*

— E tornando outra vez disse: — *É tal o amor que nunca dá contentamento sem queixume, nem deixa em nenhum estado satisfeito a quem ama.* — E logo tornou a terceira vez dizendo: — *Não há cousa que com mais veemência cerre os olhos do coração que o amor privado.*

Despois de Leandro ter acabado suas sentenças, levantou-se o Espanhol e, fazendo sua cortesia com muito donaire e graça, disse em sua própria língua: — *Amor con amor se paga, y no con pan, y con agua*. — E tornando logo a segundar[113] disse: — *Amor no, pero quantas veo tantas quiero*.

E com isto se acabou a primeira sorte, louvando os circunstantes aos opositores dela, que cada um em a sua faculdade havia respondido muito bem e a propósito; outros festejando os ditos do Castelhano, como os que tinham mais de riso que de consideração.

Logo o estudante tirou a segunda sorte e lendo em voz alta disse: AMIGO.

Ao que o Teólogo respondeu, dizendo: — *Nenhuma cousa mais prova ao amigo do que suportar a carga do trabalho do que o é*, diz Santo Agostinho, livro 28 das *Questões*.

Logo disse o Filósofo: — *O verdadeiro amigo nunca se achará buscando-o, porque é aquele que é quase o mesmo que o busca*, diz Túlio, *De amicitia*.

Seguiu-se logo o Latino, dizendo: — *Turpe est te incolumi amicum tuum iniuriam accipere*. Cousa torpe é que estando tu salvo, teu amigo receba injúria.

Logo disse Leandro: — *Mais se há de curar do amigo, do que do próprio corpo*.

Acudiu logo o Espanhol, dizendo: — *Al amigo incierto, un ojo cerrado, y otro abierto*.

E acabada a segunda sorte, tirou logo o estudante a terceira, e lendo viu que dizia: ADULAÇÃO.

Sobre a qual disse o Teólogo: — *Não há cousa que com mais facilidade corrompa o entendimento do homem que a adulação*, como diz São Jerônimo, *In Psalmos*.

Acudiu o Filósofo, dizendo: — *A adulação não só imita a amizade, mas vence-a e precede-a*, diz Sêneca em uma epístola.

Logo disse o Latino: — *Omnis adulatio plena est veneni*. Toda a lisonjaria está cheia de peçonha.

E o nosso Leandro acudiu dizendo: — *A lisonjaria em o homem grave, mais o desonra do que o acredita.*

E o Castelhano disse: — *Al Medico, al Confesor, y al Letrado no le traigas lisonjeado.*

E despois de festejarem os ditos como pedia a bondade[114] deles, tirou o estudante a quarta sorte, e lendo viu que dizia: AMANTE.

E logo o Teólogo disse: — *Não há cousa dura, nem dificultosa ao amante*, diz São Jerônimo em um sermão.

Acudiu logo o Filósofo dizendo: — *O amante sabe o que deseja, mas não vê o que sabe*: Sêneca em os *Provérbios*.

Logo o nosso Leandro disse: — *Não há cousa mais penosa ao amante do que saber que goza a outrem o que por ele se perdeu.*

Mal Leandro teve acabado sua sentença, quando o Latino, que cuidando estava no que diria, pelo qual respeito perdeu o terceiro lugar que de direito lhe vinha, acudiu dizendo: — *Lacrimis placatur amantis ira.* A ira do amante com lágrimas se abranda.

E acabado disse o Castelhano: — *Rijas de amantes enamorados, amores doblados.*

E acabada esta sorte tirou logo o estudante outra que em ordem era a quinta, e lendo viu que dizia: LOUVOR.

Sobre o qual disse o Teólogo: — *Se desejas os verdadeiros louvores não busques os dos homens, porque suposto que seja fácil a algum não curar do louvor enquanto se lhe nega: contudo é dificultoso não se deleitar com ele quando se lhe oferece*: São Jerônimo, *in quadam epistola*.

Logo acudiu o Filósofo dizendo: — *Digno é de pouco louvor o que só aos miseráveis se antepõe*, diz Sêneca nos *Provérbios*.

E acabado ele disse o Latino: — *Gloriosa laus est malis displicere.* Grande louvor é não contentar aos maus.

E logo disse Leandro: — *O mais perfeito louvor é o que com o testemunho de outro se declara.*

E logo que acabou disse o Castelhano: — *Quien se alaba de ruin se muere.*

Acabada a quinta sorte continuou o estudante, e tirando a sexta, lendo em alta voz disse que era: MULHER, com que ficaram os circunstantes alvoroçados esperando o que diriam dela: o que conhecendo o Teólogo, disse: — Parece-me, senhores, que será bem dizermos desta sorte mais do costumado, porque sem dúvida ela o está pedindo por quem é — e dando eles consentimento, disse ele logo primeiramente: — *Dificultoso é sustentar a mulher pobre: porém maior tormento é sofrer a mulher rica*, diz São Jerônimo, *Contra Joviniano*. E São Crisóstomo diz: *Que não há em o mundo besta por mais brava que seja que se possa comparar com a má mulher*.

Logo disse o Filósofo humanista: — *Se em o mundo não houvera mulher* (diz Catão) *nossa conversação não estivera sem os deuses*. — E logo tornou dizendo: — *A mulher que chora pregoa mentira*, diz Sêneca.

Logo nosso Leandro sorrindo-se, como quem de si próprio dizia, afirmou ser próprio da mulher — *Com o breve esquecimento facilmente mudar a vontade*. — E tornando a continuar disse: — *A mulher que não foi combatida não se pode chamar casta, senão a que o foi e não foi vencida.* — E logo disse mais: — *Se a mulher se não obriga de vontade ou de apetite, é impossível conquistá-la ninguém com serviços.* — E como tinha esta sorte favorável a seu intento, querendo aproveitar-se dela tornou a dizer: — *A mulher louvada não tem espada, e se a tem não mata.*

Logo o Latino pediu o tornassem admitir à ordem que tinham ordenado dando-lhe o seu terceiro lugar, não obstante o havê-lo perdido já a segunda vez por cuidar no que diria, e que acontecendo-lhe outra ele se confessava por vencido; o que visto pelos companheiros com parecer dos juízes lhe foi o lugar restituído. E na pouca detença que em isto se fez, deu lugar à memória a que se lembrasse de alguma cousa que mais viesse a intento da sorte, da qual lembrada acudiu dizendo assi: — *Nil melius, et nil peius est femina*. Não há cousa pior, nem há cousa melhor do que é a mulher. — E logo tornou dizendo: — *Mutabilis est femina et audet magna facere*. A mulher não só é mudável, mas ousada a fazer grandes cousas. — E como estava afrontado de não responder logo de repente, quis mostrar que não era por falta de saber. E por esta rezão tornou outra vez dizendo: — *Fælix est qui bonam sortitur uxorem*. Ditoso é aquele que cobra[115] boa mulher.

E despois de haver acabado o Latino, disse o Castelhano: — Yo que tengo de decir de la mujer que me ha parido, digo, digo: *Que de todo Dios es servido, y de la mujer que da en el marido.* Y vuelvo a decir: *Que de todo se Dios sirve, y de la mujer, que bien bebe.* — E continuando mais por diante disse: — *La mujer parlera, dice de todos, y todos della.*

E acabados estes ditos, que não causaram pouco riso aos circunstantes, quis o estudante continuar por diante as sortes; porém o Doutor e Juízes mandaram se quietasse um pouco e, fazendo sinal aos músicos, começaram de tocar seus instrumentos, aos quais cantaram certos motes tão graciosos que moviam a grande festa e riso; porém era em os mais imprudentes donde muito comumente se acha, e só se sente moderado em aqueles donde serve de demonstrador de sua gravidade e assento;[116] porque o riso moderado mostra gravidade, o muito imprudência, e pouco, entendimento.

CAPÍTULO XII

De como se continuaram as sortes, e do mais que nelaa sucedeu.

Logo que os músicos acabaram de cantar tornou o estudante a continuar as sortes, e tirando uma lâmina pequena achou em ela umas letras de esmalte negro, as quais lendo em voz alta disse que era: MORTE.

Sobre a qual disse o Teólogo: — *Não se pode com rezão chamar ruim morte a que precedeu boa vida, porque só a faz ser má o que despois dela se segue,* como diz Santo Agostinho, *De Civitate Dei lib. I.*

Logo acudiu o Humanista dizendo: — *Castiga-se com a lembrança da morte o pecador, para que morrendo se esqueça de si aquele que vivendo se não lembrou de Deus,* diz Cesário.

E acabado disse o Latino: — *Tranquille viuit, qui non formidat mortem.* Descansado vive quem não teme a morte.

Da qual disse logo o nosso Leandro: — *A meditação da morte é escola da mais alta sabedoria.*

E logo concluiu o Castelhano dizendo: — *Quien da el suyo antes de su muerte, merece que le den con un mazo en la frente.*

E acabada a sétima tirou logo o estudante a oitava, e viu em uma lâmina umas letras de esmalte verde que diziam: VIRTUDE.

Da qual o Teólogo disse: — *Não há exortação melhor para a virtude que a recordação dos pecados,* como afirma São Crisóstomo sobre as epístolas *ad Hebræos.*

Logo disse o Filosofo: — *Aquele é mais abundante de virtudes que mais no conhecimento vive das alheias*, diz Sêneca.

E o Latino disse: — *Melius est mori, quam vivere sine virtute.* Melhor é morrer, do que viver sem virtude.

E Leandro afirmou: — *Que a virtude não havia mister louvores porque de si os tinha.*

E o Castelhano acudiu dizendo: — *La virtud no tiene precio.*

E tirando o estudante outra sorte, viu umas letras de esmalte azul entalhadas em a lâmina de prata que diziam: HOMEM.

Do qual disse o Teólogo: — *De todos os males o homem é o pior, porque qualquer animal propriamente tem um só, mas o homem tem todos; e tanto é assim que temendo o demônio de cometer a um justo: o homem mau não só o não teme, mas despreza-o*, diz São Crisóstomo.

Acudiu logo o Filósofo e disse: — *Assi como se diz fermosa pintura que tem todas as partes perfeitas, assim se diz o homem fermoso o que não tem nenhuma errada por pecado*, diz Sêneca em os *Provérbios*.

Logo disse o Latino: — *Non est hominis, timere, quod vitari non potest.* Não é de homem temer, o que se não pode escusar.

E, acabado, disse o nosso Leandro: — *O homem contrafeito é escravo de seu engano.*

Logo acudiu o Espanhol dizendo: — *Hombre comedido nunca subió mucho.*

E acabada esta sorte, que não foi menos festejada dos ouvintes que as passadas, tirou logo o estudante outra, e em voz alta leu umas letras de esmalte branco, que diziam: PAZ.

Da qual disse o Teólogo: — *Que era serenidade do entendimento, quietação do ânimo, simplicidade do coração, vínculo de amor, companhia da caridade* — e concluiu dizendo: — *Que não poderá chegar à herança do Senhor quem não quiser guardar o testemunho da paz*, Agostinho, *De Verbis Domini*, cap. 158.

Logo o Filósofo disse: — *Em nenhuma outra cousa mais se mostra levantada a graça do Príncipe do que é, em igualdade de paz governar seu povo: e em rigor de justiça o conservar*, Cassiodoro, *Lib. I, epist. I.*

E o Latino acudiu dizendo: — *Pax humiles amat, inimicos concordat, et cunctis est placida.* A Paz ama aos humildes, concorda os inimigos, e a todos satisfaz e contenta.

Logo que acabou disse Leandro: — *A raiz da Paz é a humildade, a qual nasce ao homem do conhecimento de si.*

Mal Leandro havia acabado de dizer sua sentença, quando o Espanhol acudiu dizendo: — *No conoce la Paz, ni la estima, el que probado no ha la guerra prima.*

Logo o estudante tirou outra que em ordem era a undécima, e despois de vista leu nesta maneira: HONRA.

Da qual disse o Teólogo: — *Muitos há que fogem das honras para que mais depressa se encontrem com elas, porque muitas vezes para que se adquira a glória é necessário que se despreze; e o mundo, para que se possua, é forçado que se deixe*, diz Hugo.

Logo disse o Humanista: — *Tanto se acredita o bom com a honra, quanto o mau com ela se infama*, diz Salústio.

E acabado disse o Latino: — *Qui honorem negligit offendit virtutem, quia honor virtuti debetur.* Aquele que despreza a honra ofende a virtude, porque de direito se lhe deve.

E o nosso Leandro acudiu dizendo: — *As honras do mundo hão-se de merecer, mas não se hão de procurar: porque a tal honra é melhor merecê-la sem a ter, que tê-la não a merecendo.*

E logo o Espanhol disse: — *Huésped que me pasa por la puerta con sol, háceme mucho honor.*

E levantando-se o estudante como costumava, tirou outra sorte e lendo-a disse:

— O que aqui temos, senhores, é: VÍCIO.

E tomando o Teólogo logo à mão disse: — *O vício é um afeito[117] natural desordenado e sem medida, passa os limites da ordem quando se move para as cousas que não deve, e excede os da rezão quando se move mais do que deve*, diz Hugo.

E o humanista acudiu dizendo: — *Quem há de ter guerra com os estranhos, há de deitar primeiro de si os vícios.*

E acabado disse o Latino: — *Cuique suum est vitium*. Não há quem do vício se isente.

E logo o nosso Leandro disse: — *Um vício sem desculpa se salva e é quando o que o comete se emenda dele: porque não há nenhum tão justificado que em tudo acerte.*

Logo acudiu o Castelhano dizendo: — *Malo es el vicio de enmendar, y el zamarro de espulgar.*

Admirados estavam os circunstantes vendo a continuação das sortes, sem se conhecer falta em algum dos opositores, antes lhe parecia estar cada qual deles isento de cair em alguma, visto a presteza e facilidade com que respondiam tanto a propósito e de repente; e na verdade se muito louvavam o Teólogo e Filósofo na bondade de suas autoridades, não menos engrandeciam ao Latino e a nosso Leandro por suas tão sábias sentenças, e ao Espanhol pela muita graça com que dizia seus adágios; e muitos diziam que na sua faculdade era tão sábio e mostrava tanto engenho que, quando aos outros não fizesse ventagem, nenhum deles lha fazia; tirando a nosso Leandro, que no aviso de suas sentenças e na graça e eloqüência com que as dizia o reconheciam por aventajado. Porém como tinham entre si concertado com ordem do Doutor que os prêmios se haviam de dar ao que mais continuasse dizendo sobre as sortes, desejosos já de verem a algum melhorado nelas, fizeram quietar os músicos (que começavam de tocar seus instrumentos) e mandaram o Doutor e os juízes ao estudante continuasse as sortes, o que ele logo fez; e tirando uma lâmina viu em ela umas letras de esmalte verde que diziam: VERDADE.

Sobre a qual disse o Teólogo: — *A verdade é doce e é amarga: quando doce perdoa, e quando amarga cura*, diz Santo Agostinho *ad Christinum*.

E o Filósofo disse: — *Os ricos ainda que tenham todas as cousas, falta-lhe uma que é não terem verdade*, diz Sêneca em os *Provérbios*.

Logo acudiu o Latino dizendo: — *Veritate nihil est melius*. Não há cousa melhor que a verdade.

E acabando disse Leandro: — *A verdade impugnada e abatida então resplandece mais.*

Logo disse o Castelhano: — *Dice tu mentira, y sacarás verdad.*
Acabada esta sorte tirou o estudante outra, a qual dizia: BENEFÍCIO.

E o Teólogo logo disse: — Diz Santo Agostinho que: *diante dos olhos de Deus nunca sai a mão vazia de benefícios e mercês, se a arca do coração está cheia de boa vontade.*

Logo acudiu o Humanista e disse: — *Não se pode dar benefícios ao sábio, porque tudo o que se lhe pode dar é do seu próprio*, diz Sêneca, *De beneficiis.*

E o Latino esteve um pequeno espaço como torvado sem responder, e querendo Leandro continuar acudiu ele, dizendo: — *Beneficii memores, semper esse debemus.* Das mercês que nos fazem havemos de estar sempre lembrados.

E acabado disse Leandro: — *Nenhum benefício há melhor que o do bom conselho.*

A esta sorte não soube responder o Espanhol, ainda que trabalhou quanto pôde, pedindo tempo, o qual lhe concederam os opositores, e vendo que não acudia com seu adágio como costumava, mandaram os juízes continuar ao estudante. O que ele não fez logo, porque lhe não deu lugar uma grande pateada que ao Castelhano deram os circunstantes, por haver perdido seu direito, ainda que alguns pesarosos, porque gostavam de ouvir seus ditos; e depois que se quietaram tirou o estudante outra, e lendo-a viu que dizia: CALAR.

A esta sorte não respondeu logo o Teólogo, e foi a primeira falta que nele houve, ainda que não foi grande, porque antes que o Filósofo se resolvesse (que também estava embaraçado), acudiu ele dizendo: — Diz Santo Ambrósio, *Lib. I De officiis*, que: *se há de considerar por muito tempo o que se há de falar, e ainda calando prover-se cada um para que despois lhe não pese de ter falado.*

E acabado acudiu o Humanista, e disse: — *A nenhum pesou nunca de ter calado, e muitos se arrependeram de ter falado*, diz Valério Máximo, *Lib. 7 De sapient. pictis.*

A esta sorte não teve que dizer o Latino, e assim foi deitado[118] de parte como o Espanhol, do que se mostrou bem pesaroso, o qual vendo-o triste começou a dizer-lhe com muita graça: — *Hola, hermano! Solatium est miseris, solatium est miseris.*[119]

E logo o nosso Leandro com a costumada presteza disse: — *Bem fala quem bem cala, se sabe calar.*

Logo o estudante tirou outra sorte, e lendo-a viu que dizia: PALAVRA.

A esta sorte acudiu o Teólogo, porém tarde, e não como costumava, e disse: — *Como podem as palavras de Deus entrar em o vosso coração sendo doces, tendo-o vós cheio com a amargura da maldade?*, diz Santo Ambrósio sobre o Salmo *Beati immaculati*, etc.

A esta palavra não acudiu o Filósofo com alguma, ainda que lhe deram tempo, e vendo Leandro que tardava tanto perguntou-lhe se se dava por vencido, ao que ele respondeu que se confessava por esse, pois era tão pouco venturoso que a memória lhe faltava quando mais necessidade tinha de lembrança; e como era homem grave e presumia de si, ficou tão corrido[120] e envergonhado, que não tirando mais os olhos do chão dava mostras de estar muito sentido, e como tal não ousou algum dos circunstantes a motejar como haviam feito dos outros, nem os já vencidos a dizer-lhe cousa que o molestasse. E despois que o Filósofo acabou de se confessar por vencido, disse Leandro: — *As palavras que não saem da alma, ficam mal impressas na lembrança.*

Acabada esta sorte ficou o nosso Leandro só com o Teólogo, o qual vendo que ficava com o mais poderoso contrário, e em o que se não havia conhecido falta alguma, temeu sem dúvida que fosse vencido dele, porém como estava confiado em sua memória cobrou confiança, e levado dela disse se continuassem as sortes, e os juízes mandaram com parecer do Doutor que só uma se tirasse, que era já tempo de acabarem, e que conforme se houvessem em ela assi dariam a sentença, e logo o estudante tirou uma, e lendo-a viu que dizia: SÁBIO.

A esta última sorte não respondeu o Teólogo de repente, antes se passou um bom espaço de tempo, o qual não foi tão pouco que não tivessem lugar os juízes de mandar a Leandro dissesse alguma cousa se lhe lembrava, e querendo ele satisfazer ao que lhes diziam pediu licença o Teólogo para dizer que já estava lembrado, e dando-lha eles, acudiu dizendo: — *Nenhuma cousa é alheia ao sábio senão aquela que o é da virtude; porque todas as cousas do mundo possui e delas usa como suas próprias*, diz Santo Ambrósio, *epistola 36 Constantiam*.

Logo acudiu o nosso Leandro com acostumada graça e eloqüência que em as outras havia mostrado, e disse: — *Não há paciência que o sofra, nem lei que o permita, que aquilo que um sábio com muita madureza e acordo escreve, um simples de só lê-lo uma vez o menospreze.*

E com esta sentença se deu fim às sortes, e os juízes a deram logo por quem conheciam aventejado nelas, falando um deles com licença dos outros nesta maneira.

— Em verdade, senhores, que quando entre vós não ordenáreis o concerto das sortes de modo que podíeis escusar juízes para assinar o mais aventejado nelas; que nem eu me atrevera a dar sentença, nem entre vós conhecer alguma melhoria; porque vos afirmo que cada um em sua faculdade se há mostrado tão sábio como (em acudir tão de repente com a doutrina dela) engenhoso. Mas já que é forçado que declaremos aquilo que está tão claro que por si se manifesta, digo com parecer de meus companheiros que o Teólogo e o sentencioso ganharam ambos o prêmio, e deles tão merecido como deve de ser (do senhor Doutor) com liberal ânimo outorgado, e ainda que o mancebo sentencioso parecesse mais aventejado que o Teólogo por ser mais agudo nas repostas, contudo respeitando ter o primeiro lugar, em o qual era forçado acudir com mais brevidade que ele pois tinha o quarto; e visto o dizer em todas as sortes, acordamos que perfazendo com o sobejo de um a falta de outro, fique igual em os merecimentos com o sentencioso, e entre si com igualdade poderem repartir o prêmio.

Logo o Teólogo e Leandro se levantaram e, fazendo suas inclinações aos juízes como agradecidos, virando-se aos circunstantes lhes fizeram outras, mostrando-se que o eram de serem deles festejados: com isto se deu fim às sortes e princípio a outras festas de músicas e instrumentos, com as quais levaram os opositores a suas casas, levando também os vencidos entre eles, tirando o Filósofo que, como corrido e envergonhado, se apartou de todos e se foi só à sua, dando lugar a mil imaginações e pensamentos, e nascidos da inveja que (de ser vencido dos outros) tinha: e como esta tenha por companheiros aos ódio e ira, ficou com eles tão cego que propôs em seu peito de tomar vingança, mormente de Leandro, fazendo-lhe o maior mal que pudesse, não obstante o que fazia a si querendo-o fazer a ele, porque donde há ira não se guardam os direitos da rezão, e donde se acha ódio desterra-se tanto o juízo, que não fica lugar para que um conheça o mal que faz a si próprio, querendo-o fazer a outro.

CAPÍTULO XIII

Da causa que moveu a Leandro partir-se de Bolonha, e do que lhe aconteceu despois de grandes jornadas na subida de um monte.

DESPOIS QUE LEANDRO se quietou em sua casa, e houve recebido muitas visitas de amigos e festejado de outros que o não eram, e de Fulgócio que mais que todos ficou alegre de seu bom sucesso: e novamente regalado de Felisberta, como quem lhe parecia que de todos seus bens participava: assim como de seus louvores se mostrava agradecida; mandou logo receber seu prêmio, que era ametade de toda a armação da sala que acima dissemos, e meia livraria e outras peças de estima, das quais deu algumas a Felisberta para mais dissimular com seu engano. E chegado o tempo em que tinham concertado de se fazerem os desposórios, quinze dias antes quando já Fulgócio se provia do necessário para eles: estando Leandro bem descuidado de tal pensamento, o avisaram uns amigos seus de como o Filósofo lhe cobrara grande ódio aquele dia das sortes por ficar melhorado nelas; e que sabiam de certo o queria matar à treição, e que andasse resguardado, não lhe acontecesse algum perigo. E vendo Leandro a certeza dele determinou de ausentar-se de Bolonha secretamente, mais depressa do que ele intentava, para o que vendeu os livros e outras peças que tinha em segredo: e como lhe dilataram o preço deles por quatro dias, só estes estava esperando, para que no fim deles dando-lhe o seu dinheiro se partisse. E passados dous, estando ele uma noite recolhido em sua casa, sentiu que lhe abalroavam a porta, e acudindo à janela viu a três homens que por força queriam entrar dentro: e julgando ele serem alguns por quem seu inimigo mandava a matá-lo (como de feito eram) ficou tão sem acordo que o não teve mais que para se vestir; e tomando algum pouco de dinheiro que tinha por não haver ainda cobrado o que lhe deviam, se lançou de uma janela baixa que para outra rua caía, e não parando em a cidade ainda de noite, se lançou mais de uma légua fora dela. E desta maneira se despediu Leandro de Bolonha, deixando em ela a Felisberta tão descontente de sua ausência, que propôs em sua vontade de não receber esposo algum; e despois dizem que entrou em um mosteiro donde acabou a vida religiosamente. Despois que Leandro se viu já fora do perigo a que estivera tão certo, determinou ir-se a Veneza, em o qual caminho passou muitos trabalhos por diversas terras: porém nenhum de que se possa fazer menção. E no cabo de alguns meses se achou já no fim do estado de Milão, e princípio do de Veneza; e como caminhava um dia só sucedeu perder-se do caminho que levava: e no fim dele (já a tempo que o roxo Apolo havia escondido seus resplandecentes raios, deixando encomendada a luz deles à fermosa lua, governo da sossegada e obscura noite) se achou ao pé de um alto e proclivo monte, cujo arvoredo e espessa mata com suas verdes e frondosas ramas não deixava gozar a terra da claridade que para lhe comunicar toma do Sol emprestada. E aquelas que sobre as outras mais levantadas estavam, donde o brando vento tinha mais lugar de se empregar nas verdes folhas, junto com o suave cheiro que as frescas plantas (achando-se ditosas de serem maltratadas das de seus pés por ir de todo já fora de caminho) sentia uma harmonia tão deleitosa e amena, que não pôde ser tão senhor de suas lágrimas que com elas não regasse as flores que quase secas estavam do calor do passado dia. E querendo subir ao alto dele tentou a uma parte e outra, buscando algum caminho que seguisse, e no cabo de uma hora deu em um que por entre a espessura da mata estava feito, ainda que (com a pouca freqüentação) mal enxergado; pelo qual subiu, até quanto um quarto de légua, por ser em todo o extremo alto. E como estava do trabalho do caminho cansado, e de não achar cômodo para descansar, afligido sentou-se um pouco para dar a seus cansados membros algum descanso; e tornando outra vez a prossegui-lo, ouviu um eco de uma voz mal pronunciado, e parando-se cheio de temor ouviu claramente que lhe diziam com espantosa voz: "Ó tu quem quer que és, espera, não passes adiante senão perderás a vida". Tanto atemorizaram estas palavras ao nosso Leandro, assim pela estranha soberba com que foram ditas, como pelo tempo que era, e em partes tão ásperas e medonhas, que deixando-se levar de imaginações (entre as quais era mais forçosa, se seria porventura a alma de dom Luís a quem ele tinha dado a morte e lhe vinha do outro mundo fazer algum mal), logo sem acordo caiu como morto em o chão, donde esteve sem dar algum de si, até que a fresca aurora com sua vinda fez ausentar a escura noite e o dourado Sol com seus raios alumiava os altos montes e espessas montanhas. Entrando pois em si a este tempo, viu-se em o mesmo lugar donde tinha caído, e querendo-se levantar não pôde, porque se achou com os pés e mãos tão fortemente atados, que por mais que trabalhou foi em balde. Quando Leandro se sentiu tão asperamente preso e sem saber quem o prendera, e em terra tão estranha e pouco conhecida, mormente quando viu lá sobre a tarde que se acabava o dia e a escura noite tornava a cobrir as terras com seu manto e não parecia pessoa alguma que o desatasse, sem dúvida cuidou que ali dava o fim a sua vida, e dera conforme a tenção de quem o tinha preso (como adiante soube) se o Céu não se apiedara de seus ais e suspiros, trazendo ao eco deles na rompente da alva do seguinte dia uma donzela tão ornada e bem composta, assim de fermosura, como de vestido, que facilmente podia crer quem em tal agonia e aflição estava posto, ser cousa mais divina que humana. A qual como chegasse e visse ao triste Leandro tão angustiado e afligido, não pôde ter as lágrimas que não derramasse algumas de compaixão dele, e temendo chegar-se só a desatá-lo, sem dar orelhas aos ais e suspiros, nem aos rogos que entre eles lhe fazia o soltasse, se tornou pelo mesmo caminho por donde tinha vindo, deixando ao triste Leandro rompendo os ares com suspiros e lançando ao Céu mil clamores de sua pouca ventura e do cruel amor a que tão miserável estado o trouxera. E não tardou muito que pelo mesmo caminho por donde se tinha ido a donzela, viu chegar trazendo-a pela mão a uma dona de meia-idade, que ao que julgou parecia ser mãe sua, com cuja vista ficou tão admirado por ver tal gente donde tão pouco se esperava, que por um grande espaço esteve tal que nem de si sabia. E chegando a ele desatando-lhe as cordas o levantaram em pé e tomando-o cada uma por seu braço o levaram consigo assi sustentado em os seus, porque com a aspereza da prisão estava tão fraco que mal se podia ter em eles. E despois que Leandro houve cobrado mais ânimo levado do desejo que tinha de saber quem fossem a dona e a donzela que o levavam, rompeu o silêncio que entre si tinham com estas palavras, dizendo:

— Em verdade, senhoras, que o gosto que tenho de ser livre de um perigo tão grande por vossas mãos é tão sobejo que me faz sê-lo, em vos perguntar quem sois, e para donde me levais?

A estas palavras não respondeu a dona, antes pondo a mão em a boca lhe deu a entender que não dissesse outras, o que ele entendendo o fez assi deixando-se ir entre elas para o mais alto do monte guardando todos silêncio, e despois de chegarem ao cume dele viu um castelo tão alto e fermoso, todo cercado de largos muros e grandes torres, qual nunca em sua vida tinha visto; e por ver cousa tão estranha em terra tão áspera, cada vez mais da grandeza dela se admirava. E já chegado ao pé dele viu entre duas altas torres uma porta tão forte, qual de grandeza do castelo se esperava; e antes que entrasse levantou os olhos acima e viu em o alto dela umas armas bem talhadas em as quais estavam dous leões de uma parte, e dous tigres da outra, e umas letras de ouro em roda em língua latina que diziam assim:

CAUE ABISTIS, SI VITAM CUPIS.

E como Leandro a entendia soube que queria dizer, que se guardasse daqueles quem estimasse sua vida; donde julgou que era aviso para que ninguém ousasse a entrar em o castelo porque seria morto. E querendo tornar atrás por lhe parecer que o levavam enganado não pôde, porque estava já em o meio da porta, donde com ajuda da porteira dela o fizeram entrar dentro, e a cerraram logo, e subindo uma larga e espaçosa escada de boa pedraria, sem por então ver cousa mais alguma do castelo, o recolheram em uma fermosa câmara: as janelas da qual estavam fechadas de tal modo que não pôde ver cousa alguma dela, nem as pudesse abrir ainda que o tentasse; e logo se saíram fechando sobre si as portas, deixando a ele dentro às escuras. E dando volta à câmara a uma e outra parte, deu com um leito armado a seu parecer rico, e deitando-se em ele começou a dar algum descanso a seu corpo e entrada a várias imaginações e pensamentos, sem saber atinar o que aquisto[121] fosse, nem para que fim se lhe fizesse. E despois de passadas já quase duas horas sentiu abrir a porta da câmara, e logo as janelas dela, e levantando os olhos viu-a toda armada de ricos panos de veludo vermelho com franjas de ouro, e em cada um as armas que em a porta do castelo tinha visto. Logo entraram duas donzelas ricamente vestidas, trazendo cada uma seu açafate de vergas de prata dourada, e em eles um rico vestido; e chegando a dona que ali o tinha posto com a filha que abrindo andavam as janelas, fizeram-lhe sinal que se vestisse e logo se tornaram para fora. E despindo-se Leandro do vestido velho que trazia, vestiu-se em o outro que a dona lhe trouxera. Quando Leandro se viu com uma camisa de fina holanda junto de sua alva e cristalina carne, e um jubão de tela de ouro fino golpeado em partes, que mais graça lhe emprestavam; e um vestido inteiro de veludo negro ateclado[122] de ouro, e todo pelas ilhargas e dianteiras cosido em botões de prata; meia de seda atamarada com sapato de âmbar que toda a casa recendia com a quentura que dos pés recebiam; sua espada e adaga douradas e tudo o mais que para um perfeito vestido se requere; ficou tão admirado de si próprio e de sua gentileza e boa postura, que lhe parecia ser o mais galhardo e fermoso príncipe do mundo; porque na verdade sua fermosura era tão rara e o talhe de seu corpo tão perfeito e proporcionado que a todos admirava; e tinha outra particularidade, que ainda que mulher, estavam-lhe tão bem os vestidos de homem e davam-lhe tanta graça, que parecia que realmente o era, e tanto que ninguém ao contrário se persuadia. Logo as próprias donzelas lhe trouxeram de comer muitas e boas iguarias, e para que não temesse haver algum engano provava primeiro a dona de todas elas. E despois que lhe deram tempo para que repousasse, entraram outra vez a dona e a filha em a câmara, e dando-lhe a entender que o vinham tirar dela para fora, cada vez mais espantado do que via se levantou do leito, e tomando-o em o meio o levaram a uma grande sala, em a qual o deixaram fazendo-lhe cada uma sua cortesia, a quem ele pagou com outra que lhe fez, parecendo-lhe que (assim com ela como com boas palavras de que foi acompanhada por cuidar que era a última despedida) lhe gratificava alguma parte dos bens e mercês que lhe haviam feito; porque elas são as que se costumam dar e receber por preço ordinário de mercês e boas obras, quando quem as dá se acha impossibilitado de fazer outras maiores.

CAPÍTULO XIV

De como Leandro se achou entre quatro fermosas donzelas, e do que com elas passou.

Logo que Leandro foi posto em a sala onde a dona o tinha deixado (como havemos dito) encontraram seus olhos com quatro donzelas que já em pé fora de seu estrado para o receberem estavam aparelhadas; cuja fermosura e gentileza era tão rara (mormente em uma delas que mais aventajada parecia) que a não ter presente a de Leandro, que não tinha igual, bem se podia reconhecer pela mais extremada do mundo. Esta que era das do meio a mais velha se chamava Gracinda; trazia sobre si um rico vestido de brocado verde sameado de botões de prata, cada um dos quais cerrava um pequeno golpe, que a certo compasso[123] estava dado, e alguns deles se deixavam abertos para que mais claro se visse o entreforro, que era de cetim aleonado. A seu pescoço trazia um fio de várias pedras engastadas em ouro, que mostravam serem de muito preço; em a cabeça não trazia mais que seus fermosos cabelos, com várias fitas enastrados; e finalmente também ornada estava de tudo sua pessoa, que não haveria olhos por mais livres e isentos que fossem, que não rendessem sua liberdade à vista dela. A mais velha de todas se chamava Leonora; esta lhe queria igualar em fermosura, porém ficava-lhe inferior; porque ainda que os olhos o não fosse,[124] pelos ter em extremos fermosos, contudo nas outras perfeições e em serem os de Gracinda mais roubadores, lhe ganhava. Esta pois trazia uma cota[125] amarela cor de ouro, forrada de terciopelo com muitos e miúdos golpes, que por serem tantos escusavam botões que os cerrassem; as mangas dela cerravam muitos de várias cores, e a cada quinze um fermoso rubi que mais valia e graça lhe emprestava; seus negros cabelos tinha enastrados com fitas várias sameadas de pérolas e grãos de aljôfar, e em tudo o mais conformando-se com sua irmã Gracinda. Estava logo a terceira, das do meio a mais moça, a qual vestia cetim azul forrado de telilha de ouro, que por rasgados golpes se mostrava. A cabeça trazia brincada de muitas pedras em várias fitas sameadas, com que apertava seus fermosos cabelos; esta se chamava Cassandra, e ainda que em fermosura não igualava as mais velhas, contudo na graça não ficava inferior delas. A quarta que era a mais moça havia nome Gerarda; trazia vestido uma cota de largas mangas de damasco branco forrada de cetim negro, a certos compassos golpeado; era esta muito louçã e graciosa, ainda que de todas quatro a mais feia; não porque o fosse, se não que como a fermosura das irmãs era tão rara, parecia em presença sua que o era. As quais juntas, e também ornadas como havemos dito, assim de fermosura, como de ricos e custosos vestidos, junto com a armação da sala que era de terciopelo encarnado ondeado de ouro, de que também eram os coxins, que sobre uma rica alcatifa de seda tinham em o estrado, e outras peças e alcatifas com que estava ornada, causaram tanta admiração e espanto ao nosso Leandro, que mal podia acertar com seu delicado entendimento qual seria o fim que de tão estranha novidade se esperava. E deixando-se levar da consideração dela, deu em um silêncio tão profundo, que nem por palavras pôde declarar o que sentia, nem por sinais manifestar o que julgava. E despois que com muitas mostras de alegria foi das donzelas recebido, e já em uma bem lavrada cadeira assentado; conhecendo Leonora, que era a mais velha, a rezão e causa de seu espanto, como a que se devia mais respeito (mandando recolher todas suas criadas e donas), assentada em um coxim mais alto em o meio de suas irmãs, começou a romper o silêncio, falando nestas palavras em língua espanhola, que mui bem sabia, e a que sempre se recebe por mais comũa.[126]

— Bem entendo, galhardo e fermoso mancebo, que com rezão estareis espantado do que tendes visto em este castelo donde estais metido, ao qual (segundo tenho visto) mais viestes a caso que de propósito, e de verdes em ele encerradas a quatro donzelas com nossas criadas sem haver entre nós homem algum que nos acompanhe, não porque de vossa graciosa presença se possa julgar imprudência donde comumente nasce; mas como quanto a cousa mais se duvida e menos se espera, mais admiração causa quando se acha, assi parecendo-vos impossível em tais partes achar o que tendes visto, de necessidade vos havia de nascer maior espanto, conhecendo já por certo o que de antes tínheis por impossível e duvidoso; e porque para vos dar conta de quem somos e de como aqui fomos postas em este castelo, será necessário dar-mo-la primeiro de nossa vida, que foi a principal causa, para o que é forçado nos empresteis atenção, vos peço a não negueis, nem acabada ela o dardes-nos relação da vossa; que segundo julgo algum grave caso vos há trazido a parte tão remota e desviada do caminho, se não é que nossa boa ventura nos tem guardado algum bem, e para o efeituar vos trouxe a nossa presença.

A estas últimas palavras acudiu Leandro, pedindo primeiro com gracioso rostro licença porque té então não tinha dito alguma; e havida delas em a mesma língua, começou a falar desta maneira:

— É tão pouca, fermosa senhora, a que acho em todos os meus sucessos que (tirando em este que presente tenho de tão soberana vista) não hei tido outro em que se me mostrasse favorável; pelo que estando vós em o conhecimento desta verdade, entendo que a mesma causa que julgais de vo-lo poder ser, essa mesma o seja de vos ser contrária.

— Pouco temera (respondeu ela) todas suas adversidades e contrastes de que já tenho alguma experiência, se ainda na maior força delas vos tivera presente, porque de vossa vista, rara beleza e fermosura (qual não hei visto em homem humano)[127] me nasceram dobradas forças para resistir-lhe.

A estas palavras quis ainda responder Leandro (que como avisado nunca ficava em semelhantes de algum vencido), se a fermosa Gracinda levada de uns novos e repentinos ciúmes (nascidos das palavras que a sua irmã ouvia) não lhe fora à mão, dizendo que não gastasse mais tempo, que prosseguisse a história de sua vida, e que despois dando ele lugar o tomaria mais de espaço,[128] para declarar com palavras o que dela sentia: determinando já em seu coração de amar a Leandro, porque de sua graça e gentileza estava tão roubada, como a seu amor rendida; que isto tem a fermosura que a mais isenta vontade reduze a uma sujeição e cativeiro sem lhe dar tempo a que se delibere a governar-se pela rezão, com a qual se hão de registar todas as cousas antes que saiam em público. Logo que Leonora entendeu a vontade de Gracinda começou a prosseguir a história de sua vida nesta maneira:

— Sabereis, senhor, como somos todas quatro irmãs e legítimas filhas de um dos mais nobres e principais senhores do estado de Veneza, por ser Duque e senhor de muitas terras dele, e dos doze do Conselho o mais antigo e venerado. A este concedeu o Céu, não sei se para afronta e desonra sua, estas quatro filhas, tão desditosas e mal afortunadas, quais cuido não nasceram outras em o mundo, juntamente com um irmão mais velho que nós todas (cujo é esse vestido que sobre vós tendes) e deixados todos os regalos e mimos com que fui criada, despois que me vi já em perfeita idade, nobre, rica, fermosa e de todos estimada, e por quem era querida, que são tudo pírolas[129] que costumam purgar cabeças levantadas, para que ficando mais vazias possa entrar facilmente o amor a senhoreá-las: a minha o ficou tanto com elas e teve o amor tal entrada, que quando o quis lançar de mi não pude, por não ser já senhora de minha antiga liberdade, que cativa sua se tinha feito; verdade é, que ao princípio mais por entretenimento e regalo me entreguei a ele; quero dizer, não para me sujeitar, mas como zombando e rindo, me namorei de um mancebo dos mais nobres de toda a cidade de Veneza, e mais que todos gentil-homem, galhardo e bem-posto, e sobretudo avisado; que suposto que não havia quem ficasse livre vendo suas boas feições e partes, contudo nenhuma mais me cativou como seu bom aviso e discrição. Este pois me namorou e serviu mais de dous anos, dando-me músicas, arruando minhas ruas, vigiando sobre minhas janelas; e como meu pai me tinha mui recolhida não podia falar-lhe as vezes que desejava; e como o que ama sem paciência seja impaciente de toda a lei, nem eu podia guardar a que meu pai tinha posto em nosso recolhimento, nem ele em me servir cometia algum descuido, e assim me mandava muitas cartas manifestando-me por elas o quanto estava a meu amor rendido; e porque a principal cousa que mais me cativou foi o aviso que em elas mostrava (cousa com que a mulher avisada mais se rende e sujeita), quis guardar algumas, para que em todo o tempo se me pudesse admitir desculpa, e pois agora o temos largo não vos enfadeis, senhor, que com vossa licença vos quero ler só duas, para que julgueis se sou merecedora dela. E dizendo isto abriu um bem lavrado bofete[130] que junto de si tinha, e tirou uma que era a primeira, e com algumas lágrimas em seus olhos nascidas das lembranças passadas a começou a ler nesta maneira:

Se os erros que se cometem nascidos da força de amor não foram dignos de perdão, em lugar do castigo que por seu atrevimento merecem, não por furtar o corpo a riguridade dele, mas por não ofender a outro de quem o remédio deles só depende, pudera sofrer em meu namorado peito a causa donde todos, ou os mais deles procedem; para que encoberta não ficassem tão claros os afeitos dela; porém como estes de sua natureza tragam consigo a desculpa, estou certo que a terão em vosso sujeito, porque menos se espera da nobreza dele castigo, do que de sua bondade perdão. E pois a certeza me tolhe o lugar de pedi-lo, quero que entendais que a tenho de alcançá-lo; e já como em ele confiado tomo atrevimento de descobrir-vos o que em meu coração sinto, que é estar tão rendido, e sujeito a vossa graça, nobreza e fermosura, quão alheio de procurar a liberdade, que qual preso e cativo vendo-se sem ela, com todas suas forças procura. E se para manifestar o que sinto dou mostras do que padeço, peço-vos me deis algumas de vossa vontade, para que as receba como princípio de mercês que já pelo muito que quero vos mereço. E com isto (não de esperar) por agora cesso.

Despois que Leonora acabou de ler a carta ficou tão saudosa do tempo em que a recebera, que moveu a Leandro a trazer a memória outra que de seu Arnaldo tivera; a lembrança das quais lhe foi causa de darem silêncio às línguas, porém não as lágrimas que de seus olhos saíam nascidas da tristeza de seus corações, porque elas são as que comumente os acreditam quando estão mais cheios de sentimentos e aflições.

CAPÍTULO XV

De como Leonora acabado de ler a segunda carta prosseguiu a história de sua vida.

Despois de Leonora haver enxugado seus claros e fermosos olhos, e nosso Leandro os seus tristes e saudosos, como estava tão lembrada quão sentida do sucesso dela, tornou a prossegui-la nesta maneira:

— A esta respondi eu, não conforme merecia o aviso de suas palavras, mas do modo que de meu fraco entendimento se esperava, dizendo-lhe outras que o amor ensina, e aceitando-o não por cativo (como ele se oferecia), mas por senhor de meu coração, em cuja posse já estava; e que dando o tempo lugar veria como minhas palavras não eram fingidas, porque em tudo as acharia sempre verdadeiras e conformes ao grande amor que já entre nós havia; e na verdade assim era, porque sobre todas as cousas do mundo o amava. E tomando ele novo ânimo com a minha carta, dali por diante começou com muito maior a servir-me; e querendo-me mostrar agradecida a seus serviços, achei que com nenhuma outra cousa mais o podia ser se não fazendo-lhe (de sempre o amar) novos propósitos, e confiado assim neles como na fé que lhe tinha prometido, cessou em suas cartas de me granjear a vontade, como quem entendia que só a tinha para a empregar em seu serviço: pelo que só para me manifestar o que por mi padecia me mandava algumas, das quais acabei de conhecer seu grande aviso, por ser uma das partes que fazem ao homem avisado; e delas me ficou também esta.

E dizendo isto a tirou de uma bem curiosa boceta, a qual começou logo a ler nesta maneira:

Carta segunda.

Vive meu coração ferido de vosso amor tão cego em seus males, que quanto mais deles é atormentado, tanto maior alegria sente em ver que ficando sujeito é de vós vencido; porque como seja descrédito a um vencedor avexar a um vencido: está certo que seu cativeiro lhe será de maior glória, seu vencimento de maior alegria, sua desgraça de maior contentamento, e a pena que daí esperava lhe será de maior alívio. E pois d'aonde esperava cativeiro tira glória, e d'aonde esperava tirar a dor de ser vencido lhe nasce maior alegria, e de sua desgraça, contentamento, e de sua pena grande alívio; e em vez de ficar vencido ele fica o vencedor: é bem que destape seus olhos e veja enquanto vos está obrigado de ser ferido de vosso amor; e como para satisfazer obrigações é necessário que entre de permeio a vontade, e seja próprio de uma isenta e livre desconhecer-se a si mesma por não conhecer as muitas em que vive: vendo eu a minha que por ser cousa vossa se isentava e ensoberbecia, de tal modo que me não ficava algum de a poder sujeitar aos precisos términos da rezão: acordei em dar recado a meu pensamento fiado em sua ligeireza, o desse logo a minha alma do perigo a que estava posta pela sem rezão de que usava a vontade, em querer desconhecer o de que era bem tivesse sempre conhecimento; cujo mau termo ela conhecendo, e seu arriscado perigo não ignorando, se levantou de mão armada contra ela, servindo-lhe de capitão o entendimento, a memória de retaguarda, de conselheiros de guerra os sentidos intelectuais, de soldados os racionais, e de artífices de guerra os sensuais; e como a vitória da batalha só em o ardil e esforço do capitão está mais certa, e muito mais quando se tem a rezão do contrário por duvidosa: vendo a vontade que carecia dela, reconhecendo ao contrário por senhor (porque na verdade desta só ele o é) deitou logo de parte as armas: e veio aos concertos descendo-se de sua isenção e liberdade, confessando-se por escrava e sujeita ao entendimento (neste caso) porque em nenhum outro o pode ser. E vendo a alma o termo que julgava por mau ter um tão bom, e resgatado o perigo tão certo a que estava posta, ficou tão contente, alegre, satisfeita e com rezão, porque mostrando-se a vontade ingrata, e a ingratidão deslustre as boas obras, podereis cessar de me fazerdes outras de vossos favores, e a falta destes era segunda ferida que recebia meu coração; e como seja propriedade sua não sofrer mais que a primeira, claro está que com ela ficava morto; e como a alma, para que informe e dê ser a meu corpo é necessário que tenha ele disposições para a vida, como interessada em a eu ter para que vos sirva, tem rezão de ficar alegre, contente, satisfeita e engrandecida, e ele honrado, poderoso, liberto estimado, ditoso, alto, levantado, engrandecido e sobretudo vencedor, pois mereceu ser ferido de vosso amor.

Logo que Leonora acabou de ler esta segunda carta a recolheu em a boceta donde a tirara dando um ai tão sentido que nenhum teria quem ouvindo-o o não sentisse;[131] e querendo outra vez prosseguir sua história, lhe tomou um pouco Leandro à mão dizendo:
— Em verdade, senhora, que ainda que caláreis as mais partes que desse galante mancebo dissestes, e só descobríreis as que em estas cartas mostrou de seu bom entendimento e aviso, bastava para nunca alguém vos atribuir culpa, quanto mais que em cousas de amor não há lugar de haver alguma, porque como para haver esta há de ser por consentimento da vontade, e ela não possa querer cousa alguma se primeiro lhe não for apresentada pelo entendimento, e ele lho não apresente senão como verdadeiro (que como tal o conhece), e ela o queira como bom, e o amor o seja, pois não é outra cousa senão um brando efeito que Deus em o mundo pôs para aumentar as cousas que criou: logo parece que não quis a vontade cousa má, e não a querendo como tal não cometestes culpa, nem em matéria de semelhante amor, ordenado a fim lícito natural pode haver alguma.

— Muitas graças vos dou (respondeu Leonora) em me quererdes livrar com vossas boas rezões do que (fora do vosso sujeito) não posso ser escusa, porque o amor que eu lhe tinha não era dentro desses términos que vós assinais, mas passava os de toda a rezão, como dos efeitos dele no processo de minha história julgareis.

— Sinto eu tanta no que contais (tornou Leandro) pela muita que esse ditoso amante mostrava em vos obrigar, que ainda que de vosso nobre ânimo se esperem aventejadas satisfações, por grandes excessos que mostrásseis em o amar, sempre ficaríeis em dívidas, para que quanto maiores efeitos houvesse tanto melhor a dívida se pagasse; e como quem mais satisfaz dívidas mais se descarrega de culpas, nunca poderei julgar menos dos efeitos de vosso amor que quererdes-vos desobrigar delas, para que mais limpa de culpa pudésseis de todo ficar isenta de pena.

— Bem parece (disse Leonora) que não ouvistes ainda a muita que eu tive em meu sucesso, pois me livrais tanto sem fundamento; pelo que deixai acabar de vos contar minha desgraça, e vereis que de nenhuma maneira me posso isentar de culpa, e se quem a confessa é digno do perdão dela, creio que não estou longe de o merecer, ainda que o estou de melhorar, porque se escapei de uma já me sinto ir dando no princípio de outra.

Isto dizia Leonora por dar a entender que estava afeiçoada a Leandro; o que conhecendo Gracinda lhe tornou outra vez dizendo: lhe desse licença para contar a história de sua vida, já que não acabava de prosseguir a sua; o que ela vendo prosseguiu dizendo assi:

— E despois que passamos mais de dous anos em nossos amores, e dele recebi outras muitas, e ele de mim não poucas, sem outras cousas que (por não ser molesta deixo) chegou o amor a abrasar tanto nossos corações que já não havia quem pudesse sofrer as chamas dele, porque como é fogo, tanto mais consome quanto mais matéria lhe deitam em que se sustente, e como a este não faltava, pois por momentos crescia; de crer é que havia de abrasar as entranhas donde estava. E como vivia já tão aposeado das minhas ficaram tão acesas que, a não lhe acudir com a água do remédio que lhe apliquei, sem dúvida ficaram de todo consumidas e abrasadas; e foi que já de todo vencida do amor, como este leve sempre o homem ao que ama, tanto me entreguei a sua vontade, que me não ficou para querer o que me ensinava a rezão, nem entendimento para conhecer tão certo perigo, nem memória para me lembrar do que em casos semelhantes tinha já ouvido, nem olhos para ver o mal que fazia, nem ainda sentido para que pudesse sentir o risco a que punha minha honra, meu crédito e minha vida. Bem que antes tudo me lembrava, e tudo diante dos olhos trazia, assim a desonra que causava a toda a minha geração, sendo tão ilustre, como o grande mal que fazia e o grande perigo a que me punha e o ruim exemplo que de mim dava, que tudo isto em o meu pensamento revolvia: e neste tempo é em que me eu confesso por culpada, pois estava em minha mão o evitar as ocasiões que eu via certa me levavam ao perigo; porém despois que de todo me entreguei em as suas, já não estava em a minha tornar atrás, porque em nossa mão está entrar em a batalha porém (se a luz da rezão se perde) não está nela o alcançar a vitória. Em nossa mão está entrar em o mar, porém (perdido o leme do entendimento) não o escapar do perigo. Em a mão da mulher está o pôr-se em a ocasião: porém despois de posta já lhe não fica entendimento para conhecer a culpa que comete, e assim a que tive foi no tempo em que eu a ela podia fugir, e não quando eu já dela me não podia escusar. Assim que para lhe dar conta de minha determinação lhe dei aviso me viesse falar uma noite em certo lugar oculto, que eu para esse efeito tinha determinado. O qual vindo, deixando a parte o gosto que com sua vista recebi, e ele com a minha, e mostras de grande amor que entre nós houve, tratamos no remédio que haveria para nos desposarmos às escondidas de meu pai, que este era o fim a que tirava a grandeza de nosso amor, porque cuido que não haveria outro semelhante entre alguns amantes. E despois de muitas traças que demos, acertamos, ou para melhor dizer, acertei eu em uma que nunca ela ao pensamento me viera; e foi que a noite seguinte me viesse buscar com alguns de seus criados, e que eu me deitaria de uma janela escusa, porém para o que eu determinava mui alta; e que em o seu cavalo me levaria com pressa até me pôr em uma quinta sua, que algum tanto da cidade contra a parte da terra desviada estava, e nela estaria escondida (até que o tempo desse lugar de nos retirarmos a uma vila sua). E contente ele de tão boa traça se despediu de mim com grande alegria, prometendo-me que sem dúvida na seguinte noite cumpriria sua palavra. Chegada pois que foi, e para mi a mais obscura e desditosa de quantas estenderam seu obscuro manto em a terra, comecei eu de me aviar das melhores peças que tinha, em que gastei a maior parte da noite, assi nisto como em fazer de uns lençóis e faixas com que me cingia uma escada para que melhor e com mais facilidade pudesse descer da janela. E já depois que teria feito meio curso, cheguei a ver se era já vindo, e vi que em um fermoso e ligeiro cavalo me estava esperando, e com dous ou três criados seus acompanhado; logo lhe fiz sinal chegasse ao pé da janela, e com a pressa que tinha por não ser sentida, atei as pontas da escada em uma forte grade de ferro que à janela estava, a qual ficou da terra em alto quase uma lança: e por me receber em os braços que não ofendesse meu corpo com o golpe em terra, se chegou bem debaixo por onde eu já descia. Mas, ai dor, que se me arranca o coração só em cuidar neste tão duro e espantoso caso, o qual não posso contar como o sinto, nem o muito sentir me dá lugar para o contar.

    E no último destas palavras deu princípio a tantas lágrimas que, nascidas da fonte de seus olhos, não era parte[132] o deixarem-nos agravados para que à vista de todos não se mostrassem mais fermosos: que reparando Leandro no sentimento, não deu lugar a que pudesse fazer verdadeira operação o sentido,[133] e assim (algum tanto mal entendida) entre as lágrimas e saudosos suspiros, o restante de sua triste história foi prosseguindo.

    — E não tinha eu ainda descido bem seis degraus quando (não podendo a fraqueza da faixa sustentar o peso de meu corpo) quebrou por junto das grades, e com ela envolta em os braços caí em os de meu amante: porém como a distância era muito alta, não me pôde suster em eles, antes desacordados do golpe caímos ambos em terra, e como o cavalo fosse brioso, espantado dando um temeroso ronco se lançou a fugir a todo correr pelo meio do campo, levando a rastro a meu amante, que mais que a mim queria; porque ao cair, como estava descuidado, lhe ficou um pé todo metido em o estribo, e logo em menos de um quarto de hora foi feito pedaços, sem poder de nenhum dos criados ser socorrido; o que eu por então não soube porque de todo estava desacordada, senão que despois me contaram. E despois que tornei em mim já com mais algum sentido, fui para me levantar, e por mais que trabalhei foi em balde, porque estava tão desconjuntada que me pareceu sem dúvida que ali renderia a vida; e já quase na rompente da alva, vendo-me eu tal, e em meus braços ainda a escada, sinal para que eu não pudesse dar alguma desculpa, intentei com minhas próprias mãos tirar-me a vida, e sem dúvida se tivera instrumento, ou pudera levantar os braços à garganta sempre o fizera. E vendo-me eu de todo o humano remédio impossibilitada, recorri entre mim a queixar-me da fortuna e crede, senhor, que senti meu coração metido em as mais acesas brasas de tribulações que nunca imaginei que podia ser, e eram tantas e tão grandes as angústias que apertavam minha alma, e com tanta força a molestavam, que já não tinha nenhuma para resistir-lhe, e este era o maior alento que tinha em ver que o grande excesso com que me tratavam seria bastante para me tirar a vida; e se em alguma hora alguém ajudou aos males para que mais se esforçassem contra si fui eu nesta em que estava posta; trazendo à memória a desonra, infâmia e descrédito tão grande de minha pessoa, a mácula de minha nobreza, a obscuridão[134] de minha fama, a perda de minha fermosura, entre as que mais se prezavam dela tão celebrada, e finalmente o mau exemplo que dava a minhas irmãs, que eram mais moças.

 E dizendo isto começaram as duas de menos idade a fazer um pranto tão sentido, que moveu assim a Leandro como a Leonora a novo sentimento: só Gracinda o encobria por não causar maior a Leandro, a quem já queria muito: e aplacado mais algum tanto tornou Leonora dizendo:

 — E como eu vi não poder a meus males dar o remédio que eu desejava, acordei a fingir-me mais morta e quebrada do que estava, para que por então pudesse escapar à fúria de meu pai, que já que por mim havia de passar tão grande afronta, ao menos quis por então ficar com vida. E estando eu em o meio destes pensamentos, ouvi dentro em casa soar grandes gritos com alguns choros e altas vozes, as quais se multiplicaram mais quando acudindo à janela me viram como morta em o chão deitada. Logo meu pai se levantou qual bravo e furioso leão, suspeitando como avisado o que podia ser, e me mandou buscar abaixo, já a tempo que eu estava cercada de gente, com cuja presença eu recebia muita vergonha; e como ele me visse quase morta não curou de me perguntar a causa mais que curar do remédio de minha vida, e antes que de todo a tivesse segura soube do caso como na verdade acontecera, e da morte de meu amado, que eu em o meio de minhas agonias e aflições senti como a maior delas; e prouvera a Deus que morrera eu antes e ele ficara com vida, porque nem eu padecera tantas afrontas, nem ele tão intoleráveis penas. E despois de passados alguns dias que tornei a minhas primeiras forças, cada dia esperava de meu pai o castigo digno de tão feias e enormes culpas, e como me tardasse algum tempo, estava admirada de como meu pai o dilatava tanto conforme sua muita condição e estima de honra; e quando mais descuidada estava (não o estando toda a cidade de falar em mim, e no mal que tinha feito), estando um dia comendo, não me parecendo que o castigo fosse tão oculto pois a culpa fora tão manifesta, senti grandes agasturas[135] em o coração, como de morte, e vendo-me uma criada minha com as ânsias dela, me disse em segredo que meu pai me mandara dar peçonha, e que disso morria. Tinha eu a este tempo uma taça de tanta virtude, que bebendo água dela imediatamente fazia deitar fora do corpo a poçonha:[136] e pondo-o por obra foi cousa maravilhosa, que logo a deitei toda, e fiquei sã como de antes estava. Vendo meu pai o que passava dissimulou por então mais alguns dias: dentro nos quais lhe veio outra nova de minha irmã Gracinda (de que ela logo dará conta), do que movido a grande paixão, juntamente com estas meninas para que não viessem ao mesmo, nos mandou encerrar em este castelo que foi de nossos antepassados, donde se reparavam dos inimigos por ser de muita fortaleza como vedes: e sós com seis mulheres sem homem algum nos mandou aqui encerrar para toda a nossa vida, donde estamos já haverá dous anos, sem em todos eles termos visto mais que um irmão nosso mais velho, que algumas vezes às escondidas nos vem aqui ver demudado, e para isso tem esse vestido para tratar os dias em que aqui está conosco; e o que vos aconteceu da prisão foi que alguns homens que guardam a subida do monte, que ele para isso tem posto, e dado morada em roda ao pé dele, vendo-vos quereriam dar-vos a morte dessa maneira como já aqui (segundo nosso irmão nos disse) deram a outros, e acaso saindo uma dona com certa filha sua a esparecer[137] fora vos acharam, e dando-nos recado e de vossa gentileza notícia, e das lástimas que dizíeis em a prisão, recebi tanto sentimento que quis aventurar-me a todo o perigo, que não fora pequeno se a caso meu irmão agora viera, porém (conforme o tempo em que costuma vir) estou certa que nosso atrevimento está livre de todo o ruim sucesso; e logo vos mandamos buscar, e que vos agasalhassem como vistes: e o porque guardaram silêncio é porque para nosso intento era assi necessário. Esta é a triste história de minha vida, e da sua dirá logo Gracinda, e despois trataremos de vos agasalhar conforme o está pedindo vossa pessoa, e conosco estareis o tempo que fordes servido, no qual podeis estar seguro, porque não cuido que virá meu irmão neste a estas partes, e o teremos mais de espaço para nos dardes conta de vossos infortúnios, para que uns com os outros nos consolemos e possamos dar algum alívio a nossos males; porque é costume de um queixoso receber alívio e descanso ouvindo relatar outros alheios.

CAPÍTULO XVI

De como Gracinda deu conta de sua vida, e do sucesso que lhe acontecera, relatada em breves palavras.

Logo que Leonora deu fim a sua história impôs silêncio a suas palavras, para que dando lugar à fermosa Gracinda, pudesse quebrá-lo com as suas. A qual movida da lembrança do que com elas queria manifestar, lhe sobreveio em seu claro e fermoso rostro uma cor tão viva e acesa que lho tornou qual uma fresca rosa quando, rompendo a cortina de suas encarnadas folhas, mais bela e fermosa às terras se apresenta. A qual vendo que já se não podia escusar de dar conta da história de sua vida (não sem grande alteração de seu ânimo) a começou a prosseguir nesta maneira:
— Suposto já, senhor, saberdes cuja filha seja, e nós todas, como da história de minha irmã Leonora tendes ouvido; só resta agora nas menos palavras que puder dar-vos conta da minha vida, para que vendo minha desgraça julgueis se nela hei cometido culpa. Pelo que haveis de saber que naquele tempo em que aconteceu a Leonora tão triste caso estava eu ausente de casa de meu pai em uma fermosa quinta que cousa de quatro léguas tinha da cidade, com as donas, pajens e criadas que para meu serviço convinha; em a qual estava mui regalada assim com passatempos de jogos, músicas e desenfados, como de galantes que à fama de minha fermosura vinham por aquela parte disfarçados: e vendo-me eu tão servida e respeitada, tomei de mim tanta vanglória

que cada dia mandava inventar novos modos de desenfados, para que com mais alegria passasse o tempo, até que se acabasse o que para estar nela me era prometido; o que tudo foi causa de dar em tão grande ociosidade que em nenhuma outra cousa me ocupava; e como ela seja a causa de todos os males e raiz de todos os vícios, e a que lhe abre a porta para entrarem a matar a alma, roubarem a fama, como eu lhe tinha já dado larga entrada, em breve tempo o experimentei em mi: porque deixando-me levar de alguns pensamentos, dei ascenso a um que mais me atormentava, o qual era de ver a cidade de Veneza uma noite, que ainda que nela vivia, era tanto o recolhimento com que meu pai nos criava que de toda ela só uma rua conhecia, pela qual passávamos em um batel para um mosteiro a ouvir missa, e a maior liberdade que eu tinha alcançado foi esta, a qual eu nunca tivera se não fora de médicos uma enfermidade que tinha tão encarecida; afirmando a meu pai se a não concedia estar em muito perigo minha vida. E deixando-me assim levar como digo deste pensamento cheguei a termo de pô-lo por obra, tomando por companhia a um pajem meu de quem mais me fiava, que isto foi o que mais me desacreditou. E uma noite depois que toda a gente de minha casa estava dormindo, me vesti em um dos melhores vestidos que o pajem tinha, e assi com ele me parti sem consideração alguma do que fazia: e como as cousas que sem ordem se fazem dificultosamente tenham o fim que delas se espera, não tive nesta o que desejava, por não ter nenhuma em o governo dela. E foi que saindo nós de um batel para vermos a parte da terra, não indo nós ainda bem no meio de uma rua, quando sentimos que se lançava a nós a justiça, a qual não veio com tanta pressa, que não tivéssemos lugar de nos pôr em fugida, até nos metermos em o batel, e logo demos aos remos fazendo-nos algum tanto ao pego, cuidando que assi pudéssemos com mais facilidade escapar; e logo a justiça tomou outro e começou de nos seguir, e não obstante (como é costume da terra) levar em um só remo, porque nos viram levar dous em pouco tempo nos alcançaram, e fazendo de nossa ignorância culpa a formaram de nós, dizendo que ninguém fugia à justiça, senão quem em alguma dívida lhe estava; e não admitindo as rezões que o pajem dava em nossa defensa nos levaram com as mãos atadas ao cárcere, em o qual estivemos oito dias enquanto nos correram a folha, e entre os trabalhos assim da prisão, como do ruim sustento de nossas pessoas, o que eu por maior sentia era a falta que eu fazia em a quinta, da qual não haviam de julgar não fora por ignorância, pois viam que com o pajem me ausentara. E como o sentimento de males quando é grande se apodere tanto de um coração que nem quer conceder licença às lágrimas para que o manifestem, por mais força que então fiz, maior a teve ele em me negar então o que agora tão liberalmente me concede, e até nisto alcanço o quanto me persegue a fortuna, porque em o tempo em que eu o não queria manifestar senão de quanto me atormentam já males presentes, permite ela que se descubra o que tive dos males passados.

 E dizendo isto se cobriu seu belo rostro de tantas lágrimas, que bem deu a entender a Leandro que não eram poderosas lembranças de sentimentos tão avaros, para que causassem excesso tão grande, quando já parece que estavam esquecidos. E qual experimentado amante, quando mais amorosas prendas lhe tolhem a liberdade para lançar mão das que o amor às vezes lhe concede, faz que os lanços, que dele nascem, não entende, se mostrava Leandro para com Gracinda: não deixando porém de sentir os efeitos que em ela causava o amor, como agradecido do que (por tão encobertos termos) lhe mostrava, e como quem de semelhantes tinha já experiência. E fazendo Gracinda esta em seu rostro como em praça comũa, donde mais se manifesta aos olhos o sentimento: cada vez mais se esforçava seu engano, donde lhe nascia o parecer-lhe que Leandro mostrava mais excesso em o fazer no sentimento de sua desgraça, não pela julgar nela por culpada, senão de novo amor que já lhe tinha; e levada deste engano deu lugar a que de seu coração se ausentasse o sentimento e ficasse as lágrimas de nascerem de alegria (ainda que em seu peito dissimulada e encoberta), que só por caírem de olhos que estavam tão empregados em outros, que não havia movimento neles que em favor seu não julgassem, podiam ser conhecidas. E como não haja amor que nos olhos não se assegure, nem movimento que escape aos de quem ama, vendo Leandro que eram tão encarecidas ficou-lhe rezão de serem dele por tais julgadas; e fazendo força às suas para que não fossem a Gracinda causa de lhe dobrar o engano, não quis romper o silêncio, para que lhe ficasse lugar de ir sua história prosseguindo, o que ela logo fez assim dizendo:

— E passados já os oito dias de nossa prisão, sabendo eu que certo alcaide que mais interessado se mostrava nela nos queria levar ante o Governador (que ao presente era meu pai) para nos fazer perguntas, porque como encobrimos os nomes no correr da folha não se haviam achado culpas: vendo que mal me podia livrar de alguma, pois saía por crédito dela a companhia, que totalmente atava as mãos à ignorância; acordei a buscar remédio em parte donde sempre está mais certo. E foi que trazia eu certas peças de ouro; e despois que com rogos e encarecimentos de sermos dous moços estranhos e em outras terras por nossa nobreza bem conhecidos, não pude acabar com o alcaide nos deixasse ir, pois o podia bem fazer, lhe ofereci algumas delas; e foram de tanta virtude que lhe fizeram força a que não pudesse mais dar as desculpas que apresentava a meus rogos, nem a sem justiça com que de antes os impedia pôs diante dos olhos, nem a ofensa que a outros delinqüentes fazia em lhe negar o mesmo perturbou mais seus sentidos. E aqui alcancei o quanto mais acabam[138] dádivas que rogos; e postos já em nossa liberdade nos deixou partir uma escura noite. Até este tempo não tinham os criados que ficaram em a quinta feito sabedor a meu pai de minha ausência, fugindo cada um de lhe dar desgosto de tanto sentimento, e por lhe não dobrar o que tinha do sucesso de minha irmã Leonora: em fim, como era cousa que ele havia de saber, não faltou quem lha veio a descobrir, e qual ele ficasse com a nova de minha fugida, pelo que custa um sentimento se pode ver, e mais donde a causa era maior e fazia corpo com outra, e dela mais forçoso e dobrado se esperava, qual a de tão ruins sucessos de duas filhas que ele tanto queria. Logo despediu correios para algumas partes a dar aviso em os portos mais comuns; que sendo achados nos trouxessem a Veneza presos. Já a este tempo se começava a romper a nova em a cidade, e certificado dela o alcaide a quem eu tinha dado as peças; como entre elas lhe tinha deixado (por inadvertência) um anel em cuja pedra estavam três letras, em as quais como em cifra se recopilava meu nome, vindo de todo no conhecimento dele se partiu logo em nosso alcance, temendo que meu pai lhe desse castigo quando em algum tempo soubesse o que ele tinha feito. E como em nos achar mais interessado, pôs tanta diligência em nos prender, que não montou a que nós pusemos em lhe fugir. E foi o caso que despois de termos descorrido[139] por alguns lugares, e gastado em nossa vagueação mais de quinze dias, chegamos no fim deles a uma venda, algum tanto de lugares desviada, e por nos parecer parte oculta fizemos nela cinco, ou seis dias detença; em os quais se afeiçoou do pajem uma criada de casa, moça dotada de boas feições e alegre em sua pessoa, de tal maneira que cada hora lhe fazia instância me deixasse e se ausentasse com ela. O qual, a suas perfeições já rendido e temeroso do mal que lhe podia vir sendo comigo achado, uma noite se foi com ela deixando-me o seu vestido, e ela se vestiu com o que eu trazia, cousa que eu senti, porque me não pude livrar de ser por mulher conhecida. Porém fingindo-me outra da que era, ofereci-me à vendeira que, de boamente, queria ficar em lugar de sua criada. E ela me aceitou de boa vontade (despois de fazer os extremos devidos a tal novidade) e eu com muito melhor a servia, por me parecer que naquele estado não seria nunca descoberta. Porém não foi assi, que como o alcaide por me achar fazia diligência, aconteceu encontrar aos novos amantes, e por não serem presos lhe descobriram o lugar donde eu estava. E como só a mi pretendia deixou-os ir livres, porque de os não prender (dando-lhe de mim notícia) lhe tinha dado palavra. E fazendo-o saber a meu pai, lhe mandou duas donas e alguma gente de casa, dos quais acompanhada me trouxeram a sua presença. E qual eu fiquei ante ela, era-me necessário para o declarar outra língua.

E assim era, porque neste passo mostrou tanta dor do que contava, que fazia (assim a Leandro como a suas irmãs) não fazerem mais conta que de a terem dela; porque mostrava tanta lástima em suas palavras que lha punha a eles nos corações.[140] E tão oprimidos se sentiam de sua força que a não tinham para com outras lhe poderem aliviar o sentimento, nem em o meio de tantas ânsias apontar algum descanso. Donde vinha que já sua língua tão enleada como enfraquecida o buscava em o meio de silêncio. E por não ficar nele escondido o fim de sua história, acordou Leonora a pôr-lhe diante a gravidade da sua, para que à vista dela ficasse para a acabar mais facilitada: que sempre sentimentos próprios perdem muita de sua força tendo em presença outros alheios. E já com mais alguma, tornou Gracinda a prosseguir dizendo:

— E pondo meu pai em mim os olhos, ou já imaginando no mal que de minha ausência julgava, ou trazendo à memória o sucesso de Leonora, ou considerando a grande afronta em que (por nós) se via, deu lugar à ira a que lhe impedisse a língua, e ao sentimento a que abrisse a fonte de seus olhos para o declarar com lágrimas, pois a paixão lhe proibia o mostrá-lo com palavras. E não querendo ouvir as que eu prostradas a seus pés em minha defensa dava,[141] nem os suspiros com que a todos os de casa enternecia, nem as lágrimas que como arrependida derramava, nem as protestações que (de não cometer outra culpa) lhe fazia (se tal nome se pode dar à ignorância) nem oferecer-me pronta a todo o castigo que merecesse minha culpa, contanto que satisfeito me tornasse a sua graça; finalmente não querendo ouvir queixas, nem admitindo rogos, nem se satisfazendo de prometimentos de emenda, me mandou encerrar em uma casa com minha irmã Leonora, donde nos teve presas algum tempo, dando-nos mui trabalhosa vida, no fim da qual por nos não ver acabar com tanta aspereza nos mandou para este castelo, e juntamente estas meninas para que não viessem a cometer o mesmo; em o qual estamos há dous anos como presas, e em ele cuido acabaremos a vida, se o Céu se não apiadar de nós com sua clemência. E esta é a verdade de minha história, e do mais que pudera dizer me reporto ao que minha irmã Leonora tem contado. E agora, senhor, se alguma cousa vos mereço, de minha parte vos rogo nos digais quem sois e como viestes aqui ter sem companhia, se não é que em vos descobrirdes corre algum perigo vossa pessoa; que bem entendo que por ser de beleza tão rara não vos podia encaminhar para tão remotas partes senão algum contraste da fortuna: e nelas não temos visto homem algum até agora, senão nosso irmão, ainda que do alto deste castelo ouvimos as vozes de alguns que meu pai tem posto no baixo do monte, para que matem a todo o que tentar a subida, o que já têm feito a alguns, como nosso irmão nos tem dito; e crede que a prisão donde vos tirou a dona para esse fim devia de vos ser dada.

E aqui deu fim a suas palavras a fermosa Gracinda.

Até este tempo havia estado Leandro às duas histórias mui atento, considerando no descurso delas que não havia estado que estivesse livre e isento de queixas, pois tinham tantas da fortuna estas donzelas. E não podendo a seus males dar-lhe algum remédio, pretendeu com estas palavras ao menos causar-lhe algum alívio.

— Em verdade, senhoras, que me têm tão admirado os raros infortúnios de vossa vida, como obrigado à mercê que me fizestes em me dar conta deles sem terdes de mim conhecimento, cousa que me faz ficar-vos mais obrigado. Porém como caem em sujeito que tivera por boa sorte de sê-lo vosso, podeis estar certas que só para os sentir serão de mim lembrados, e bastando para o remédio deles minha vida satisfazê-los. E pois levais gosto de saber de minha vida, e de como aqui vim perdido, quero, por vos dar algum, satisfazer a vosso desejo.

Então lhe contou Leandro todo seu sucesso, não descobrindo nunca que era mulher, mas só relatando a morte do fidalgo dada por outro respeito, pelo qual andava ausente; e determinava passar a Nápoles e daí donde o guiasse a ventura. Estava já a este tempo Gracinda tão afeiçoada a Leandro, parecendo-lhe que era homem e que devia de ser nobre, conforme o caso de sua vida mostrava, como Leonora levada do mesmo respeito a ele rendida. O que Leandro conhecendo ergueu logo a prática, pedindo-lhe licença para ver o edifício do castelo, e acabado que queria prosseguir seu caminho.

— Isso não consentirei eu (disse Leonora) porque temo que na descida do monte vos aconteça alguma desgraça; deixai passar mais dous dias para que se descuidem os guardas, e então vos ireis deste castelo a tempo que não corrais algum perigo. E se quiserdes estar nele por mais dias em nossa companhia, dar-me-eis muito gosto, porque confio de vós que a fareis boa a quem lhe causa muito vossa presença.

— Mal pode causar gosto (disse Leandro) quem não tem nenhum de sua vida, porém como vós passais em desgostos a vossa, parece-vos que qualquer mal (como vo-lo não seja) é para vós grande bem, e daí vos nasce o engano, pois dizeis que com minha presença recebeis gosto.

Estas palavras atalhou Gracinda, porque tinha mui pouco de as ouvir, receosa de ter a sua irmã no amor de Leandro por contrária, porque nem de irmãs o amor admite companhia. E fazendo-lha também com sua pessoa, lhe foram mostrar tudo o que o castelo tinha que ver. E por evitarmos palavras e abreviarmos histórias, é de saber que esteve Leandro mais três dias em o castelo, em todo extremo de toda a gente dele regalado, e como Gracinda fazia muitos por lhe descobrir seu peito, determinou-se de o fazer uma menhã antes que ele saísse de seu aposento. E fingindo-se Leandro com sua presença inquieto, ela o abrandou com lágrimas e amorosas palavras falando nesta maneira:

— Não me culpeis, amado Leandro, se me mostrar atrevida em vos descobrir os secretos de meu peito, porque está meu coração a vosso amor tão rendido, que se lhe não acudir com este remédio não o terão meus males, e quem o busca para eles não é bem que se lhe dê culpa; e se eu nesta confissão que faço de descobrir o muito que vos quero tenho alguma: tende respeito que pois a faço a vós não deveis de estranhá-la; pois fostes causa final de cometê-la. Quando eu não fique desculpada em estar rendida a tal pessoa, que bem é que prove e descubra suas grandezas quem se confessa por sujeita a suas graças; e pois pelas muitas que o Céu vos deu lhe estais em dívidas; pagai as que deveis em a terra ao grande amor que vos tenho, e ficareis para lhas satisfazer mais desimpedido. E se por ser pouco o tempo vos não quiserdes mostrar obrigado, estai mais em nossa companhia, e no discurso dele vereis se tendes pouca rezão quando vos mostreis isento. E se eu a não tenho no que peço, daqui podeis julgar (que pois o amor se não governa por ela) o muito que vos quero, que é tanto que temo (não me dando vós remédio) fazer algum excesso.

Dizia já Gracinda estas últimas palavras com tanta eficácia encarecidas, que ficou lugar a Leandro de as julgar por verdadeiras. E despois que com lágrimas e suspiros ficaram mais acreditadas, retendo as suas lhe satisfez com estas palavras:

— Em verdade, fermosa Gracinda, que o haveis mostrado mui grande, não em descobrir o amor de vosso peito, que nem brasa no seio, nem o amor em o coração pode estar encoberto; senão de vos mostrar rendida a uma pessoa estranha, e mais quando o vós sois na fermosura e em todas as mais partes e graças, que com os seus mimosos[142] reparte a natureza. Não vedes que, se fora obrigado ao amor que me mostrais, pudera ser tido por ingrato das mercês que me fazeis, porque vos pagava mal como desconhecido do bem? E quando em mim houvera essas graças que o amor representa (que em fim que cousas podem ser as que um cego mostra?), não vedes a desigualdade de nossas pessoas, vós uma senhora nobre e eu um mancebo peregrino? e ainda que fôssemos iguais na honra e que competíssemos nas graças da natureza, e fôssemos semelhantes na fermosura; que fim esperais de vosso amor quando estais tão impossibilitada?

— Se ele se governara por rezão (disse Gracinda), tivéreis vós muita em parte do que dizeis, não no que toca à fermosura e mais graças, que em tudo vos aventejais, e bem se vê pois com elas me rendeis; porém como ele não tenha esta, não me dá lugar a que conheça o mal que faço, senão para procurar o remédio: e quando ao presente me deixardes sem ele, não me culpeis se em o buscar cometer algum excesso.

Isto dizia Gracinda levada de certo pensamento oculto que ao diante se verá claro, ainda que por então ficou a Leandro escondido, suposto que[143] dele considerado, porque duas vezes em sua prática o ameaçara com excessos. E por lhe tirar a ocasião de algum, lhe deu esperanças que tornariam a falar ao outro dia mais de espaço, e que por então se saísse de seu aposento, não fosse sentida de Leonora, que também de seu amor se mostrava interessada; e isto por se livrar dela; e assim se saiu tão contente como enganada.

Despois que Gracinda deixou a Leandro ausente de sua presença, teve lugar de considerar os efeitos que causava o amor em uma fermosa donzela, e teve dela tanta lástima (pois se namorava de outra) que desfez o sentimento com algumas lágrimas, como quem fazia com elas companhia a suas desgraças. E para que a estas donzelas não acontecesse alguma, no dia seguinte pediu-lhe para se partir licença. E vendo Gracinda que lhe faltava com a palavra, pretendeu o mais que pôde de o deter com muitas, e não querendo condescender a alguma delas; vendo também Leonora que com tal companhia estavam pouco seguras, desmaginada já do amor que em secreto lhe tinha e vendo que Gracinda se lhe mostrava também afeiçoada, não lhe estorvou sua partida, antes dando-lhe para seu caminho ajuda, com grandes sentimentos de sua ausência o deixou ir em boa hora; e vendo que tinha já para o fazer licença, e já delas e de todas as mais donas e criadas do castelo despedido, com mostras de muito agradecimento das mercês e mimos com que o tinham tratado, um dia pela menhã, a tempo que os resplandecentes raios do Sol davam a costumada claridade às terras, por ser este em que Leonora tinha dito por ir mais seguro, se partiu deixando muitas saudades a todas, e não poucas lágrimas em seus olhos (tirando em os da fermosa Gracinda que, por dissimular o que tinha intentado, encobria as suas), não deixando secretamente de sentir o bem que se lhe ausentava; como quem bem entendia que quando vem este a algum desgraciado, que só em acabar cedo podia ter desconto, que não há pior bem que aquele que traz logo consigo o fim no princípio.

CAPÍTULO XVII

Do que aconteceu a Leandro depois de partido do castelo, em uma venda donde estava pousado.

COSTUMAM MALES E TRABALHOS oprimir a um corpo, mormente quando com a continuação de largos caminhos anda cansado, que não trata, nem lhe fica lugar a mais que para buscar descanso, como aconteceu a nosso Leandro, o qual depois que partiu do castelo, como a descida dele fosse áspera e despovoada, andou todo aquele dia e muita parte do outro sem poder achar parte acomodada para dar a seu corpo algum repouso. E já no fim dele deu em um lugar pequeno, porém ao que mostrava fresco e bem situado. Nele se agasalhou em uma venda que lhe pareceu mais acomodada, donde descansou aquela noite bem fora do que na seguinte lhe havia de acontecer; porque como vinha cansado do caminho quis ali dous dias tomar algum alívio de seu trabalho. E depois que esteve recolhido em seu aposento, já bem passadas duas horas da seguinte noite, e o sono se senhoreava de seus externos sentidos, ficando lugar à fantasia de fabricar diversidades de sonhos, quando o espertaram dele uns brados que o vendeiro dava: dizendo que preguntavam por ele à porta, que lhe queriam dar uma palavra. Admirado Leandro de tal novidade, deixando-se levar da consideração dela, entre sonhos e temores deu outra vez lugar ao sono. Do qual o tornou logo a espertar o vendeiro com mais altas vozes, dizendo que preguntavam à porta por um mancebo de suas feições e vestido. E ficando Leandro mais atemorizado, resumia entre si se seria algum engano: contudo, constrangido das vozes do vendeiro, despois de vestido desceu abaixo com a espada na mão, fingindo-se o mais que podia animoso; e abrindo a porta não viu pessoa alguma: cousa que o fez agastar-se contra o vendeiro, dizendo o enganava: ao que ele deu escusa, que devia de se ir quem quer que fosse quando viu sua tardança. Tornou-se outra vez o nosso Leandro a recolher, ainda que não pôde tornar a dormir, que como inquietação das potências não dão lugar ao sono, mal podia ele tomá-lo quando as tinha tão inquietas. Estando pois assim indeterminado e pensativo, ouviu em a rua tropel de gente e ruído de armas, e entre elas uma voz tão sentida como lastimosa que dizia: "Ah, Leandro, por que me não acodes, que por ti estou perto de passar a maior afronta da vida?", e isto com tanta lástima que se moveu Leandro a tê-la de quem quer que era, ainda que pessoa dele não conhecida: suposto que a seu parecer mostrava ser mulher em alguma aflição posta. E como Leandro não estimasse já sua vida, e os ais e suspiros da triste mulher cada vez mais se apressavam pedindo-lhe a ele socorro em tão estreita necessidade, e o sentimento de a ouvir fosse mui grande, não atentando a perigo algum que lhe sobreviesse: saiu fora com a espada nua e se foi direito para donde ouvia queixar a mulher afligida. E não deu muitos passos, quando no fim de uma rua viu a dous homens que tinham a uma mulher pelos braços, que por então não conheceu pela escuridade da noite: e julgando serem criados de outros que andavam brigando (como de feito eram) e que até algum deles ficar vencedor em suas mãos a tinham depositada; fiado em que as tinham pejadas,[144] e em saber menear a espada (que como no princípio dissemos tinha aprendido algumas lições de esgrima) deu um grande golpe pela cabeça a um deles que logo caiu desacordado em terra, porém não morto, que como era de fraco braço não penetrou muito, e querendo fazer o mesmo ao companheiro, viu que como cobarde ia fugindo deixando a desconsolada mulher já com mais ânimo, por se ver livre de suas mãos. A qual conhecendo sua liberdade, e tendo diante a quem a devia, se lançou a seus pés mostrando-se dela agradecida sem saber quem a havia libertado pondo em perigo sua vida. E temendo que os da briga viriam em busca dela, levando-a pela mão se ausentou do lugar, e ainda do povo[145] com muita pressa, determinado de a levar até parte donde a deixasse segura. E despois que teve andado quase meia légua achou uma ermida, lugar que lhe pareceu acomodado assi porque ali ficava mais seguro de algum perigo, como para aquela noite tomar algum descanso, e ter mais tempo para saber da afligida mulher quem fosse e como andava assi perdida; porque té então com a muita pressa não lhe tinha dito palavra. Entrando pois Leandro em a ermida, como ela estava com uma alâmpada alumiada, pôs os olhos nela e conheceu que era a fermosa Gracinda, que levada do amor que tinha a Leandro se ausentou do castelo. Com cuja vista recebeu tanto espanto como ela com a sua alegria e contentamento. Porque ainda que té então tinha alguma suspeita se poderia ser Leandro, contudo nunca teve lugar de o conhecer porque fazia escuro, nem o tinha visto sair da venda, nem ainda se estava nela pousado podia estar certa. E vendo-se livre por quem a tinha cativa, quis com amorosas palavras dar-lhe novos agradecimentos, que ele logo atalhou movido do desejo que tinha de ver tão estranha novidade, pedindo-lhe lhe descobrisse a causa de sua vinda tão fora do termo que a sua honra e honestidade se devia; e que se o remédio dela estava em sua mão o tivesse certo; porque os bens que dela recebera o tinham muito obrigado. Bem cuidou Gracinda que com estas palavras ficava já Leandro penhorado, para que descobrindo-lhe sua tenção lhe desse logo remédio, na execução do que lhe pedia; e deitado de si o temor, ajudada também da confiança, começou nesta maneira:

— Ainda que vos pareça, amado Leandro, digno de grande repreensão meu atrevimento, por se haver mostrado no que fiz demasiado, contudo se quiserdes respeitar que o é o amor que vos tenho, achareis que todas as desculpas que eu pudera dar em defensa minha não só mereciam ser recebidas, senão ainda culpas (se nisto as cometo) perdoadas. E se para acreditar este amor tendes visto em mim poucas mostras, considerai bem estas e vereis que de todas (as que se podem dar na abonação do maior que já mais se teve) ficam aventejadas. Pois para vos seguir não temi perigos, pus de parte todos os sucessos, atropelei todos os inconvenientes, desterrei de mim todos os temores, não pus diante dos olhos quem era, nem o mal que fazia: deixei a companhia de minhas irmãs, que tanto me queriam; em fim desprezei riquezas, não atentei por honra e antepus meu amor a todas as cousas da terra: pois vede quem fez por vós estes excessos, se há mister mais abonação? se tem necessidade de mais encarecimento? se pode dar mais satisfação? e se em lei de primor[146] lhe é devido crédito? e pois vós o não destes quando vos falei há quatro dias dentro no vosso aposento, e por dardes escusas me deixastes a mim com esperanças: tanto que vi que vos ausentáveis, e que com vossa ausência ficavam de todo frustradas; dissimulei lágrimas, fingi alegrias, nem dei mostras do sentimento de vossa vinda, nem falei mais em vossa pessoa; só a fim de minha determinação ficar mais encoberta. E passado um dia e uma noite, no seguinte pela menhã cedo a pus por obra; e assim me vim o mais que pude desconhecida à disposição da ventura, intentando não descansar até que não achasse vossa pessoa: e acertou a guiar-me para este lugar donde cheguei já de noite, e informando-me de certas pessoas que à entrada dele achei, de como estáveis pousado nele havia dous dias em aquela venda, conforme julguei dos sinais que de vós me deram, logo me fui à porta, vos queria dar uma palavra, para que não tivésseis rezão de dar alguma escusa, e como tardastes tanto, passando a caso um homem com dous criados pela rua, e me visse estar à porta esperando, chegou-se a mim e pegando-me por um braço me levava já consigo; quando no fim da rua se encontrou com outro que, ou já por me defender, ou também por me levar, lhe mandou me soltasse; e não querendo ele levou da espada, e por se defender dela me deixou em poder dos criados, donde estive dando vozes me acudísseis: até que a clemência do Céu se apiadou de mim ao tempo que me livrastes, donde não podia sair com vida, ou com honra; e pois a vós devo esta, não é bem vos isenteis de me aceitardes por vossa, pois não tem o mundo pessoa que mais vos queira. E se em confirmação desta verdade não basta o que por vós tenho feito, deixai-me andar em vossa companhia e então tomareis dela mais larga experiência; e achando o contrário do que prometo, fareis de mim o que merecer minha pouca fé e pouco firme palavra, e de vós o que melhor vos estiver experimentado para não dar crédito a outra; e vos afirmo que se esta que vos dou de vos guardar sempre fé e lealdade não for verdadeira: que podeis pôr o selo a[147] todas as que vos derem por falsas.

Não se pode encarecer o quanto Leandro ficou sentido do novo sucesso da fermosa Gracinda, e suposto que tinha rezão de se maravilhar dele, contudo como quem de casa tinha a experiência dos desatinos e excessos que o amor causava, não se admirou muito do que tinha cometido. E querendo-se mostrar de seu amor satisfeito, e aquela boa vontade agradecido, com amorosas palavras, ainda que fingidas, lhe falou assim dizendo.

— Tem-me posto em tanta obrigação, fermosa Gracinda, ver o grande amor que me haveis mostrado, já de mi com tanta certeza conhecido, que nem ao presente vo-lo posso agradecer com palavras, nem ao diante por mais serviços que vos faça satisfazer com obras. E para que vos não fique em tantas dívidas, sabei que dou crédito às vossas e não quero mais que a vós por fiadora de serem sempre verdadeiras. Pelo que nem vos canseis com elas de mais me obrigar, nem agora espereis de mim a que o amor que vos tenho possa com outras encarecer. Se sois servida de andar em minha companhia, eu sou o que ganho, porque trazendo comigo um bem tão grande todos os males fugirão de mi. E livre eu deles, chegarei a tempo para que o que pretendeis possa ver o devido efeito. E porque isto é tarde, é necessário demos algum repouso a nossos sentidos, e à menhã faremos nosso caminho por donde nos guiar a ventura, que sempre a terei boa em vossa companhia.

E isto disse Leandro por lhe dar gosto, fazendo conta de a deixar em algum povoado com alguma pessoa nobre, donde ficasse segura, que bem via o manifesto engano em que estava: e lhe ficasse lugar de se ausentar dela. Com esta promessa ficou a fermosa Gracinda tão satisfeita como agradecida, e tão alegre e contente como quem lhe parecia que possuindo este bem dela tão desejado não podia já faltar-lhe algum do mundo, ainda que receosa por serem bens que lhe oferecia a ventura, que estes então estão menos seguros quando se mostram mais prósperos.

CAPÍTULO XVIII

Do que aconteceu a Leandro em a ermida, e do sucesso que teve a fermosa Gracinda.

SEMPRE OS AFLIGIDOS com qualquer esperança de bens põem tanto esquecimento aos males, que ainda presentes os não sentem, nem postos ante os olhos os conhecem; como aconteceu a Gracinda, que confiada na esperança de possuir Leandro, já não sentia males passados, nem a espantavam perigos futuros, para que não ocupasse o sono seus sentidos, já na beleza de Leandro tão enlevados, que sempre fizera (antes dele) alguns furtos: se as imaginações que o atormentavam não no espertaram por momentos. E assim entre temores e desejos lhe fazia já no sono companhia, despois que deram fim a sua amorosa prática: quando umas pancadas que davam em a porta os acordaram, acompanhadas de altas vozes que abrissem. Levantou-se Leandro atemorizado, por lhe parecer seriam os contrários que brigaram por Gracinda e que vinham em busca dela, porque sentia muita gente à porta. E por dar alguma escusa disse que eram dous peregrinos que estavam ali agasalhados, pedindo-lhe que os deixassem aquietar com muitos rogos. Os quais não foram bastantes, porque fizeram tanta instância que não pôde Leandro fazer nenhuma resistência. Logo foi constrangido abrir a porta, porque o certificavam ser uma pessoa nobre que queria ali agasalhar-se: fazendo conta logo que entrasse, sair-se com Gracinda. Porém não teve efeito seu piadoso intento: porque em abrindo a porta entrou por ela um mancebo tão ricamente vestido e ornado, como grave de sua pessoa: e vendo as duas que estavam em a ermida ficou tão admirado logo à primeira vista de sua beleza, que os constrangeu que se não fossem para fora, que todos estariam em companhia. E despois que acenderam velas e ficou toda a ermida alumiada, teve lugar Gracinda de pôr os olhos em o mancebo, e logo desacordada com um acidente caiu em terra: o qual movido de tal novidade tomando-a em os braços fez chegar uma vela, e sendo dele com a claridade conhecida, pôs logo os olhos em Leandro, e vendo o vestido que tinha, levado de grande paixão, e repentina ira, levou de um punhal pera lhes tirar a vida, assi a Leandro como a sua irmã Gracinda; que este era seu irmão que como dissemos costumava visitá-las cada ano, e a caso anoitecendo-lhe naquele lugar com seus criados, queria aquela noite na ermida agasalhar-se. E sem dúvida sempre lhe dera crua morte, se os criados o não estorvaram, dizendo-lhe que o levassem antes preso a Veneza, e a ela tornasse outra vez ao castelo e lhe pusesse novas guardas, até se determinar qual era o culpado, quanto mais que toda a culpa devia de ter o mancebo, e que pondo a tormento ele confessaria a verdade, e por ventura que com ela ficaria Gracinda livre. A este tempo tinha ela já tornado em si do acidente, e vendo seu irmão com tanta rezão agastado, e a Leandro quase sem sentido, começou a derramar tantas lágrimas e dizer de sua pouca ventura tantas queixas, e a dar tantas escusas, que até o duro coração de seu irmão movia a sentimento: porém não que lhe aceitasse então algumas. E porque o não molestasse mais com elas, logo pela menhã a mandou pôr em umas andas, e deixando a Leandro na ermida com guardas a levou outra vez ao castelo, derramando muitas lágrimas por sua ausência, como quem via que apartá-la dele era apartá-la da vida. E deixadas muitas repreensões que no caminho lhe deu do mal que fizera, e da desonra e afronta que segunda vez a toda sua geração causara: deixou-a outra vez recolhida, pondo novas guardas, assim de homens no pé do monte como nas mulheres que lhe levavam o sustento, e sem falar às outras irmãs, que com novas lágrimas receberam a Gracinda, se tornou pera onde tinha deixado Leandro; o qual levou logo consigo preso. E chegados a Veneza o apresentou ao pai, dando-lhe conta de todo o caso como na verdade passara; com o qual, assim por ser já velho, como por receber com ele grande sentimento, caiu em uma enfermidade mandando pôr primeiro a Leandro em um escuro cárcere que ele tinha em seus paços, visto o crime ser em ofensa de sua honra, até que se achasse melhorado, pera tomar dele a vingança que tal caso merecia; e de Gracinda se a achasse também culpada. Bem pudera nosso Leandro escusar tão áspero trabalho, como era o de um cárcere tão escuro e medonho que metia medo a todo o homem humano, só com descobrir quem era: porque então clara se via sua inocência. Porém como tinha proposto em seu varonil peito de não quebrar nunca a fé e palavra que a seu querido Arnaldo tinha dado, sofreu com muita paciência todos os trabalhos do cárcere; em o qual havendo já estado três meses, passando tantos que pareciam incompadecidos[148] com tão tenras forças e delicados membros; porque o comer era pouco e ruim, a cama a terra nua, vista não tinha mais que a de seus olhos, que a não impedirem a claridade de seu belo rostro com nuvens de lágrimas, ela bastava em o meio de tantas escuridões. Finalmente estes foram uns dos maiores trabalhos em que Leandro mostrou a fineza de sua constância e leal peito, tendo sempre em ele o retrato de seu Arnaldo, que lhe servia do maior alívio.

Passados já três meses, e dobrando-se-lhe cada vez mais os trabalhos, porque sempre pareceu a todos que devia de ser algum invencionário[149] que por alguma arte tirara do castelo a Gracinda, com o que era sempre diante do pai desculpada, ou já por ter ele acabado o curso de seus dias, ou movido dos desgostos que suas filhas lhe haviam causado, o nobre Duque rendeu o espírito fazendo primeiro todos os atos de bom Cristão que era. E como um deles seja o testamento bem ordenado, entre outras cousas que deixou foi que examinassem logo a culpa de Leandro, e não lhe achando alguma o soltassem; porém que tendo-a, de sua parte lhe perdoava, deixando encarregado a seu filho o castigo conforme lhe parecesse. Passadas pois as exéquias que a tal senhor se deviam, tratou o novo Duque (já feito por mercê, e não por herança, por não ser costume da terra) da verdade do caso de Leandro, primeiramente com suas irmãs, que já tinha tirado do castelo e trazido a sua casa logo que morreu seu pai; e como o tratasse com Leonora, não pôde saber dela mais que, a caso vindo ali aquele mancebo perdido, o agasalharam em o castelo por três dias, e por vir necessitado de vestido lhe dera o seu que trazia, e que, despedido, na noite seguinte desapareceu Gracinda, e não souberam mais dela senão quando foi levada por ele em as andas, e se viera sem lhe falar: donde coligiu o novo Duque estar Gracinda mais compreendida na culpa que o nosso Leandro, pelo que determinou com os mais nobres de seu conselho, que a Gracinda se metesse em um convento donde nunca mais se soubesse dela, que com isto ficava satisfeito de sua afronta; e a Leandro o deixasse estar em o cárcere, até que ela professasse, e então lhe daria liberdade, temendo usar antes do tal tempo de alguma arte com que a tornasse a tirar; e com isto cumpria a vontade de seu pai, e satisfazia pera com o mundo. Logo o Duque pôs em execução o conselho, por lhe parecer bem acertado. E ordenada Gracinda conforme sua calidade de rendas e mais necessário, a mandou meter em um mosteiro de freiras, que no último estado de Veneza pera a parte de Florença 70 léguas da mesma cidade estava. A qual despedida de suas irmãs com assas lágrimas (indo de mistura muitas por Leandro de cujo amor se não podia apartar) com assaz angústia de seu coração, por ser constrangida a ser encerrada, e em parte tão remota de sua terra: com nobre acompanhamento foi levada ao dito mosteiro; em o qual foi recebida como o merecia sua nobreza e fermosura. No qual já com o hábito continuou o rigor da vida seguindo o coro e a oração com as mais (exercício comum das religiosas). A qual deixemos por agora e tornemos ao nosso triste e afligido Leandro, já com a nova sentença pronunciada, metido em o escuro e tenebroso cárcere em que sem culpa estava; a aspereza do qual lhe tinha tornado seu encarnado rostro em pálido e macilento, seu fermoso corpo enfraquecido; suas carnes mui minguadas; seus tenros e delicados membros consumidos, seu coração mui aflito, seus claros olhos cegos de derramar lágrimas; seu ânimo cansado de dar suspiros; e o remédio de suas esperanças prolongado: porém não que desfalecesse nunca seu constante peito: antes na força dos maiores trabalhos fazia novas protestações de não descobrir quem era, enquanto pudesse encobrir ao mundo sua pessoa, ou chegasse a tanto perigo sua vida que só em descobri-lo estivesse o remédio dela: o que prometia tendo em as mãos a estampa de seu querido Arnaldo, que de alívio lhe servia nas maiores tribulações e trabalhos. No meio dos quais não deixava de buscar algum por donde tivesse liberdade antes do tempo determinado. E revolvendo em seu pensamento qual teria, acertou a recorrer-se a Leonora, fiado na lembrança das mercês que lhe tinha feito e a afeição que lhe mostrara, lhe daria alguma ordem com que se visse livre de prisão tão áspera. E como não tivesse tinta nem pena com que o pusesse por obra, acertou que de seu próprio sangue usasse em lugar dela, e com a ponta de uma canazinha em um pequeno papel que acaso achou donde estava, lhe fez umas lastimosas e encarecidas regras nesta maneira.

Carta de Leandro, do cárcere, a Leonora.

Tão próprio é (soberana senhora) a um afligido e lastimado coração, em o meio da grandeza de seus males procurar meios donde lhe possa vir o remédio deles; como a um peito nobre e isento de todos não ter lembrança, nem conhecimento de quem os padece: como ao presente passa este cativo que em vosso poder tendes. E se digo que o sou vosso, não é sem fundamento; porque estando em vossa mão o dardes-me liberdade, negando-ma, com sobeja rezão vos posso declarar por a principal causa de meu tormento. E quando eu tivera tais merecimentos pera convosco que mereceram ouvir a desculpa que só entre eles milita: bem sei que direis há de estar o que peço na mão do Duque, meu senhor, e não em a vossa. Mas a isso respondera, que pera fazer bem não há dificuldades, e todos os inconvenientes atropela quem quer remediar males. Não faltavam estes à piadosa Bravanda, irmã daquele fero e espantoso encantador Archalaus, quando tendo em ásperas prisões metido ao esforçado Amadis de Gaula, a quem confessava por seu capital inimigo, pois tinha pregado em as portas de seu castelo um cartel de aviso, em o qual ameaçava a quem o soltasse da prisão em que estava com o mesmo castigo que para ele aparelhava, que por buscar novos modos de tormentos se lhe dilatava a vida; quando atropelando tão grandes dificuldades deu ordem com que Amadis se saísse uma noite, pondo outro com seus vestidos na prisão, e ele se foi e ficou livre. O ânimo nobre na maior dificuldade se conhece. A virtude mais na compaixão das misérias resplandece. Maldades grandes dignas são de justo castigo: mas quem não cometeu nenhuma e está inocente delas, com que rezão se lhe dá? em que lei cabe pagar algum o que não deve? E quando devera e tivera cometido todas as culpas que se me impõem, dando-me vós (senhora) liberdade, maior louvor se vos devia, porque tanto as culpas são maiores, tanto maior louvor merece quem põe ao réu na liberdade delas. E porque entendo que mais querereis merecer os louvores que ouvi-los: fico confiado no que peço; lembrando-vos não esqueçais, nem descuideis do que digo com estas sanguentadas[150] letras, porque não será tão grande o perigo a que vos poreis em me dardes remédio a meus males, quanto o será consolação e alegria que receberei, sendo por vós posto na liberdade deles.

CAPÍTULO XIX

De como Leandro teve ordem de mandar esta carta a Leonora, e lhe foi dada em sua mão, e do que em outra lhe respondeu.

DEPOIS QUE LEANDRO teve feita esta carta, cuidou no remédio que teria, para que pudesse ser dada em a própria mão de Leonora e não fosse ter à do Duque, porque então tiraria maior mal donde esperava todo seu bem. Era costume darem a comer a Leandro por um alçapão de cima em um cesto atado em uma corda, e o que tinha a sua conta isto era um pajem de casa: acertou pois que com certo negócio não se achou um dia em ela, e coube em sorte ao mandarem por uma aia de Leonora, a qual deitando o cesto com o comer lhe caiu da manga da cota que trazia vestida uma boceta de prata que a caso Leonora lhe tinha dado. Logo começou a dar brados ao preso Leandro que a não tomasse que não era sua, se não da senhora Leonora, que o teria a mal: vendo ele aquela boa sorte, meteu a carta dentro e cerrou-a e logo a pôs em o cesto; e a aia vendo-a ficou mui contente louvando a bondade do preso, e assim com ela em a manga se foi a sua senhora dando-lhe conta de como lhe caíra; e dizendo isto abriu-a, e achando dentro a carta leu o sobrescrito dela. E quando viu as letras de sangue e que vinham referidas à senhora Leonora, ficou com a novidade espantada; e dando-lha logo em sua mão e abrindo-a, a viu tão copiosa e que em lugar da comũa tinta vinha o próprio sangue de quem a escrevera, bem creu logo o que podia ser, e por se certificar mais da verdade, prosseguindo as regras dela, e viu as lástimas e rezões com que a obrigava o triste e preso Leandro, não deixou de mostrar grande sentimento, descobrindo a sua aia, porque era uma das que no castelo levaram o vestido a Leandro, e a quem muito queria, e logo começou a tratar com ela o remédio que haveria para o livrarem da prisão sem ser sabido do Duque; ao que a aia respondeu, que enquanto buscavam alguma ordem lhe respondesse consolando-o e dando-lhe certeza de sua liberdade, se com humano remédio se pudesse efeituar. O que ela logo fez, tomando papel e tinta; por sua própria mão lhe mandou a reposta nesta maneira:

Reposta de Leonora ao preso Leandro.

Causou-me tanto sentimento (preso Leandro) ver o que mostrais em vossa triste e lastimosa carta, que nem pude ter as mãos que me não tremessem, nem o rostro que se não demudasse, nem o coração que não suspirasse, nem os olhos que não chorasse copiosas lágrimas, nem são estas as primeiras, suposto que (conforme dais a entender) estais longe deste conhecimento. Eu o não estou de vos acudir com algum remédio: porém como o Duque meu irmão seja tão recolhido, que nunca sai fora da cidade, nem pera vos mostrar o quanto procuro vossa liberdade tenho tempo. Porém eu vos dou minha palavra, que no primeiro que se oferecer estar ausente da terra, eu darei ordem com que vossas queixas sejam remediadas, e meu coração descansado, que tanta pena recebe com vosso cativeiro; e vós, nobre Leandro, livre dele como desejais: ainda que nisto ponha a perigo minha vida: e enquanto o céu me conceder esta, estai certo vos não faltarei em cousa que resulte em bem vosso, porque vos desejo muitos: e com isto a Deus vos dê paciência e consolação, etc.

Despois de Leonora ter feita a carta, mandou logo a sua própria aia (que de ninguém mais se fiava) que fingindo lhe levava de comer, lha deixasse cair embaixo, o que ela logo fez sem ser sentida de pessoa alguma de casa. E levantando-a Leandro, e vendo a palavra que lhe dava, ficou em extremo contente: porém como não se oferecesse ocasião, esteve ainda em o cárcere três somanas, no cabo das quais sucedeu ir o Duque com outros fidalgos a um desenfado fora da cidade: e vendo Leonora aquela boa sorte não quis perdê-la: e como não tivesse a chave do cárcere, porque a não fiava o Duque de ninguém, acertou a que pelo mesmo alçapão por onde lhe davam de comer o tiraria: e logo na seguinte noite quando toda a gente de casa dormia, se foi com sua aia, e lançando uma corda abaixo se atou nela, e tirando, ainda que com trabalho, o puseram fora. Quando Leandro se viu livre de tão escuro e enfadonho cárcere, tendo diante de si a causa de sua liberdade, se prostrou a seus pés querendo lhos beijar por tão grande mercê; porém ela erguendo-o o recebeu em seus braços com muitas lágrimas, por o ver tão demudado, porém não das feições que tinha, que essas nunca se perdem. E como Leandro não queria mais que sua liberdade, vendo o perigo a que se punha se se detivesse mais, rogou a Leonora desse ordem com que o deitassem embaixo, que logo se queria partir por onde a ventura o guiasse, e não fosse sentido da gente da casa. E como ela visse o bem que resultava a ambos, dando-lhe para o caminho o que pôde comodamente haver; que não foi muito, e com algumas mostras do sentimento de sua ausência, com a mesma corda o deitaram por uma janela; despedindo-se ele primeiro com outras de amor e agradecimento. Logo que Leandro se viu livre em a rua começou de dirigir seus vagarosos passos, desviando-se o mais que pôde do mar, guiando-os para dentro à terra; e como fazia escuro e não soubesse que caminho tomasse, se assentou ao pé de uma árvore até que a clara menhã o favorecesse com sua dourada luz; a qual tendo já por guia se lançou o mais que pôde da cidade, e como ele ia pobre e mal vestido, e com a cor do rosto pálida do mau trato do cárcere, fingiu-se pobre, e informando-se do caminho que levaria para as partes de Nápoles (pedindo quando o necessário lhe faltava) o seguiu até chegar a um porto donde a caso se oferecia embarcação, e ainda que se podia ir a Nápoles por terra: como ele andava já cansado dos caminhos embarcou-se em ela; e porque não tinha possibilidade para o frete, ofereceu-se para servir na embarcação, e com isto o aceitaram: em a qual passou muitos trabalhos, assim do serviço como do mar, por não ser costumado: e quantos poderá bem julgar o piadoso entendimento, ver uma donzela ter passado tantos infortúnios; ora em cárceres, ora em caminhos, ora em pobreza, já tido por ladrão, ora tido por invencionário e público usurpador de donzelas; já pobre pedindo de porta em porta, agora feito um moço de navio, tudo por perseverar em sua firmeza e constância: em fim o que passou mais deixo aos piadosos leitores por não ser molesto. No cabo pois de alguns meses aportaram com o navio na costa de Nápoles, donde desembarcando os passageiros o fez também nosso Leandro. E como a fermosura tenha de propriedade levar detrás de si os ânimos, ainda em tão vis trajos a representava de tal maneira que, assi por ela, como por sua mansidão, de todos era estimado, e tanto que cada um pretendia de o levar consigo. E como entre eles estava um Capitão mui valeroso e tido de todos eles em muito respeito por seu esforço, instou mais em o levar em sua companhia, dizendo-lhe que o faria soldado com aventejada paga e outros interesses que (não levados deles, mas do bom ânimo que lhe mostrava) o nosso Leandro aceitou. E indo-se com ele logo lhe deu um bom vestido, com o mais pertencente a novo soldado, no qual ofício durou Leandro mais de quatro meses, satisfazendo a todos com sua presença e suave conversação; tanto que entre eles era o mais estimado e querido. Sucedeu pois que no cabo deste tempo se levantaram umas grandes guerras entre os reis de Hungria, Nápoles e França, donde convocados todos os exércitos de uma e outra parte, foi neles como principal o Capitão em cuja bandeira nosso Leandro militava. E deixadas as rezões e o que mais sucedeu desta guerra, só é de saber que recorrendo na parte contrária mais soldados, ficaram de vencida, matando muitos dos vassalos do Rei de Nápoles, e outros que puderam escapar fugiram, entre os quais foi um o nosso Leandro, que como a natureza o não tinha feito para guerras, nem semelhantes batalhas, mais que para as que padecia em seu coração com as quais andava sempre sobressaltado, não fazendo muitos progressos nela, como viu que seu Capitão era perdido e desbaratado, deixando-a (como fizeram muitos) se foi com um deles que por mais amigo tinha, a quem chamavam Flamínio Espanhol, que com este teve sempre Leandro mui familiar amizade, por ser muito nobre e de boas partes e condição. Andaram pois os perdidos soldados despois de partidos mais de cinco dias com a pressa que puderam, até se porem em terra segura, donde já seus inimigos não os pudessem alcançar, nem os vassalos do Rei de Nápoles descobrir, sendo por ventura dele mandados buscar para os castigar. E descuidados já do temor que este pensamento lhe causava, se foram a uma cidade dos confins do dito Reino, donde estiveram por alguns dias descansando. E como gastavam largo (próprio de animosos soldados) e o dinheiro fosse pouco, e as rendas nenhumas, acordou Flamínio a que pois em suas terras tinham riquezas com que podiam viver honradamente, lhe parecia bem se partissem para elas e não andassem padecendo tantos trabalhos em terras alheias podendo viver com descanso em as suas, e que como havia já mais de quatro anos que lhe tinha acontecido o caso pelo qual andava desterrado de matar o fidalgo (como Leandro lhe tinha dito, que era o mais que ele descobria a semelhantes amigos) já estaria esquecido e facilmente se poria em livramento. Não aprovou Leandro este parecer; antes tendo outro ao contrário lhe respondeu, que pois era vontade sua tornar-se a suas terras o podia fazer, que ele determinava acabar a vida em as estranhas: com o que Flamínio ficou notavelmente pesaroso, porque estimava em muito sua companhia e conversação; porém como se lhe representava tudo cada vez mais dificultoso fora de sua pátria, lembrando-lhe os regalos dela e seus passatempos antigos, e enfim este nome de natural que a todos é suave, se dispôs a partir-se só, já que Leandro queria ficar ausente. E como a boa e verdadeira amizade mostra mais a fineza de seus efeitos em fins de conversação e princípios de ausência, e os corações de Leandro e Flamínio estivessem ligados com uma muito leal (ainda que em outro sentido o não era, mas no que tocava o estado que Leandro fingia) era bem desse mostras deles nesta ocasião presente; e posto já Flamínio em caminho o quis acompanhar até meia légua fora da cidade donde ao presente partia, no cabo da qual parando se despediu dele com muitas mostras de sentimento, dizendo-lhe muitas palavras, acompanhadas de tanto que o dobrava em o coração de Flamínio: o qual pagando-lhe com outras não desiguais em ele: deu mostras do agradecimento que lhe dava, assi das mercês que dele tinha recebido, como do muito que mostrava em lhe ficar de sua ausência.[151] Porque os corações nobres em tudo o que sua possibilidade chega se costumam mostrar agradecidos.

CAPÍTULO XX

De como Leandro se partiu pera a cidade de Otronto, e do que lhe aconteceu em o caminho.

PASSADOS JÁ CINCO DIAS DA PARTIDA de Flamínio, vendo-se Leandro só e sem amigo, nem conhecido e com pouco remédio, determinou de ir-se à cidade de Otronto, e daí donde a ventura o guiasse, em cujas mãos já andava posto. E despedido de alguns conhecidos seus se partiu, assim em trajos de soldado: e depois que no cabo de sete dias teve andado já quase trinta léguas, como não sabia bem os caminhos, achou-se um dia desviado do que levava: e não podendo cobrar-se,[152] nem tornar atrás, tanto andou até que no fim dele se achou em uma floresta, que ao parecer se mostrava a mais fermosa que nunca tinha visto: porém como era já quase noite, e estivesse sentido de não achar donde se recolher da riguridade dela, não lhe ficou nenhum de poder julgar do que via, e como estava cansado do caminho, se assentou ao pé de uma fermosa árvore, donde adormecendo passou toda a noite em silêncio, acordando já a tempo que o quebravam os pintados passarinhos com suas melífluas e deleitosas músicas, com as quais pressentiam já a vinda da dourada menhã; que não tardou muito que não estendesse seus dourados raios em as terras, como pajens certos do claro Sol, que logo com seu calor derretendo o denso orvalho da úmida noite, e com sua luz fazendo várias e aparentes cores em os remates das mais altas árvores e frescas boninas (de que toda aquela floresta estava esmaltada) causavam em a vista tanta alegria e deleitação que não haveria sentido, por mais livre que de seu objeto fosse, que a muita que causava não sentisse. E levantando-se admirado do que via, prosseguiu uma vereda que pelo mais alto da floresta entrava: e a pouco menos de um quarto de légua chegou ao fim dela e princípio do melhor e principal da dita floresta: em o qual estava uma porta mui larga e alta em demasia, não com portas artificiais fechada, senão com umas naturais: de tão densa hera que, servindo-lhe de remates os troncos, as folhas, como mais ligeiras e sutis, cobriam a entrada com tanto artifício e sutileza, que pera entrarem era necessário com as mãos afastar uma e uma, pera que não desmanchassem a ordem que a natureza em ela tinha feito, como única e excelente mestra, que é de todas as cousas perfeitas. O que fazendo nosso Leandro, e estando já dentro, lançou a vista a uma e outra parte, donde viu muita variedade de árvores e boninas, que com sua fermosura e gracioso cheiro o convidavam a que com menos pressa e mais quietação gozasse delas. E notando bem a variedade da murta e roxos[153] cravos e jasmins que a natureza ali tinha plantado; o que tudo com os raios do Sol, que já reverberavam, mais fermoso se mostrava, juntamente com a suavidade da corrente das claras águas que por um pequeno ribeiro pelo meio corria: se sentou pera mais de espaço gozar da suavidade de seu cheiro e recrear a vista em sua fermosura. E despois de passado meia hora (sobejo tempo pera tomarem recreação sentidos saudosos), levantando-se pera prosseguir seu caminho, o deteve um lastimoso choro, que a seu parecer não muito longe dele soava; e aplicando mais o sentido, ouviu alguns ais e suspiros de diferentes vozes, dos quais julgou não serem nascidos de uma só pessoa, senão de muitas, conforme lhe parecia. E chegando-se mais pera aquela parte, lançando a vista por antre[154] umas espessas árvores, viu uns vultos pretos caminhando contra onde ele estava; porém mal divisados pela densidão das árvores, que eram muitas. E como estivesse perto de um largo caminho que per antre elas se seguia, entendendo que aquele deviam de trazer,[155] se deixou ficar ao pé de um alto e espaçoso tronco, para que dali (sem ser visto) desse fé do que passava. E estando assi alvoroçado (bem alheio do que podia ser) já mais perto dele e fora da espessura das árvores pelo mesmo caminho que por antre elas vinha, pareceram doze pastoras todas vestidas de negro, tão extremadas em fermosura, que pareceu a Leandro que só na feitura delas a natureza deitara o resto,[156] e que não havia cousa no mundo que se lhe igualasse: as quais não desordenadas, mas de duas em duas, prosseguiam seu caminho, todas coroadas de capelas de tenros ramos de azinheira, sameadas de miúdos goivos amarelos, e em as mãos cada uma seu ramo de cheirosa murta, dando mostras com estas insígnias conforme ao que cada uma delas significava: pela capela com goivos, a tristeza e sentimento, e com a murta, a dor que em seus corações levavam, do que logo diremos que atrás se vinha seguindo. Passadas estas doze, logo se seguiam quatro pastores mancebos com suas pelicas negras, com cada um seu instrumento, *scilicet*,[157] um levava uma frauta pastoril, outro uma rebeca, outro um bom tamboril, o outro um grande e fermoso alaúde: os quais como de indústria[158] viessem destemperados, faziam uma tão triste e sentida harmonia, servindo de música os miúdos ais e suspiros que as pastoras (sem pronunciar mais outra alguma palavra) rompiam os ares, que não deixou o nosso Leandro de dar alguns em o secreto de seu coração, sustendo o mais que pôde as lágrimas, que comumente nascem deles, por não se divertir[159] do que via, cujo fim esperava. Logo após eles se seguiam quatro pastoras, todas de igual corpo, levando a seus tenros e delicados ombros um andor tecido de murtas mansas e delgados vimes, esmaltado todo de cebolas-cecém[160] e violetas e coroadas do mesmo; em o qual vinha posto um corpo morto, ao parecer de pastor, pelas insígnias que levava, que era uma comprida pelica preta com seu surrão e cajado de branco salgueiro com o rostro descoberto, e em a cabeça uma capela de cheiroso trevo. Logo se seguiam mais dous pastores, levando em o meio de si a outro muito velho e reverendo, todos também de negro: e por remate de tão triste acompanhamento vinham duas pastoras também postas[161] e fermosas, mormente uma delas, que parecia ao que representava de vinte e dous anos, que bem se deixava conhecer pela principal de todas, assi na fermosura, como na riqueza do trajo que trazia vestido: e duas zagalas de pouca idade, tomando-lhe os últimos das lutuosas vestimentas, para que não prendessem em várias raízes de ervas de que a terra estava cheia, o que tudo as fazia muito graves e dignas de mais merecimento entre as outras.

Desejando pois Leandro de ver o fim a tão lastimosa tragédia se foi após eles, encobrindo-se o mais que pôde com as árvores para que não fosse visto. E não andaram muito que não parassem ao pé de um alto e copado acipreste,[162] aonde tirando o corpo o puseram em uma larga e comprida cova que já tinham feito; fazendo de novo um tão lastimoso pranto, que bem se mostrava ser o por quem se fazia pessoa entre eles estimada. Vendo Leandro já posto o fim ao que tinha visto, e não satisfeito, ainda quis saber quem fosse o morto e por que causa o enterravam com tanta solenidade e sentimento, para o que seguindo o caminho se fingiu não ter visto nada, e chegando junto deles parou como espantado do que via. E fazendo que queria prosseguir outra vez o caminho, se levantou uma das pastoras e acenando-lhe com a mão lhe deu a entender chegasse a elas e lhe dariam conta do que se mostrava admirado; o que ele vendo obedeceu logo. Chegado pois que houve Leandro, e para o verem descobriram todas seus rostros, assi a fermosura deles a Leandro de novo, como a sua a elas, causou tanta admiração que por um grande espaço guardaram silêncio com as línguas, mas não com os olhos, pondo-os despois dele umas em as outras, como admiradas de sua beleza, que na verdade não tinha par, e ainda que Leandro conhecia bem ser cada uma das pastoras em extremo fermosa: contudo bem viu que ficavam muito inferiores à que ele tinha julgado por mais aventejada das duas que detrás do andor vinham, como principal que mostrava ser entre todas: da qual havida licença uma das pastoras de mais graça e feição começou a dar conta a Leandro do que desejava saber nesta maneira.

— Tão admirados estamos, galhardo mancebo, das mostras que dais de o estardes do que tendes visto, como desejosas de vos satisfazer como desejais em tudo. Pelo que haveis de saber que uma das cousas que sobre todas mais se estimam, e a que dá ser a todas as do mundo, sem a qual nem puderam multiplicar-se, nem entre si conservar sua perfeição e valia, é o amor, porque ele é o que enlaça e conserva todas as cousas criadas, e a quem todas as do mundo reconhecem vassalagem: ele é o que une os amantes de tal maneira, que sendo dous os faz parecer a mesma cousa: não há coração tão livre que o possa ser dele, porque assim como o corpo sem alma não pode viver, assim nem o coração sem amor; ele é o que faz do homem o que quer; e finalmente, como tenha por causa principal o bem, nascido do conhecimento que tem'dele, faz que aonde está maior, mais o gratifique e reconheça, como ao presente estais vendo, ainda que a causa de tudo ignorando; porque estando na certeza dela, alcançareis com mais facilidade os efeitos: haveis de saber, que é mui antigo costume nestas partes, a mais nobre e principal gente delas guardar seus próprios gados em os campos, donde nasce estarem todos cheios de muitas e várias cabanas, assim de pastores, como de pastoras, em as quais gastados os dias em apascentar seus gados, gastam as sossegadas noites passando muita parte delas em vários jogos, músicas e desenfados; outros gastando o restante delas em espargir aos ares contínuos suspiros; outros quebrando-lhe o sono amorosas suspeitas; outros levados de ciúmes de suas pastoras; outros contentes com as doces palavras, que das suas têm recebido; outros satisfeitos da firmeza de seus amantes; assim finalmente passando a vida em graciosos e honestos passatempos: e como entre todas as sortes de gente há sempre uma de mais calidade e boas partes que outra, cousa que a fazem ser de todos mais estimada; houve entre nós um pastor, que foi este que agora aqui vistes enterrar, que sobre todos se aventejava, assim de gentileza, como valentia, graça, aviso, e pera todos afábil e liberal; o qual se chamava Arsênio. Este pois ainda que a todas as pastoras queria bem, contudo sobre todas amava uma, cuja fermosura é tal, que só a vossa, senhor, entendo lhe igualará, quando não fôreis homem como sois, que é esta que aqui vedes, a quem chamam Luísa, e por outro nome a Pastora Fermosa — e nisto apontou uma das duas que detrás de todas vinham. — Este, pois, tendo dela recebido muitos favores (porque o amava em extremo) sucedeu vir de outras terras um pastor estrangeiro à fama de sua muita fermosura: e como era também de muitas partes, pareceu-lhe que mais que todos a merecia, e assim começou de a requestar e procurar seu amor por todas as vias: donde vieram a ter entre si algumas desavenças, no que passaram quase dous meses: no qual tempo sobrevieram tão grandes ciúmes ao nosso morto Arsênio, que não podia quietar de dia, nem de noite, temendo que Luísa o deixasse a ele e aceitasse por amante ao estrangeiro pastor. Sucedeu pois que neste tempo um seu amigo de Arsênio, levado de umas palavras que com o estrangeiro tivera, veio dizer-lhe (não sendo assim) que Luísa o favorecia mais que a ele, e o queria aceitar já por amante e esquecer-se da palavra que lhe tinha dado, e outras muitas cousas, que como entendia Arsênio ser esforçado, tomaria vingança do pastor e ele ficaria de sua injúria satisfeito. Porém sucedeu ao contrário, que logo com esta nova lhe sobrevieram uns tão repentinos ciúmes, que caiu em uma cama, e sem lhe poder ser ninguém bom com alguma humana medicina, antes de dous dias acabou a vida; ficando Luísa sem amante e nós sem amigo e os pastores naturais sem defensor, e seu pai, que é este velho que aqui vedes, sem filho, e esta pastora companheira de Luísa, sem irmão, e nossas brancas ovelhas sem pastor. E como o amor reconheça obrigações, vendo todas as que aqui estamos as muitas que lhe tínhamos, lhe fizemos este solene enterramento, como vistes, vestidas todas de negro, em sinal do nojo[163] que recebemos por sua morte, coroadas de azinheira mesclada com goivos, dando mostras da tristeza e sentimento em que ficamos. Com ramos de murta em a mão, pera que manifestemos a dor que fica em nossos corações: em um andor de murta sameado de cebolas-cecém, para declararmos as saudades em que ficamos de sua pessoa. E pois vos tenho satisfeito do que desejáveis, bem é que nos satisfaçais com a vossa, querendo aceitar nossa companhia, que ainda que nos trajos dais mostras de outro mais alto estado e vossos pensamentos se não quietem com este por serem nobres e generosos, entendei, que ainda que em tão humilde estado, não se limitam, assi como os que, não sendo tais, em lugar e estado sublimado se levantam: porque o lugar baixo não limita os pensamentos generosos, nem o mais alto levanta os que de sua natureza são baixos, acanhados.

CAPÍTULO XXI

De como Leandro ficou em companhia das pastoras, e do que com elas lhe sucedeu.

DESPOIS QUE A FERMOSA PASTORA deu fim a suas palavras, com as quais tinha dado a Leandro o que desejava do que tinha visto, e conhecida dele a vontade que todas lhe mostravam e a instância que lhe faziam ficasse em sua companhia, como satisfeitas de sua pessoa; parecendo-lhe que entre gente tão solitária passaria sua vida mais encoberta, deliberou a vontade a que se sujeitasse à sua, declarando com estas palavras o secreto dela:

— Com sobeja rezão, fermosa pastora, mereceria o nome de ingrato, quando em o meio dos maiores favores e mercês, que há muito tempo recebi, me mostrasse desconhecido deles; e mais sendo oferecidos de um sujeito tão digno de muitos, como por sua muita perfeição igualado de poucos; se não é dos presentes, a quem os que mais por ela se estimam, podem com pouco detrimento seu conhecer superioridade e vassalagem; pelo que reconhecendo o de que me fizestes sabedor, estando certo no conhecimento de vossa vontade e na que estas belas pastoras me mostram, me ofereço por seu e vosso perpétuo servo e cativo; por onde já de aqui me podeis mandar, como cousa vossa, e eu, como confiado em sê-lo, tomo atrevimento de pedir a todos, queiram deitar de si os nojos e sentimentos passados, pera que participando destes contentamentos presentes, levando-me em sua companhia a suas frescas aldeias, demos alegre princípio a nossa vida; até que os Céus nos privem dela, e nossos corpos venham a possuir a certa morada, que agora a este nobre pastor acabastes de dar.

Contentaram tanto essas palavras, assi aos pastores, como às pastoras que presentes estavam, pela muita graça que nelas mostrou o gracioso Leandro, que ainda que ao presente com outras não lhe mostraram o contentamento que recebiam: contudo claramente o deram a entender os efeitos que causaram em seus rostros, mostrando-se de nova alegria cheios, e cada uma oferecendo seu coração para o receber nele, dando disto claras mostras à pressa que se davam em o levarem em seus braços com muitas de amor; o que Leandro pagando com outras se foram, levando-o no meio com muita cortesia a suas frescas aldeias, donde chegaram já a tempo que em nosso hemisfério não se deixava ver o claro Sol, por ter a claridade de seus raios escondida, e a contrária noite mui serena às terras se mostrava; das quais saíram muitos outros pastores e zagalas a recebê-los, espantados da novidade da vinda de Leandro, e muito mais de sua desacostumada beleza; e como esta seja em toda a parte bem recebida, não faltaram muitos pastores que lhe ofereceram sua pousada: contudo como as naturezas que mais combinam mais se querem, aceitou as de um pastor rico e dos principais e de boa e afábil condição, donde esteve aquela e outras poucas noites, até que lhe foram dadas umas casas das melhores da principal aldeia donde vivia. E por evitarmos prolixidade, é de saber que aqui esteve Leandro levando a vida comũa de todos com muito contentamento, sem lhe dar pena de amor algum desgosto, com o que andava assaz consolado, por lhe parecer que já a fortuna se arrependia de o ter perseguido; porém enganava-se, que quando mais descuidado estava, então de novo o sobressaltou, de modo que mostrava dar a suas perseguições princípio. E foi que como fosse já de todas as pastoras assim da aldeia donde morava, como de outras circunvizinhas conhecida sua beleza, graça e discrição (como tinha mostrado em muitas ocasiões de festas que entre si faziam) não havia nenhuma que não andasse rendida a seu amor: porém entre todas estava mais uma cujo nome e feições diremos adiante; era tal sua boa conversação, que nem por isto era invejado dos mais pastores, antes de todos estimado e servido. E despois de quatro, ou cinco meses da estada de Leandro em sua companhia, ordenaram de fazer uma festa, deputando para este efeito um fresco vale, em o qual a natureza parece que se esmerara em plantar toda a variedade de flores, árvores e boninas, que fertilizadas com a água de um claro rio, que partia dous altos montes, sempre à vista de todas se mostravam frescas e graciosas: não sendo nunca da riguridade do Sol ofendidas; porque agradecidos os vizinhos montes das mansas águas lhe regarem suas plantas: pagavam-lhe com sua sombra com a qual se isentavam de ofensas, e não estava longe de suas aldeias. E isto para que mostrasse cada uma o mais em que pudesse agradar a Leandro para o ter por amante, como desejavam. E como estivessem muitas delas nestas esperanças, aceitaram o partido. E assinalado o dia certo, se ornaram todas as que mais de sua fermosura confiavam poder merecer a Leandro, levando sobre si as melhores galas e toucados que tinham, para quando em semelhantes festas se achavam: porque era costume seu não usarem nelas dos trajos pastoris; outras seus instrumentos, e outras finalmente tudo o em que lhes parecia o contentariam mais, movidas do desejo de conseguir seu intento. O que sabido de Leandro, fingindo-se alegre com o que recebia desgosto, se ornou o melhor que pôde por lhes dar contentamento: e convidando alguns amigos com vários instrumentos, as foram esperar ao caminho por donde sabiam havia de ser sua vinda, e encontrando-as se foram ao vale que tinham determinado com muito prazer e alegria de todos. E despois de haverem recreado a vista em a variedade de flores e boninas e diversos salgueiros, freixos e outras árvores de fruitos de que o vale estava cheio, cada uma se coroou conforme ao que no pensamento tinha, e pedia a significação da frol ou bonina que levava. E despois que entre si fizeram vários jogos, músicas e danças, com que tinham mostrado o quando desejavam agradar a nosso Leandro: já a tempo que o claro Sol tinha feito meio curso em nosso hemisfério, se levantou de entre todos um grave e ancião pastor, e fazendo assentar a todas as pastoras a uma parte, e os poucos pastores amigos de Leandro a outra, lhes começou a falar nesta maneira.

— Já cuido, nobres pastores e fermosas pastoras, que estareis na certeza do fim que nos há movido a trazer-nos a este fresco e deleitoso vale donde estamos: porém, porque sei que alguns não estão bem no conhecimento dele, quero em breves palavras manifestá-lo: e é que afeiçoadas e rendidas estas graciosas pastoras ao amor do estrangeiro e nobre Leandro que aqui tendes presente, me pediram a mim e a este experimentado pastor (apontando nisto a outro igual a ele na idade) quisemos[164] ser juízes no que tem inventado; e é que oferecendo cada uma sua planta ou bonina deste vale em a mão a Leandro, dando-lhe ele a significação dela, diga a propósito alguma cousa tocante e dirigida ao amor que cada uma lhe tem; e aquela que melhor e mais apropositado dito disser, essa seja a que Leandro há de ter por senhor[165] e a quem ele há de ser amante, e a nenhuma das outras mais terá afeição, e elas a poderem pôr em outros pastores e descuidar de sua pretensão: para o que é necessário que o nobre Leandro dê consentimento, que sem ele tudo será embalde: e julgando nós conforme nosso parecer, aceite a que lhe couber sem réplica, nem contradição alguma.

Ainda que Leandro a este tempo estava notando o intento que tinham as pastoras, tão fora e desviado do seu, contudo por lhes dar gosto em tal ocasião consentiu no partido que estava posto, dizendo que ele era muito contente e dava sua palavra de o cumprir assim como ele dezia, sem nisso haver falta alguma; pelo que podiam começar, que ele estava prestes para satisfazer a suas vontades. Com esta reposta se assentou o velho pastor, e elas com muita alegria se ergueram a colher cada uma a frol que mais lhe aprazia e vinha a seu intento. Entretanto os pastores assentaram a Leandro em uma cadeira de verde murta, pondo-lhe em a cabeça uma fermosa capela de louro em sinal que a todos vencia em gentileza e mais partes, reconhecendo-se todos por inferiores a ele. E despois de estarem já coroadas cada uma como melhor lhe parecia, e tinham seu ramo ou frol em a mão, feito sinal pelos juízes, levantou-se logo a primeira das doze, que estavam deputadas para esta demanda, a qual se chamava Liséia; era esta de todas a mais moça, porém tão louçã e graciosa que não ficava inferiora[166] a nenhuma de suas competidoras. Trazia vestido de damasco verde atelado[167] de prata, chão[168] sem golpes que mostrasse o forro, que de tafetá roxo era. Sobre seus negros e compridos cabelos trazia uma grinalda de cravos brancos e a compasso[169] sameados uns vermelhos, que lhe dava tudo muita graça, e trazendo em a mão uma frol de limoeiro e beijando-a com muita cortesia a deu a Leandro, o qual fazendo-lhe a mesma lhe disse:

— Senhora Liséia, esta frol que na mão tenho é vontade.

Ao que ela logo respondeu com muito donaire e graça dizendo: — *Pois, senhor, se é de me dardes fim, eu mesmo a darei a mim.*

E tornando-se a sentar, começou-se a festejar seu dito, e de todos os pastores mui celebrado e de algumas pastoras invejado, parecendo-lhe pelo aviso que nele mostrara seria a que ganhasse o prêmio que se esperava. Logo após esta se ergueu outra, a qual se chamava Lucrécia: tinha esta os olhos verdes e graciosos; porém não respondiam as mais partes do rosto à fermosura deles, e em esta não igualava a algumas. Trazia vestido de veludo branco com telas[170] de fino ouro; na cabeça, uma capela de manjerona mui cheirosa, e em a mão uma frol de cebola-cecém, e oferecendo-a na de Leandro, e recebida dele com muita cortesia, disse:

— Senhora Lucrécia, isto significa saudades.

Ao que ela respondeu: — *Já desde agora me perseguem e denunciam meu desterro.*

E assentada se levantou logo outra, a qual tinha por nome Artada; era esta mais velha que todas as outras, por onde não parecia entre elas tão fermosa, não porque o não fosse quando de sua idade, porém era tão avisada em extremo, que a todos roubava com suas palavras, e por ser conhecida por tal, temeram muitas que o que mereciam por sua fermosura, lhe ganhasse ela por seu aviso; trazia vestido de cetim negro com miúdos golpes, pelos quais se deixava ver um rico forro de tafetá aleonado, que lhe dava mais graça; em a cabeça uma capela de goivos amarelos, que deitavam de si mui suave cheiro, e em a mão mui confiada um tenro ramo de carrasco,[171] cousa que causou riso em as companheiras: porém como era cortesã e avisada, sorrindo-se o entregou em a mão de Leandro, beijando a sua despois de deixado nela: e entendendo Leandro seu intento, lhe disse:

— Não sei, senhora Artada, que quereis mostrar com desterro, que é o que este ramo significa.

Ao que ela com a boca cheia de riso respondeu, dizendo: — *É porque este me está ameaçando, de poder alcançar o bem que tanto desejo; não porque no amor haja quem mais o mereça, senão pela experiência que tenho, de pouco favor da ventura.*

E tornando-se a sentar em seu lugar, começaram todas a festejar o dito, e entre si dando diversos pareceres, qual fosse melhor, se ele ou os passados, porém logo se quietaram vendo que se levantava uma das mais principais, assim em nobreza como fermosura, que era a irmã do pastor morto, que como dissemos vinha com outra detrás do andor: esta se chamava Líbia, era trigueira do rosto, porém mui fermosa e engraçada; tinha em ele sameados uns sinais que lhe davam muita mais graça, e assim nisto como nos vestidos que trazia, por ser mui rica, levava a ventagem a muitas delas; esta queria muito a Leandro; porém como era de seu natural vergonhosa e de pouca fala, não ousava a manifestar-lho, e assim procurou nesta ocasião de botar o resto, cuidando ganhasse tão pretendida presa: trazia um vestido de brocado verde, cheio de estrelas de ouro, que não havia olhos que dando-lhe o Sol pudessem ficar nelas seguros; em a cabeça sobre seus negros e compridos cabelos trazia uma capela de giesta mansa[172] e goivos roxos, querendo dar a entender pela giesta a lembrança que sempre dele tinha, e pelos goivos os pensamentos que ele lhe causava. E em a mão um ramo de acipreste, e dando-o a Leandro, disse:

— Senhora Líbia, isto são suspiros.

Ao que ela logo tornou, dizendo: — *De quem vos deixar de ver, serão sem número.*

E sentando-se logo, algumas delas começaram fazendo zombaria de dar ais e suspiros, os quais atalhou logo outra a quem chamavam Lucinda; esta era em extremo palreira e prezava-se de ser querida de Leandro, e a muitas se tinha gabado de ter dele alguns favores recebido, não sendo assim, porque como ele andasse enganando a fortuna em aquela vida a ver se ali o deixava de perseguir, a todos em comum mostrava bom ânimo, porém a nenhuma em particular tinha amor. Esta era menos fermosa do que ela se estimava; porém como o amor favoreça sempre aos mais atrevidos, como ela o fosse, era de todos querida e amada, cousa que a fazia cuidar ninguém mais que ela a Leandro merecia. Levava um vestido de terciopelo azul com alamares de ouro; na cabeça, em cima de seus fermosos e dourados cabelos enastrados em fitas de prata, uma capela de mosquetas,[173] dando a entender estava esquecida de cuidados passados, e só queria os presentes. Levava em a mão um ramo de olmeiro, e aceitado de Leandro, disse que significava favor, ao que ela respondeu: — *Não sei se sou eu só a quem os fazeis.*

E tornando a seu lugar achou a algumas louvando entre si o dito, e como era conforme a seu intento, com o que ficou mui contente e satisfeita de si: porém não de modo que deixasse de duvidar de alcançar o que tanto desejava, como era ter a Leandro por amante: porque as cousas quanto mais se desejam, tanto mais se duvida do alcance delas.

CAPÍTULO XXII

De como as pastoras prosseguiram suas sortes, e de quem mereceu a Leandro por amante.

DEPOIS QUE LUCINDA SE QUIETOU outra vez em seu lugar, coube em sorte a sexto à fermosa Dorotéia, a qual, como fosse muito alva em extremo, com a vergonha que lhe sobreveio ao rostro a tornou tão fermosa que punha espanto a todas; trazia vestido de veludo carmesim forrado de uma seda estrangeira de várias cores, que por rasgados golpes parecia guarnecido de prata, e seda branca que mais graça dava ao vestido; e ela com a muita que com ele mostrava, causava inveja a muitas; sobre seus cabelos (que enastrados em tranças de prata trazia) levava uma capela de lírios azuis e flores várias, dando a entender pelo lírio sua pureza, e pelas flores as esperanças que levava de o ter por amante; em a mão trazia um jasmin, e oferecido a Leandro disse:

— Senhora Dorotéia, isto é perigo.

Ao que ela respondeu: — *A todo me porei por vos dar gosto.*

E fazendo-lhe sua cortesia se tornou a sentar, porém tão vermelha e corrida que foi de muitas motejada, e dos juízes esforçada, louvando-a de sua boa reposta. Logo se levantou uma pastora por nome Firmina, com tanta confiança que a todas causou notável riso, ver a que mostrava de sua pessoa, sendo de todas a mais feia e a que mais presumia de namorada; a qual vendo-se zombada, como era dotada de muita confiança (próprio de feias) se virou a elas dizendo:

— Não tendes rezão, senhoras, de vos rirdes de mim por não ser fermosa como algumas de vós, que se em minha mão estivera a fermosura, eu me fizera tal que diante de mim ficáreis feias: porém já que o ser tal me coube em sorte, não quero por isso deixar de tentar esta; quiçá ganharei por confiada aquilo que não mereço por feia.

Trazia vestido de cetim vermelho com muitos golpes, os quais cerrava um alamar de seda azul; porém não de modo que não se deixasse ver por eles o forro, que era de tafetá leonado; e ainda que na fermosura ficava a algumas ou a todas inferior, contudo no vestido ganhava a muitas. Em a cabeça sobre seus encrespados cabelos levava uma capela de tenros ramos de olmo, dando a entender que havia mister seu amparo e favor, conhecendo o pouco que merecia alcançá-lo, não sendo dele favorecido; em a mão um ramo de endro, o qual aceitando Leandro disse:

— Senhora Firmina, não vos desestimeis tanto, porque por vossa graça e confiança mereceis muito, e com a perfeição que mostrais em este ramo, que isto é o que significa.

Ao que ela respondeu: — *Senhor, essa vós só sois que a tendes em tudo, que a mulher feia, como eu, não a tem em nada.*

E festejando ela própria seu dito, se tornou a sentar, porém algumas houve que presumiam de mais fermosas que ficaram mui sentidas pela melhoria que conheciam no que dissera. Logo se levantou outra a quem chamavam Mabília: esta era uma das mais fermosas e ricas pastoras que havia, não só naquela companhia, mas por todas aquelas partes, e sobretudo tinha muitas assim naturais como adquisitas, porque cantava e dançava em todo extremo de bem, e por isso de muitos pastores servida, como o foi daquele que morreu de ciúmes, porque esta era a que Leandro viu detrás do andor com a irmã e a que julgou por mais fermosa de todas por então; esta desde aquele dia quis muito a Leandro e se tinha por sua, e de algumas era por tal julgada; donde cuidaram sempre que esta lhe ganhasse a todas, e ela confiada estava em seus merecimentos; pera o que se vestiu este dia com as melhores galas que tinha, e nunca ninguém lhas vira senão nesta ocasião; como que de propósito as mandara fazer pera este efeito. Levava vestido de brocado branco, todo recamado de ouro, com tanta perfeição e artifício, que de longe ninguém julgava ser senão puro ouro e prata; em o branco donde não havia ouro tinha um golpe por onde parecia o forro, que era de cetim preto, cerrado com um botão de uma pedra estranha de cor verde, que não havia jardim por mais esmaltado de boninas e flores que tivesse, que à vista dele não perdesse sua valia. Em o pescoço levava um fio de pérolas mui fermosas engastadas em ouro; seus cabelos não eram de todo louros, mas em meio com uma cor tão graciosa, como mais de algumas estimada; trazia-os feitos em cadenetas,[174] em seis partes, deixada cair de cada uma delas a fita de ouro com que os enastrava, que como eram tão compridos lhe passavam da cinta abaixo; sobre eles levava uma capela de rosas sameadas de maravilhas,[175] dando a entender pela rosa o amor que lhe tinha, e pelas maravilhas a brevidade que pusera em se esquecer de seu morto pastor, logo que viu a Leandro. Em a mão trazia uma frol de amoreira, e beijando-a com muita cortesia a deu a Leandro, o qual vendo-a tão fermosa e bem ornada lhe falou nesta maneira.

— Em verdade, fermosa Mabília, que vos estou em obrigação de muitas graças, pois por me ganhardes a mim que valho pouco, haveis oferecido vossa pessoa a estas sortes que vale muito; merecedora éreis, por certo, que todo o mundo vos buscasse para vos servir, e vos não désseis passada por nenhum homem dele para o amar; porém já que em minha mão não está o satisfazer hoje vossa vontade, pois se deixou na dos juízes, fazendo eles a sua, nunca me cativarão a minha para que não seja vossa; e parece que já conheceis em mim esta, como na insígnia da frol que me oferecestes haveis mostrado, que é jactância, que isto é o que significa.

Quis Mabília responder a estas palavras de Leandro, porém foi-lhe proibido pelos juízes, e assi não teve lugar mais que para dizer a reposta como as outras faziam, e foi: — *Pois, senhor, quem a pode ter como eu, sendo cheia de favores vossos?*

Logo se levantou outra pastora chamada Anfrisa; era esta mui grande de corpo e bem feita, e dava muita graça ao que trazia vestido; seus olhos eram negros e fermosos, porém não igualava em fermosura a nenhuma das passadas. Trazia vestido de grã[176] vermelha muito fina com barras de veludo vermelho, e entre uma e outra uma trança de prata que a fazia mais lustrosa. Em a cabeça uma capela de hortelã com miúdas alcachofras de cardos, dando a entender a crueza que com ela usara um pastor que a tinha deixado e tomara outra, e pelo cardo o tormento em que vivia por este agravo; em a mão trazia um tenro ramo de funcho, e aceitado de Leandro lhe disse:

— Senhora Anfrisa, isto é vencimento.

Ao que ela respondeu: — *Sempre, senhor, o espero alcançar de tudo, não sendo vós contra mim.*

E tornando-se a seu lugar se levantou logo outra que se chamava Eugênia; esta era tão fermosa que, por a quererem dous pastores que a amavam, um matou ao outro, e o matador ausentando-se, ficou ela sem nenhum; queria esta muito a Leandro e como era rica e das mais principais de aquelas aldeias, provia a Leandro com muita liberalidade de tudo o que havia mister para seu sustento, e a quem ele estava mais obrigado; era muito loura e tão clara que parecia um cristal, os olhos verdes claros e tão graciosos que pareciam estarem-se sempre rindo, e ela em si tão alegre que causava a todos alegria. Trazia vestido de terciopelo encarnado, forrado de telazinha de prata, tirada pelos golpes dele, que fazia ser um dos mais graciosos vestidos que ali estavam. Em sua cabeça trazia sobre seus dourados cabelos uma capela de salva e poejos, dando a entender com a salva o concerto que tinha em sua pessoa, pelo que era muito estimada e pelos poejos a lealdade que a todos guardava. Em a mão trazia um ramalhete de cravos mesclados, e dando-o a Leandro com muita cortesia, sendo dele aceitado com a mesma, lhe disse:

— O que aqui vos pudera dizer, senhora Eugênia, guardemos para outro dia, que tenho muito que vos dizer de vossa fermosura, que agora não há tempo para mais que para vos mostrar o que estes cravos significam, que é afeição.

Ao que ela respondeu: — *Pois sabei, senhor Leandro, que não tem o mundo outra semelhante à que vos tenho.*

E tornando-se a seu lugar se levantaram logo duas que inda ficavam, e conhecendo a ventagem de suas competidoras, disseram que elas desistiam da pretensão por conhecerem a melhoria a que não podiam chegar, e como estavam certas nisto não queriam ficar envergonhadas, antes se ofereciam por servidoras da que merecesse ganhar a Leandro por amante. E visto pelos juízes sua vontade, levantando-se em pé pediram a Leandro licença para dar a sentença por quem parecia merecê-la. Ao que ele respondeu, que pois tinham acabado suas sortes, o fizessem. E querendo eles já começar a tratar entre si qual tinha ganhado, e cada uma delas com muito alvoroço esperando o fim de seus desejos, apareceu de longe um zagal correndo com muita pressa bradando, porém não se lhe entendia nada. E mandando os juízes quietar a todos e Leandro, que esperassem até ver o que fosse; já nisto vinha mais perto o zagal e dizia a vozes que aguardassem, e chegado de todo e sendo perguntado do que queria, respondeu que uma pastora havia chegado a sua aldeia àquela hora, e que queria também entrar nas sortes, e porque lhe disseram que já seriam acabadas, me rogou viesse dar aviso com presteza enquanto ela chegava; o que visto dos juízes e ouvido de Leandro, mandaram que assi se fizesse, e entretanto ordenassem uma dança de pastores e pastoras, o que logo fizeram por serem todas mui destras e costumadas; e tirando um pastor de um branco surrão uma rabeca, e outro um salteiro,[177] com frauta e tamboril fizeram um balho[178] tão galante e bem ordenado, que era notável contentamento de os ver; e acabado ele viram vir a pastora com quatro pastores velhos da aldeia, que por cortesia a vinham acompanhando; e chegando mais perto se ergueram as outras e a foram receber ao caminho com muita cortesia, porém ainda que trabalhavam pela conhecer não puderam, porque além de ser estrangeira vinha com o rostro coberto com uns antolhos de cristal mui claros; porém bem julgaram que devia de ser pastora de muito ser, conforme a gravidade de sua pessoa mostrava e a riqueza de seus vestidos pedia, os quais eram de brocado azul e verde, forrados de cetim amarelo, sameado todo de alcachofras[179] de ouro e prata, assentado sobre seda vermelha, e tão novo como que àquela hora se acabara de fazer, e com os raios do Sol deitava de si tanta claridade que não havia quem livremente segurasse a vista neles; em os pés trazia umas alpargates de âmbar com miúdas pérolas e grãos de aljôfar, em o pescoço uma grossa gargantilha de várias pedras, que sobre tudo lhe dava mais graça; seus cabelos levava soltos e enastrados a poucos, de maneira que a uns poucos espargidos se seguiam outros tantos feitos em trança com uma de ouro mui fina. Em a cabeça levava uma capela de cheirosas violetas e flores narcisas e miúdos ramos de verde salsa, entressachados doutros de cheirosa manjerona. Despois que as pastoras viram a gravidade desta e a variedade de boninas de que trazia composta sua capela, começaram entre si maravilhando-se dar cada uma o parecer que julgavam; uma dizia que tal pastora como aquela não era natural de aquelas partes, que se o fora não havia de vir disfarçada como ela vinha; outras diziam que devia de conhecer a Leandro, pela confiança que mostrava em sua pessoa e a significação das flores pedia; porque violas que significavam conhecimento, que devia de ser de o ter dele; e pelas flores narcisas, que significavam gentileza, que ou era pela que conhecia já de Leandro, ou confiada em sua fermosura; pela salsa que significava gosto, que não devia de ser senão pelo que tinha de o ver, e o mesmo mostrava a manjerona, pois significava prazer. Finalmente elas estavam mui espantadas de tal novidade e desejosas de saberem já o secreto dela; e quanto mais se detinha em descobri-lo, tanto mais elas desejavam de sabê-lo; porque a tardança que se põe em descobrir algum segredo, serve de esporas que avivam o desejo de quem quer ouvi-lo. O que ela como avisada conhecendo, tomou um ramo de cerejeira que em a mão levava e chegando-se a Leandro lho ofereceu em a sua, fazendo-lhe uma grande cortesia; e vendo ele a notável graça de sua pessoa e boa postura de corpo, efeitos de que se esperava nobre causa, pagando-lhe com outra igual lhe falou nesta maneira:

— Grave pastora, em verdade que me tem tão admirado, assi a novidade de vossa vinda, como a gravidade e bom talhe de vosso corpo, juntamente com a riqueza dos vestidos com que o trazeis ornado, que não posso negar a esperança que tenho de vossa fermosura e nobreza ser a que tais efeitos prometem: porém se sois servida de nos dizerdes quem sois, descobrindo vosso rostro antes que vos declare a significação de vossa frol, a mi me obrigareis a servir-vos, e a todas estas pastoras satisfareis o grande desejo que têm de vos conhecer, e quando não, determinai tudo à medida de vosso gosto, que em tudo trabalharei por vo-lo causar.

— Rezão era, nobre Leandro (respondeu ela), que não repugnará a vossa vontade quem não tem outra mais que de ser sujeita a ela; porém por agora me perdoai que até se não dar sentença, nem meu rostro será visto, nem minha pessoa conhecida.

— Pois como assim é (respondeu ele), quero-vos satisfazer com brevidade para que a ponhamos no fim de nossos desejos. Pelo que haveis de entender que a verdadeira e própria significação da cerejeira é apetite.

Ao que ela respondeu: — *Este não no hei mister, porque tenho tanto para vos querer, quanto de amor para em tudo vos merecer.*

Não ficaram nada contentes as outras pastoras vendo o aviso e discrição de tal reposta e assi começaram entre si a louvá-la; outras, que tinham mais amor a Leandro estavam confiadas, não o aprovavam por tal: o que ouvindo ele a mandou assentar, e aos juízes que segundo seu parecer dessem a sentença, sem inclinarem a parte alguma, senão o que segundo suas consciências entendessem. Logo levantando-se o mais velho deles disse:

— Senhor Leandro e fermosas pastoras, o meu parecer é, que suposto que todas vos mostrastes muito aviso em vossas repostas e na tenção das boninas de vossas capelas: e ainda que entre vós levasse a ventagem a senhora Liséia e a senhora Firmina, a confiada, e a senhora Eugênia, a rica e namorada; contudo essa pastora desconhecida que veio derradeira a levou a todas; por onde de direito se lhe deve o prêmio.

— Eu assim o confirmo (respondeu o segundo).

Não se pode declarar o grande alvoroço que causou a sentença entre elas, mormente em as que não tinham esperanças nenhumas, folgando que pois elas não levavam o prêmio, o ganhasse a pastora estrangeira: indo-se logo a ela a dar-lhe mil abraços e parabéns. Outras que sentiram melhoria em seus ditos ficaram muito tristes e pesarosas, consolando-se entre si umas com outras. E vendo Leandro que por sorte coubera aquela pastora, desejoso de saber quem era, levantando-se da cadeira de murta em que estava assentado a foi a receber em seus braços, dizendo-lhe que fosse servida de descobrir seu rosto, pois merecera o que as outras tanto desejaram e não puderam alcançar.

— Agora, sim (respondeu ela), pois mereci tal ventura.

E dizendo isto descobriu seu rosto, e pondo Leandro seus olhos nele conheceu que era a fermosa Artêmia, aquela que ele tinha encontrado andando perdido e fugira da cabana dos ladrões (como contamos no capítulo sexto), com cuja vista ficou tão admirado (porque lhe pareceu sempre que quando fugiu segunda vez e a não acharam, que alguns leões a teriam morto naquelas brenhas, pois nunca mais dela soube nada senão agora, que desta sorte se lhe mostrava), que por um bom espaço esteve com os olhos pregados nela sem falar palavra; e conhecendo ela a causa de sua admiração e espanto, se arrojou em seus braços com muitas lágrimas de alegria, abraçando-o muitas vezes. E vendo as pastoras tão grande novidade, começaram todas a chegar para saberem o fim dela, e tornando Leandro em si começou a fazer-lhe companhia com outras, nascidas do gosto que recebia com sua vista: e satisfazendo a todas as pastoras do que desejavam saber, contando-lhe em breve quem era Artêmia, e como lhe estava obrigado, e o mais que com ela lhe acontecera, começaram de novo a dar-lhe mil louvores, tendo-a por ditosa em tal ventura; e para darem algum novo contentamento a Leandro, com muita cortesia a receberam entre si no meio de todas, e fazendo-lhe mil festas se tornaram a suas aldeias com muitas danças e músicas, donde cada uma pretendia de levar a sua casa Artêmia; porém como Mabília era rica e não desistia do amor que tinha a Leandro, cuidando naquilo lhe fazia algum pequeno serviço, lhe pediu por mercê fosse servido que Artêmia ficasse com ela em seus aposentos; o que visto dele lhe foi concedido, donde por então ficou sendo festejada de todas e de outras pastoras que de aldeias mais remotas a vinham ver, levadas da fama de sua fermosura, donde por alguns dias esteve mostrando todas com sua presença muita alegria, cuidando nisto a davam a Leandro; porém não era assi que nenhuma delas lhe tirava o sentimento de seus males não julgados de ninguém, mas só sofridos dele: porque mal pode a alegria de bens alheios tirar o sentimento de males próprios.

CAPÍTULO XXIII

De como Artêmia deu conta a Leandro em breves palavras do que lhe acontecera despois de sua fugida, e de como ali viera ter.

Despois de passados alguns dias em que a fermosa Artêmia foi tão regalada de algumas, como invejada por sua ventura e fermosura de muitas; desejando Leandro de saber a causa que o fora de sua vinda a tão remotas partes, e o que passara despois que se saíra da cabana dos ladrões e não foi mais achada deles; se saiu em uma fresca tarde com ela pela mão, para um campo que perto de sua aldeia ficava; e sabendo ela o intento de sua vontade começou com alegre semblante a satisfazer-lhe nesta maneira.

— Sabereis, amado e querido Leandro, que despois que (com assaz dor de meu coração) vos deixei com os ladrões e fugi como desesperada, pondo-me a tantos perigos de morte por fugir do de minha honra, que tão certo tinha entre tão cruéis homens, andei toda aquela noite sem parar com a mais pressa que pude até pela manhã, favorecendo-me o Céu com sua luz e claridade já a tempo que me parecia o não gastariam eles em me buscar, e a mi me ficava para que com menos pressa inquirisse mais conveniente cômodo donde passasse o pouco tempo que podia ter de minha vida; me fui por algumas terras buscando, com assaz vergonha minha, de porta em porta o remédio dela; no que andei mais de seis meses encobrindo meu rostro do mundo o mais que podia, discorrendo várias terras, pisando ásperos caminhos com meus enfraquecidos pés: até que no cabo deles foi Deus servido de me deparar um cômodo de uma mui honrada viúva com um só filho, porém servida sua casa com muitas criadas; e por me ver a mim estrangeira e fermosa me fez uma delas; com a qual estive ano e meio, e deixadas outras cousas que passei em sua casa, foi a principal a que vos contarei, e a causa que o foi de eu me tirar dela, da qual a sair com vida, foi particular favor da fortuna, que esquecida dos males que comigo tinha usado, acertou a não me impedir este bem. Foi pois o caso que levada esta dona das saudades de uma filha que tinha recolhida em um mosteiro, não para ser professa, mas para quando fosse de mais idade a casar conforme a calidade[180] de sua pessoa, da qual havia oito anos que estava ausente, e ao todo tinha dezasseis de idade, a mandou tirar, e trazida a sua casa foi mui recebida de todos os criados e mais gente dela; assim pelo que conheciam de sua virtude, como por sua muita fermosura, que era entre muitas a mais aventejada. E como esta tenha de propriedade atrair a si os corações dos homens de tal maneira que, conhecendo sua sujeição, não lhe possa ficar liberdade, para que dando ascenso ao que mais decente a rezão se mostra, fica daquilo que mais dela carece, e do que tão alheia dela se representa; sucedeu que este próprio irmão (cujo nome calo, porque nome de mau a bondade que tem é não ser manifesto) se namorou de sua mesma irmã, Altéia, que assi se chamava esta fermosa donzela, e isto com um amor tão intenso movido da freqüentação de sua vista, que já não havia cousa em que pudesse empregar a sua que lhe desse alívio, nem com outra alguma o tinha, ainda que lhe sobejava ocasião de muitas, por ser ele rico e mui principal, e sobretudo gentil-homem de rosto, bem posto de corpo e experimentado em forças; andou pois este mancebo mais de quatro meses ardendo em fogo de amor, sem em todo este tempo se atrever a descobrir o secreto de seu coração a Altéia de palavra, que com os olhos bem o declarava, com a familiar conversação que com ela tinha, porém era tudo atribuído a bem, e não havia pensamento que pudesse imaginar tivesse em o seu coração cousa que para ela o não fosse:

porém eram estes dos que não têm larga experiência de amor, que os que dele a têm verdadeira bem sabem conhecer os erros que nascidos da força dele se cometem; ainda que uns tão grandes e quase nunca ouvidos como estes. Não deixava a fermosa dama como avisada que era de considerar o grande amor que seu irmão lhe mostrava, e os muitos mimos que lhe fazia, porém como os bons ânimos julguem a tenção dos males por virtude de grandes bens, a esta atribuía todos os que lhe fazia pagando-lhe com outros equivalentes na obra, porém melhorados na tenção dela. E assim como é certo os bons converterem os males em bens, assim pelo contrário o é em os maus fazerem dos bens males, e como ele o era logo os julgou por tais medindo-os pelo côvado de seu depravado ânimo. E como se tivesse já por firme na certeza de seu engano, determinou de edificar sobre este alicerce os altos muros de seus desejos, para que estribados em tal fundamento pudessem chegar ao alto de suas esperanças. E buscando de novo ocasião, como lhe não faltavam, escolheu uma mais acomodada a seu intento, e foi que sendo a mãe fora de casa a uma visita com a maior parte de suas criadas, se deixou ficar em ela de propósito. E estando a irmã com as que ficaram em seu estrado a chamou para uma janela escusa e ali lhe pediu licença para lhe falar em cousa que muito lhe importava, ao que ela com alegre semblante respondeu que falasse, que ela estaria pronta a tudo o que dissesse com muito gosto. E havida ele a licença tão franca, começou a querer falar e seu rostro a trocar a fermosa cor de que estava ornado em outra branca, enfiando-se[181] como quem entrava em alguma cruel batalha; e sentindo Altéia estes efeitos nele, e o não poder pronunciar palavra, atalhando-se-lhe a língua e perturbar-se-lhe o entendimento, o esforçou a que descobrisse seu ânimo, que bem via que era sua irmã, e que não devia de lhe negar nada, antes descobrir-lhe seus segredos. "São tais estes (respondeu ele), irmã minha, que se não esforçardes meu coração com lhe dardes palavra do seguro deles, que nem ele poderá abrir as portas para saírem, nem minha boca e língua terão liberdade para os declararem." "Se nisso está o impedimento (tornou ela), eu vo-la dou de o guardar em tudo como o desejo de vossa vontade o está mostrando." "Pois assim é, querida irmã, haveis de saber que há mais de quatro meses que meu coração anda tão rendido a vosso amor com tantas veras[182] que, não lembrado, nem conhecido do vínculo de irmandade tão chegado, me tem posto em termo (que ainda que conheço não ter nenhum no que pretendo) que ou o hei de pôr a meus desejos, ou de necessidade dá-lo a minha vida. E porque entendo, irmã, que me desejareis a conservação desta, e respeitareis a grandeza do amor causador de tais efeitos, estou certo não só me perdoareis o atrevimento deles, mas dareis o remédio que para meus males procuro." Não se pode encarecer a grande paixão que Altéia recebeu com o depravado intento de seu irmão, e levada dela lhe falou nesta maneira: "Nunca imaginei, mau e pouco honesto irmão, que teu pensamento se dirigia a um tão mau e inusitado termo que comigo tens mostrado, em o qual mais mereces o nome de bruto irracional que de homem dotado de entendimento: porém já que és tal que não tens rezão em tuas cousas, nem me tenhas mais por irmã, nem me vejas meu rostro, que eu d'hoje em diante não verei mais o teu". E dizendo isto lhe deu as costas e se foi, deixando-o tão confuso e corrido que por um bom espaço não pôde entrar em si. Porém como o amor seja como as flores que quanto mais as pisam então mais cheiram, sendo este atropelado dela começou a deitar de si tal cheiro que nem o sentido podia já sofrê-lo, nem o coração donde nascia sustentá-lo. Andou pois continuando este mancebo não desistindo de sua pretensão, e tanto que já de algumas pessoas de casa era conhecido o termo de seu amor, no que passou algum tempo traçando várias imaginações como poderia conseguir seu intento; e sucedeu um dia que andando ele imaginando que ordem teria, apartado de povoado, levantando a caso os olhos viu a um velho mui venerando que vinha para onde ele estava; e chegado já a ele perguntou-lhe que era o que traçava em seu pensamento, que lho descobrisse que ele lhe daria remédio a tudo como desejasse; do qual interesse movido, lhe descobriu seu coração e o que tinha passado com sua irmã, e como não achava remédio para pôr por obra o que desejava; ao que o velho logo respondeu chamando-lhe de cobarde pois tinha ocasião em sua casa; e duvidava pôr seu desejo por obra. Vendo o mancebo a facilidade que o velho lhe mostrava (que conforme os conselhos pode-se crer que seria o demônio) e a que punha em alcançar o que tanto desejava; lhe pediu que lhe desse alguma traça com que houvesse o que intentava, que ele lhe prometia tudo o que quisesse, assim de dinheiro, como em outra qualquer cousa de que mais se servisse. "Não te quero nada (respondeu ele) por agora; tempo virá em que te ocupe: agora toma esta chave e com ela abrirás todas as portas por mais dificultosas que sejam; e dissimulando com o caso, quando mais descuidadas estiverem em casa as criadas, vai ter com ela e, ameaçando-a de morte, como fraca não ousará a resistir, nem por sua honra a descobrir nada, e assim cumprirás o que desejas." Com este tão mau e diabólico conselho ficou o mancebo tão alegre e contente quão pensativo andava por não ter meio para alcançar seu depravado intento, e recebendo a chave se despediu dele, dando-lhe palavra de vir ao dia seguinte àquele mesmo lugar a dar-lhe conta do que lhe sucedesse. Chegado pois a casa dissimulou em seu ânimo o que trazia intentado, mostrando-se alegre a todos: e depois de recolhido a seu aposento e viu que todas já estávamos quietas em os nossos, se levantou para efetuar o que intentava; porém como considerasse a maldade do feito, tornou atrás e não se atreveu a prossegui-lo. Vindo pois a menhã se foi ao lugar donde tinha ficado com o velho de lhe ir dar conta, no qual o achou já assentado; e perguntando como lhe sucedera, respondeu ao velho como se não atrevera, considerando a gravidade do caso; começou de novo a repreendê-lo, chamando-lhe de fraco e pusilânime; com as quais palavras ficou tão corrido e afrontado o mancebo, que pôs em sua vontade na noite seguinte cumpri-la, ainda que a vida lhe custasse, ou a tirar a quem contra ela fosse; e assi se despediu logo dele dando-lhe palavra de o fazer, como ele bem veria. Na noite seguinte, uma que foi para mim de mais temor que quantas nunca tive (se não foi aquela em que os ladrões deram conosco), se levantou este mal-aventurado de sua cama levando um agudo punhal desembainhado em a mão e abrindo três portas que havia até chegar donde dormia a inocente irmã Altéia: cousa espantosa e nunca ouvida, sucedeu que antes que abrisse a terceira foi sentido de uma criada, minha companheira; e acordando-me logo nos levantamos, já a tempo que ele estava conosco; e como nós estávamos já em seu pensamento, entendemos o que podia ser: e cuidando que com gritos remediaríamos tão grande maldade, a primeira cousa que fez foi dar uma punhalada à minha companheira, da qual caiu logo morta em terra: e eu com medo de me fazer o mesmo fugi para dentro de uma secreta câmara, indo ele após mim; e como visse a morte diante de meus olhos acertei a tomar uma janela que aberta estava e dela me deitei abaixo, em cima de um telhado donde me deixou, e desta maneira escapei da morte que eu já tinha por certa; e por me parecer não estava ainda segura, me escondi entre um telhado de um sobrado e outro, donde estava como outro Enéias vendo a destruição de Tróia, ouvindo os clamores e gritos que dentro em casa davam; e foi que continuando o depravado mancebo seu intento despois de matar a criada minha companheira acudiram dous pajens, e como vinham sem armas a ambos matou, a um deles logo, a outro ainda durou mais tempo. E não parando aqui, julgando a triste mãe seu danado intento lhe saiu ao encontro para lho estorvar com rezões: porém como andava embebido em tão mau pensamento, sem lhe escutar alguma nem respeitar a este nome tão doce de mãe, levando do agudo punhal lhe atravessou as entranhas donde tinha nascido, caindo logo morta a seus pés sem mais falar palavra. E como se viu livre cerrou as portas sobre si, e entrando em a câmara de Altéia achou-a erguendo-se às vozes que ouvira, sem saber o que era, e não curando de palavras se lançou a ela: a qual conhecendo-o procurou dando gritos a fazer-lhe resistência, e pondo-lhe o punhal em seus fermosos peitos a constrangeu a que se calasse, ou perderia a vida como sua mãe e criada, que por darem vozes estavam já mortas. Quando a triste donzela isto ouviu, vede qual poderia ficar, considerando-se nos braços de um algoz e já sem mãe, e a ponto de perder sua honra que ela tanto estimava; sabei certo, amado Leandro, que só com lágrimas se pode isto contar, e não com palavras dizer.

 E logo neste ponto começaram de sair dos olhos de Artêmia copiosas lágrimas, em tanta abundância que foi causa de Leandro derramar muitas, as quais deram lugar por um bom espaço pondo silêncio às línguas; o qual passado começou de prosseguir Artêmia, dizendo:

— Não deixava a fermosa donzela de resistir o mais que podia, enquanto o tirano irmão lhe não atou as mãos com seus próprios cabelos, a qual vendo-se no último, e que já com forças humanas não podia livrar-se, não se esqueceu em seu coração de lembrar das divinas; e porque o mau o galardão que merece é o justo castigo, permitiu o Céu que este mal-aventurado pagasse logo tão grave e nunca ouvida culpa com o mesmo instrumento com que a tinha cometido, porque é promissão divina que o mau se castigue pelo meio que teve em dar a ofensa. Foi pois o caso que estando este mal-aventurado já para pôr por obra seu depravado desejo, cansada já a fermosa e casta irmã de resistir-lhe, como fosse às escuras e com a defensa que fazia por lhe atar as mãos largasse o punhal; sucedeu que ficou a caso encostado à parte direita da fermosa donzela sobre o peito com a ponta para cima e as guardas[183] em a cama; e querendo o mal-aventurado lançar os braços sobre o cristalino pescoço da fermosa irmã, antes que sentisse esse gosto sentiu que seu próprio punhal lhe atravessava seu corpo pela parte esquerda, que como era comprido e agudo passou até lhe atravessar o coração, justo castigo do Céu: que pois um filho fora tão desumano que atravessara as entranhas a sua própria mãe por tirar a honra a sua irmã, se lhe rompesse a ele o coração e não falasse mais palavra quem tolhia as que dava cada um em defensa sua: como de feito assim foi, e ali acabou o miserável sua triste vida sem alcançar o que desejava: porque desejos ilícitos não é bem tenham o desejado fim, e a casta donzela ficou com sua honra e mais honrada; porque a maldade de um mau não desacredita a bondade de um bom. E tornando a meu propósito, despois que me vi livre ao dia seguinte soube de tudo o que passara como vos hei contado, e daí a poucos dias morreu Altéia de desgosto, e logo me ausentei daquela casa, porque o recebi grande com sua morte; e porque estava lembrada, que quando vos encontrei me tínheis dito que por ventura passaríeis a Nápoles donde vos queríeis exercitar em as guerras: estimulada da grande afeição e amor que vos tinha, me vim por estas partes à ventura de vos achar em elas, no qual caminho passei muitos trabalhos, ainda que já não tantas perseguições: porque receosa de algumas que do mundo tive o tempo que andei por ele em trajos próprios de mulher, troquei o meu vestido por um de romeiro e assim passei mais oculta sem nunca ser conhecida. E passando a caso por uma fresca aldeia que perto daqui fica achei uma rica e nobre pastora, à qual me descobri para que me tivesse em sua casa por não me atrever a andar mais terras, com a qual estou haverá um ano, muito estimada e querida dela. E porque agora soube de como estava aqui um estrangeiro de notável gentileza, e das sortes que sobre ele se faziam; por me certificar se por ventura seríeis vós, pedi estes vestidos à pastora, que ela concedeu de boa vontade, e assim me vim ornada como vistes: e certificando-me da ordem que nas sortes se tinha vim aparelhada como as outras estavam, e favorecendo-me a ventura vos ganhei por amante, entre tantas que vos pretendiam, e eu fiquei serva e cativa vossa, e como tal me podeis tratar, contanto que goze de vossa vista e presença, que só ela me dá alívio a meus males, desterrando de meu entendimento a lembrança deles, para que faltando possa melhor sustentá-los, porque é necessário faltar à lembrança dos males de quando em quando, para os poder sustentar o sofrimento.

CAPÍTULO XXIV

De como Leandro se partiu com Artêmia deixando os pastores, e do que lhe sucedeu no caminho.

DEPOIS QUE ARTÊMIA ACABOU DE CONTAR a passada história, e Leandro de deitar de si o sentimento dela, tomando-a outra vez pela mão a trouxe pera sua aldeia, donde foram recebidos das mais pastoras com muita alegria; a qual passada tratou Leandro de se partir daquela conversação porque temia com a continuação do tempo que viessem a conhecê-lo, e porque havia de levar consigo a Artêmia quis dar-lhe conta de seu intento de como o tinha de se partir para outras terras, e que sendo ela servida de se ir com ele era necessário mudar o trajo em outro de homem; porque como estava experimentado em males passados, não queria arriscar-se agora a outros futuros. O que ela ouvindo foi em extremo alegre, parecendo-lhe que queria Leandro já dar princípios a seus desejos casando-se com ela, e o queria ir fazer a outra terra donde tomando algum modo de viver passassem a vida, se já não conforme ao merecimento da calidade de suas pessoas, ao menos que o fosse mais ao remédio e sustento delas. E agradecendo a mercê que lhe fazia, lhe respondeu nesta maneira:

— Tão entregue estou, amado Leandro, a vossa vontade pelo conhecimento que tenho da boa que me mostrais, que não duvidara a obedecer-vos em cousas que só o comprimento delas consistira no último de minha vida, quando de a eu perder leváreis gosto: quanto mais em as que me causam tanto, e em que tão interessada fico: pelo que ordenai a vosso parecer, que o meu em tudo se conformará com ele.

— Ora pois (respondeu Leandro), já que assim quereis, tomai o outro meu vestido e deixai esse vosso, e esta noite saí de vossa pousada a tempo que ninguém vos sinta sair dela, e eu estarei já aviado, e logo nos partiremos sem nos despedirmos de alguém, porque nossa ida não seja estorvada.

— Assi o farei (tornou ela) como me dizeis, sem falta.

Já a úmida e sossegada noite havia quatro horas que tinha estendido seu escuro manto em as terras, quando saindo-se a fermosa Artêmia de sua casa, se foi à de Leandro, donde o achou já aparelhado pera o caminho. E aviado de tudo o que haviam mister, se partiram ambos vestidos de homem, a saber, Leandro como soldado, e Artêmia como pastor, e bem providos porque já neste tempo não faltava nada a Leandro, e logo tomaram um caminho que seguia a volta de[184] Liorne. E depois de alguns dias chegaram ao porto, donde se embarcou Leandro com Artêmia pera esta cidade, com intento de a deixar em ela, com ordem para que pudesse tornar à sua pátria, e ele ficasse mais desimpedido pera se tornar a Roma, ou a qualquer outra parte que a ventura o guiasse. E postos já em o navio com outros passageiros, no cabo de quinze dias de navegação, sendo-lhe a fortuna contrária, lhe sobreveio tão grande tempestade uma noite que dando com o navio em umas altas pedras que no meio da água estavam, se abriu pelo meio, e caindo muita gente em o mar, perderam os mais deles a vida, com tantos clamores que era notável sentimento o que causavam uns aos outros; e como a noite era escura e não soubessem a que terra estavam mais chegados, nem que parte era aquela donde se viam perdidos, começaram a perder as esperanças de remédio. Qual nosso Leandro se veria neste naufrágio, mormente quando se viu ir levado das ondas sobre uma tábua, que a caso achou, só e sem Artêmia, tendo-a já por morta, não há língua que o manifeste, nem pena que o declare; aqui cuidou sem dúvida que era sua morte; e como quem se despedia pera sempre da vida, começou a derramar tanta cópia de lágrimas, que até as bravas ondas aumentava pera lhe fazerem mais dano; porque é tal a desgraça de um afligido, que a mesma causa que toma pera desfazer o sentimento de sua pena, essa mesma lhe serve de acrescentamento dela. Andou pois assim Leandro até que na rompente d'alva se achou junto a um alto monte, cuja altura não divisava bem, assi pela grandeza dele, como por rezão de uma densa névoa que o cercava: e chegando-se mais à terra, assim em a tábua tomou porto, e saindo em ela começou a dar graças ao Céu por tão claro e manifesto benefício, pois se servira de lhe dar a vida quando mais certa tinha a morte. Neste tempo vinha já o claro Sol manifestando seus dourados raios, bordando de ouro o mais alto cume das rochas e espessuras;[185] sendo causa que a miúda areia (que na vazante da maré se mostrava) enganara a vista, representando-se a ela como miúdos grãos de ouro, que antiguamente[186] se achavam nas areias do claro Tejo. E desterrando com seus quentes raios as densas nuvens, viu claramente a alta rocha e, com dificuldade, o cume dela. E como se visse só e em terra tão despovoada e não conhecida; lembrando-lhe sua companheira Artêmia que por morta tinha, começou de derramar novas lágrimas, dirigindo seus pés pera um lado do monte, e poucos passos que teve andado, viu umas altas e sombrias árvores junto a uma rocha em todo extremo forte e alta, e chegando-se a elas viu no meio uma clara e cristalina fonte de mui doce água que do pé daquele alto rochedo nascia: a qual ainda que de obra antiga, estava tão sabiamente ornada de figuras e várias invenções, que mostrava ser obra de notável pessoa, ou cousa que ficasse de alguma memória[187] antiga. E sentando-se em uma mesa que de jaspe preto estava feita, pera dali contemplar com mais descanso a curiosidade dela; sentiu pegadas como de pessoa que vinha dirigida à fonte, e erguendo-se em pé atemorizado, levando os olhos pera aquela parte, viu que chegava um homem tão grave e venerando em sua pessoa, como áspero e penitente em seu vestido, pelo que assim do hábito como da barba mui branca que pelos peitos lhe dava e de umas contas mui grossas que em a mão trazia, julgou ser algum ermitão de santa vida que em tais e tão ásperas terras fazia penitência. Vendo pois o velho a Leandro (ainda que maltratado do naufrágio passado) tão belo e gentil-homem, ficou espantado sem dizer palavra por um espaço, e vendo Leandro que devia de lhe nascer da novidade de sua vista, foi-se a ele pera se deitar a seus pés: e conhecendo sua determinação, pondo em o chão uma quarta[188] que em a mão trazia, o recebeu em os braços, dizendo:

— Não é bem, galhardo mancebo, que façais tanta cortesia e veneração a um pecador tão grande como eu sou; e se vos desculpo o pouco conhecimento que de mim tendes, se sois homem humano (que pela rareza de vossa fermosura me posso persuadir a duvidar de o serdes), dando-me atenção ouvireis de mim cousas com que facilmente conhecendo vosso erro, ausentando-vos de minha vista tomeis a emenda dele.

— É ela tal (respondeu Leandro) que não a terá boa quem fora desse objeto a empregar, e como a minha com as espécies do vosso ficasse bem informada, não foi muito que lhe fizesse a cortesia que vós com a vossa e com a gravidade dele me obrigastes.[189]

— Ainda que entenda (respondeu o ermitão) que palavras de cumprimento não obrigam a pessoa,[190] são essas vossas tais e ditas com tão encarecida vontade, que confesso não poder resistir a que a minha não fique obrigada delas, pera que em tudo o que por outras pedirdes (não excedendo os términos de minhas forças) vos conceda. Pelo que querendo-vos servir de uma pobre ermida que no meio desta rocha tenho, donde faço penitência de meus pecados, não nos detenhamos mais, que é tempo, e lá o teremos mais largo pera me dardes conta de quem sois e de como aqui viestes, e ouvirdes a de minha vida, e a causa que me trouxe a tão remotas terras.

— Tudo o que me mandais (disse Leandro) farei, porque merece vossa pessoa ser de mim tão respeitada como de todos obedecida.

— Ora, pois, assim é (tornou o ermitão), segui-me por esta vereda, não vos apartando dela, e não repareis na curiosidade da fonte, que eu vos mostrarei cousas as mais curiosas que quantas de antigos hão ficado em o mundo.

E dito isto começou a prosseguir o caminho, indo após ele Leandro; e despois que houveram andado quase um quarto de hora, chegaram a um plaino que na costa do monte estava, cercado em roda de muitas e várias árvores, e ao pé de uma mais alta estava uma pobre e antiga ermida, não ornada de imagens, mas nos edifícios ainda que pequena em sua cantidade[191] mui perfeita.[192] E despois de Leandro fazer oração ante uma Cruz, que só na ermida estava, foi levado do ermitão a sua pobre cela, donde foi agasalhado conforme a possibilidade de sua pobreza. E despois de haverem comido, pediu o ermitão a Leandro que o fizesse sabedor de sua vida e da causa de a passar tão trabalhosa pelo mundo, não lhe encobrindo nada, antes manifestando-lhe todos seus trabalhos; porque muitas vezes em se comunicarem estava o remédio deles. Então lhe contou Leandro tudo o que de sua vida temos dito, encobrindo sempre o ser mulher, mas só do que havia passado como se fora homem, até o ponto que ali tinha chegado, e como se afogara um seu amigo que em sua companhia trazia, e o perigo que correra sua vida; porém que todos os trabalhos tinha em nada a troco da ventura que tivera em o achar, passando tantos por sua vontade, donde lhe resultava novo ânimo para sofrer outros maiores.

— Em verdade (respondeu o Ermitão), que me tem causado tanto sentimento o trágico sucesso de vossa vida, que tomara que todos os bens da minha se trocaram pelos males da vossa, e que a boceta de vossas angústias estivera depositada em o cofre de minhas entranhas, para que ficásseis livre, e eu de as padecer por vós alegre; mas já que o Céu assim o permite, rogo-vos que queirais aceitar minha companhia e hábito, porque suposto que haveis de passar trabalhos por várias partes do mundo, melhor é que os padeçais nesta, oferecendo-os a Deus para que daí vos resulte o merecimento, que por não os passardes por seu amor perdeis.

— Vejo (respondeu Leandro) que ides medindo tanto com a vara de vossa discrição os desejos de minha vontade, que me não ficam livres mais que para d'hoje em diante os oferecer por escravos da vossa; e assim vos peço me deis logo o hábito, que com esta vida estou mui contente, e hoje tomara ter muitos bens dela para dar de mão a todos, e só me pagar nas cousas da outra e trabalhar por alcançar a glória, que nesta satisfeito estou com alcançar um pai e um tão grande amigo que hoje mais estimo que quantas riquezas pudera alcançar; pelo mais, estribado estou na seguridade dele, que na confiança delas.

— Dizeis bem (tornou a dizer o Ermitão), porque não há mais segura riqueza para a vida que um bom amigo, porque com ele se sustentam as prosperidades, se encobre a amizade, se remedeia a falta, se estima a bonança, se chora a dor e se festeja o contentamento.

CAPÍTULO XXV

De como o Ermitão dilatou o hábito por dous dias a Leandro, e do que lhe foi mostrar ao alto do monte.

CONHECENDO O SANTO ERMITÃO a vontade que Leandro mostrava de tomar aquela vida, quis experimentá-lo se era verdadeira, ou se acaso levado da perseguição de seus trabalhos lhe queria debaixo de um hábito furtar o corpo. E como fazia conta de aguardar dous dias, quis em eles mostrar-lhe algumas antigüidades que naquele alto monte havia: e mostrando-se Leandro conforme a seu parecer, lho aprovou. E um dia pela menhã despois que se encomendaram a Deus em a ermida, começaram a subir acima, e a poucos passos em um claro que na ilharga do monte se mostrava, a primeira cousa digna de notar que viram foi uma grande e fermosa coluna de pedra jaspe mui clara; em o alto dela estava feito da mesma pedra um bem-apessoado homem, assim do corpo, como de verônica de rostro, e as mãos abertas, caindo-lhe delas um rótulo da mesma pedra com letras de ouro que diziam em língua latina:

NIHIL FIDENDUM EST HUMANÆ PROSPERITATI.

Que querem dizer em nossa linguagem: Que nenhuma cousa se há de confiar na prosperidade humana. E vendo Leandro assim a curiosidade da pedra, como o aviso da sentença, ficou admirado, e entendendo o Ermitão que do que via lhe nascia o espanto, lhe falou nesta maneira:

— Haveis de saber, companheiro Leandro, que estas terras que do alto deste monte estais vendo, e outras muitas que pela grandeza dele não alcançais, com o que mais vereis acima, foram de uns três irmãos gentios em todo extremo sábios e letrados, os quais tiveram muitos bens e riquezas do mundo, e conforme ouvi contar a outros homens antigos, tirados do concurso da gente, passaram aqui a vida a seu parecer santamente; e como fossem muito lidos e curiosos deixaram estes seus passos,[193] que logo vereis, ornados de muitas e várias figuras aplicada a cada uma sua sentença em várias línguas, e elas em si tão doutas, que mais parecem de homens justos e santos, que de gentios sem conhecimento de Deus. E crede que o intento desta figura que aqui vedes, com a sentença que mostra, seria que como daqui se viam todas suas prosperidades[194] de que eram senhores e, morrendo, elas lhe não valiam, nem eram boas pera deixar de pagar o tributo anexo à natureza, que visse quem chegasse a vê-las em algum tempo, com quanta rezão os avisava já tanto de antes; e na verdade eles a dizem, porque só nas da outra vida se pode ter confiança, que nesta bem errado vai quem fizer seu fundamento. E porque temos muito que ver, vamos mais acima.

E subindo já quanto cousa de um quarto, estava um grande padrão de pedra vermelha mui bem lavrada em três cantos; e em cima da mesma pedra, a modo de chama de fogo, com umas letras ao pé que diziam:

FLAMMA SE IPSAM INDICAT.

E como Leandro sabia Latim, e ajudado do Ermitão que o sabia mui bem, entendeu que queria dizer, que a chama de fogo de longe parecia.

— Deviam de querer significar com isto (disse o Ermitão) a grandeza deste monte e de seu estado, que não havia mister quem levasse as novas dele pelo mundo, que era tal que por si se mostrava.

E a outro tanto caminho, já bem no cume do alto monte, estava uma mui alta coluna de pedra verde com engastes de jaspe negro, e em cima uma mulher ornada de curiosos vestidos da mesma pedra, com uma trombeta em a boca, e com um rótulo em a mão esquerda com letras de ouro que diziam:

FAMA VOLAT.

Que quer dizer: Já a fama destas grandezas voa pelo mundo. E andando já pelo plaino do monte donde se descobria muita parte da terra e muita do mar, no meio dele estavam situados uns fermosos edifícios, todos murados de altas torres, tendo em o meio deles uma que a todas excedia em grandeza e fermosura. E chegando-se mais, viu em o meio do portal, que de fino jaspe branco era, esmaltado de outro verde, com tanto artifício que causava espanto, um homem grande em trajos compridos da mesma pedra. E em a mão umas letras pretas escritas em branco que diziam:

SIMUS TALES QUALES VIDERI VOLUMUS.
Sejamos tais quais queremos parecer.

Muito contentou esta sentença e aviso ao Ermitão, e não pouco a Leandro, e como tinham muito que ver, não quiseram mais ocupar-se em lhe dar sentidos, e entrando dentro, acharam logo uma grande sala toda de pedraria vermelha e verde, com esmaltes de várias pedras, e por cada parte dela havia de baixo até cima seis fileiras de nichos, cada um com sua figura e sua letra,[195] ou em a mão, ou ao pé dela; e como tinham o dia por seu começaram com muito vagar e curiosidade de ver cada uma per si, e lendo as sentenças e rótulos que tinham. E começando logo pela parte que estava à mão direita, vendo primeiro as de cima, estava no primeiro lugar de jaspe branco um grande homem, e bem talhado com uma coroa em a cabeça, e nas mãos um rótulo que dizia:

NON DECET PRINCIPEM PUSILLUM DONARE.
Não convém ao príncipe dar curtas mercês.

Estava logo no segundo lugar uma figura de homem com as mãos cheias de dinheiro e riquezas, e o rostro mui triste, ao pé uma letra que dizia:

QUI PLUS ÆQUO HABET, PLUS ÆQUO TRISTATUR.
Quem tem mais do justo, mais do que é bem, vive triste.

Estava logo outra figura mui arrogante, como de homem letrado com um livro em as mãos, e com os olhos mui severos e umas letras escritas ao pé que diziam:

QUI SE SCIRE PRÆSUMIT, SOLUS HIC NESCIT OMNIA.
Quem mais cuida que sabe, esse não sabe nada.

Seguia-se logo um homem de pedra branca e em as mãos muitas jóias e peças de ouro oferecendo-as a outro, que no que mostrava parecia ser seu amigo, e como da seguinte letra se colige, que em língua latina dizia assi:

AMICO BENE FACIENDUM EST, RE, ET NON VERBIS.
Ao amigo hão-se de dar obras, e não palavras.

Logo se seguia um príncipe de muito clara e fina pedra de várias cores esmaltado; com o rostro mui alegre, dando muita cópia de dinheiro a três vassalos seus que aos pés postos de joelhos tinha, e com letras de ouro esmaltadas em branco um rótulo que dizia:

BONUS PRINCEPS DANDO MAGIS LÆTATUR, QUAM POSSIDENDO.
Mais se alegra o bom Príncipe de dar, que de possuir.

Logo junto estava uma grande figura como de Rei, dando as costas a uns vassalos, que com as espadas nuas feitas com muito artifício da mesma pedra remetiam a ele, e o Rei um rótulo em a sua de letras azuis em branco que diziam:

A MALIS MINISTRIS DEBET CAUERE PRINCEPS.
Guarde-se o Rei de ter ruins vassalos.

Logo se seguiam duas figuras de mulheres, a saber, uma muito fermosa e bem lavrada, outra feia e mal-composta, e ao pé, com letras brancas escritas em jaspe preto, estas palavras:

VIRTUS EST CONSTANS, FORTUNA FALAX.
A virtude é constante, e a fortuna falsa.

Da qual sentença julgaram ser a fermosa a virtude, e a feia a fortuna. Estava logo um homem deitado em uma rica e bem lavrada cama de jaspe vermelho, como que se lhe arrancava a alma do corpo, e de uma das mãos lhe caíam umas letras escritas em pedra branca que diziam:

CUR ANDUM EST, UT OPTIMUS NOBIS SIT EXITUS.
Há de trabalhar cada um por ter boa morte.

Junto estava logo uma figura de muita majestade na pessoa, porém mui áspera em seu vestido, com um cetro e coroa postos de parte e um livro em as mãos, e ao pé umas letras azuis em jaspe vermelho que diziam:

PRINCEPS EXEMPLAR, VIRTUTIS ESSE DEBET.
O Príncipe há de ser um exemplo de toda a virtude.

Estava logo uma figura de mulher mui junta e unida com outra, ambas mui bem ornadas de vestidos de jaspe mui alvo em extremo; e ao pé estavam estas letras em pedra preta aveiada[196] de branco:

NULA EST VIRTUS SINE RATIONE.
Não há virtude, se não for medida pela rezão.

Seguia-se logo uma figura de homem assentado em uma cadeira de marfim com muitos esmaltes pretos; e em a mão tinha uma vara como que era juiz, e dous homens ao pé dele descobertos, que requeriam justiça; e um dava-lhe uma carta, que mostrava ser de favor, e ele não a queria aceitar; e ao pé tinha umas letras brancas em pedra preta que diziam:

IUSTUS IUDEX NEUTRI PARTI FAUET.
O juiz justo não favorece parte.

Estava logo de jaspe vermelho uma grande língua mui bem talhada, apontando a um coração que de mesma pedra feito estava, e na mesma língua umas letras de ouro que diziam:

LINGUA EST INDEX CORDIS.
A língua é demonstradora do coração.

Logo estava um homem com a língua tirada e com as orelhas mui espertas, e diziam umas letras que na mão tinha:

VTILIS EST UTI AURIBUS, QUAM LINGUA.
Mais proveito é usar dos ouvidos do que da língua.

Junto logo estava uma figura pegando em outra, como que o tratava mal e o injuriava, e o que sofria tinha em a mão um rótulo de pedra parda com umas letras pretas que diziam:

POTIUS SUNT PATIENDÆ INIURIÆ QUAM INFERENDÆ.
As injúrias melhor é sofrê-las que causá-las.

Seguia-se logo uma figura de mulher mui bem talhada de jaspe branco, tendo a seus pés um homem mui feio de jaspe negro, e junto umas letras verdes em jaspe vermelho que diziam:

LAUDATUR VIRTUS, VITUPERATUR VITIUM.
A virtude louva-se, e o vício vitupera-se.

Logo estava uma figura com um rótulo em a mão, como que avisava aos que a vissem, que dizia:

VIUAMUS MEMORES QUOD SIMUS ÆUI BREUES.
Vivamos lembrados da brevidade de nossa vida.

Outra parecia logo como que estava morta, porém o rostro mui alegre, e da boca lhe saíam umas letras de ouro em um bem talhado quadro de jaspe branco, que diziam:

NON MORITUR QUI BENE DECIDIT.
Não se diz morrer aquele que bem acaba.

Logo se seguia uma imagem de jaspe verde, mui bem lavrada, e conforme se coligia da letra, como do aspeito[197] de sua pessoa, parecia príncipe, o qual estava rogando a dous homens que junto de si tinha com humildade, e na mão um rótulo de letras pretas em jaspe branco que diziam:

CUM PRINCEPS ROGAT NECESSITAS CAPIT.
Quando o Príncipe roga, a necessidade o obriga.

Logo estava uma figura de pedra mui alva, levando em o ombro esquerdo dependurada uma aljava de setas, e um arco em uma mão, em a outra uma cana como que pescava, e logo junto de pedra preta uma figura mui espessa[198] posta totalmente nos ossos, com uma coroa na cabeça; o que julgaram assi pelas insígnias delas como pelo que mostravam umas letras de ouro escritas em linguagem grega que ao pé tinham, que devia de ser a morte e o amor, e lendo-os satisfizeram seu pensamento com o sentido delas, que em nossa língua eram nesta maneira:

CONTRA A MORTE E AMOR, TUDO PERDE SUA VALIA.

Logo se seguia uma estátua de um homem mui venerando e autorizado, recebendo três ou quatro em seus braços, fazendo-lhe muita honra e mostrando-lhe bom semblante, e de uma das mãos lhe caía uma tarja de jaspe vermelho com umas letras pretas em linguagem Hebraica, que na nossa diziam:

A TODOS DEVE HONRAR, O QUE DE TODOS QUER SER HONRADO.

Logo estava uma figura talhada na mesma pedra, que era de jaspe branco com veias pardas, a qual tinha os olhos pregados em o chão como que estava meditando, e na mão direita uma tarja de pedra verde com umas letras azuis em língua Francesa, que na nossa diziam assi:

É GRANDE FREIO PARA O DESCUIDO DA VIDA A LEMBRANÇA
DA MORTE.

Seguia-se logo uma imagem de jaspe negro, a qual era de homem, e este com os olhos tão regalados[199] que metia medo, e com feio aspecto e pior presença, tinha a língua fora, e nela de jaspe vermelho um coração pegado, e logo junto estava outro homem mui sereno em o rostro e aspecto, e afábil em sua presença, e tinha o peito rasgado de modo que lhe parecia o coração, e nele engastada uma língua, e ao pé umas letras brancas em jaspe negro em língua Italiana, que em a nossa diziam assim:

O CALADO TEM A LÍNGUA NO CORAÇÃO E O MALDIZENTE
O CORAÇÃO NA LÍNGUA.

Estavam logo duas imagens de mulher, uma muito desprezível e acanhada, e outra com muitas cadeias com engastes de ouro e pedras, e outras muitas jóias que em cima de um rico vestido tinha, e ao pé umas letras que diziam:

> MAGIS PLACET MULIER VIRTUTE ORNATA QUAM AURO.
> Mais contenta a mulher ornada de virtude, que de ouro.

Logo junto estava em uma cadeira assentada uma mulher mui bem ornada; e muitos homens que vinham a ela, e em letras de ouro um rótulo ao pé que dizia:

> CLEMENTIA AD SE HOMINES TRAHIT.
> A clemência atrai a si os homens.

Logo estava um homem com os dedos das mãos cortados, e ele só como que estava ali desprezado, e nelas um rótulo dependurado com umas letras que diziam:

> NON PLACENT HOMINES QUI DIGITOS NON HABENT.
> Homem que não tem dedos, isto é, que não dá nada,
> é desprezado.

Estava logo uma imagem de homem repartindo fazenda, e dando a outros como que lhes dava esmola, e ao pé umas letras que diziam:

> FÆNERATUR QUI PAUPERUM MISERETUR.
> Quem faz bem ao pobre, dá dinheiro à usura.

Estava logo junto uma mulher com um rótulo em a mão, que dizia:

> MULIER AUT PERDITE AMAT AUT VEHEMENTER ODIT.
> A mulher, ou ama demasiadamente, ou demasiadamente
> aborrece.

Logo se seguia uma imagem de mulher muito fermosa e bem talhada, assentada em uma cadeira, e muita gente posta a seus pés com os dedos tapando os ouvidos, e tinha em letras de ouro ao pé um rótulo que dizia:

> NEMO VULT VERITATEM AUDIRE.
> Ninguém quer ouvir a verdade.

Estava logo um homem deitado de bruços, e umas letras em branco escritas ao pé que diziam:

> ACERBUM EST A SUMMO CADERE, SED ACERBIUS NON RESURGERE.
> Mau é cair, mas pior não levantar.

Logo estava uma imagem de um homem com uma tocha em a mão, como que buscava um entre muitos que junto de si tinha, e logo muitas figuras de mulheres juntas, e ele na mão umas letras que diziam:

> VIRUM BONUM EX MILLE VIX, ET MULIEREM EX DECEM MILLIBUS VIX REPERIES.
> Escassamente se achará um homem bom entre mil, e mulher boa entre dez mil.

Por não serem tantas, não; porque não seja verdadeira.

Estava logo um homem muito alegre, e dizia uma letra que em a mão tinha:

> NIL MELIUS QUAM BENE VIUERE.
> Não há cousa melhor que viver bem.

CAPÍTULO XXVI

De como o Ermitão e Leandro acabaram de ver o mais que lhe ficava, e se tornaram à sua ermida, e nela lhe deu conta de sua vida.

MUITO TINHAM JÁ VISTO O ERMITÃO e Leandro, e admirados da curiosidade dos gentios e de seu saber, conforme o mostravam as sentenças tão sábias e outras muitas que não puderam alcançar, porque lhes ficava ainda outras cousas e a maior parte do dia era passada. E por não lhe ficar nada por ver, deixando aquela sala entraram em outra cheia de muitas e várias pinturas e entrando mais a dentro viram outra, cujo teto mal podia sustentar o muito ouro que em diversidade de esmaltes e engastes estava posto; entraram logo em a mais rica e principal sala de todas que no alto da mais alta torre estava, a qual vendo Leandro ficou tão espantado que não sabia donde estava nem se o que via eram cousas da terra, e com rezão, porque esta, como quer que fora feita para sepultura dos três gentios, estava mui estranhamente lavrada de ouro e pedras de muitas várias cores, no meio da qual estavam três cofres sustentados de quatro colunas de prata cada um, em que estavam os ossos dos gentios, os quais mui claramente pareciam por serem de fino cristal, marchetados de ouro, e parte com muitas pedras de diversas cores, e na frontaria de cada um umas letras de esmalte negro que diziam:

MORS OMNIA ÆQUAT.
Tudo a morte acaba e põe por terra.

E despois de cansados os sentidos dos objetos que se lhe tinham oferecido, que também a demasiada bondade deles os ofende, se tornaram outra vez pelo mesmo caminho a sua ermida, tratando em todo ele das curiosidades que viram tão notáveis e das sentenças e avisos tão necessários, que aqueles gentios ali deixaram. E despois de darem refeição a seus cansados corpos, lhe pediu Leandro satisfizesse já a sua vontade dando-lhe o hábito que tanto desejava.

— Hoje não, nem amanhã (respondeu o Ermitão), porque quero experimentar por mais um dia vossa vontade, e passado ele a satisfarei como pedis, e entretanto quero-vos dar conta de quem sou (como vos prometi), e de como aqui vim ter, e a ocasião que me trouxe.

— Ora pois assim é (tornou Leandro), folgarei muito, e quando fordes servido então aceitarei a mercê que tanto desejo.

Logo o ermitão o fez assentar junto de si à porta da ermida, e começou nesta maneira:

— Sabereis, filho Leandro, como este indigno velho (porém não de vos nomear por tal nome), confiado no muito amor que por vosso bom sujeito e boas partes vos tem, suposto que o fosse por indecentes obras, não do sangue, que de direito e necessariamente herdava,[200] fui Rei da Grã-Bretanha e senhor de muitas cidades, vilas e de muita parte do mar, sem outros cargos, que como menores calo, à sombra da grandeza de um Rei. Foi o Céu servido de me levar uma mulher que emprestado me tinha, em extremo cristã e virtuosa, e de todos os do Reino por tal conhecida. Dela me ficou um filho, o qual não só saiu à sua mãe na virtude, mas nas feições, como são fermosura, de que a mãe era mui dotada; boas partes, assim naturais, como artes adquisitas, pelas quais era de todo o Reino estimado; e despois de passados oito anos, tornei a receber outra mulher, levado de sua muita honra e qualidade, a que chamavam Fausta, a qual era de pouca idade e não desigualava muita da minha, porque àquele tempo não chegava a trinta e cinco; com a qual vivia mui contente, com muita paz em meu

Reino, celebrando muitas festas em ele a um Príncipe que tivemos; e ainda que houvéssemos mais, só este se logrou. No cabo pois de oito anos de nosso casamento, quando meu filho Brasiliano (que assim se chamava) tinha de idade dezasseis, começou Fausta, esquecida de quem era, a pôr em ele os olhos, não com a decência devida a enteado seu e a filho meu. E como eles sejam os porteiros d'alma, tais são os recados que lhe dão, quais os objetos que se lhe representam. E dando à continuação como era freqüentada, foi causa a que mais depressa despachasse a sua os recados que os olhos lhe davam, mandando a vontade a manifestar-se por sujeita e rendida a seu amor. Pera o que buscou ocasião um dia que eu era[201] fora, depois de passados muitos que o intentava em seu pensamento. E como Brasiliano trazia o seu alheio de tal intento, quando conheceu o de Fausta ser tão desordenado, como prudente que era, sem lhe responder palavra, dando-lhe as costas se ausentou dela. E como as mulheres, quando mais as desprezam então mais amam; vendo que Brasiliano a desprezava, muito mais amor lhe tinha. Finalmente, despois que nem com palavras amorosas, nem rogos, nem promessas, nem com ameaças pôde vencer, nem tirar dele uma palavra amorosa, recorreu-se às armas de mulher, que são: juramentos, traições, mentiras e queixumes. E despois que de todo teve já cerradas as portas de seu depravado desejo, um dia, sabendo que estava eu só, abriu as de meu aposento (tendo já trocado todo o amor em ódio e vingança) e se pôs a meus pés de joelhos, derramando tantas lágrimas e fazendo tantas queixas e dando tantos sinais falsos, tantas injúrias mentirosas, com tanta retórica e arte, que me fez crer muito mal de meu bom filho, e muito bem dela, que era má mulher. Porém a culpa dos males que daqui resultaram eu a tive, pois dei crédito a lágrimas de mulher, sabendo que não são outra cousa mais que ciladas que nos armam pera nos enganarem; assim o diz Nicéforo grego: que não há cousa que mais pronto ânimo tenha pera enganos, calúnias e males como a má mulher. Naufrágio do homem (lhe chama o filósofo Secundo), tempestade da casa, impedimento da quietação, cativeiro da vida, dano de cada dia, voluntária guerra, solícita confiada, animal malicioso, mal necessário. E São João

Crisóstomo acrescenta mais, dizendo que é inimiga da amizade, contínua pena, natural tentação, tempestade desejada, perigo doméstico, mal da natureza; que derrama peste de concupiscência, diz São Cipriano, falando da mulher pouco honesta, que da virtuosa não tinha título honrado que lhe não pertença. Porém se no meio de minhas culpas posso dar alguma desculpa delas, sirva-me o não serem só a quem elas hão enganado e vencido. Senão, vede o que lá conta Eliano e outros historiadores daquele valente Milão Crotonocato, cujas forças eram tais que não bastavam as de nenhum outro pera lhe tirar uma maçã da mão, fazendo mil provas de si em ostentação disto; e tinha posto em sua vontade de a não tomar pessoa alguma em a sua, o que, visto de muitos, determinaram, já que por forças não podiam, se com promessas lha tiravam, o que ninguém pôde acabar com ele; e vindo uma fraca mulherzinha a quem tinham prometido o que ele não aceitava, e pondo-se a seus pés, começou com muitas lágrimas de lhe pedir que era honra sua, e com elas rendeu a quem forças nem dádivas venceram.[202] E porque digamos tudo o que nesta matéria se pudera dizer em uma só palavra, quem mais valente e esforçado que nosso primeiro pai, pois estava fortalecido com a mercê que Deus lhe tinha dado da justiça original, e por rogos de uma mulher, e tão fraca que já era vencida, foi enganado; do qual engano nos resultaram a nós tantos males, como cada dia experimentamos como ladrões de casa, efeitos que procederam da perda da tal mercê. Finalmente, vencido eu de suas falsidades, as quais afirmava com mil juramentos que meu filho a cometera por muitas vezes, e que ela por me não dar moléstia o tinha sofrido, porém que já não podia tanto com seu depravado ânimo, e que o dia atrasado a queria por força cometer, não respeitando ser filho meu, e o mal tão grande que fazia e sem dúvida o pusera por obra, se aos seus gritos não acudiram duas damas que o estorvaram, não cessando nunca de caírem de seus olhos fingidas lágrimas, pedindo-me justiça de Brasiliano, e quando não que se queixaria a Deus e ao mundo todo, o que eu crendo, sem mais me certificar da verdade, o mandei meter em uma forte torre, cuidando que com isso aplacaria sua paixão; mas não foi assi que todos os dias me pedia justiça dele, ameaçando-me com muitos castigos do Céu, que por não fazer justiça me haviam de vir. E vendo-me eu já de todo vencido de suas rezões, com assaz mágoa de meu coração, porque lhe queria muito, o mandei em um público teatro à vista dela degolar, com o que ficou muito contente, mas o povo todo, pelo que lhe queria, triste. E como culpas grandes, o mais certo galardão que têm é o justo castigo, não tardou muito que não viesse sobre nós, e tal qual do processo da história ireis ouvindo. Vínhamos nós ao tempo que tão injustamente dei a morte a Brasiliano um Príncipe herdeiro do Reino de oito anos, e despois que passando outros oito chegou à idade de dezasseis, era de tanto ardil e tão sagaz, que quanto podia haver de suas rendas dava a meus vassalos, e isto tão continuado até que lhe ganhou as vontades aos mais deles, e quando eu mais descuidado estava, se levantou com a sua gente contra mim, e como não estava advertido de tal traição, ainda que receoso do castigo de meu erro, entrando em meu palácio matando muita gente dele, a mim me prendeu e mandou pôr em uma torre, donde eu mandei pôr a Brasiliano, com intento de me mandar matar; e a sua mãe (como outro Nero) publicamente mandou logo tirar a vida, para que ficasse livremente gozando do Reino; e assim pagou a miserável o que devia por sua maldade, e eu a risco de perder a minha pela sem justiça que fiz em a tirar a meu filho, que tão inocente estava de tal traição, a qual ela confessou em público quando o filho a mandou matar; e como eu visse a certeza de minha morte, comecei por escapar dela em meu pensamento de traçar alguma ordem;[203] e como o céu me queria dar lugar de eu fazer penitência de minhas culpas, foi servido de me livrar por meio de um vassalo que tinha sido meu amigo, levando-me à torre duas grandes adargas de couro: e uma noite sem ser sentido de nenhuma das guardas me deitei a voar com elas, e permitiu o céu que caí daí longe sem da queda receber perigo. E andando[204] assaz trabalhos alguns anos por muitas partes do mundo, vim ter a esta donde estou haverá doze fazendo penitência de meus pecados, não conforme pedia a graveza deles, mas como minhas fracas forças podem. Esta é na verdade a história de minha vida, que eu agora estimo para a empregar em vosso serviço pois quereis aceitar minha companhia e conversação; cousa de que eu estava bem fora, se a graça da vossa, e brandura e mansidão dessa pessoa,[205] me não obrigara.

Logo que o Ermitão acabou o processo de sua história, levantando-se Leandro donde estava assentado se foi deitar a seus pés dizendo:

— Se não hei feito a cortesia que a tal pessoa era devida, vós, padre e senhor, me perdoais; porque ainda que o coração me adivinhava quem podíeis ser, contudo com a aspereza de vossa vida está tal vossa pessoa, que fico desculpado em vos não conhecer mais cedo; porém agora que estou no conhecimento de quem sois, fico mais obrigado de sentir vossos trabalhos, dos quais hei recebido tanto sentimento, como do sucesso de vossa história espanto; e em verdade que me lastimam tanto vossas lástimas e sentimentos, que assi como estais já apartado de vossos reinos, parentes, filhos e amigos, assi estou eu desterrado de meus sentidos: e choro agora por vós, aquilo que em meus trabalhos chorastes por mim, e pois a companhia é alívio deles, é tempo de me admitirdes a ela, deitando-me o hábito, em o qual (favorecendo-me o Céu) quero acabar minha vida, e enquanto a tiver rogar-lhe pela vossa.

— Sou mui contente (respondeu o Ermitão); passando amanhã, como tenho dito, cumprirei vossa vontade e satisfarei a que tenho de vos servir; e entretanto começai a dispor-vos pera o receberdes com muito ânimo e espírito, considerando bem o novo estado que por vossa vontade quereis tomar pera fazerdes penitência de vossas culpas como eu faço das minhas, porque melhor é satisfazermos nesta vida por novas culpas, que na outra com graves penas sermos castigados, como pela gravidade delas merecemos.

CAPÍTULO XXVII

De como o Ermitão deitou o hábito a Leandro, e da prática que lhe fez que havia de trabalhar, e não estar ocioso.

CHEGADO QUE FOI O DIA em que o Ermitão tinha prometido a Leandro de satisfazer a sua vontade, levando-o à ermida diante de uma cruz, lhe vestiu um pobre hábito de Ermitão, com o qual ficou muito contente e consolado, parecendo-lhe que naquele trajo passaria a vida escondido da fortuna, pois em todos os outros o perseguia. E despois que o Ermitão o viu tão satisfeito e alegre começou a exortá-lo a como havia de fugir da ociosidade e ser amigo do trabalho, e dos males que dela procediam e dos bens que por ele se alcançavam nesta maneira.

— Pois que o poderoso Deus foi servido, filho Leandro, de vos cumprir vossos desejos; bem é que exerciteis os que tendes de o servir: e como os serviços que lhe fazem e que a ele são mais aceitos sejam o da contínua e devota oração; e esta nunca pode ser tal donde não houver um desterro de pensamentos mundanos e um recolhimento de sentidos externos, é bem vos mostre, como pai e mestre, o instrumento com que guerreando contra eles os vençais e fiqueis livre, e trazendo-o sempre em as mãos, ocupeis vossos sentidos de tal modo que nem eles tenham nenhum de se distraírem, nem possam ser causa de vos molestarem. Este, filho meu, é o trabalho em que sempre vos haveis de ocupar, como nos ensina São Paulo em a primeira carta que fez aos de Coríntio (que pera me entenderdes melhor, vos quero em nossa comũa língua referir suas autoridades[206]). "Trabalhemos, diz o Santo, operando com nossas mãos próprias." E na segunda que faz aos Tessalonicenses diz: "Lembrados estais, irmãos meus, de nosso trabalho, em o qual nos ocupamos de dia e de noite". E na primeira aos mesmos diz: "Estribados na confiança de nosso Deus, vos tratamos de seu Evangelho, com muita solicitidão e trabalho". Também na segunda aos de Coríntio lhes faz a saber, de como passava quotidiano trabalho em governar as Igrejas. Porém, com todos estes, deixava porventura de orar, ou impediam-lhe o espírito pera que se não levantasse a Deus? não, por certo, antes lhe eram causa por serem tão grandes de subir mais alto, porque como diz um douto varão, tanto os trabalhos são maiores, tanto mais fazem levantar o espírito a Deus. E senão vede no mesmo Apóstolo que, como ele diz, em espírito subiu tão alto, que chegou ao terceiro Céu, e não a este mais próximo a nós, contando-os por sua ordem, que vem a ser o de Vênus; senão ao empíreo, descanso dos bem-aventurados, conforme a melhor exposição sobre este passo fundada em três gêneros de Céus que da Escritura sagrada se colige (que eu deixo por não fazer[207] a meu intento) porque o que tenho não é mais que de vos ver santo e virtuoso; que a glória da virtude com o trabalho se alcança (como diz Cassiodoro em a epístola 24) e na maior força dele se acha; assim o diz São Bernardo por estas palavras: "A virtude que muitas vezes na prosperidade não parece, na mor força dos trabalhos se mostra". "Assim como os perfumes mostram a força de seu cheiro metidos nas brasas, diz São Gregório, assi os virtuosos a perfeição de sua virtude ocupando-se em trabalhos e sofrendo tribulações." E pera que entendais mais claramente o como Deus Nosso Senhor quer que nos ocupemos em trabalhos, notai o que aconteceu a Santo Antão estando orando em o ermo, com muito espírito; ouviu uma voz do Céu, que lhe disse: "Antão, se desejais contentar a Deus, ora; e quando cansares de orar, trabalha com tuas mãos, e sempre te ocupa em alguma honesta ocupação". E porque (conforme o mostra a verdadeira Filosofia) toda a cousa se destrua por seu contrário, haveis de deitar de vós o que se opõe ao trabalho, que é a ociosidade inimiga da virtude (que como vos tenho dito) do trabalho se alcança; porque, como diz São Crisóstomo, é raiz de todos os males, e não dará em poucos quem a ela se entregar. E seja prova disto o que lá diz a Escritura sagrada, que mandou Deus a Adão despois de informado de suas mãos benditas, que estivesse em o Paraíso, e trabalhando em ele o guardasse: mas, perguntar-me-eis, filho Leandro, por que era guarda no Paraíso quando parecia escusada, por não haver outro homem de quem se guardasse? a isto vos respondo com São João Crisóstomo, que não havia nenhuma necessidade, mas quis Deus assi pera que Adão trabalhasse, que sabia mui bem que estando ocioso havia de dar em alguns males, como de feito deu por se dar à ociosidade e fugir do trabalho. Qual é a rezão por que Davi, enquanto andou em guerras, e em todo o tempo que foi pastor, não caiu em pecado, nem ofensas de Deus, e quando Rei, ficando em casa e passeando em seus palácios, logo os cometeu e caiu em ofensas suas, levado da fermosura de Bersabéia? foi, como diz Santo Agustinho, a ociosidade; esta causou (como diz o santo) o mesmo mal a Salomão e Sansão, pois vede se, a estes, foi causa de tanto mal, que fará a vós, pois não sois mais santo que Davi, nem mais sábio que Salomão, nem mais forte que Sansão? Receptáculo de imundícia lhe chama São Bernardo, e acrescenta mais que aos ociosos cometem com mais força tentações e maus pensamentos. Dá de si más suspeitas, diz o mesmo santo; sepultura do homem vivo, lhe chama Santo Agustinho; e continua mais, dizendo que pela ociosidade se desterram do homem muitas virtudes, e que pela ociosidade somos incitados a muitos vícios, como são soberba, gula, luxúria etc. Esta busca a glória humana, é seminário de murmurações, é incitadora de ruins desejos, acende a ira, obedece a todos os males e homicídios, e finalmente conclui o santo dizendo, que todo o que ama a ociosidade, faz fugir de si o Reino do Céu. Nenhuma cousa é pior pera o servo de Deus que a ociosidade, pelo que, filho meu, trabalhei[208] de fugirdes dela, aproveitando bem o tempo repartindo as horas dele, assi pera a oração, como pera vos exercitardes em boas obras: conselho que São Jerônimo dava à virgem Demetríada; este tomai pera vós, como de um conselheiro não santo, e de mi como de pai que muito vos quer e vos deseja todo o bem do mundo, como a virtude, que é o maior que nele há, porque tudo tem quem tem a virtude, como diz um sábio.

E com isto deu fim o santo Ermitão a suas tão sábias como misteriosas palavras, e tomando Leandro delas motivo do agradecimento que se lhe devia, arrasados seus fermosos olhos de lágrimas, pronunciando outras com sua graciosa boca, começou a dar mostras do conhecimento dele nesta maneira.

— Se, conforme diz o Príncipe da filosofia Aristóteles, não há graças nem serviços iguais aos merecimentos que pelo ensino que os mestres nos dão lhe são devidos; mal fio de um tão fraco sujeito, como o meu, dar as que merece, não só mestre mas pai espiritual e conselheiro, como vós, santo padre, o sois meu; porém se neste caso pode suprir a vontade a falta da obra, pela incapacidade da pessoa, a minha é tão larga de vos mostrar o quanto vos agradeço o bem de vossos bons conselhos, como satisfeita de ver seus desejos cumpridos. E em verdade que achei tanta suavidade em vossas palavras, que não tenho nenhumas com que vo-lo posso encarecer, e sinto meu espírito tão alentado com elas que parece só em sua suavidade se sustenta, e agora entendo ser certo aquele dito do Sábio, que a prática de um homem douto é suave mantimento do espírito. E pois me aconselhais a que, evitando a ociosidade, exercite meu corpo em o trabalho, prestes estou a todo o que me mandardes, porque mais quero estar à obediência de vossa vontade, do que sem ser guiado dela fazer a minha.

— Bem mostrais nisso (tornou o Ermitão) o aproveitardes-vos já de minha doutrina, em a qual vos mostrei os caminhos da virtude, um dos quais é esse que ides seguindo, tirando de vossa própria vontade por acrescentar nela, porque como diz um douto, que tanto se acrescenta na virtude quanto se tira da própria vontade. E pois a tendes de a sujeitar à minha, o Céu permita dar-nos seu favor e ajuda, pera que eu acerte em tudo o que vos mandar, e a vós para perseverardes sempre em me obedecer. E pois temos dado bastante refeição ao espírito, bem é que nos recolhamos a nossa pobre cela a dar alguma a nossos corpos.

E saindo-se da ermida, ou da porta dela donde estavam assentados, se foram a sua cela, donde despois de comerem pobremente, se foram fazer exercício em um jardinzinho que o Ermitão tinha, donde assinou a Leandro o trabalho que havia de ter cada dia, aceitando-o ele com muito gosto; e não com menos passava aquela vida, tão descuidado das cousas do mundo, que parece que não se criara nele. Porém como a longa experiência das desditas passadas dão novo indício das futuras, não deixava seu coração lembrado delas de quando em quando dar umas mostras de adivinhar outras; porém não de modo que o perturbasse de seu exercício, como era (despois que orava na ermida) cavar em o jardim e trazer água da fonte, acompanhando-o às vezes o santo Ermitão por lhe dar exemplo, porque muito se esforçam os discípulos com os exemplos de seus mestres. Finalmente continuando esta vida e exercícios, no cabo de cinco meses que estava em sua companhia, aconteceu que indo ele um dia (como fazia muitos) a buscar água abaixo à fonte, chegando ele a tirá-la, viu junto uma pegada como de homem; porém mui descompassada[209] e com os dedos afigurados, que mostrava ser de homem descalço, e como ali não chegava outrem mais que ele e o Ermitão, julgou pois não era deles, seria de algum homem que naquele deserto viveria também fazendo penitência, e levado desta consideração, deixando a quarta, se foi seguindo as pegadas, até que deu em um caminho que per antes[210] umas espessas matas ia feito, levado da curiosidade de achar quem lhe parecia. Porém ao contrário lhe sucedeu, porque havendo ele andado já quase meia légua pela espessa mata, senão quando do meio dela lhe saiu uma espantosa salvagem tão medonha que só sua vista, quando não fora acompanhada de tanta braveza como trazia, meteria medo e espanto ao mais animoso coração do mundo. Era de feição de homem, porém vestido de peles tão grosseiras, e ele em si tão cruel, que parecia terrível e espantoso Leão; as barbas lhe davam pela cinta, com os cabelos mui compridos; finalmente, tal era que julgou Leandro que ali lhe tiraria a vida, e foi um dos passos em que ele a teve por perdida. E pegando dele[211] o levou em os braços sem lhe poder resistir, e correndo o meteu em uma tão medonha como espantosa cova, que debaixo do chão estava feita. E deixando-o nela se saiu, e se foi com muita pressa. Quando Leandro entrou em si e viu a escuridade da cova e a crueldade com que pelo salvagem fora ali posto, julgou que sem dúvida na volta que fizesse o mataria, e estando com este pensamento começou de atentar por onde sairia; e tomando outra porta contrária àquela por donde tinha entrado, tanto andou por ela adentro até que foi dar com claridade que por certa abertura da terra parecia, e não era tão pouca que não divisasse uma casazinha pequena com algum pouco artifício, qual demandava o estreito e áspero lugar em que estava fundada; e chegando-se a ela ouviu uma voz como de quem cantava, porém mal, e não divisava bem donde fosse; chegando mais perto viu uma tosca porta da pobre casa fechada por fora com um engenho; e despois que de todo houve chegado, ouviu mais claramente a voz, a qual julgou ser de mulher pela suavidade que mostrava em seus quebros[212] de garganta, também concertada com um instrumento estrangeiro, que pareceu a Leandro ser Anjo, ou cousa mais do Céu que da terra. E despois de a ter ouvido um pouco espaço, quis certificar-se da verdade; e batendo à porta cessou logo a música e sentiu que lhe vinham abrir, como de feito assim foi; e esperando Leandro o que fosse com muito alvoroço, aberta de todo a porta, deram seus olhos com uma mulher toda vestida de peles de animais tão alvas que parecia o fino cristal, e a não mostrarem de todo sua perfeição foi porque estavam em muitas partes cobertas de seus fermosos e compridos cabelos, e tão densos que nada do rostro lhe pode divisar, da qual vista ficaram ambos tão admirados, a saber, Leandro de ver mulher de tal sorte metida em umas cavernas tão fundas e em partes tão remotas, e ela de ver homem donde nunca algum tinha chegado, que por grande espaço não puderam falar palavra: até que passado rompeu Leandro o silêncio falando-lhe em língua italiana, que ele já mui bem sabia, neste modo:

— Bem sei que assi como minha presença é causa de vossa admiração, assi vossa vista o é de meu espanto; e não é este fundado em pequena rezão, porque estou vendo o que não sei se é criatura racional, nem se me entende o que digo; ainda que do que tenho alcançado e sentido de sua angélica voz, mais me inclino a ser algum Anjo do Céu informado em corpo humano enriquecido de dons do Céu, do que pudera presumir levado da consideração do lugar e do que a ele me há trazido, que mais se espera brutos animais do que criaturas racionais. E pois eu o sou como de minhas palavras tendes visto, peço-vos me não negueis o dardes-me conta de quem sois, e de como viestes a tal lugar, ou que vida é a vossa metida em tão medonha e espantosa cova, donde eu nunca chegara por minha vontade se não fora trazido constrangido dela.

Com estas palavras cessou Leandro, esperando a reposta que lhe dava: com a qual ela logo o satisfez, com uma voz turbada, como quem mostrava o alvoroço que recebia de sua vista, nesta maneira:

— Tão admirada estou de vossa vinda (Ermitão santo) a tão remoto e áspero lugar, que quando em mi sentira merecimentos, parecera-me que assi como o Senhor lá mandou a um São Pedro a curar ao escuro cárcere as chagas da bem-aventurada Águeda, assi agora me mandava outro santo a curar as que padeço em meu coração; e pois a falta de minha virtude e a certeza da pouca que tenho me desterram o pensamento, que fundada no aspecto de vossa pessoa e na estranha fermosura de vosso rostro pudera formar; bem é que em pena disso me ponha a todas as que por vos satisfazer (do que me pedis) me podem suceder.[213] Digo isto porque se acertar de vir um salvagem que aqui habita comigo, sem dúvida me tirará a vida achando-me convosco, e a vossa correrá muito perigo.

— Esse deve ser (disse Leandro) o que aqui me trouxe a esta cova grande que aqui está perto; logo se foi pera fora.

— Esse é (tornou ela), porém eu ordenarei de maneira que ainda que venha vos não ache, porque vos esconderei de modo que vos não veja.

— Pois assi é (tornou Leandro), faça-se o que mandardes a troco de saber de vós o que desejo.

— Ora, pois, entrai (respondeu ela) e dar-vos-ei conta de minha vida e de meus trabalhos e aflições; e sendo servido, dardes-ma dos vossos.

— Sim, darei (tornou ele), e pois que até agora tangestes só o vosso instrumento, agora descantaremos[214] ambos os de nossos corações; porque os que estão aflitos e descontentes, ouvindo outros com suas queixas, respondem a consonâncias de sentimento, como instrumentos de música temperados em um mesmo ponto.

CAPÍTULO XXVIII

De como esta escondida mulher deu conta a Leandro de sua vida, e ouviu a que Leandro lhe deu da sua.

DESPOIS QUE LEANDRO entrou dentro em a pobre e soterrada casa, fê-lo ela logo assentar junto de si, e tomando as madeixas de ouro de seus cabelos com que tinha até então coberto seu rostro, deitando-os pera trás, pôs Leandro os olhos nele, e julgou ser uma das mais fermosas criaturas que em sua vida tinha visto, cousa que lhe foi causa de novo espanto; porque além das boas feições de que seu rostro estava ornado, tinha uma cor tão alva e fermosa que lhe pareceu sem dúvida que se alguma mulher no mundo o excedia em fermosura, era a que diante de seus olhos tinha: porém enganava-se; ainda não quanto ao presente, porque com a má vida e trato dela andava com a cor do rostro perdida, porém nas feições dele ninguém se lhe igualava; e como a fermosura enleve tanto os corações humanos que se não possam refrear a que não pregoem os louvores dela, começou Leandro a querer manifestar os que conhecia lhe eram devidos por tão extraordinária grandeza; o que ela vendo lhe foi à mão, dizendo:

— Não é tempo de o gastarmos com encarecimentos de palavras nem de dar louvores de graças da natureza, e mais a quem está tão longe de os merecer como eu, pelo que deixando-vos desse intento, só o ponde em minha história, porque como a atenção de quem ouve afine o juízo de quem fala, o meu se apure pera vos delcarar com brevidade os secretos dela.

— Assim o farei como dizeis (disse Leandro).

— Ora pois, sabei que é na maneira seguinte: em o Reino de Nápoles há uma fermosa e rica cidade, conhecida de muitas por sua grandeza, e encoberta a poucos por sua fama, a que chamam Tarento; nesta nasceram meus nobres pais, poderosos e ricos em fazenda e bens da natureza: chamo-lhe pais quanto à mãe, que o foi natural minha, e ao pai, porque ainda que o não foi meu, contudo por ser casado com minha mãe lhe dou tal nome: esse, por certas fazendas que herdou em outra terra do mesmo Reino, lhe foi necessário passar-se de morada a ela, e como o caminho era grande, tomando toda sua casa e criados e uma filha que tinha, se partiram pera a dita terra donde ele era senhor, embarcando-se em um fermoso galeão com muita gente de guarda. Sucedeu que aos sete dias de sua jornada encontrou com uns navios de Turcos, com os quais guerreando, como tinha menos gente, foi vencido; e matando os inimigos muita do seu galeão, a minha mãe, como a viram ainda moça e muito fermosa que era, cativaram-na, e meu pai teve tempo pera que, saltando em um batel que no seu galeão trazia com alguns homens e sua filha, à força de remo escapou e se tornou a sua terra, mui triste pelo cativeiro de minha mãe e perda de sua fazenda. E vendo-a os Turcos tão fermosa e bem ornada, cuidando nisso faziam grande serviço a um poderoso senhor a quem chamavam Soldão Baxá, que era como cá nestes reinos um infante, de quem eram os navios e tudo o que se tomava com eles, lhe levaram a minha mãe cativa, cousa que ele estimou tanto, que toda a mais fazenda largou aos soldados, sem querer dela nada. E vendo-a tão fermosa ficou-lhe mui afeiçoado, e tanto que logo começou com grandes promessas a rogar-lhe quisesse por bem ser sua mulher e que a teria mui regalada, e seria senhora de muitas cidades com outras ventagens que lhe faria. Começou ela ao princípio resistir o mais que pôde; porém como fraca, ou vencida dos bens que lhe mostrava, ou temerosa das ameaças que lhe fazia, veio a consentir em sua vontade: finalmente casou-se com ele, não lembrada de quem era, nem da religião cristã que professava. E entre alguns filhos que dela teve em nove anos que estiveram casados, só eu me logrei, os outros morreram; e como não tivesse mais que a mi, era tanto o amor que me tinha, e os mimos e regalos com que me criava, que não haveria filha de senhor no mundo que mais servida nem mais regalada fosse que eu. Fui ensinada na lei que eles professavam com muito cuidado; ainda que de minha mãe tinha algumas lições de como era bom ser cristã, dizendo-me que ela o era em seu coração, e esperava ainda em Deus de morrer em sua terra, feita penitência de seu pecado; e como as filhas sempre se inclinem mais à doutrina das mães, tomava eu o seu ensino, porém não que fizesse nele fundamento, de maneira que vivia como quem não sabia estimar o bem que era ser cristã. No cabo de nove anos aconteceu que o Rei de Nápoles tivesse umas guerras com o Soldão Baxá, meu pai, nas quais mandou por seu General a meu padrasto; e despois de andarem em elas muito tempo sucedeu que o General de Nápoles vencesse a meu pai; e entrando em suas terras, e ainda em suas casas, tomou o que melhor lhe pareceu delas, e como eu estava só com minhas criadas, não pude fugir, como fez minha mãe com outra muita gente, e assim me cativou. Porém, ainda que sabia que era filha do Soldão Baxá, não soube nunca quem fosse minha mãe (porque não soube mais dela, nem certeza de sua vida, nem eu a ele o conhecia por quem era, que ainda que minha mãe me tivesse contado como era daquele Reino e fora casada, e por meu pai cativa, não me deu mais conta de quem ele fosse, nem que estado tinha, por onde não havia rezão de me conhecer a mim nem eu a ele), trazendo-me pois consigo; e quietado já em sua terra, presenteou-me a sua filha que tinha já mulher e muito fermosa e com grande estado, como merecia a grandeza de sua pessoa e nobreza de seu sangue; vendo-me ela tão fermosa estimou-me em muito, e como soube que era filha de um senhor tão grande, não como criada e cativa me tratava, mas com muito regalo era servida, mormente despois que me eu batizei e fiz Cristã. Era eu a este tempo já de doze anos, e como crescia em idade, assi o fazia em fermosura, de maneira que já por todo o Reino a fama dela se estendia, vindo só por me ver muitos senhores dele à cidade donde eu estava. E despois que eu fui de quinze anos começaram de me sair muitos e nobres casamentos, pedindo-me por esposa ao General meu senhor: contudo, como ele não tivesse muita idade e houvessem já passados alguns dezasseis da ausência de minha mãe, tendo-a já por morta, levado de minha fermosura, contra vontade de todos seus parentes (mormente de sua filha), me recebeu por esposa, não sabendo, como digo, o inconveniente que havia: porque eu como estava sujeita e era sua cativa não pude resistir, e assi apesar de todos se efeituou sua vontade. E despois que tinham já passado pouco mais de oito dias de nossos desposórios, estando ele mui contente de me ter por mulher, e eu muito mais, pois me via de escrava, senhora; estando os parentes mais quietos (tirando a filha que todo o amor que me tinha trocou em ódio, e de seu pai, que muito o aborrecia), aconteceu chegar a nossos paços uma mulher peregrina em trajos de romeira; e entrando, mandou dizer ao General que lhe importava dar-lhe uma palavra e lhe rogava muito lhe não negasse licença. E havida dele, entrou em uma sala donde estava assentado em uma cadeira, e eu, só para a ver e saber o que queria, em meu estrado; e prostrada a seus pés começou derramar tantas lágrimas que lhe não davam lugar a que descobrisse o que queria com palavras, e tão enlevada estava que nem deu fé de mim, nem eu por então conheci a ela; levantando-a, pois, o General com muita cortesia, fê-la assentar em uma cadeira; e depois que alimpou suas lágrimas e eu tive lugar de ver direito seu rostro conheci que era minha própria mãe, e não me podendo ter com o alvoroço que de sua vista recebi (porque me parecia que era já morta), erguendo-me a fui abraçar derramando muitas lágrimas; quando ela me viu e conheceu, já ora vedes qual ficaria. Neste tempo teve lugar o General de examinar as espécias[215] que de sua vista se lhe representavam ao entendimento, e conheceu que era sua primeira mulher, que já por morta tinha; porém vendo que eu lhe chamava mãe, e ela, a mi, filha, recorria[216] em si parecendo-lhe que se enganava; e para se certificar de todo da verdade mandou que me assentasse, e a ela desse lugar de declarar quem era e o que queria; e fazendo eu o que me mandava, ela começou, dizendo: "Sabei, senhor, que eu sou aquela triste e desaventurada mulher que o fui vossa; a qual, como má e pecadora, sendo cativa no tempo que nos mudávamos pera a terra donde herdamos a nossa fazenda, por uns Turcos, e apresentada a um grande senhor chamado Soldão Baxá, como me visse tão fermosa, me tomou por mulher, consentindo eu, não lembrada do grande pecado que fazia contra meu Deus e meu marido, que éreis vós; com ele fui casada nove anos, do qual houve essa filha que aí vedes, porque outros que tivemos morreram; e despois que destes batalha e o vencestes, querendo entrar em nossos paços, me ausentei deles, temendo me désseis a morte. E tomando a volta de Roma, me fui deitar aos pés do Papa, confessando meu pecado, e absolvida dele e recebida a penitência, que foram três anos de peregrinação pelo mundo, que eu tenho já cumprida, me manda como consta de um decreto seu que aqui trago, tornasse a fazer vida convosco, não obstante nenhum impedimento, nem ainda que fôsseis casado; pelo que, senhor, de todos os meus erros vos peço perdão, que eu estou bem arrependida deles, que como mulher fraca e pecadora hei cometido; e quando vos não pareça que é bastante a penitência que hei feito e me quereis dar outra de novo, aqui estou prestes pera executar os efeitos de vossa vontade, contanto que a tenhais de me admitir por vossa mulher e esposa, como de antes, como Deus manda e o Padre Santo determina". E com isto acabou minha mãe de dar fim a sua prática. Qual poderia ficar o General neste passo, e eu com ele, e minha mãe sabendo de mi, como eu era sua esposa, não há língua que o possa declarar, e assi fique à disposição de vosso bom entendimento. Porque ver ele a sua mulher no cabo de tantos anos que já tinha por morta, e estar casado comigo, que era sua filha, e o que o Papa mandava, que continuasse a fazer vida com ela, o que não podia ser, porque tal cousa se não podia imaginar, nem já comigo, visto o engano que houve de nos não conhecermos; afirmo-vos, senhor, que ficamos tão fora de nossos sentidos, que nem o General atinava ao que havia de dizer, nem eu se era verdade o que ouvia, nem se era sonho o que passava: finalmente, despois de tornar em si recebeu a minha mãe com mostras de amor, perdoando-lhe tudo o que contra ele havia cometido; e divulgando-se a nova por toda a cidade, houve mil extremos de espanto, e com rezão, por verem um caso tão extraordinário. E tomando conselho o General do que faria, acertou a recorrer-se ao Padre Santo, mandando disso um próprio,[217] dando-lhe miúda conta do caso; o que visto por ele, mandou que com nenhuma de nós fizesse vida, nem tornasse a casar enquanto nós a tivéssemos: nem alguma de nós, enquanto ele vivesse: e que nos apartassem, o que logo foi feito; pondo-me a mim e a minha mãe em uma casa apartada da sua, donde vivia, já ora vedes, com quanto descontentamento; vendo-me moça, fermosa e na frol de minha idade, impedida pera não poder gozar do mundo. E passando alguns anos, que cuido foram três, foi Deus servido de levar minha mãe, e fiquei eu só, porque a outra filha não quis nunca viver senão com o pai, porque me queria a mi muito mal; e como ela era legítima, herdou tudo, e eu fiquei sem nada, padecendo muitas necessidades, sem ter mais que o sustento que o General me dava pera minha vida. Porém como o Céu me tinha dotado de muita fermosura, permitiu que se estendesse[218] por muitas partes, donde vinham à fama dela a ver-me muitos senhores de remotas terras, entre os quais veio um que o era de muitas, e de mui nobre sangue, a que chamavam Rodolfo; era este mancebo muito gentil-homem e esforçado e de muitas partes, o qual vendo-me ficou tanto meu afeiçoado, que propôs em sua vontade de me servir e amar, como de feito fez, com tantas veras que, deixando sua terra e parentes, se veio morar à minha; donde começou a tratar secretamente de se casar comigo, ignorando o inconveniente que havia; e despois de passados alguns meses que me servia sem saber nada, nem pessoa alguma de nossos amores, ao tempo que ele tinha determinado de me levar pera sua terra e nela me receber por esposa, ao que eu já estava determinada, atropelando as impossibilidades que de pormeio havia; sucedeu vir à notícia de minha meia-irmã, no sangue, porém mais que inimiga, no ódio que me tinha; e como o mancebo fosse de tantas partes e tão afamado por sua honra e nobreza, namorou-se dele e trabalhou quanto pôde pelo tirar de minha amizade, tomando por meio de seu mau termo o avisá-lo de quem eu era, e como estava impossibilitada pera casar, e que não era igual a ele em honra por ser Turca de nação, e que não era filha de Cristão, como ele cuidava: finalmente, tantas e tais cousas lhe disse, e tantos mimos e regalos lhe fez, que o mancebo, levado deles, trocou todo o amor que me tinha e o pôs em ela, de maneira que nunca mais me quis ver; e donde ele de antes não via cousa com que mais gosto recebesse (como ele confessava) que com minha vista, despois não havia nenhuma que mais lhe aborrecesse. Finalmente, tendo eles já concertado o casamento, sem disto dar conta ao General seu pai, vendo eu que já não tinha remédio algum, foi tanta a inveja e paixão que disso tomei que não me cabia o coração no corpo, vendo a treição que uma inimiga me tinha feito; e como seja natural das mulheres a vingança de agravos, propus logo em minha vontade de a tomar deste: pera o que falei com certa feiticeira, a qual me deu uma confeição de notáveis efeitos, e sabendo eu que estavam pera se receber, oito dias antes tive ordem com que lhe mandei em certo comer por pessoa da qual não tinha suspeita: e, comendo, foi cousa espantosa, que antes de quatro dias lhe fez cair todos os dentes e cabelos e perdeu a cor do rostro, enchendo-se toda de lepra, que a tornou tão feia, que era medo vê-la; e não contente eu com isso, a ele dei outros, não pera lhe causar mal, mas pera me tornar a querer bem, como de feito fizeram. Porém, como excedi a quantidade necessária, fez-lhe perder o juízo e ficou como doudo insensato, mas tanto me queria que nunca da minha porta se tirava; e quando eu ia fora, sempre me seguia de trás e tornava comigo, de maneira que o que eu fiz pera ter bem e descanso me ficou servindo de grande pena. E não parou aqui, senão que, como o mal sempre se descobre, veio ela a sabê-lo: ou coligido do que o doudo mostrava no amor que me tinha, que não podia ser senão de feitiços que eu lhe dera, e a ela lhos daria pera a matar por vingança do que me tinha feito; ou porventura de alguém que o soubesse da feiticeira: e tanta foi a raiva e ódio que me tomou, que logo buscou modo para me matar, tomando por meio a seu pai descobrindo-lhe o como eu lhe fizera e fora causa de todos seus males, tudo porque me aconselhava que não me casasse com o doudo, pois o não podia fazer; porém não lhe descobriu seu intento, nem como o desviara do que ele tinha só por se casar com ele. E vendo o General as rezões de sua filha, contentaram-lhe, porque como se queria ver livre parecia-lhe bastante fundamento este para que, tirando-me a vida, o ficasse; e tratando minha morte com segredo, não foi com tanto que me não viesse a notícia. E vendo-me eu tão perseguida da fortuna, sem pai, nem mãe, nem fazenda, nem esperança de a poder herdar, atormentada com a vista do doudo que nunca me deixava, impossibilitada para gozar do mundo e de seus prazeres; e por outra parte vendo-me tão fermosa, tão requestada de amantes noutro tempo que por mi faziam mil extremos, vede senhor qual se veria meu coração cercado de tantas angústias: enfim determinei de tomar a morte com minhas mãos por não dar gosto a minha inimiga, sendo-me dada por meio das suas. E já deliberada de todo, um dia tomei um punhal para o meter por mim, e começando de me arrojar sobre ele vi correr meu sangue em terra e tanto foi o medo natural que tive que tornei atrás com meu intento e determinei antes de me ir a um deserto donde à pura fome em poucos dias acabasse a vida. E saindo-me uma noite só como desesperada me vim a este, donde cheguei no cabo de alguns dias; e buscando em ele algum lugar mais oculto donde (enquanto não chegava a morte) me não achasse pessoa viva, aos dous vim dar nestas covas donde me recolhi. E despois de seis dias de minha estada, estando já mui fraca (porque não comia nada mais que umas ervas cruas para me não tomar tão de repente a morte), ouvi uns brados como de homem, os quais foram em roda destas covas por espaço de meio dia; e lá na tarde dele olhei para a porta e vi entrar correndo com muita fúria um homem, e como me não podia de fraca levantar, assim fiquei cuidando que me vinha dar a morte: porém chegando conheci a Rodolfo o doudo, que como desatinado se veio em busca de mim e quis o Céu, ou minha ventura, que me achasse; e fazendo-me muitas festas, conforme se podiam esperar de um doudo amante, começou de me servir fazendo-me esta casinha na qual estamos haverá três anos e pela continuação de tanto tempo no deserto se tornou da maneira que o haveis visto, como salvagem, que é o que dissestes vos trouxera aqui. E vendo eu o cuidado que tinha de meu sustento, buscando-me ora carne de animais que mata, ora dá em algumas embarcações que acha junto da praia que está daqui perto, trazendo mantimento e algumas cousas que aqui vedes (como este instrumento), tornei em mi e julguei mormente quando vi que me não fazia ofensa a minha pessoa, que o permitia assi o Céu para que eu me não perdesse; e mudei meu pensamento e determinei de fazer penitência de meus pecados, a qual estou fazendo ainda que não conforme a graveza deles, ora derramando lágrimas, ora cantando em meu instrumento como me achastes, não para com isso receber regalo, mas para aumentar meu choro, porque quando um coração lastimado canta, sabei que então chora mais.

CAPÍTULO XXIX

De como Leandro deu conta de sua vida em breves palavras, e do mais que lhe sucedeu despois que saiu da cova.

Despois que esta penitente mulher pôs fim a sua triste história e deu princípio a muitas lágrimas, que movida do sentimento derramava, começou Leandro a dá-lo a sua, como lhe tinha prometido, acabando por remate com muitas mostras de dor que havia recebido de seus trabalhos e perseguições, encarecendo-lhe a grandeza deles sobre todos os que tinha ouvido, esforçando-a com palavras brandas e de exemplo, com as quais aplacando a corrente de suas lágrimas se mostrou também sentida dos infortúnios de Leandro contados na forma que havemos dito, e da que ele usava em semelhantes ocasiões. E como o dia fosse já declinando, temeu Leandro a vinda do salvagem, e vendo que o Ermitão sentiria sua tardança, pediu licença para se tornar a sua ermida, dizendo-lhe se queria que desse ordem com que se tirasse daquela cova, ou o fizesse saber alguma pessoa; ao que ela respondeu se fosse em boa hora, porém lhe guardasse segredo em tudo, não descobrindo a ninguém sua vida, nem como estava em aquele lugar, porque fazia conta de acabar nele, fazendo penitência dos pecados que nela tinha feito e cometido contra Deus, ou ele ordenasse outra cousa de mais serviço seu.

— E porque quero (disse ela) que ninguém saiba de mi, por isso vos encobri meu nome, não porque duvide de em tudo me guardardes segredo, mas podeis vos descuidar um dia ante quem tenha cuidado de querer saber de mi e achar-me, que eu sentirei muito e sentira agora, quando não alcançara de vossa virtude esperar-se os efeitos dela.

— Assi o farei (disse Leandro); agora vos ficai com Deus e ele favoreça vossos bons intentos.

— Esse vá convosco (tornou ela) e vos acompanhe.

E fazendo cortesias devidas cada um a sua pessoa, se despediu Leandro. E saindo-se fora da cova tornou pelo mesmo caminho sem achar cousa alguma que lho impedisse; e tomando a quarta de água se foi a sua ermida, donde chegou já de noite; e perguntado do Ermitão a causa de sua tardança, lhe contou como fora levado do salvagem e da cova lhe tornara a fugir, calando o que passara mais, do que ele ficou sentido, dando porém graças a Deus de o livrar de tão grande perigo.

E porque evitemos superfluidade de palavras, é de saber como Leandro continuou esta vida com o Ermitão com muita alegria sete meses em exercícios espirituais em que achava muita consolação, na qual fazia conta de acabar; porém como a fortuna depois que começa a perseguir a um triste e afligido não descansa até o não pôr no fim de seus trabalhos, não contente com os que Leandro havia passado, lhe começou a urdir outros de novo; e foi que sendo um dia o Ermitão ausente, ficando ele só em a ermida fazendo seu costumado exercício, despois que acabou, tomando sua quarta, se foi buscar água à fonte como tinha de costume, e antes que chegasse viu em a praia um batel que de um grande navio saíra; e não se precatando do que poderia ser, continuou seu caminho; e despois de haver chegado à fonte, saíram em terra quatro homens com seus traçados em as mãos, em guarda de outros que vinham fazer aguada, e chegando-se, vendo Leandro suas figuras, assim delas como de sua língua, entendeu serem Mouros ou Turcos; os quais, vendo-o já de tão perto que não podia fugir-lhe, começaram de fazer muito alarido e grita, e tomando-o às mãos o ataram logo com uns grossos cordéis; e como tiveram feito água o meteram em o batel, e dando aos remos chegaram com ele ao navio e com muita festa o entregaram a seu Capitão, o qual sabendo (por meio de um língua[219] que trazia) que era Cristão e fazia vida santa naquele ermo, o mandou carregar de ferros, os quais lhe deitaram logo, liando-o com umas grossas e fortes cadeias, e de tal modo ficou atado que não ficou senhor nem de poder mover algum de seus delicados membros; e assi andou pelo mar metido, no baixo do navio, com pouco e ruim mantimento; quantas lágrimas, suspiros e ais nascidos das angústias de que tinha cheio seu coração aqui daria Leandro, facilmente se pode crer; porém como andava já entregue nas mãos da morte, deixou tudo à disposição do Céu. E no cabo de um mês chegaram os Turcos a suas terras e, desembarcando, a primeira cousa que o Capitão fez foi mandar vender a Leandro, porque como tinha muitos cativos não teve necessidade dele. E posto já em praça pública a quem mais desse, carregado de ferros, vendo-se em tão grande afronta, cercado de muitos Turcos, que por o verem haviam chegado, foi tanta a paixão e dor que recebeu que com novas lágrimas começou a regar seu fermoso rostro, que com o mau trato estava tão pálido que já não parecia o que em algum tempo fora: finalmente ali foi vendido a uma turca viúva muito rica, a qual vendo-o, compadecendo-se dele, lhe mandou tirar os ferros e dar-lhe bons mantimentos, de maneira que com o bom trato que lhe deu tornou Leandro em si e tomou novas forças, as quais empregava em serviço seu em um jardim que ela deputado tinha pera seu trabalho, no qual gastou um ano que em poder seu esteve; no cabo do qual, como ela visse seu procedimento e gentileza, ordenou de mandá-lo a um filho seu que em outra terra tinha, e posto em uma embarcação com sustento necessário e gente que o levava, aos quatro dias de sua jornada encontraram com uns navios de Cristãos e como não podiam resistir-lhe por não ser navio de guerra, foram logo cativos e alguns mortos e preso nosso Leandro, cuidando que também era Turco, porém despois que souberam que era Cristão estimaram o bom encontro, pois com ele resgataram tal cativo, e dando volta para a cidade de Nápoles, donde era, chegaram a tempo que o Príncipe do Reino se casava com uma grande senhora do Reino de Alemanha, por sua muita fermosura e riquezas; o qual se chamava Aquilante e ela Boemunda. E como o Capitão que trazia Leandro visse que andava buscando pajens e criados, entendeu que não podia ter nenhum digno de mais estima que a ele por sua gentileza e graça, e assi o foi oferecer ao Príncipe, dando-lhe conta como o tirara aos Turcos, e vendo-o Aquilante foi em extremo alegre e logo o aceitou por seu pajem e o mandou vestir ricamente. E despois de trazer a Boemunda por esposa a sua casa, entre outras peças que lhe deu de estima, foi uma a Leandro, que ela muito estimou. E dali por diante ficou pajem da Princesa e respeitado por esse de todos os mais. Ali começou outro modo de vida não tomada por sua vontade, por entender quão arriscado[220] andava entre outros mancebos; porém, como era privado, tinha sua casa apartada e um moço que o servia com muito cuidado, empregando todos os seus em como havia de contentar ao Príncipe em seu serviço, e como era dotado de muitas partes, não só naturais mas adquisitas, que no princípio aprendera, começou usar delas, tangendo muitos instrumentos e cantando a eles e dançando, porque tudo sabia fazer; com as quais cousas era tão querido de todos que não havia algum que não se tivesse por muito ditoso ser admitido a sua conversação. Houve pois entre os outros pajens um que tomou afeição a Leandro e o amava muito; com este conversava mais familiarmente, por ser manso e de boa natureza a ele descobria seus segredos e ele lhe dava conta dos seus; e como a contínua conversação esforça os amigos a que descubram aos que o são os secretos de seu peito, quis Reinaldo, que assi se chamava o amigo, saber de Leandro a causa de como ali viera ter, sendo Aragonês de nação, a terras tão remotas da sua. E como Leandro entendesse dele o que desejava, ainda que com pouco gosto (porque já lhe dava pena contar os infortúnios de sua vida), um dia vindo ambos passeando entre umas frescas árvores lhe falou nesta maneira: "Não me negareis, amigo Reinaldo, o pensamento que trazeis há dias de saber de minha vida e a causa que me trouxe a estas terras tão remotas e apartadas da minha, porque o manifestastes já em muitas ocasiões; e pois agora temos esta, quero satisfazer a vosso desejo, para que obrigado cumprais o que tenho de saber de vós, que é o mesmo que quereis saber de mi: e ainda que o meu gosto é não dar conta a ninguém do que hei passado, contudo os amigos não hão de estimar tanto as couśas de seu gosto, que por dá-lo aos que o são o não tirem a si mesmo; e como entenda que o sois meu, como da experiência de nossa conversação tenho alcançado, é bem o tire à minha vontade para que o dê à vossa, pelo que sabei que a causa de tudo foi nesta maneira". Então lhe deu Leandro conta de sua vida como costumava, acrescentando mais como fora cativo e os trabalhos que passara etc. E despois de Reinaldo fazer os devidos extremos de espanto e sentimento, começou a dar causa a Leandro que o fosse de ele receber os mesmos, como bom amigo, nesta sorte:

— Sabereis, amigo Leandro, que nasci em o Reino de Castela, na mui nobre e populosa cidade de Sevilha, de nobres pais; tive só a outro irmão, com quem fiquei amparado por morte deles, de oito anos, e dando-se às letras veio a gastar toda a sua fazenda, de maneira que não tinha mais que a que me coube em minha legítima; porém, despois que foi promovido à judicatura, com a renda dela nos sustentávamos mui honradamente, e como era mancebo galante e bom letrado, era querido de muitos e cobiçado de algumas damas. Havia a este tempo em a mesma cidade duas irmãs mui nobres e de muita fazenda; a mais velha das quais era de tanta fermosura que em toda Sevilha era notória sua fama; a esta pois se afeiçoou meu irmão de tal maneira que nenhum cuidado já trazia de si, nem satisfazia às obrigações de seu ofício, polo que era de muitos murmurado; e não tinha culpa em amar tanto: porque ela lhe pagava com o mesmo amor. Enfim, resumindo a história, correram seus amores dous anos, porém honestos e honrados. E como seja costume daquela cidade e todo o mais Reino ser a gente fácil em suas conversações, não tinha meu irmão muita dificuldade em haver licença de um tio seu (em cuja casa estavam) pera a ver e falar com ela todas as vezes que queria. E porque a conversação sempre aumenta o amor, chegaram a tanto extremo que cada um deles fazia muitos por se isentar de ciúmes, próprio em verdadeiros amantes, e tanto que a cada um outra qualquer conversação lhe era proibido: donde veio que indo um dia falar-lhe como costumava, encontrou um mancebo que de sua casa vinha saindo, com cuja vista ficou tão irado e sentido que, sem perguntar a causa nem quem fosse e ao que viera, não usando da costumada brandura de suas palavras, antes com umas mui esquivas[221] e ásperas, a começou a repreender e que lhe dissesse quem era aquele mancebo e a que viera a sua casa; ao que ela respondeu com brandura a verdade de sua vinda, que era a uns negócios que com seu tio trazia, e que viera preguntar por ele. Porém como meu irmão a amava muito, não pôde quietar-se com as boas rezões que lhe dava, antes de novo lhe tornou com outras palavras que bem mostravam sua desconfiança; e como ela fosse mui nobre e avisada e se tivesse em conta de primorosa e verdadeira, vendo que lhe não dava crédito, tomou tanta paixão que levantando-se de seu estrado donde com sua irmã estava assentada o deixou, dizendo-lhe muitas palavras ásperas; que pois se não fiava da que lhe tinha dado de ser sua e suspeitava de seu ânimo cousa tão alheia dele, que se despedisse dela pera nunca mais a ver, nem lhe lembrasse que fora nascida. E dando-lhe as costas se recolheu a seu aposento, dando de pancada com as portas dele. E vendo meu irmão que sua desconfiança fora causa de tal desengano, não bastando palavras que lhe tornou a dizer de novo, em que se mostrava arrependido, nem tomar a sua irmã de permeio, se saiu e foi pera sua casa, e deixando-se levar daquele sentimento tão grande caiu em uma cama com uma intensa febre e antes de doze horas passadas, sem lhe valer nenhum remédio de muitos que logo lhe aplicaram, rendeu o espírito; e divulgando-se logo por toda a cidade sua morte causou muita admiração, mormente quando se soube a verdadeira causa dela. E antes que o enterrassem, foi um criado seu à casa desta sua amante, e como sentido, sabendo o que com ele tivera passado, disse-lhe: "já, senhora, estareis descansada, pois com vossos desfavores matastes a um tão nobre e principal mancebo, e que tanto vos queria"; e perguntando-lhe ela o que dizia, respondeu: "agora levam a enterrar meu amo e senhor, que despois que ontem se foi daqui caiu em uma cama e morreu antes de doze horas". Cousa admirável e nunca ouvida, que logo que ouviu esta nova, confirmando a verdade dela os sinos que se tangiam na cidade, supitamente caiu desapoderada de seus sentidos, e tirando-se-lhe a fala morreu antes de uma hora. Divulgada sua morte e a causa dela, causou novos extremos de espanto em toda a cidade, e ambos logo os enterraram, junto um do outro, em memória da firmeza de seu amor, em cujas sepulturas lhes fizeram muitos versos alguns amigos seus. E ficando eu desamparado, ainda que não de fazenda, que me ficou muita e boa, quiseram-me meus parentes casar com a outra irmã que ficava; o que eu não quis fazer: a uma porque daquela casa nascera a morte a meu irmão, a outra, porque me tratava um amigo outro casamento de mais proveito meu; e querendo-me constranger ao que eles queriam, vi-me tão apertado, que deixando meus bens, tomando só algum dinheiro, me vim à ventura pelo mundo, pelo qual andei dous anos, no cabo dos quais me vim a esta cidade, donde me aceitou por pajem este Príncipe sendo ainda solteiro; em cuja casa estou, como vedes, com tanta honra, e tão estimado dele. Porém se no meio de meus bens posso reconhecer a um por último complemento de todos, afirmo-vos, senhor Leandro, que é vossa amizade e companhia, e hoje me acho o mais ditoso e honrado do mundo, por estar em ela, e não é muito ser a cousa que hoje nesta vida mais estimo; porque é propriedade dos bons estimarem todos sua conversação e amizade, para que possam colher dela o costumado fruito, que é aliviar os males com a glória dos bens, e dar bens pera que se remedeiem males.

CAPÍTULO XXX

De como Boemunda, mulher do Príncipe, se namorou de Leandro, e do mais que lhe aconteceu.

DEPOIS QUE REINALDO acabou sua história, já a tempo que o Sol, beleza do fermoso e claro Céu, diâmetro do mudável tempo, verdadeiro espelho do universo, começava de esconder em as tenebrosas cavernas do hemisfério centro seus dourados raios, e recebida a admiração que da fineza de tais amores se devia, consolando-o Leandro e oferecendo-lhe de novo sua amizade, se foram pera o paço, donde chegaram a tempo que eram necessários pera servirem à mesa como costumavam. É pois de saber que, como já dissemos, usando Leandro de suas graças e artes que sabia, diante de todos os pajens e damas do paço, era de todos mui querido e estimado, mormente por sua gentileza, que a todos punha espanto. E como o Príncipe fosse muito curioso de festas e serões, mandou chamar um dia os principais vassalos que na cidade tinha e, juntando suas damas com a Princesa Boemunda, mandou dançar e cantar a todos, prometendo grandes prêmios a quem melhor o fizesse, nos quais se esmerou tanto Leandro que claramente se viu o excesso que a todos fazia, assim no cantar, dançar e em ditos avisados, e com tanta graça que a todas as damas roubou os corações: não ficando isento o de sua senhora Boemunda, que já havia dias andava ferido; e como seja próprio do coração não sofrer duas feridas, com esta segunda ficou morto, mas por Leandro: e daquele dia por diante o começou de amar com tantas veras (esquecida de sua grandeza e estado, não lembrada que era seu pajem e a desigualdade que havia, dela por ser Princesa pera ele que era criado) que nem seus olhos sem a vista dos de Leandro podiam quietar, nem seu coração em sua ausência viver. O que sendo conhecido de Leandro, assi pelos acenos de seus olhos (própria língua de afeiçoados) como pelos muitos regalos que lhe fazia, retirou-se o mais que pôde de sua presença, entendendo que fugindo da ocasião evitava muitos males que dela se seguem. Porém como havia muitas em que de força havia de tratar com ela, não podia conseguir seu piedoso intento. Desta maneira andou Leandro quase um ano sem a Princesa se atrever a descobrir-lhe seu peito por palavras, suposto que era bem conhecido de Leandro seu intento pelas obras que dela recebia, tudo pera dispor seu ânimo a que consentisse em seu amor. E depois que lhe pareceu não resistiria Leandro, que estar obrigado das boas obras, ao que queriam significar suas palavras, um dia achando-se só com ele determinou por meio delas descobrir-lhe seu coração; e como o entendimento mais enfraquece donde mais o amor se apura, não pôde pronunciar nenhuma; porém não encobrindo os efeitos de sua grandeza em seus olhos e rostro, trocando a fermosa cor dele em várias, e ainda que calava público falava secreto, porque é propriedade sua não calar secreto quando emudece a língua.[222] E vendo Leandro seus extraordinários efeitos dissimulou com eles, como que os não entendia, e dando-lhe as costas a deixou. E como seja natural das mulheres desprezarem o que lhe dão e morrerem pelo que lhe negam; tanto mais Leandro lhe fugia tanto mais amor lhe tinha. E já de todo deliberada, um dia, antepondo todos os inconvenientes de seu estado, honra e nobreza de sua pessoa, dando ordem com que ficasse em uma sala só com ele, começou com poucas palavras descobrir-lhe seu intento e o grande amor que lhe tinha, oferecendo-lhe muitas dádivas, e de novo dando-lhe muitas peças, quisesse satisfazer a seu desejo, encarecendo-lhe os efeitos de seu amor e os extremos que por ele fazia e outras cousas com que lhe pareceu abrandaria o peito de Leandro: ao que ele respondeu com aspereza, repreendendo-a com muitas palavras, relatando-lhe os perigos em que se punha por ser pessoa de tanta qualidade; e com isto dando-lhe as costas, se saiu, deixando-a tão irada e com tanta paixão de seu desprezo, que com ameaças (quando por bem não quisesse) determinou de o persuadir ao cumprimento de seus maus desejos. Pera o que, passados alguns dias, ordenou com o Príncipe de irem a uma fermosa quinta sua a passar alguns de passatempo, pera que lá tivesse mais ocasião de pôr em efeito o que intentava; donde foram com todo seu estado e gente de casa, como convinha à grandeza de tais Príncipes. E despois de grandes convites[223] e desenfados, um dia fingiu-se do trabalho e descostume do caminho maldisposta, e não saiu fora ao jardim, mas ficou-se com algumas damas encostada em seu estrado, e como Leandro era seu pajem, de necessidade havia de assistir donde ela estivesse; a qual, despois que sentiu andar o Príncipe enlevado em jogos e desenfados no jardim, mandou as damas cada uma ocupar em certas cousas, de maneira que se ficou só com Leandro, e suspeitando ele o que podia ser, intentou sair-se fora e indo abrir a porta achou que a tinha mandado fechar por uma das damas que se tinham saído, e parecendo-lhe a ela que era chegado o cumprimento de seus desejos, começou de querer de novo a Leandro por bem o que lhe tinha por tantas vezes manifestado, e senão que ali havia de ser sua morte, porque tinha dado ordem para isso; quando ele viu sua última resolução, tornou-lhe com palavras brandas, afeando-lhe seu intento, querendo com isto ir detendo-a até que alguém viesse que dele a estorvasse; fazendo conta escapando daquela tornar-se outra vez a seus trabalhos passados, indo-se pelo mundo, por evitar os que o ameaçavam de presente; e como a Princesa Boemunda, indigna de tal estado por sua maldade, estivesse já de todo deliberada, não lhe quis admitir rezão, senão disse-lhe que consentisse em seu desejo, senão que daria gritos chamando-lhe traidor e que lhe custaria a vida. Bem pudera Leandro neste passo descobrir-se por quem era; porém como tinha posto em sua vontade não o fazer senão quando nisto estivesse o último remédio de sua vida, não quis, parecendo-lhe também que Boemunda não poria em execução o que intentava, e que só por lhe meter medo o fazia; e assi a desenganou com palavras, as quais não foram bem recebidas; porque conhecendo delas a última deliberação de sua vontade, qual uma brava leoa quando mais da sensualidade estimulada rompe os ares com espantosos rugidos, começou a dar grandes gritos dizendo: "traidor, traidor, em meu paço e em minha casa, morra, morra", e com isto descompondo seus cabelos e fazendo outros excessos com que mais acreditasse sua maldade. E como o Príncipe estava perto, acudiu com seus criados, e entrando na sala e a viu descomposta e atribulada pedindo justiça de Leandro que a cometera, estando ela só em seu estrado, e que lhe tirassem logo a vida. Qual ficaria neste passo, não há língua que o declare, ver um Príncipe a sua mulher cometida de um pajem sendo Princesa e tão nobre e a quem ele tanto queria, e por outra parte considerava a Leandro, como coubera nele uma traição tão grande sendo tão estimado e querido de todos; enfim, cerrando os olhos a tudo, tendo por verdadeiras as falsas queixas de Boemunda, com uma espantosa ira se foi a Leandro, não lhe sofrendo o ânimo dilatar-lhe mais o castigo, e levando de um punhal — dizendo "morre, traidor falso, que te não mereciam o bem que te queria e os que de mi tens recebido e a vontade que de te levantar mais tinha tão grande traição"[224] — foi para o atravessar. E como nosso inocente Leandro se visse no maior perigo de sua vida, pois lhe não deixavam dar rezões algumas com que pudesse sair livre ficando encoberto, indo já o Príncipe executando a força de seu braço pera o atravessar, lançou as mãos a seus ricos vestidos e tirando com força por uma e outra parte do gibão que vestido tinha, rasgando com a pressa parte dele e afastando a fina camisa, descobriu seus cristalinos peitos, que mui apertados trazia, dizendo: "aqui verás, bom Príncipe, se mereço esses nomes que dizes e a morte que me dás". Quando Aquilante viu a fermosura de suas carnes e grandeza de seus peitos, conferindo tudo com a perfeição de seu rostro, conheceu claramente que era mulher, e sustendo a fúria de seu braço, refreou algum tanto sua ira; a este tempo olhando Boemunda o que passava, vendo que era mulher e já do Príncipe por essa conhecida, vendo-se culpada e que sua traição era manifesta, erguendo-se com grandes gritos começou a fugir; o que visto dele, sabendo já de certo ser ela a traidora e falsa, antepondo a honra ao bem que lhe queria, se foi a ela e alcançando-a, antes que se botasse de uma janela de que estava já perto, a atravessou com o punhal com que queria tirar a vida a Leandro, e das primeiras três punhaladas caiu logo morta em o chão sem mais falar palavra, e não contente lhe deu ainda mais dez, que foram ao todo treze, e ali pagou a falsa Boemunda com a morte aquilo que ela tomou por causa de a dar a Leandro. E deixado à parte a admiração que causou a toda a gente da cidade a novidade de tal caso, entendeu o príncipe de apurar mais o negócio, para o que mandou a quatro donas suas vissem ao fingido Leandro e se certificassem se era mulher; e executando seu mandado certificaram-lhe ser verdade, e ao que mostrava sumamente casta e virtuosa. Com a verdade desta inquirição ficou Aquilante mais quieto e repousado em seu ânimo, não deixando de discorrer pelo pensamento a grandeza do caso e o fingimento de Leandro tanto tempo, e para que soubesse mais claramente a causa que o fora dele, a mandou vir ante si, e rogando-lhe que lhe descobrisse quem era e como viera ali ter encoberta e quanto tempo andara assi pelo mundo; ao que ela satisfez logo como pedia, contando-lhe tudo como na verdade passara, com o que ficou mais espantado; e louvando-lhe sua constância e firmeza, a mandou logo vestir de mulher ao uso do Reino de mui ricos vestidos e pôr em companhia de donas e donzelas que a servissem com muito cuidado: pondo ela os seus em gratificar-lhe o respeito e cortesia com que a tratavam, falando a todas com boas palavras para mais lhe granjear as vontades; porque é costume dos prudentes e avisados usarem destas, como de laços para prenderem as que mais soltas se mostram em seu serviço.

CAPÍTULO XXXI

De como o Príncipe Aquilante se namorou da nova Florinda, e ela foi posta por mandado del-Rei em uma torre com guardas.

DEPOIS QUE A NOSSA CONSTANTE Florinda se viu já de todo descoberta e conhecida, e em o novo estado em que estava posta por mandado do Príncipe Aquilante tão honrada e servida, entendeu que ou a fortuna a queria pôr tão alto para lhe dar maior queda, ou a queria prender com tantos bens para que, perseguindo-a de novo, lhe não fugisse; e como pensamentos experimentados sempre saem verdadeiros, os que Florinda formava da grandeza de seus bens não saíram falsos. Para o que é de saber que depois que passado algum tempo em que a cor de seu rostro, já perdida com os trabalhos passados, com o novo recolhimento tornou à sua antigua perfeição, e seus dourados cabelos começavam a dar mostras de sua costumada fermosura, e ela com os enfeites e ricos vestidos a aperfeiçoava, chegou a tanto extremo de perfeição que ainda que quando em trajos de homem era nomeada sua fermosura, contudo depois era tão aventejada que a todos os que a viam punha espanto, e àqueles a quem chegava a fama dela estimulava os desejos de possuí-la. E vendo o Príncipe uma beleza tão rara e a perfeição de sua vida conhecida de todos por uma viva imagem de gravidade e virtude, e seu peito por um poço de prudência e moderação, e seu ânimo por um espelho de fortaleza e constância, rendeu seu coração ao amor, de tal sorte que não ficou mais senhor de si que pera estimar por boa esta que a ventura já lhe tinha posto em suas mãos, e ordenado as precedentes causas que o haviam sido tais efeitos. E como fosse conhecido de seus criados, antes que descobrisse seu intento a Florinda, vendo que era ainda mancebo e pouco experimentado, temeram não se casasse com ela contra vontade de el-Rei seu pai e do Reino de que era herdeiro, por ser estrangeira e não decente a qualidade de sua pessoa. E logo lhe deram aviso do que passava; o que visto por ele mandou tirar Florinda de seus paços e pô-la com as mesmas damas e donas que a serviam em uma alta e fermosa torre, com todo o necessário a seu sustento, donde era servida com muito cuidado. Vendo Aquilante que de algumas mostras que alguns criados seus houvessem em ele conhecido de seu amor nascera o apartamento da causa dele, ficou muito pesaroso e sentido, porque estava certo que o Rei lhe havia de desviar seu intento;[225] porém como o amor atropele inconvenientes e dificuldades, não reparou Aquilante nos que havia de permeio, antes pondo-os de parte determinou de dar conta a el-Rei seu pai de como amava a Florinda, pedindo-lha concedesse por mulher, pois inda que estrangeira e não fosse em nobreza igual à sua, por isso abastava a virtude de que era ornada para suprir as faltas que algum injustamente lhe atribuísse, havendo que só quem fosse alheio de rezão poderia considerar algumas em Florinda. E um dia quando mais desocupado de negócios estava, havida primeiro dele licença, lhe foi falar, e entre muitas cousas que lhe disse foi que tinha feito propósito de não receber outra mulher se não lhe dava a Florinda, ainda que o Reino ficasse sem herdeiro, rogando-lhe com muita instância e assinando-lhe muitas rezões favoráveis a seu intento; porém todas foram embalde, porque o Rei não só lhe negou o despacho do que pedia, mas antes o repreendeu com ásperas palavras, lembrando-lhe o estado do Príncipe qual era e a obrigação que tinha de dar bom exemplo a seus vassalos, porque se o vissem que se casava tão mal, levado da afeição e amor, e não governado por parecer de outrem, senão de seu apetite, os principais do Reino fariam o mesmo: e se acabariam os altos estados dele. E vendo Aquilante que não alcançava o fim de seu intento, dissimulou por então, mostrando-se sujeito às rezões que o Rei lhe dava, ficando de cumprir tudo o que lhe dizia: e despedido dele se foi a seus paços, donde recolhido por alguns dias fingiu que estava já esquecido do que primeiro intentara, pera que não desse ocasião de alguma suspeita. E quando já lhe pareceu que ninguém a podia ter, por se mostrar já esquecido, ordenou de casar-se com Florinda contra vontade de todos, parecendo-lhe que visto dela seu estado e qualidade de pessoa, condescenderia de boamente a satisfazer à sua. E como ele não podia falar a Florinda pera lhe descobrir os secretos de seu peito, pela muita guarda com que estava em a torre, avisada na parte del-Rei a gente dela com graves penas não deixassem entrar ao Príncipe a falar-lhe, ordenou de lho manifestar por carta, a qual lhe mandou com muito segredo, sendo as regras dela do teor seguinte:

Carta do Príncipe Aquilante a Florinda.

Nunca a fortuna costumou colocar na mor altura de seus bens, amada Florinda, a algum favorecido com o regalo deles; nem a ventura esquecer-se da pressa que costuma pôr a ausentar-se de quem mais a pretende; nem a natureza pôr no mais sublimado cume da riqueza de suas graças a quem de direito se deviam muitas (por ter de três tão principais e poderosos causas recebido o ser, com que mais as qualidades de sua pessoa resplandecem: pera que, com a clara luz que de si lançam, alumiem aqueles que mais cegos no conhecimento delas se mostram). Que quando mais confiado estivesse na glória de tantos bens, favores e graças, não achasse alguma sombra de males, não desse em aparência de infortúnios, não encontrasse com certeza de desventuras. Não falo dos que são claros a todos, próprios e devidos à grandeza de meu estado: mas daqueles que só são conhecidos de um entendimento que, enlevado nas grandezas de vossa pessoa, não fica mais em seu acordo que pera deixar sair pelas portas de sua boca uma pública confissão, que meu coração faz, de estar rendido e sujeito a ela. E se obrigado da rezão que tenho e do que por minhas palavras manifesto quiserdes bem considerar o secreto delas, achareis que tanto mostro tê-la no que digo, quanto sinto ter pouca no que calo. Bem confesso (por não ser ingrato) que então me alentou a fortuna mais com o regalo de seus bens, pondo-me na mor altura deles, em dar-me ocasiões e causas de eu vir no conhecimento de quem sois, tendo vós tão pouco propósito de descobrir-vos: bem creio que então usou mais a ventura comigo de seus favores, quando aperfeiçoando-se tanto vossa fermosura (que a todos espanta) me roubastes alma e vida, não me ficando mais que pera declarar o que tanto sinto. Bem conheço que então me pôs a natureza no mais alto cume de suas graças, quando me deu tantos bens do mundo, que pela grandeza de meu sangue mereci ser senhor de muita parte dele, pera que ornada mais minha pessoa tenha mais confiança de merecer a vossa. Porém no meio de tantos bens, vede como me achei com males. Tendo eu já (como vencido de vosso amor) deliberado minha vontade pera vos receber por mulher, e fazer-vos senhora de todo o meu Reino e senhorio, fui pedi-lo a meu pai e el-Rei meu senhor, o qual, movido de clamores do povo, não só me negou o que pedia, mas antes me repreendeu de meu atrevimento, por ser no que intentava demasiado. E dissimulando eu por alguns dias por não dar de mim suspeita, acertei a manifestar-vos meu intento, que é de vos aceitar por esposa e senhora de meu coração, contra vontade de todos os que não favorecerem a minha; e porque entendo que visto o ser de minha pessoa, aprovareis meu intento, espero pola resolução do vosso, pera que fundado nele comece a dar ordem a se pôr por obra o devido efeito. E entretanto vos guarde o Céu como desejo, etc.

Recebida pois esta carta de Florinda e consideradas bem as palavras dela, ficou tão admirada, como duvidosa do que responderia. Porque por uma parte considerava um poderoso Príncipe rendido a seu amor, e o querê-la pôr em um estado tão alto como era ser uma Princesa; por outra, via a fé que tinha prometido de guardar a seu defunto Arnaldo (como a ela lhe parecia) e as novas protestações que fazia a seu retrato (que sempre consigo trouxe) de não receber outro por esposo, pois o Céu lhe levara um que tanto queria. E na verdade este foi um dos maiores combates que teve de sua constância, e donde mais mostrou a firmeza dela. Porém, como tinha posto em sua vontade de levar avante seu varonil intento, e de cumprir em tudo sua palavra, pondo de parte o que o Príncipe lhe significava com as suas e as mercês que tinha dele recebido e as que cada dia lhe estava fazendo, e a honra tão grande que lhe queria dar aceitando-a por esposa, determinou-se a mandar-lhe a reposta com o devido segredo, a qual era da maneira seguinte:

Reposta de Florinda ao Príncipe Aquilante.

Muito tempo há, soberano Príncipe, que se igualmente com o conhecimento em que estou das obrigações que vos tenho pudera correr a afeição e vontade que quisera ter-vos, cuido se não achará em o mundo outra igual, satisfazendo com ela alguma parte do que vos devo. Porém, como em outro passado sujeitasse meus cuidados, de sorte que pela liberdade deles desse de penhor uma palavra ao senhor de quem eram escravos, que só queria esta pera mais os empregar em seu serviço; não é agora rezão que a um senhor de tanta majestade ofereça cuidados prometidos, e mais quando estão tão obrigados. E ainda que minha pouca ventura me cortou os fios das esperanças que levava de alcançar o prêmio que em pago do penhor me estava prometido, contudo não é bem que resgate a fé de minha palavra, quando tenho tão vivas em a memória as lembranças da larga vontade com que me era oferecido. Pelo que, senhor, vos peço que tireis vossos cuidados de molestar os que não são meus, porque nunca estão comigo: que eu vos asseguro que se foram livres e isentos, que em nenhum outro os empregara, senão em vossa pessoa, não rendida ao estado dela, nem do interesse de honra que recebia, mas só à muita graça e gentileza de que está ornada. E porque entendo de vosso real sangue usará sempre de rezão e piedade pera comigo, fico bem certa e estribada nas esperanças do que peço, e com isto, etc.

Logo Florinda mandou esta reposta ao Príncipe, a qual sendo dele recebida com grande alegria de seu coração a começou a ler, e não com pouco alvoroço dele, porque a cada letra se lhe representava a viva imagem da causa dela; porém quando conheceu a inteireza de sua vontade tão contrária ao que a sua desejava, ficou com dobrado sentimento, porque quando se esperam bens sempre se sentem mais os males; e como ele estivesse confiado de Florinda lhe responder como pediam seus desejos, que era o maior que esperava, vendo o contrário, ficou tão sentido, que por mais que o queria encobrir por muitos dias não pôde em seu peito dissimulá-lo. E despois de traçar muitas cousas em seu pensamento, e que meio teria para reduzir[226] a vontade de Florinda do propósito que tinha para que o seu pudesse haver o efeito que tanto desejava; achou que como era mulher não podia permanecer em sua firmeza, havendo que poucas a sustentavam, porque como esta seja um bem varonil fundado em o entendimento, não podem mulheres sustentá-lo, como incapazes da perfeição; mas como nossa Florinda era a cifra e recopilação da maior do mundo, não só estava fora desta lei, mas antes podia mui bem assinar regras da guarda dela. Para o que querendo abrandar seu peito, lhe mandou de novo muitas peças em todo o extremo ricas e muitas dádivas a quem a persuadisse, tomando por meio uma nobre dona das que a guardavam e serviam, a qual tomando a sua conta o caso determinou com palavras de vencer a Florinda, para que com isso ganhasse mais a vontade do Príncipe; porém tudo foi embalde, porque dava em um peito tão duro e poderoso, que a contrários e a todas as forças resistia, pelo que era digno de ser tido de todo o mundo em mais conta: porque tanto é um mais poderoso quanto maiores contrários vence, e tanto é mais tido em conta a quantas mais forças resiste.

CAPÍTULO XXXII

De como o Príncipe tornou a escrever a Florinda, e do mais processo de seus amores.

DEPOIS DE PASSADOS ALGUNS DIAS em os quais pareceu ao Príncipe Aquilante, assim por suas dádivas como pela persuasão da dona, que Florinda estivesse mais disposta para lhe deferir a seu intento, ordenou de fazer-lhe outra carta, a qual lhe mandou com o costumado segredo, significando-lhe pelas regras dela o que padecia na forma seguinte:

SEGUNDA CARTA DO PRÍNCIPE A FLORINDA.

Se a liberalidade que mostrei em me oferecer ao perigo em que estou posto, de perder a vida por vosso amor, foi a causa de serdes avara para o remédio dele, bem posso com sobeja rezão desterrar de mim o pensamento que formado tinha, parecendo-me que assim como por vossa fermosura, graça, aviso e discrição vos excluis da natureza de todas as mulheres, assim não estáveis sujeita à propriedade delas, que é quererem mais a quem lhe foge que a quem se lhe oferece. Porém se a causa de minha morte me nasce do desamparo da vida, só a vós devo atribuir os efeitos dela: porque assim como a morte não é outra cousa mais que um apartamento de alma de um corpo, assim a falta de vida é deixar a alma de informar esse corpo. E como vós sejais a que de direito convém e pertence a este meu pela inclinação e amor natural que vos tem, não querendo dar-lhe o ser, sois causa de não ter vida e, por conseguinte, de minha morte. Mas contudo advirto-vos de uma cousa, e é, que pois foi tão pouca minha liberdade e tão grande vosso poder, para que sendo eu todo meu me tornasse todo vosso, que vos lembreis que desprezando-me a mim vos injuriais a vós, e dando-me a morte, que ficais sem vida, porque ainda que eu morro por vós, vós estais vivendo em mi. Pelo que se quereis que escapemos deste dano, não me negueis o remédio; porque mais crueldade vos será por dardes uma morte causar duas do que aplicar remédio com que se evitem ambas. A desculpa que me dais em a vossa não é bem que se aceite, pois não tem rezão em que se estribe: quando fora vivo o senhor que dizeis de vossos cuidados e ausente lhe guardásseis fé, alguma tínheis, mas quando já sacrificado no altar de vosso amor acabou a vida, ficais de todo desobrigada, porque todas as leis dela por morte acabam. Pelo que as palavras de cumprimento de que usais comigo podeis seguramente pôr por obra: porque então fico eu vosso devedor, e vós a mim pagadora, e assim ficais acertando em meu proveito e me deixais certo em vosso serviço, etc.

Bem quisera Florinda vendo a instância que fazia o Príncipe em seu propósito, como nesta segunda carta mostrava, tornar ao mais trabalhoso de seus antigos estados, do que, sendo combatida de um senhor tão poderoso, estar em um tão alto, servida e respeitada. Porém ainda que revolvia em seu pensamento como pudesse ausentar-se daquela torre, havendo que como a ausência aparta amor, fazia bem ao Príncipe, porque esquecido não ficava tão arriscado, e ela ausente ficava mais livre para guardar a fé que tinha prometido.

Porém como estava em guarda, e a torre era muito alta, não tinha esperança de efeituar o que tanto desejava. Vendo-se pois cercada de todas as partes de tantas tempestades da fortuna, que em nenhum estado se esquecia de a perseguir, com tão pouca esperança de remédio, e com menos forças para resistir as de um contrário tão grande como era o Príncipe, resolveu-se em o tornar a desenganar por outra e, quando não bastassem, não lhe responder mais às suas, nem deferir a sua vontade, ainda que por isso perdesse a vida, que (como sujeita a tantos trabalhos já não estimava); porém dissimulou por alguns dias, em os quais Aquilante não cessava de a servir de novo com muito cuidado e maior segredo; e como a dona tivesse tomado à sua conta fazer com Florinda que se tirasse de seu propósito, cada dia mais a importunava, que não era pouca perseguição sua. Assim esteve Florinda quatro meses sustendo tantos combates, que só o menor deles bastava para derrubar a mais forte e bem murada torre, que se podia achar em um bem fortalecido peito juvenil. Mas como a sua constância e firmeza havia de ser exemplo a todas as que comumente têm pouca, era necessário padecer tantos extremos e perseguições, para que mais se apurasse a fineza dela. E despois que já estimulada de rogos do Príncipe pela reposta da sua não pôde resistir mais tempo, lha mandou um dia; a qual sendo dele recebida, abrindo-a com o costumado alvoroço de seu coração, viu que dizia assim:

Segunda carta de Florinda ao Príncipe.

A causa, senhor, porque dilatei por tanto tempo a reposta da vossa segunda carta foi porque vejo, como obrigada a tão altas mercês, a verdade que apontais em vossa justa petição, e eu não ser livre para vos assinar o despacho dela. E porque sei que com as regras desta se vos dobrará a pena, queria antes ser julgada por pouco primorosa que tida (injustamente) por cruel; e se digo, injustamente, é porque da vossa se colige, pois me fazeis causa de vossa morte, que assaz o é quem mata; e como eu entendo de mim que vos desejo muita vida (pelo interesse que de a terdes recebo) não mereço com rezão o nome de cruel; antes cuido terá bem pouca quem não provar esta por boa. Porém se vós, senhor, entendeis por outra via ser-vos causa de algum mal: fazei de duas cousas uma: ou me ponde em minha antiga liberdade, tirando-me desta torre pera que possa tornar a minhas antigas peregrinações e assi, ausentando-me, ficareis livre. Ou me dai a morte (pois está em vossa mão) e ficareis com vida e sem penas, nem males dela; porque como eu de tudo seja causa, tirada ela tiram-se os efeitos. E se não quiserdes condescender a alguma destas, estai certo que não hei de deferir a nenhuma das vossas. Pelo que não tendes que vos cansar mais com me escrever, porque não hei de tornar atrás com o propósito que levo, ainda que vos pareça ser desconhecida das obrigações que vos tenho. E com isto vos guarde o Céu por muitos anos e desterre vossos pensamentos, para que nem vós sejais tão maltratado, nem meu piedoso intento deles perseguido, etc.

Não se pode declarar o sentimento que o Príncipe recebeu com esta última despedida e claro desengano de Florinda. Porém como seja próprio do amor tirar de fraquezas forças pera não cair em faltas, havendo ele que seria mui grande de sua pessoa mostrar-se sentido e pesaroso de ser de uma mulher desprezado; trabalhava por quietar seu coração, que como interessado na causa fazia mais extremos pelo alcance dele. Mas como o que deveras ama com desenganos se engana, não acabava o Príncipe de se desenganar de todo, parecendo-lhe que não podia ânimo de mulher permanecer tanto em tão firme propósito, fundando seu errado parecer nas palavras de cumprimento que lhe fazia, dizendo que se fora livre que só a ele se sujeitara e outras donde ele coligia ter-lhe afeição, e como entendia ser próprio de mulheres quererem-se rogadas, só a fim de ficarem senhoras de liberdade alheia, parecia-lhe que, por querê-lo Florinda ser da sua, se mostrava tão esquiva, tomando por ocasião o ter já dado palavra, e que a havia de cumprir; servindo-lhe também de fundamento a impossibilidade de uma mulher moça e tão fermosa não querer gozar de regalos do mundo só por cumprir a palavra e guardar fé a um morto, quando comumente a não guardam a um vivo. Finalmente, de tal maneira se deixou levar destas considerações que não só não quis desistir de seu intento, mas ainda com todas as veras tornou a procurar o efeito dele. Já a este tempo, como não haja cousa encoberta que com ele se não descubra, havia notícia em alguma gente da cidade de seus amores, e como pretendia de haver Florinda às escondidas do Rei seu pai e dos principais de seu conselho; porém como não era ainda bem certo deles, não lhe punham o remédio que sabiam era necessário pera evitar cousa de que resultava descrédito seu e desonra do Reino. Pelo que a guardaram mais se descobrisse a verdade, no que se gastou algum tempo, em o qual o Príncipe não cessava de inventar meios e traças com que a reduzisse à sua vontade; e como seja próprio dos amantes não lhe sofrer o ânimo quietação enquanto não gozam da cousa amada, tinha o Príncipe tão pouca em suas cousas e em sua pessoa que nem podia repousar de noite, nem sossegar seu coração de dia. Como o que andava tão cheio de angústias e tormentos, que se na mor força deles não trouxera à memória a causa por que os padecia, sem dúvida o menor bastava pera lhe tirar a vida. E depois que já tinham passados alguns dias da reposta de Florinda, quis outra vez manifestar-lhe o que padecia, pois não podia de palavra, por lhe ser (como já dissemos) proibido, mandando-lhe outra carta, parecendo-lhe que pois se não rendia aos efeitos de seu amor, se compadeceria de suas queixas: a qual sendo dada a Florinda, não com intento de responder-lhe a ela, mas por não ser desprimorosa, abrindo-a viu que dizia assim:

TERCEIRA, E ÚLTIMA CARTA DO PRÍNCIPE A FLORINDA.

Já pode ser que se eu conhecera de antes as tempestades que em este profundo mar de amor me haviam de suceder, que não dera todas as velas de meu entendimento ao furioso vento de minha vontade, porque, então, nem o Piloto de meu coração se vira tão arriscado, nem os marinheiros de meus pensamentos tão perdidos, nem as vigias de meus olhos, por ver tal naufrágio, tão chorosos. Porém como já agora conheço a dificuldade que há de alcançar o porto que desejava, pera de todo me não perder, mandei lançar ao mar as âncoras de minhas esperanças a ver se com isto me podia livrar de suas bravas ondas. Mas, ai dor, que como é tão fundo o em que navego, não lho acharam e assim ficam soltas à ventura, desejando uns altos em que se estribem, já que não acham uns baixos[227] donde se peguem. E ainda que os criados de meus apetites, vendo o perigo a que vai exposta a vida de seu senhor, me estimulem a que, tornando a arribar, deixe a viagem começada, entendendo que faltando-me a mi lhe falta o ser a eles, contudo ainda que reconheça o muito que lhe devo pelo bem que me desejam, quero eu tanto a este por quem navego, que mais quero perdê-la na pretensão que levo de ganhá-lo, do que, tornando atrás, dê mostras de estar de tão soberana empresa arrependido. E suposto que este bem me esteja mostrando ao olho o término de minhas esperanças ser mais certo o de minha vida do que podia a grandeza do amor com que o pretendo, não posso ainda que queira persuadir-me a deixá-lo, nem minha vontade produzir ato contrário de não querê-lo. E ainda que os males que me causam os desfavores dele me tenham tão desacordado que já me não conheço por quem era mais que para cuidar no remédio de minha liberdade, contudo sempre me fica algum acordo pera conhecer que, quem houver de alcançar esta, o melhor remédio que tem é fugir dos males que procedem deste bem. Porque, dos males sem remédio, o melhor é fugir deles. Porém tal é minha ventura que aquele que eu busco pera me livrar dos males toma por meio de me aumentar mais a força deles. Porque como estes tenham por causa este bem, fugindo aos efeitos, hei de fugir da causa. E eu fugindo do bem e mais de um tão grande e a quem eu tanto quero como este, não posso dar senão em males: de maneira, que são tais os que me perseguem que nem posso ver-me livre, nem achar remédio pera que me ausente deles. E como as esperanças de alcançar este tinham seu princípio no mais íntimo secreto d'alma, nela acabarão despois que me privarem da vida, quando não achem algum oferecido deste bem em que descansem, porque bem é que esperanças que na alma começaram, nela tenham seu fim, em ela acabem, etc.

CAPÍTULO XXXIII

De como se descobriram de todo os amores de Aquilante, e do mais que sucedeu a Florinda.

DEPOIS QUE FLORINDA RECEBEU esta última carta do Príncipe, não deixou de sentir suas lástimas e os extremos que por ela fazia, mas como na outra já o tinha desenganado, não tratou mais de reposta, nem o tempo deu lugar de lha poder dar, porque já de todo eram descobertos seus amores, de modo que até o Rei estava informado deles; e estimulado dos queixumes que os principais da cidade lhe faziam (mormente um grande senhor que pretendia a Aquilante pera uma filha sua), acertou a mandar vir a conselho em certo dia; no qual dados muitos pareceres se resolveu que tirassem a Florinda da torre e a mandassem meter em um Convento de freiras, dando-lhe rendas bastantes com que nele passasse a vida, e ao Príncipe pusessem em guarda pera que a não seguisse, e como se achasse ausente descuidaria dela. Contentou tanto este parecer ao Rei, que logo mandou a três principais vassalos seus que levassem a Florinda com muito resguardo ao mais remoto Convento de freiras e, se pudesse ser, fosse fora do Reino. E dando-lhe dinheiro pera seu caminho e rendas bastantes a seu sustento, a tiraram um dia da torre donde estava deixando em seu lugar ao namorado Príncipe, e acompanhado de muita gente em umas bem concertadas andas, com duas donas foi levada despois de estar já da gente de seu serviço despedida. E gastando muitos dias em o caminho, no cabo deles chegaram a um grande e religioso Convento, que de Nápoles muitas léguas estava desviado. E mandando recado à Prioresa dele um dos mais velhos que acompanhavam a Florinda, e a quem estava cometido este negócio, e logo que a viu lhe deu miúda conta de quem era Florinda e como a traziam àquele Convento por mandado do Rei de Nápoles, e as rezões que pera isso havia; e se a quisesse aceitar pera estar ali recolhida, dariam logo o que se determinasse, assim pera seu dote como pera rendas necessárias a seu sustento. E determinado o que pareceu necessário, foi logo recebida Florinda da Prioresa com muita alegria, assim dela como das mais freiras e mulheres nobres que ali estavam recolhidas; e deixada se tornaram mui contentes de terem servido ao Rei como lhes mandara. Despois que a nossa Florinda se viu entre Religiosas, cuja vida não é mais que servir a Deus, e sua conversação de Anjos, ficou tão alegre e contente qual nunca o fora em algum dos estados que tivera, mormente despois que se viu querida e estimada de todas e tratada com muito respeito e cortesia. E como o principal intento seu era guardar a fé e permanecer em firme propósito até o fim de sua vida, pareceu-lhe que em nenhum estado poderia melhor guardar seu piedoso intento como neste, e assim vivia tão alegre como que se tivera todos os bens do mundo; e deitando de si todos os cuidados dele, trabalhava quanto podia de seguir as que mais perfeitas se mostravam em virtude, pretendendo fazer-se igual a elas na perfeição de vida. Porém, como nem armas de virtude, com serem tão fortes, bastem pera resistir aos golpes da fortuna; não bastaram estas de que Florinda já andava vestida pera a poderem defender de uma inimiga tão certa em ofensas suas: e despois que haverem já passados quase cinco meses de seu recolhimento, sucedeu um dia encontrar-se a caso com uma nobre fidalga que ali estava recolhida, porém não professa, da qual tinha algumas espécies de a ter vista em outro tempo, e ela mostrava o mesmo, porque sempre reparava em sua vista.[228] E como Florinda era recolhida não tinham muitas ocasiões de se falarem, pelo que oferecendo-se-lhe esta, lançou mão dela a fidalga, e levando-a a seu recolhimento, fazendo-lhe muitos␣offerecimentos, se manifestou por muito amiga sua e lhe rogou que dissesse quem era, porque lhe parecia que a tinha já visto em outra parte, mas não caía donde fosse. Da mesma maneira se havia Florinda, não tirando os olhos dela, discorrendo pelo entendimento donde a tinha visto, porém nenhuma delas caiu por então na verdade. E tornando a fidalga fazer instância a Florinda lhe desse conta donde era e por que terras andara, constrangida ela do amor que lhe mostrava e da vontade que tinha de saber quem era, lhe começou na verdade dar conta de sua vida e como passara pelo Reino de Veneza em trajos de homem, por dissimular mais com o mundo, e ali estivera presa por respeito de uma donzela filha do Duque, que se tinha vindo de um castelo fugida, parecendo-lhe que era homem. E querendo prosseguir a história de sua vida por diante, lhe foi à mão a fidalga, dizendo, com muita torvação de seu ânimo e alteração de seu rostro: "logo, conforme o que dizeis, vós sois o Leandro que esteve no castelo com as quatro donzelas?". E tornando Florinda não com menos espanto, lhe disse: "e vós, senhora, donde me conheceis por esse?". Donde respondeu ela: "eu sou a triste de Gracinda, que agora acabais de dizer que fugiu do castelo roubada de vosso amor". E com isto, e porque de todo tinha já caído no conhecimento de Florinda, começou a derramar tantas lágrimas, que por um bom espaço não pôde dizer palavra, o que vendo Florinda que na verdade aquela era, porque se lembrava que quando presa a mandaram pera um Convento, ainda que nunca soube qual fosse, nem certeza de sua vida, senão agora que ao mesmo a trouxera sua ventura, recebeu tanto sentimento, que não pôde fazer-lhe companhia com outras; porque quando o sentimento é grande, nem as lágrimas que são as verdadeiras mostras donde ele se enxerga podem comunicá-lo. Tornando pois Gracinda em si e enxugando mais as lágrimas de seus olhos, lhe tornou a falar com palavras mui amorosas, nascidas do íntimo de seu coração, rogando-lhe se por ventura andava encoberto por algum fim que pretendesse e na verdade era Leandro, como ela sempre cuidara; que descobrisse a verdade e que satisfizesse ao amor que ainda lhe tinha, pois não estava impedida pera o receber, manifestando-lhe ser esta uma das rezões que a moveram a não ser professa: o cuidar que ainda alguma hora poderia gozar de sua beleza, pois fora causa de todos seus trabalhos e desterros. E vendo Florinda seu desordenado intento e tão fora de toda rezão, lhe começou a afirmar com muitos juramentos a verdade de como era mulher e nos trajos de homem andara tantos anos fingida. E notando Gracinda ser assi como dizia, pois a experiência o mostrava: todas as palavras que té então lhe tinha dito cheias de amor começou a trocar por outras bem significadoras do ódio que já se apoderava de seu coração, chamando-lhe de inimiga traidora, pois fora causa de todos seus males; que se ela se não fingira de homem, nunca chegara a ser desterrada de casa de seu pai, tão afrontada, e outras cousas muitas. Ao que Florinda respondeu com palavras brandas, como lhe importava sua vida e honra naquele tempo não se descobrir; nem o fizera nunca, se não chegara a perigo de perder a vida, quem[229] foi a causa de seu descobrimento. E não lhe querendo Gracinda ouvir mais rezões a deitou fora com palavras descorteses e mui iradas, e com muitos ameaços; o que vendo Florinda se saiu com muita paciência, e continuando com suas costumadas obrigações, não dando conta a ninguém do que passara, assi andava fugindo de se encontrar com Gracinda, entendendo já o grande ódio que lhe tinha; e na verdade assim era, porque formando pensamento do que Florinda lhe fizera, parecendo-lhe ser grande traição e que de todos seus males fora causa, deixou-se levar tanto dele, que todo o amor que em outro tempo lhe tivera, e as esperanças que tinha nela postas enquanto lhe pareceu que era homem já de todo perdidas, trocou em um entranhável ódio, acompanhado de uma inveja que de sua fermosura lhe nascera; e porque estes dous vícios são dificultosos de encobrir em peito de mulher, não pôde Gracinda sustentá-los muito tempo. E como ela fosse muito amiga da Prioresa e de muitas freiras, que a estimavam por sua honra e rendas que tinha, determinou de manifestar-lhe o que passava, tudo a fim de deitarem fora a Florinda, e ela pudesse ficar vingada dos agravos que injustamente lhe atribuía; e deliberada já para o pôr por obra se foi um dia (tomando algumas amigas suas) diante da Prioresa, e lhe propôs tudo o que quis, e mais fazia a seu intento acrescentando como Florinda era mulher estrangeira e tinha andado pelo mundo em trajos de homem muitos anos, e tida de todos por tal, e que podia ser que o fosse, e que se fingiria mulher para querer desonrar aquele Convento; e que quando o fosse como mostrava, que sendo como era estrangeira, e o fingimento com que andara pelo mundo, não requeria estar entre tantas mulheres tão nobres e qualificadas como ali estavam; finalmente, tantas e tais rezões lhe disse, que vencida delas a Prioresa aprovou seu parecer, dando-o as mais amigas em confirmação dele; e dando conta a outras começaram a criar-lhe novo ódio, de maneira que pela informação que Gracinda tinha dado se resolveram a que a botassem fora, dizendo não ser honra sua tê-la em companhia, pois não sabiam quem era e tinha feito de sua pessoa uma mudança tão notável do que se não podia presumir bem. E tomando alguma parte do dinheiro de seu dote, mandou a Prioresa recado a certa dona que no lugar estava, amiga sua, a viesse ver; e logo lhe deu conta (de como por serviço e honra do Convento) era necessário deitar fora a Florinda, e como era estrangeira não era bem ficasse desamparada, rogando-lhe que a quisesse recolher em sua casa, para que o povo se não escandalizasse; e despois pelo tempo adiante, que ela buscaria sua vida; o que a dona aceitou de boa vontade, oferecendo-se a tê-la não como estrangeira, mas como filha. E mandando chamar a Florinda, lhe propôs todas as rezões que havemos dito, por onde era necessário que se saísse do Convento, e que aquela dona a levava para sua casa, e despois Deus lhe ordenaria alguma vida; e dando-lhe parte do dote em dinheiro, lhe disse que no cabo de um mês lhe satisfaria o mais. E não ouvindo rezões que Florinda queria dar, vendo quão injustamente a deitavam fora, foi constrangida a sair-se, e cobrindo-a com um manto a entregaram logo à dona. Com quantas lágrimas e suspiros se despediu do Convento e de algumas amigas, é bem de crer: mas como via que suas rezões não se admitiam, e que não tinha outro remédio, armou-se de paciência e, saindo-se, se foi com a dona à sua casa, donde foi servida e consolada, assi dela como de duas filhas que tinha, com as quais esteve alguns dias, ainda que não foram muitos, porque como o povo soubesse que a tinham deitado fora, ainda que não sabiam a causa, cada um julgava como lhe parecia, deitando muitos juízos falsos contra a inocente Florinda; e vendo-se ela posta na boca do mundo, só e desamparada, quis mais tornar-se aos trabalhos dele, do que, esperando seus bens, vivesse arriscada a tantos males; e deixando tudo o que se lhe devia se partiu uma noite sem ser sentida de pessoa de casa, não determinada ir-se a parte alguma certa, senão donde a ventura a guiasse, exposta já de todo aos perigos e contrastes da fortuna, representando a seu entendimento todos os trabalhos e desditas que ao diante lhe podia causar, para que, como costumada, não sentisse tanto, quando chegassem, a molestar seu pensamento, porque é bem que um desditoso pondere as desditas antes que venham, porque quando cheguem nenhuma seja nova ao sofrimento.

CAPÍTULO XXXIV

De como Florinda encontrou uma peregrina e trocou os vestidos com ela, e do mais que em seu caminho lhe sucedeu.

PARTIDA POIS FLORINDA andou inda algum pouco da noite, e despois que a clara menhã (deitando da terra a escuridão dela) lhe causou mais ânimo para prosseguir seu caminho, continuou sua viagem desviando-se sempre de estradas públicas, tomando algumas mais escusas e de menos concurso de gente. E no cabo de quatro dias, estando ela encostada ao pé de uma árvore, que junto do caminho estava, descansando do trabalho dele, sentiu pegadas, como de alguma pessoa que passava, e esperando a ver o que fosse, viu era uma peregrina só, e ao que mostrava, na pressa que punha em mover seus delicados pés, vir angustiada e afligida; e vendo ela a Florinda do modo que estava, só, tão moça e fermosa, parou toda estremecida e admirada; o que visto de Florinda se foi a ela e com palavras brandas intentou persuadi-la a que descansasse ali um pouco com ela, pois ia tão cansada; e como lhe falasse em sua língua própria não a entendeu, e repetindo-lhe o mesmo em outra, menos, e falando-lhe em Italiano (porque também desta língua sabia) logo a entendeu, e fazendo sua cortesia satisfez ao que sua vontade desejava, ainda que muito sobressaltada; e rogando-lhe que se desviassem mais do caminho, porque lhe era assim necessário, como logo lhe diria, se apartaram dele o mais longe que puderam; e sentando-se junto a umas altas e copadas árvores, que em um fresco vale entre dous altos montes estavam, começou Florinda como mais experimentada em semelhantes assaltos da fortuna, com amorosas e brandas palavras, confortá-la e dar-lhe ânimo, pera que lhe contasse a causa que a trazia com tanta pressa, instando que descobrisse seu rosto que até então o não tinha mostrado, porque com um véu branco o trazia coberto, de modo que só dele lhe pareciam os olhos per uns claros vidros que, ao que mostravam, pareciam mui fermosos; e como boas palavras acabem[230] muito, vencida a peregrina delas descobriu seu rosto, o qual sendo visto de Florinda ficou tão admirada de sua muita fermosura, qual nunca o fora tanto, e na verdade que, a não ter outra que não tinha igual diante de si, como era a de Florinda, ficaram tão levantados os quilates dela que de nenhuma outra se igualara. E como a peregrina reconhecesse bem a ventagem que ela lhe fazia, não admitiu nenhuns louvores que lhe devia, antes pediu lhe quisesse dar conta de sua vida e a causa que a trazia àquelas partes tão remotas só e com seus próprios trajos; e que ela lhe contaria na verdade a causa de sua peregrinação e a pressa que trazia quando a encontrara, e isto com brevidade, porque lhe importava partir-se logo e não fazer muita detença. O que visto de Florinda em breves palavras lhe contou tudo o que havia passado despois que se descobrira por mulher, e a causa e o que passara em o Convento, e o por que a deitaram fora; em todo este tempo que Florinda gastou em lhe contar sua vida não cessava a peregrina de derramar muitas lágrimas, porque via o retrato de seus infortúnios e desgraças. E porque tinha já Florinda posto o fim às suas, enxugando as lágrimas com que tinha banhado seu fermoso rostro, começou a dar princípio a sua história nesta maneira:

— Em o estado de Florença há uma nobre vila povoada de grandes e ricos senhores, cujo nome calo (porque não é bem que desonrando um sua pátria manifeste o nome dela); em esta nasci de nobres pais e conhecidos de todos por sua muita riqueza e fazenda de que eram senhores; deles fui criada com tanto mimo e regalo que cuido que dele me nasceu começar de pouca idade dar entrada a vários pensamentos do mundo, parecendo-me que não havia outro bem maior que ser namorada e servida de amantes, que assi por minha fermosura, como levados de muitas e ricas galas com que ornava minha pessoa, se ofereciam a meu serviço; no que andei alguns dous anos, não tendo afeição a nenhum particular, no cabo dos quais acertei de ver um dia (que nunca vira) um mancebo estrangeiro mercador que tratava naquelas terras e comumente fazia morada em a minha; e ainda que tinha informação de sua gentileza, que outras amigas me davam, nunca me pareceu que era tal qual com sua vista experimentei. E como as mulheres comumente sejam da condição da praça, que sempre gostam mais do que vem de acarreto e forasteiro, não obstante haver outros mancebos de muita gentileza que me amavam, tanto me contentou e satisfez a deste que desde aquela hora, desprezando todos os mais, só a ele me determinei amar e servir; o que fiz com muitos recados, ora por carta, ora por palavra, não sabendo de meus amores ninguém mais que uma aia minha, a quem queria muito; e foi tão pouca minha ventura, que em todo o tempo que o servi, não tive dele mais que desfavores, desprezando todo o amor que lhe tinha, que era tão grande, que nem de mim sabia parte mais que pera imaginar cousas por onde o contentasse pera que me quisesse bem. E despois de passados alguns seis meses de nossos amores, como visse que era desejado de muitas damas e todas pretendiam o que eu queria, que era casar-me com ele por qualquer via que fosse, foi tanta a paixão e tantos os ciúmes que tive de me não querer bem, pois eu o amava tanto, que determinei de me ir a sua casa uma noite e entregar-me em suas mãos, esquecida da honra e não lembrada de minha nobreza, a ver se com isto vendo minha fermosura de mais perto se rendia a meu amor. E como eu me fiava de minha aia em todos os meus segredos, não quis encobrir-lhe o que intentava, parecendo-me que pois me guardava fé em outros, a não quebraria neste. E como ela visse o perigo que eu corria sendo descoberto meu depravado intento, pareceu-lhe bom este lanço pera tomar com ele o que a força do interesse lhe fazia desejar. E estando eu já deliberada pera me sair uma noite, se veio a mim e disse que, se lhe não dava um colar de ouro que tinha, de muito preço, todo esmaltado de várias e ricas pedras, que o havia de dizer a meu pai e a um irmão meu; e que havia de ser logo, se queria que favorecesse meu intento. Vendo eu a traição que me fazia tomei o colar e dei-lho, dizendo-lhe que despois que tornasse lhe daria outras peças, contanto que não descobrisse nada e me tivesse certa janela mais baixa de nosso aposento aberta, pera que entrasse logo e não fosse sentida; e conhecendo ela o grande desejo que eu tinha de efeituar meu intento, tornou dizendo que lhes desse logo, nomeando outra que eu estimava muito entre elas, senão que logo o havia de descobrir; vendo eu a sem rezão grande que comigo usava, e que se lhe desse outras, me pediria mais, foi tão grande a paixão que tomei que logo lhe dera a morte, se me atrevera só com ela. E dissimulando o mais que pude, fingi que as ia buscar donde estavam. E falando com uma criada em que tinha mais confiança e que me parecia mais atrevida, lhe dei conta de tudo o que havia passado, prometendo-lhe muitas jóias e dando-lhe logo algumas, que fosse comigo e ma ajudasse a matar: o que ela logo fez, e com mais vontade despois de lhe prometer o colar que ela me tinha. E tornando ao aposento donde a tinha deixado, fingi que lhe dava as peças, e vindo a recebê-las, me lancei a ela como uma leoa, e acudindo-me a outra, lhe lancei uma toalha ao pescoço, de modo que não pôde gritar, e ali lhe dei a morte em menos de um quarto de hora; e deitando-a em sua cama a cobrimos de modo que pela menhã entendessem que morrera de súpito, e assi o mostrava. E dizendo à outra esperasse ali por mi e me tivesse a janela aberta, que antes da menhã havia de vir, contente com as ricas peças que lhe tinha dado, disse que sim. E confiada eu no esforço que até então mostrara, me lancei pela janela, que era baixa, já a tempo que todos os de casa dormiam e me não podia ninguém sentir. E como fazia grande escuro não fui vista de pessoa alguma, e assi fui e cheguei donde desejava: e batendo à porta, chegou logo o mancebo à janela, e rogando-lhe eu com amorosas palavras me abrisse depressa, que me importava à vida falar-lhe, importunado de meus rogos veio abaixo, e abrindo a porta lancei logo meus braços a seu pescoço, e com muitas lágrimas lhe manifestei o amor que lhe tinha; e não podendo sofrer mais tempo a grandeza dele, me saíra de casa de meu pai a entregar-me em suas mãos. Ficou o mancebo tão espantado sabendo que era eu, e o excesso tão grande que fizera, que me não pôde responder palavra, nem eu a ouvi da sua boca. Porque a este tempo senti ruído de gente que chegava à porta, e abalroando-a com muita força, conheci, nos brados que davam, a meu irmão e outros criados de casa, que vinham a matar-me. E foi o caso que logo que me saí de casa, ficando a criada só com a outra morta, vencida do medo começou a dar gritos; e acudindo a gente lhe deu conta de tudo o que havíamos passado e de como eu matara minha aia, porque me não queria deixar efeituar meu desordenado apetite. E dando logo recado a meu irmão, saiu como um fero tigre a matar-me; e com rezão, que justamente merecia a morte quem tão pouco atentou por sua honra como eu. E como havia suspeita que aquele mancebo era meu amante, logo ali se veio, não divertindo a outra parte. E vendo eu que meu irmão entrava já pela porta e o mancebo recorria acima a tomar armas, acordei a pôr-me detrás dela, e como o escuro era grande, despois que entraram todos e me não viram, saí-me fora; e com a mais pressa que pude, como quem fugia da morte, me fui esconder daí cousa de uma légua entre uns altos arvoredos, donde estive o restante da noite; e despois que a fresca menhã começou de dar claridade às terras, como eu conhecia estas em que estava, fui-me a uma quinta donde tinha uma tia dona viúva, e dando-lhe conta do que me havia acontecido me teve escondida alguns dias, porque me queria muito. E no cabo destes lhe veio recado do que eu tinha feito e de como me ausentara e me andavam a buscar por todo estado de Florença meu próprio irmão em pessoa e um tio meu com mais gente, determinado não descansar até me não matarem ou levar presa pera me darem a morte, juntamente com o mancebo que prenderam e tinham posto em uma escura torre pera confessar a verdade; e vendo eu que não estava ali segura, mandei fazer este trajo de peregrina; e me parti, com algum dinheiro que minha tia me deu, pelo mundo, deixando-a com bem lágrimas e sentimento de minha desgraça: e aprouve ao Céu que há alguns meses que ando assi, e nem por mar, nem por terra me hão achado; só agora haverá dous dias me disseram em um lugar que daqui cousa de seis léguas está, que um mancebo acompanhado com alguma gente estivera em ele e perguntara por uma peregrina, dando-lhe os sinais de minha fermosura e mais feições, assi da pessoa como do trajo, e conforme as que dele ouvi não era outro senão meu irmão, que já deve de trazer notícia de mi e anda em meu alcance. E logo me parti com muita pressa desejando ir-me a algum Reino mais remoto, e quis minha ventura tomasse este caminho pera vos encontrar em ele, pera dar alívio a minhas penas e paixões, que são tantas qual haveis ouvido, tirando os mais trabalhos que calei por não dobrar os vossos, com a moléstia deles, que como experimentada em tantos, bem alcançais a grandeza de todos. E esta é a verdade de minha história; e a causa porque vinha apressada e porque quis que nos desviássemos do caminho é porque cuido andam já perto de me alcançarem; por isso me dai licença, porque me não posso deter mais tempo.

E com isto se começou levantar, e lançando-lhe Florinda os braços a deteve, não com palavras mas com lágrimas, que nascidas do sentimento que tinha de ver uma donzela tão fermosa pelo mundo, tudo causado do amor, já esquecendo-se dos seus por sentir os alheios, e quietando-se a peregrina começou acompanhá-la com outras, e faziam entre si um tão lastimoso choro, que por um pouco estiveram em silêncio: e no cabo, rompendo-o Florinda, falou assim dizendo:

— Já que o tempo é tão pouco e a pressa que tendes tanta, que nos não dão lugar a que nos consolemos mais devagar de nossos trabalhos e infortúnios, peço-vos, pelo que vos mereço já no amor que vos tenho, que me concedais duas cousas: a primeira, que me digais vosso nome, que até agora não haveis dito; e a outra, que queirais aceitar este vestido meu e dar-me esse vosso, porque assim ireis mais segura e não vos conhecerão tanto, visto os sinais que de vós têm dado pera vos acharem, porque já agora correra muito perigo vossa vida sendo achada vossa pessoa.

— O meu nome, sim, direi (respondeu a peregrina), pois levais nisso gosto, que é Gemilícia; porém não vos quero, eu tampouco, que vos queira fazer tão grande mal, como era trocar o vestido, porque seríeis achada; e cuidando que fôsseis Gemilícia, pelos sinais que de mim são dados, pagareis o que eu justamente estou devendo.

— Não temais isso (tornou Florinda), que segura vou; porque como o principal sinal que de vós tem dado seja vossa muita fermosura, ainda que me achem, vendo meu rostro, ficarei livre, pois se não iguala com a vossa. E quando me tirem a vida, eu haverei por bem empregada, contanto que fiqueis vós com ela.

— Obrigais-me tanto com vossas boas palavras (respondeu Gemilícia), que me fazeis ter por necessário o que eu tinha por impossível de se acabar comigo; e pois assi é, faça-se vossa vontade, ainda que seja constrangida a minha.

E dizendo isto se despiu cada uma e trocaram os vestidos, não cessando de derramar lágrimas de seus olhos, nascidas da consideração dos trabalhos em que se viam e da memória dos bens e regalos em que foram criadas, o que tudo junto com a despedida, que com amorosos abraços cada uma fez, lhe dobrava mais seus males. Porque a saudosa memória do prazer dos bens passados costuma acrescentar a tristeza dos males presentes.

CAPÍTULO XXXV

Do que aconteceu a Florinda despois que se apartou desta donzela.

TROCADA JÁ A NOVA FLORINDA em peregrina no trajo, que na fermosura sempre o fora,²³¹ se partiu pelo mundo, intentando passar por Florença a Roma, até que achasse algum cômodo em que quietando-se pudesse acabar a vida. E despois de alguns meses, tendo já passado contrastes do mundo e sofrido mil tempestades dele, tomando sempre companhia em que fosse segura sua pessoa e muitos trabalhos por terra, anexos a semelhantes peregrinações, chegou um dia a um lugar pequeno já do estado de Florença; e como por todas as terras dele houvesse vigias pera prenderem a ausente Gemilícia, quando a viram, levados dos sinais que o trajo representava, estando uma noite agasalhada em uma venda, entrou a justiça com as vigias e, não lhe ouvindo as rezões que dava, a levaram presa pera uma torre donde o pai de Gemilícia tinha preso ao mancebo; e como as guardas dela não a conhecessem pelo rostro, como tinham notícia que vinha em trajos de peregrina e que era moça e fermosa, sem dúvida cuidaram que era a mesma. E despois que a deixaram metida em a escura torre se foram com pressa fazê-lo saber ao pai e ao irmão que, já desconfiado de a achar, se tinha tornado; e como lhe dissessem que era moça e muito fermosa e o trajo que trazia, facilmente condescenderam a dar-lhe crédito, tendo por certo ser aquela; os quais deixemos agora e tornemos à nossa triste e angustiada Florinda, posta em uma torre tão escura (por não ter janela nenhuma) que nem sabia quando era dia, nem quando noite, e revolvendo em seu pensamento as palavras que Gemilícia lhe dissera, que não vinha segura com aquele trajo, e vendo que por sua vontade se pusera a tantos trabalhos, donde tinha certo perder a vida, eram tantas as lágrimas que derramava de seus olhos, e tantos os suspiros que dava, nascidos do íntimo de seu coração, que aconteceu um dia serem sentidos do mancebo, que em outra casa da torre estava, no mesmo andar. E como ele estivesse magoado parecendo-lhe que era Gemilícia, e não tivesse por onde lhe declarar a paixão que tinha em seu peito, do que ela fora causa, fez força em um alçapão que fechava uma grossa grade de ferro, que respondia[232] a sua prisão. E abrindo-a pediu ele a Florinda que chegasse, que lhe queria falar; e fazendo-o ela, começou o triste mancebo a tratá-la com ásperas palavras, manifestando-a por causa de sua prisão, donde estava havia um ano sem lhe quererem ouvir suas desculpas, e que já não fazia conta da vida, que cedo a tirariam a ambos, e outras palavras que causaram tanta paixão em Florinda, que mais sentia seus trabalhos de que seus males próprios. E despois que o mancebo com lágrimas não pôde mais queixar-se, enxugando Florinda as suas, lhe respondeu no teor seguinte:

— Alcançado tenho, triste mancebo, conforme o mostra a verdade de vossas palavras, estardes enganado no que dizeis com elas: porque nem eu sou a que vós cuidais, nem fui causa do que tanto sentis. Essa Gemilícia encontrei eu haverá seis meses em um caminho, e despois de me dar conta de toda sua vida, lhe pedi eu pera que fosse mais segura me desse seu trajo que levava de romeira, e eu lhe dei meu vestido, ainda que contra sua vontade: e chegando a um lugar deste estado de Florença, me prenderam, cuidando (conforme os sinais que tinham) sem dúvida que era ela, e não ouvindo rezões que assinava em minha defesa, me trouxeram donde estou, tão angustiada que a não ter já experiência de longos males, sem dúvida este me tirara a vida, e pesa-me de me não poderdes ver para que ficásseis certo em minha verdade.

— Possível é isso que me dizeis? (tornou o mancebo).

— Possível (respondeu Florinda) e assi passa como digo.

— Ora pois (disse o mancebo), já que minha ventura vos trouxe aqui para que tivesse mais alguns dias de vida com vossa boa conversação, peço-vos me digais a causa que vos traz pelo mundo exposta a tantos perigos dele, e eu vos darei conta do que tenho passado em minha vida, que cuido vos causarão tanto espanto como os vossos a mi (sendo iguais) sentimento.

— Sim, direi (respondeu Florinda), porque os trabalhos, contando-os a quem os sente, aliviam a pena de quem os padece.

Logo Florinda lhe começou dar miúda conta de tudo o que havia passado, primeiramente de como ela sendo mulher se fingira homem e assim andara pelo mundo enganando-se com ela muitas pessoas dele, como fora uma Artêmia a quem ela queria muito e em tanto sentira sua morte, quando se partira dos pastores trazendo-a em trajos de homem e que no mar se afogara, e que seu nome próprio era Florinda e que se fingira Leandro. Quando o preso ouviu tratar de Artêmia e como se perdera em o mar, e que Florinda era mulher e se fingira homem, deu um ai tão grande, acompanhado de tantas lágrimas, que parece se lhe arrancava o coração. E reparando Florinda, cuidando lhe dava algum acidente, respondeu o preso:

— Ah, cruel Florinda, que te não podes livrar de seres causa de meus males.

— Como assi? (tornou ela).

— Como (disse o preso) eu sou a triste e pouco venturosa Artêmia, que aí nomeias.

E dizendo isto parou não lhe dando lugar as lágrimas de ir por diante. E como Florinda a tivesse por morta, não deu crédito ao que dizia, e tornando mais em si lhe disse:

— É tão reprovada uma falsa traição a um peito nobre, que me espanto pagardes-me com essa despois que vos tratei tanta verdade.

— Rezão tendes no que dizeis (disse Artêmia), quando fora assim o que de mim julgais, porém já que a minhas palavras não dais crédito, não é bem o negueis aos sinais que vos dou.

Então lhe contou tudo o que haviam passado, e como se salvara em um pedaço de casco do navio com outra gente, e que sempre a tivera por perdida; e assi pelo muito que lhe queria, cuidando que era Leandro, se viera como desesperada pelo mundo, e aportando em aquele senhorio tratava em mercadorias e as vinha vender àquela terra, donde lhe aconteceu com Gemilícia o que já sabia. Quando Florinda conheceu que na verdade aquela era Artêmia, foi tão alegre que, se de antes derramava lágrimas de sentimento, agora banhava seu rostro com outras de alegria, porque tanto são efeito de um como manifestadoras de outro. E depois que cada uma estava certa no conhecimento de quem eram, tratou Florinda de dar-lhe algum esforço, e que não temesse que não havia de morrer, mas que havia em todas as maneiras descobrir-se por quem era, e deixasse a sua conta o negócio, que ela lhe daria bom fim. Contente Artêmia prometeu que assim o faria e tudo o mais que ela ordenasse. E depois de passados mais alguns dias, em os quais miudamente deram uma à outra conta do que haviam passado, mandou o pai de Gemilícia (com ordem que para isso tinha da justiça) que os tirassem fora e em um teatro que já tinha mandado fazer lhe cortassem a ambos a cabeça à vista de todo o povo, para que as donzelas tomassem exemplo e não cometessem semelhante delito. E fazendo-o assim os guardas foram levadas com muito resguardo, a saber Florinda, em os trajos de Gemilícia, e a Artêmia, em os que tinha de homem. E vendo o povo a Florinda e sua fermosura tão rara, claramente conheceram que aquela não era Gemilícia, e logo o foram dizer ao pai que escondido estava por não ver morrer a filha. E mandando-a logo vir ante si juntamente com Artêmia certificou-se de sua vista ser verdade o que o povo dizia, e vendo-a tão fermosa, considerando o mau trato que lhe tinha dado injustamente, começou de lhe pedir perdão, professando de satisfazer-lhe com serviços o que lhe tinha causado de trabalhos. Vendo Florinda esta boa ocasião lançou logo mão da palavra que lhe dava, dizendo:

— Pois, senhor, peço-vos que solteis este preso, pois injustamente o esteve até agora.

— Fazei-me certo (disse ele) o que dizeis, e logo será livre.

— Pois assim é (respondeu Florinda), sabei de certo, senhor, que este preso não é homem como vós cuidais e os trajos representam —

e logo lhe contou tudo miudamente o que tinha passado com Artêmia, até sua prisão — e porque entendais ser verdade o que digo, mandai fazer experiência, e achando o contrário, tomai em mi o castigo.

— Tão admirado me tem (respondeu ele) o que me haveis contado da história de vossas vidas, que a não sair por fiador de vossa verdade o bom rostro e grande sujeito que mostrais, dificultosamente lhe dera crédito; e pois assim é, não quero mais experiência que a que tenho ouvido de vossas palavras; e pois vos dei a minha de vos pagar em serviços, bem é que vos comece fazer alguns.

E mandando logo trazer dous ricos vestidos que foram de Gemilícia, mandou que se vestissem ambas e ficassem em sua casa em conta de filhas, e como entendesse de Florinda o propósito em que estava de não casar, mandou a seu filho que tinha, único herdeiro de todo seu estado e riquezas, recebesse por mulher Artêmia, o que ele estimou muito, porque era tão extremada em fermosura, que tirando a de Florinda, que lhe levava a ventagem, não se achava outra semelhante em muitas partes. Divulgada já por todo o Reino esta história, correndo juntamente a parelhas com ela a fama de fermosura de Florinda, era de todos sua vista tão desejada, quanto a história de muitos engrandecida. E despois que veio à notícia do grande Duque de Florença, como fosse casado e não tivesse filho nenhum, movido dos desejos que tinha de ver quem com tanta paciência e firmeza passara tantos trabalhos e infortúnios, como mostrava a história que de sua vida lhe contavam e sua estranha fermosura, entendeu que devia de ser alguma pessoa nobre que por alguma notável ocasião se ausentara de sua terra, e logo em seu ânimo, sendo verdade o que se dizia, de a tomar por filha e deixar-lhe todos seus estados; e despedindo logo muita gente, com quatro donas que a acompanhassem, a mandou buscar, e vendo Florinda que era forçado deixar a sua amiga Artêmia, que já casada estava e senhora de muitas terras e fazendas, e os pais de Gemilícia que lhe queriam como a filha, esquecidos já, porque nunca mais dela tiveram novas, se despediu deles com muitas lágrimas, dando-lhe esperanças que ainda se haviam de ver, tendo intento de tornar-se a gozar de sua companhia. E estribada Artêmia nelas ficou com mais ânimo pera se despedir dela, encarecendo-lhe o grande amor que sempre lhe tivera, e que nem o perder sua conversação havia de ser causa de perder o que lhe tinha, e dando-se amorosos abraços respondeu Florinda: "assim é, porque entre os bons amigos, ainda que se perca a conversação, nunca se perde o amor".

CAPÍTULO XXXVI

De como Florinda foi levada ao grande Duque de Florença, e do que mais lhe aconteceu.

LEVADA POIS FLORINDA e apresentada ao grande Duque de Florença, que muito desejoso estava já de sua vinda, foi tão admirado de sua estranha fermosura, que claramente conheceu ser mais do que a fama pregoava; e mostrando-se alegre com sua presença lhe mandou logo dar seu aposento apartado com damas e donas que a servissem, como a filha sua: e lançando-se Florinda a seus pés pera lhos beijar por tão grande mercê, a levou em seus braços com muito amor e cortesia e a mandou recolher, pera que descansasse do caminho; e despois de passados alguns dias a mandou vir ante si, e rogando-lhe contasse inteiramente toda sua vida e a causa de sua peregrinação, e donde e como encontrara aquelas donzelas, Artêmia e Gemilícia. Ao que logo Florinda satisfez como pedia e na verdade havia passado, desd'o princípio de seus amores, até aquela hora em que estava: e como não quisera receber por esposo ao Príncipe Aquilante, porque havia de cumprir a fé que a seu antigo Arnaldo tinha dado; e vendo o Duque os trabalhos e infortúnios que havia passado, tudo por guardar firmeza, e notando a doçura de suas palavras e a eloqüência delas, e a capacidade[233] de seu sujeito, ficou-lhe tão afeiçoado que logo em público, diante da Duquesa e de todas as mais damas e criados de sua casa, a tomou por filha e a constituiu herdeira de todo seu estado, consentindo a Duquesa com muita vontade, porque lhe queria já muito. E pediu a todos seus vassalos que como tal a conhecessem dali por diante e servissem com bom ânimo e melhorada vontade, o que todos fizeram com muito gosto, porque viam nela um sujeito merecedor de todos os bens do mundo; e assim não houve quem reprovasse estes tão grandes que o Duque lhe fazia. Vendo-se pois Florinda em tão alto estado e perto de ser senhora de todo o que o Duque possuía, porque como eram de muita idade assim ele como a Duquesa não podiam viver muito, bem cuidou que a levantava ainda a fortuna tão alto pera lhe dar maior queda, como de outras tinha experiência. Porém como cansada já de a perseguir, deu lugar à ventura a favorecesse, desistindo da pretensão que levava de a pôr no último de sua vida. E forçada já Florinda com os novos favores da ventura, e apurada mais sua fermosura com o bom trato e regalo com que de todos era tratada, começou de mostrar-se a suas damas e mais criados mui alegre, fazendo-lhe muitos bens, sendo pera todos muito liberal, assim de boas palavras, como de boas obras; e como o tempo deu lugar a que sua fama voasse por todos os estados e senhorios de Itália, assim por ver sua fermosura, como a pessoa por quem tantos infortúnios passaram e tão notáveis cousas dela se diziam, concorriam a Florença muitos senhores e mancebos, que mais presumiam de suas pessoas, de mui remotas partes. E vencidos alguns de sua beleza, a pediam por esposa ao Duque, com o que se via importunado, porque sabia qual fosse a vontade de Florinda tão alheia do que pediam. E estimulado de seus rogos, mandou um dia chamar a Florinda, estando ele só com a Duquesa, e ali lhe propôs muitas rezões, de como era necessário (visto o tê-la já perfilhada e haver de ser herdeira de sua casa) que casasse, porque a pediam muitos senhores de grandes estados, e o seu era forçado ter descendentes que o sustentassem, e que descesse de seu propósito, que bastava o tempo em que o guardara, e outras rezões, com que constrangeu a Florinda (visto o bem que lhe tinha feito, não querer pagar-lhe tão mal, porque se mostrava desejoso do que lhe pedia) a dar-lhe palavra, que sim, faria, e tudo o mais que fosse servido, como filha e cativa sua: ficando-lhe contudo o contrário em o coração, porque fazia conta que quando se quisesse efeituar algum casamento e não tivesse outro remédio, se ausentaria; porque em mais estimava a fé que tinha prometido e até então guardado do que temia a morte, que ela mais queria, que quebrá-la. Contente pois o Duque com a palavra de Florinda, e divulgada já por toda a cidade, começaram de novo muitos senhores que vinham de seus estados a pedi-la por esposa, uns pera si, outros pera seus filhos. E como o Duque visse que agravava a muitos quando a desse a algum, ordenou, com parecer da Duquesa e de alguns nobres vassalos seus, que mandaria fazer umas justas, mandando pregoá-las por todos os estados e senhorios de Itália, pera que todos os pretendentes viessem nelas; e o que melhor se houvesse e mais esforçado se mostrasse, esse seria o esposo de Florinda. E dando-lhe a ela conta do que tinha determinado, que o não queria fazer sem parecer seu, foi logo dela aprovado por bom e que lhe contentava muito, mas que havia de ser com uma condição: que despois de conhecido já o que havia de ser seu esposo, ela o mandasse mais quatro dias fazer experiência de seu esforço, intentando neste tempo ausentar-se, ou dar alguma ordem pera que ficasse livre, guardando sua fé e firmeza. E prometendo-lhe o Duque que assim o faria, mandou logo pregoar por todo seu estado e mais senhorios de Itália, donde era já chegada a fama de Florinda, que todo o que a pretendesse por esposa se achasse em as justas que ele ordenava por três dias, assinando-lhe o em que se haviam de começar, e o que melhor e mais esforçado se mostrasse nelas, esse seria seu esposo. E que se viessem ajuntar todos em um certo lugar, pera dali entrarem juntos quando lhe fosse recado. E divulgando-se por muitas partes, assi do Reino, como fora dele, começaram de se aparelhar muitos, mormente os que mais confiavam de seu esforço, assi de armas e ornato de suas pessoas, cavalos e bons jaezes, como quem havia de sair em um público tão notável e donde se esperava tanta honra e tão estranho prêmio. Os quais deixemos agora, uns aviando-se pera tão grande empresa, outros partindo-se já pera ela: e tornemos ao Duque, que em todo este meio tempo se não ocupou mais que em mandar fazer novos vestidos com que Florinda havia de sair os três dias, e outros pera seus desposórios, e ricas tapeçarias pera ornar a praça donde havia de ser as justas e o mais necessários pera elas. E chegado já o tempo, oito dias antes mandou fazer a uma parte da praça um grande e suntuoso teatro e, despois de feito, orná-lo de ricos panos de brocado verde, semeados de miúdas estrelas de ouro; e no mais alto dele mandou pôr três cadeiras de pau preto marchetado de marfim, e o assento e descanso delas de brocado branco, broslado de ouro, em que se havia de assentar ele e a Duquesa, com Florinda. Mandou logo fazer outros dous mais baixos, um à parte direita, outro à esquerda, ornados de pano de veludo vermelho, broslados de prata, e em cada um duas cadeiras, em que se haviam de assentar os quatro juízes que haviam de dar sentença por quem melhor o fizesse. Mandou mais armar toda a praça em roda de panos de terciopelo encarnado, semeados de leões de ouro e tigres de prata, e tanto ao vivo estavam que causavam espanto a quem os via. E despois de todo já posto em ordem, e o tempo fosse chegado, e à praça todas as janelas ornadas, e concertado o lugar donde haviam de estar seus criados e outro de suas damas; e havia concorrido muita gente, assi da cidade como de fora dela, e os cavaleiros estavam já em o lugar determinado todos juntos, mandou o Duque que ao dia seguinte, que era o primeiro das justas, à hora de meio-dia entrassem pela praça todos de dous em dous, porque já tudo estava aparelhado. Chegada já a menhã e o fermoso Sol com seus claros raios fazia resplandecer o muito ouro de que toda a praça estava ornada, deitando de si outros em os quais empregada a delicada vista mais curiosa em seu exercício se mostrava, começou a concorrer tanta gente, que não havia quem a seu gosto pudesse ter o lugar que, pera ver tão grande novidade, desejava. E lá pelas dez horas do dia saiu o Duque com a Duquesa, trazendo pela mão a Florinda, acompanhado de toda sua gente, tão lustrosa e bem vestida, que a todos os que empregavam seus olhos em a variedade de seus vestidos e riquezas deles causava notável recreação e alegria. E porque evitemos prolixidade, só daremos conta dos que traziam as pessoas mais notáveis e principais. Primeiramente o Duque, saiu vestido de terciopelo negro, com muitos e rasgados golpes, pelos quais parecia um forro de telinha de prata, que por ter junto de si o contrário mais resplandecia; em um bonete que na cabeça trazia tinha um trancelim de ricas pedras, e a seu pescoço uma grossa cadeia de ouro, com esmaltes de várias cores, o que tudo ornava estranhamente sua pessoa. A Duquesa vinha conformada com ele em tudo, assim na cor do vestido, como no feitio dele. Florinda saiu neste primeiro dia com um vestido tão rico e de tanto feitio, que mostrava um claro desengano aos olhos de todos, que não havia mais que ver. Era pois este de fio de ouro e prata, sem parecer seda alguma, e com tanto artifício tecidos entre si, que não davam lugar a que se mostrasse a que debaixo tinham. O feitio tinha mais de custo do que de artifício, porque a certos compassos tinha seus miúdos golpes, tomados os remates com grãos de aljôfar e no meio servia de botão a cada um sua pedra de muita estima, cada uma de sua cor, presa em um sutil alamarzinho de ouro. Em sua cabeça não levava cousa que a cobrisse, mais que seus fermosos cabelos, que pareciam madeixas de fino ouro, sameados de pérolas e apertados com uma fita de prata, engastados nela muitos rubis, e no meio um diamante, que lançava de si muita claridade; em seu pescoço, que parecia de fino cristal, trazia um mantéu aberto com largas pontas de ouro e prata, brincadas de esmeraldas e grãos de aljôfar. Em o meio do peito uma pedra de muita estima, engastada no remate de um grosso colar de ouro, que de seu pescoço pendia. E despois de subidos ao teatro, foi assentada em a cadeira do meio, ficando-lhe o Duque à mão direita e a Duquesa à esquerda. E como o Sol ferisse com seus raios as fermosas pedras de que estava ornada, tornavam com outros tão deleitosos à vista, quanto os seus ofensivos dela. Porém os que mais penetravam eram os que deitava Florinda de seu fermoso rostro; porque os do Sol não podia a vista segurar-se neles; os que lançavam as pedras satisfaziam os olhos e neles paravam; mas os de seu claro rostro passavam os olhos e feriam o coração. As damas vieram este dia vestidas de terciopelo encarnado, dando lugar a que se mostrasse o forro dele, que era de cetim branco, por rasgados golpes de que estava cheio. Estando pois já tudo nesta conformidade preparado, e a gente toda junta pera ver a maior festa e grandeza que nunca naquelas partes se tinha visto, enquanto não vinham os cavaleiros, não tiravam seus olhos de Florinda, que como fermoso diamante entre outras pedras de menos valia se mostrava, realçando-se os quilates de sua fermosura de tal modo, que de muitas damas era invejada e de outras engrandecida, não deixando de notar a muita de que toda a praça estava ornada, nascida da diversidade das muitas riquezas que em si tinha, porque a variedade das cousas faz muito ao caso para a fermosura delas.

CAPÍTULO XXXVII

De como os cavaleiros entraram pela praça de dous em dous, e do que fizeram este primeiro dia.

Chegada já a hora em que o Duque tinha determinado para os cavaleiros entrarem, sabendo que estavam prestes esperando por sinal, mandou logo tocar as charamelas, atabales, pífanos e trombetas, e disparando os instrumentos todos juntos faziam entre si uma harmonia tão belicosa, que nem os cavaleiros ouvindo-a podiam refrear seus altivos corações, nem ter a rédea a seus ligeiros cavalos. E porque estavam já de dous em dous ordenados, não fizeram mais detença, antes com muita ordem e gravidade começaram de entrar pela praça, precedendo-os um fermoso guião de cetim encarnado bordado de ouro, com o Sol de uma parte e a Lua da outra, broslado de ouro e prata. Vinham logo na dianteira dous bem postos cavaleiros, um deles vestia uma roupa de damasco azul com franjas de prata e um capilarzinho[234] do mesmo, com miúdas estrelas de ouro; em a cabeça trazia uma trunfa[235] sameada de pedras verdes, que deitavam de si tanto resplandor, que mostravam ser de muita valia; o cavalo era todo branco mui fermoso e bem arrendado, os jaezes todos de prata com esmaltes de cores, a capa de sela de veludo azul broslado de ouro, com muito artifício e custo. Trazia mais dous lacaios junto a si, com dous grandes cavalos castanhos, um escuro e outro claro, com jaezes do mesmo. O segundo trazia marlota[236] com capilar de cetim negro alcachofrado de prata e a bordadura de ouro, que lhe dava notável graça, e ele em si mui bem disposto; sua trunfa brincada de peças de ouro mui miúdas e uma cadeia sobraçada de mui grossos fuzis; vinha em um cavalo ruço rodado,[237] e um lacaio com outro castanho pela rédea: os jaezes eram de veludo branco broslados de seda azul; traziam os rostros cobertos, como os demais, por não serem conhecidos, com seus antolhos de fino cristal. Nenhum neste primeiro, nem em o segundo dia trouxe armas, porque tinham concertado entre si só o derradeiro ter justas, e em estes dous queriam correr canas e brincos[238] de cavalo como escaramuças e outras desta sorte. Após estes se seguiam outros dous, um dos quais trazia uma marlota verde de brocado com muitos e mui rasgados golpes pelos quais se deixava ver um forro de cetim aleonado, e guarnecida toda de prata, e um capilar do mesmo com as guarnições[239] de ouro. Vinha em um fermoso cavalo negro, com uns remendos[240] brancos e os arreios de prata dourada, com um peitoral de grossas campanhias de metal prateadas, que tudo o fazia mais brioso; as guarnições das selas, assi deste como de dous que à destra trazia, eram de veludo vermelho com ondas[241] de prata; em a cabeça um bonete sameado de muitas esmeraldas. O companheiro vinha em um cavalo pequeno e bem arrendado castanho-claro, com os arreios de veludo verde broslados de seda amarela, com outro à destra branco com malhas pardas; ele trazia um capilar inteiro de terciopelo verde, com moscas de ouro, e ao pescoço um grosso colar do mesmo esmaltado de branco. Os que se seguiam em o terceiro lugar vinham conformados assi na cor dos vestidos como dos cavalos, que denotavam serem alguns senhores grandes amigos, como se viu sempre acompanhado um com o outro; vestiam umas marlotas de veludo negro com miúdas tranças de ouro; em as cabeças uns bonetes também de veludo negro com várias pedras, e cada um seu diamante no remate de um colar de ouro que a seu pescoço traziam. Os cavalos eram negros, assi os em que vinham, como os que traziam à destra com jaezes de prata dourada; a cobertura das selas do mesmo veludo broslado de ouro, que em o preto realçava tanto que entre todos vinham dos mais lustrosos.

Seguiam-se logo outros dous iguais em o corpo, e não demasiados nele; estes traziam capilares de damasco carmesim, com muitos alamares de prata e ouro, com seus bonetes do mesmo com muitas medalhas e curtas plumas amarelas e verdes; vinham um em cavalo baixo pequeno, mas tão gordo que lhe não pôde servir mais que pera a entrada; trazia dous à destra por dous lacaios, ambos fouveiros,[242] não de menos postura que os outros; o companheiro vinha em um branco como a neve com a coma encadenetada em fitas encarnadas e tão grandes que lhe chegava ao chão; trazia outro à destra, pardo com ondas pretas, que lhe davam muita graça; nos jaezes e sobresselas iam conformados, que eram de veludo amarelo com ondas de prata. Vinham logo em o quinto lugar dous cavaleiros, tão bem dispostos de corpo e graciosos nele, que, assi por sua galhardia como por a riqueza de que vinham ornados, davam mostras de serem grandes senhores e esperava-se muito de cada um deles. O primeiro vestia uma roupa larga com seu capilar de tafetá aleonado, com rasgados golpes, deixando mostrar-se por eles o forro, que era de brocado azul; debruado o golpe de uma fina trancinha de ouro, engastados nela miúdos grãos de aljôfar e, pela bordadura de toda a roupa, pequenas pérolas, todas a compasso; a seu pescoço trazia uma cadeia de ouro, de mui grossos fuzis; em a cabeça, seu bonete sameado de pedraria; o cavalo em que vinha era melado, cor de ouro, em extremo fermoso e bem ajaezado, e dous à destra. O segundo trazia um grande capilar, que todo o cobria de tafetá negro com golpes mui compassados e grandes, mostrando o forro que era de tela de prata, com seu alamar de seda e prata, e o botão de ouro; o bonete verde com medalhas de ouro. O cavalo em que vinha era muito grande e gordo, e de cor castanho-claro com malhas brancas e pretas e os jaezes de prata dourada com esmaltes azuis; as capas das selas, deste e de três que à destra trazia, eram de brocado amarelo, com ramos de prata, e as franjas do mesmo. Os seguintes logo traziam vestido umas marlotas de veludo verde com ondas de ouro, conformados ambos em tudo. Os cavalos eram alazões com algumas malhas pretas; levava cada um mais dous à destra, com sobresselas de veludo branco com flores de lises de ouro. E porque evitemos prolixidade, os que vinham no sétimo lugar vestiam vermelho com estrelas de prata, em cavalos pardos, com pintas brancas, com sobresselas de seda broslada de azul, e cada um dous à destra da mesma cor e jaezes. Logo vinham outros dous, um vestido de pardo com alamares de ouro, em cavalo ruço rodado com dous à destra, os jaezes dos quais eram de brocado encarnado, com franjas de ouro. O segundo trazia uma larga marlota de damasco aleonado, com meias luas de prata, em um cavalo negro, com malhas amarelas, e dous à destra: um castanho escuro, outro branco com malhas pardas. Os que vinham em o nono lugar traziam a mesma libré e conformes em a cor dos cavalos, os quais eram melados tirantes a pardos, com capas de brocado amarelo, com franjas de seda azul; traziam uns capilares de grã vermelha muito fina com estrelas de prata, com grossas cadeias de ouro sobraçadas; e muitos volantes[243] de seda vária, largos ao vento, que lhe davam muita graça. Traziam mais cada um dous cavalos à destra com capas de veludo roxo broslado de seda vermelha e parda, com rendas de ouro e seda verde. Logo se seguiam outros dous mui bem postos cavaleiros, e julgados de todos por grandes senhores, conforme a majestade que traziam: vinha um deles com uma grande marlota de couro de âmbar e capilar do mesmo, toda golpeada, e pelos golpes se mostrava um forro de ouro, que mais parecia feito ao martelo que tecido em seda; e cada um cerrava um botão de ouro fino em um alamar de trança de prata, com largas pontas de ouro pela fralda. Vinha em cavalo grande e mui ligeiro, negro, sameado de remendos brancos e pardos, que se julgou por um dos mais fermosos que ali entraram; trazia à destra, por três com vestidos lacaios, outros três cavalos: um branco, outro ruço rodado, outro castanho claro, com jaezes de prata esmaltada de ouro e as capas das selas de brocado branco com ondas de ouro e azul; o companheiro vinha do mesmo, mas o forro de sua marlota era de prata e os botões com esmaltes vários. Vinha em cavalo fouveiro, com malhas negras, e outros dous à destra: um branco e com outro alazão, com as capas das selas de couro branco broslado de ouro e sedas várias. Logo vinham outros dous com roupas carmesins com freios de prata chãos sem mais feitio, em cavalos baios, com cada um seu adestra[244] da mesma cor e capas de couro negro com folhagem de prata. Os que vinham em o duodécimo lugar eram de grandes corpos e em cavalos também grandes; um vestia um capilar de uma seda estrangeira azul com montaria de ouro, prata e várias sedas, tudo muito bem broslado e com demasiado artifício, em cavalo castanho-escuro com malhas brancas e outros dous à destra, ruços rodados com coberturas de veludo negro com pinhas de prata e franjas de ouro. O companheiro trazia um capilar largo que todo o cobria de seda da Índia branca com muitos ramos e pássaros broslados em ela de várias sedas. Vinha em um poderoso cavalo baio com pintas brancas e remendos negros, e outros dous à destra com coberturas de brocado negro com franjas de prata. Passados estes vinha logo um cavaleiro só na retaguarda, como quem não tivera companheiro, e assim era, porque só vinte e cinco se ajuntaram; porém era ele tal, que prometia grandes esperanças de sua pessoa. Trazia um grande capilar, que todo o cobria de tela de ouro sameado de muitas romãs do mesmo; em a coroa de cada uma engastado um rubi, e como eram muitas vinham a ser tantos que não havia olhos que pudessem bem segurar neles sua vista. Em a cabeça levava um bonete de veludo vermelho cheio de várias pedras e de muito valor e estima. A seu pescoço trazia pendurado um grosso colar de ouro, e em ele engastados alguns diamantes, e em o peito um grande camafeu de muito resplandor e valia. Vinha em um cavalo tão vário em cores como ele vinha de pedras: a sua própria era branca, porém tinha muitos remendos negros e pardos; e se causou notável admiração a todos a fermosura e galhardia do cavaleiro, assim por a boa postura e talhe de seu corpo, como pela riqueza de que o trazia ornado, não menos causou espanto a ligeireza e brio de seu cavalo; a capa da sela era de tela de prata com alcachofras de ouro, e em roda, a compassos, sua pedra vária, ainda que não de tanta estima: os jaezes eram de couro branco lavrados de fio de ouro, a coma levava entrançada com fitas várias, o peitoral era de campanhias de prata douradas que, sobretudo, o fazia mais loução e galante. E na verdade este foi o cavaleiro que mais roubou os olhos de toda a praça, que nele mais que em nenhum dos outros empregados tinham, e de quem maiores cousas se esperavam. Logo assi entrando de dous em dous foram dando volta à praça, fazendo inclinação ao Duque e a Florinda que, na maior glória do mundo estava posta, ainda que pouco gostosa dele. Chegando pois o último, como vinha só não deixaram de notar a causa, atribuindo a ser algum estrangeiro; chegando ante Florinda fez ajoelhar seu fermoso cavalo, cousa que nenhum dos outros havia feito e despois segundou com uma grande e mui airosa inclinação, dirigindo-a a Florinda, a qual não deixou de sentir um grande abalo em seu coração vendo a graça, gentileza e galhardia do cavaleiro: e se em sua mão estivera, havendo de receber algum, nenhum outro fora senão aquele; porém como estava firme de permanecer em seu propósito, encobriu-se o mais que pôde, dissimulando como que não sentia cousa alguma. E despois de haverem dado todos a volta à praça, começaram de se apartar doze a uma parte, e doze a outra, e tomando canas fizeram entre si um jogo mui louvado de todos por sua quietação e destreza, ficando de fora o Cavaleiro Só, que não menos contentou aos circunstantes por sua quietação e paciência, que tivera de o deixarem de fora, como polo que fez acabando eles, tomando só o campo e com uma lança em as mãos, fez muitos brincos em seu cavalo (que por isso neste primeiro dia não trouxe outro), porque a este tinha ensinado, correndo e apanhando pelo chão tudo o que lhe lançavam em ele; logo correu com outro a parelhas e no meio da carreira saltou do seu cavalo em as ancas do outro, e antes que chegasse ao cabo tornou outra vez saltar em o seu, que junto ia correndo, e acabou com as rédeas em a mão juntamente com ele. Desta e doutras finezas que fez este dia ficaram todos admirados, e ainda que os mais se houveram extremadamente, assi nas canas, como em *sortijas*[245] e escaramuças, contudo a ele foi concedida a ventagem. E despois de haverem acabado se tornaram outra vez, como tinham entrado, fazendo primeiro cortesia ao Duque, Duquesa e a Florinda, uns praticando entre si de sua rara fermosura, que não tinha igual, outros receosos do que o Cavaleiro Só havia feito: porém os que confiavam em suas forças esperavam que no derradeiro dia das justas não o fizesse tão bem e ficaria perdendo o crédito que nesse primeiro tinha ganhado. E acabada a festa se saíram logo, o Duque com Florinda e mais gente, uns louvando a riqueza dos cavaleiros, outros seus ligeiros cavalos, outros as boas sortes que haviam feito, não havendo algum que se isentasse de pregoar o muito de que era merecedor o Cavaleiro Só pelo que fizera e pela prudência que mostrara, arrimando-se a sua lança quando os companheiros o não admitiram às canas. Porque é propriedade da prudência cativar tanto os ânimos dos homens que lhe não deixa mais liberdade que pera pregoarem os merecimentos dela.

CAPÍTULO XXXVIII

Do que fizeram os cavaleiros o segundo e o terceiro dia das justas, e de quem ficou levando a ventagem de todos eles.

AO DIA SEGUINTE às próprias[246] horas do passado, saiu o Duque com Florinda e a Duquesa e a mais gente com diferentes vestidos. Ele trazia um brocado azul apinhoado de ouro, com algumas pedras engastadas nele. E a Duquesa da mesma maneira. Vinha nossa Florinda este segundo dia com um vestido de brocado verde, recamado de ouro, e nele engastadas muitas pedras tão resplandecentes que cegavam os olhos que com curiosidade as queriam notar. Em a cabeça um rolete todo sameado de pérolas e muitas esmeraldas sobre seus dourados cabelos; a seu pescoço levava um mantéu raso[247] e pequeno, com largas pontas de ouro e seda azul, de modo que se lhe deixava ver sua fermosa garganta: em a qual trazia um fio de diamantes engastados em ouro, e no meio um camafeu, que deitava de si notável resplandor, ficando contudo mui inferior ao de seu rostro, que cada dia mais fermoso se mostrava. As damas traziam vários vestidos e os mais criados. E, chegada a hora, mandou fazer sinal com os instrumentos: o qual feito entraram logo os cavaleiros como o dia passado, de dous em dous, com novos capilares e marlotas, que por evitar prolixidade agora deixo e só direi do Cavaleiro Só. O qual saiu neste segundo dia com uma marlota e capilar de veludo branco sameado de pássaras de ouro. Vinha em um cavalo todo branco e muito fermoso, com jaezes marchetados de ouro, e a capa da sela de brocado encarnado, com alcachofras de ouro. Outros dous trazia à destra, um negro calçado[248] de branco, outro fouveiro com malhas pardas e negras, com sobresselas de veludo vermelho com ondas de ouro e prata. E despois de haverem entrado todos e feita cortesia ao Duque e Florinda e a toda a praça, chegou o Cavaleiro Só e fez cortesia com seu cavalo como fizera com o outro, e seguindo seus companheiros fizeram logo entre si uma bem concertada escaramuça, e despois os mandou o Cavaleiro Só pôr de dous em dous acompassados, e fez em outro cavalo dos que à destra trazia entre eles um trocado,[249] passando perante uns e outros sem errar nunca: no que mostrou a bondade da mão em governar o cavalo e muita destreza em o fazer virar tanto, ao perto, que aos mesmos cavaleiros punha em espanto e alguns causava inveja. Logo mandaram pôr uma nauzinha cheia de água, enfiada em uma corda entre dous mourões[250] com seu espigão[251] por baixo, e cada um corria e tocava-lhe com a ponta da lança, e era a todos causa de muita festa e riso porque a uns caía a água no rostro, a outros na cabeça do cavalo, e mui poucos nas ancas; pera isto tomou o Cavaleiro Só outro cavalo que trazia, e tão ligeiro era em seu correr, que de três vezes que passou, só uma lhe caiu a água mui pouca nas ancas dele, e as duas passou em claro sem se molhar. Acabado este jogo mandaram pôr em o meio da praça um moirão com uma chapa de prata pequena e corriam a quem com a lança lhe dava mais perto; algum houve que a acertou, mas da terceira vez; porém o Cavaleiro Só, de três vezes que correu, de duas pregou o alvo e de uma lhe foi muito perto; de maneira que em todas as cousas levava aos mais muita ventagem, e não menos ficou louvado de todos este segundo dia que o primeiro. E acabadas as festas dele se tornaram a recolher por ordem como tinham entrado, e o mesmo fez o Duque com a mais gente. E chegado o terceiro dia, que era o das justas às horas costumadas, tornou sair o Duque e a Duquesa trazendo a nossa Florinda pela mão, com outros vestidos diferentes. Trazia ele um de brocado branco com moscas de ouro, o qual cerrava uma pedra pequena cada um dos golpes, presa em um alamarzinho de ouro, e a Duquesa do mesmo, e foi de todos julgado pelo melhor vestido que nunca trouxera. Florinda saiu hoje com outro tão rico e lustroso, qual nunca tinha visto nenhum dos circunstantes. Era de brocado azul com flor de lises, de pedraria de várias cores, e em os claros um golpe, o qual cerrava um botão de ouro preso em alamar do mesmo, brincado de grãos de aljôfar. Apertava-se com um cinto de pedraria e no meio um diamante de notável grandeza e claridade; seus cabelos trazia enastrados com fitas de prata brincadas de esmeraldas e safiros, em o pescoço trazia uma gargantilha de diamantes, e finalmente vinha tão fermosa e bem ornada, que se na terra se pode dizer haver alguma glória, de tal servia a todos sua vista e presença. As damas e mais gente traziam outros vestidos vários, cada um conforme seu pensamento e sua vontade pedia. E posto já tudo em ordem, mandou o Duque fazer sinal pera que pudessem entrar os cavaleiros que estavam esperando, o qual feito, ao som de muitas trombetas bastardas,[252] começaram de entrar de dous em dous, como costumavam. E porque todos vinham vestidos de armas pera as justas, é bem digamos quais eram as de cada um. Primeiramente vinham logo dous mui bem dispostos e airosos em grandes cavalos armados,[253] com seus espigões de aço em a testa; estes traziam armas todas prateadas recamadas de ouro, com o elmo todo dourado, com plumas amarelas e verdes; em o escudo em campo azul trazia três cabeças correndo-lhe o sangue e uma letra ao pé que dizia: *A morte destes me deu, a mi, vida*. O segundo trazia armas azuladas com muitos lavores prateados, com plumas brancas e negras, em um cavalo negro e forte, com seu esporão de aço em a testa e suas plumas verdes. E assi estes, como os mais, traziam suas lanças em as mãos mui grossas e dous lacaios com outras e seus cavalos à destra. Em o escudo em campo branco tinha pintado um leão de ouro, com uma coroa em a cabeça, com uma letra ao pé que dizia: *O ser qual tu, me deu honra*. Donde davam ambos a entender que por armas eram honrados e como tais queriam ser temidos. Logo vinham outros dous, um dos quais trazia armas brancas chãs sem algum feitio, com plumas azuis todas em um cavalo alazão armado; tinha em o escudo em campo verde um pinheiro de prata com pinhas de ouro e umas letras ao pé que diziam: *Se não alcanço o que pretendo contigo, me ficarei*. Estas letras estavam algum tanto escuras,[254] porém não para aqueles que sabiam que o pinheiro significava morte, pelo que claramente se deixava entender que sentiria tanto o não alcançar Florinda, que ficaria sem ela com a própria morte. Vinha logo outro seu companheiro vestido de armas prateadas com ondas de ouro, plumas roxas e vermelhas, em um cavalo branco com malhas negras muito fermoso, forte e bem armado com suas plumas vermelhas e peitoral de campanhias de prata; trazia este em o escudo em campo vermelho uma grande frol de lis e ao pé umas letras de prata que diziam: *Mais porei se te ganhar*. No que deu a entender que então poria[255] todas suas armas quando merecesse a Florinda e, quando não, sempre ficaria encoberto. Seguia-se logo outros dous, um dos quais trazia armas de folhas de aço pregadas de prata sem mais lavores, o elmo dourado com plumas brancas e roxas, em um cavalo fouveiro de grande corpo e destro em armas; tinha em o escudo em campo negro um homem armado com uma escura sombra por cima, de modo que mal se divisava, e umas letras de ouro ao pé que diziam: *Enquanto me não dá luz, que me desterre estas trevas*. O companheiro trazia armas azuis com flores-lises de ouro, plumas negras e amarelas em um cavalo castanho-escuro todo armado, com plumas azuis e verdes; em o escudo em campo azul trazia uma meia lua de prata com uma letra que dizia: *Cedo espero de ser cheia*. E porque evitemos prolixidade, assim vinham todos os mais vestidos com suas armas em seus fermosos cavalos com plumas, e seus escudos com várias figuras e letras em eles, cada uma conforme o amor ou a pretensão que tinha, ou os brasões de suas nobrezas o pediam. E passados assi todos os doze de dous em dous, vinha no cabo o Cavaleiro Só vestido de umas fortes e bem guarnecidas armas, todas douradas com várias lavores e com plumas verdes, brancas, negras e pardas; vinha em um cavalo melado cor de ouro, com remendos negros calçado de branco, e ele em si mui brioso e forte, mui bem armado com plumas vermelhas e amarelas; trazia em o escudo em campo de ouro uma donzela pintada em extremo fermosa e bem ornada, apontando com a mão a um cavaleiro que junto a si tinha, o qual no trajo e nas armas dava mostras de ser o mesmo tirado ao natural; e da boca da donzela lhe saíam umas letras de ouro que diziam: *Deste cavaleiro sou*. E da sua saíam outras que diziam: *Porque só eu te mereço*. As quais letras e figuras deram motivo a muitos para cuidarem conforme seu pensamento, uns que lhe nascia de muita confiança que de si tinha, outros que alguma cousa havia passado em algum tempo com Florinda, e que estribado em alguma palavra sua tirara aquela donzela com seu retrato; outros finalmente que devia de ter outra, e que só por mostrar seu esforço vinha àquelas justas. Enfim, tornando a nosso intento, levava mais à destra quatro cavalos de várias cores e armas, plumas e jaezes, cousa que nenhum dos outros nunca chegara,[256] porque o mais que levavam à destra neste dia eram um, até dous. E dando volta à praça como costumavam e feitas suas cortesias, chegou o Cavaleiro Só, e fazendo ajoelhar seu cavalo deu tempo a que Florinda visse a donzela e lesse as letras, com o que ficou sobressaltada, vindo-lhe ao pensamento o Príncipe Aquilante, parecendo-lhe que ainda lhe tinha amor, e pelo que haviam passado tinha confiança de a alcançar, por onde tirara aquela insígnia em seu escudo; porém bem errado tinha seu pensamento e bem longe do que cuidava. E postos em ordem todos, a saber doze a uma parte e outros doze à outra, começaram de tomar lanças e pôr-se em ordem de justarem, como de feito fizeram, não fazendo caso do Cavaleiro Só como o primeiro dia; o qual, usando de sua costumada prudência, posto em seu cavalo se esteve quedo, arrimado à sua lança, vendo como cada um se havia em seu encontro: e do primeiro que deram todos à uma, ao som de muitas charamelas e tambores e mais instrumentos, caíram em terra pelas ancas dos cavalos, quatro de uma parte e dous da outra; alguns houve que ficaram abraçados em o arção da sela, outros atormentados, como um que logo foi levado, sem dar mais acordo de si àquele dia, e outros feridos da queda. E tornando ao segundo encontro os que ficavam, caíram mais quatro, e do terceiro se conheceu ventagem em dez cavaleiros que tinham derrubado de seus encontros e ficado firmes em suas selas; e ficando estes vitoriosos em o campo queriam entre si justar até ficar algum vencedor de todos, ao que lhe foi à mão o Cavaleiro Só e rompendo o silêncio em que té então estivera, lhe falou nesta maneira:

— É tão conhecido o desprimor que comigo haveis usado em estas justas, nobres cavaleiros, que ainda que conheça bem a diferença de minhas forças ser desigual à grandeza das vossas pelo que hei visto em o exercitar delas: não posso deixar, como estimulado da pouca rezão que haveis mostrado, a que em público vos desafie a todos juntos assim como estais, pelo que podeis sair um por um, ou dous a dous, e quando algum de vós for tão venturoso que me vença, além de chorar o desamparo de minha curta ventura, pregoarei a sem justiça dela por favorecer peitos tão alheios de rezão e ausentar-se de um que só na verdade dela faz seu fundamento e estriba as esperanças nele, de tal modo que só por este tem certo o prêmio delas. E dizendo estas palavras começou de tomar campo e uma grossa lança em a mão, o que vendo os cavaleiros ficaram admirados de sua confiança e braveza, e bem sentiam que não podia nascer tal brio senão de peito generoso; porém como confiados em seu esforço e bondade de armas, tomando cada um novo cavalo e lança, lhe saiu ao encontro um e um; e saindo o primeiro com notável desejo de vingança, o veio a receber, e encontraram-se com tanta força que o Cavaleiro Só perdeu uma estribeira; porém o contrário caiu em terra e deu tão grande pancada em a cabeça que logo foi tirado a fora, e endereçando-se outra vez em o mesmo cavalo, lhe saiu o segundo, e como este se estimava em muito por haver vencido e derrubado a cinco, sem cair nem perder rédea nem sinal de fraqueza, cuidou sem dúvida que o mesmo lhe acontecesse com ele; porém foi ao contrário, que como o Cavaleiro Só o conhecesse por tal, pondo a lança em o ristre[257] e apertando com força as pernas a seu ligeiro cavalo, se encontraram com tanto ímpeto que a todos pôs em espanto, e aos mais cavaleiros em temor; do qual encontro caiu o cavalo ao Cavaleiro Só, pondo as ancas em o chão, mas, como era ligeiro, levantando-se logo supriu a falta que de si havia dado. Porém o outro cavaleiro caiu em terra e ficando-lhe o pé em a estribeira foi um pouco a rastro. Ainda que não muito, porque logo o Cavaleiro Só saltando de seu cavalo, se lançou a ter[258] ao seu pelas rédeas e o ajudou a tirar o pé, não a subir, porque estava algum tanto desacordado. O que foi causa de ser louvado de todos, tanto por sua nobreza, como por sua valentia. E tornando a tomar outro cavalo, fez sinal aos outros que saíssem: o que um fez logo mais por honra que por vontade, e assim a este como os mais, até oito, derrubou em terra, ficando ele sempre inteiro em seu cavalo. E não contente, tomando outro, acenou aos que ficavam que saíssem juntos, o que não quiseram aceitar; antes saindo-se confusos se foram, deixando ao Cavaleiro Só em o meio da praça como vitorioso, fazendo mil brincos em seu cavalo: os quais acabados fez cortesia ao Duque e a Florinda, que maravilhada estava das grandezas que lhe vira; e bem parecia que por elas lhe era devido o prêmio que lhe estava assinado e o mesmo pregoaram os juízes e todos a uma voz; o que visto do Duque mandou-lhe logo recado e aos mais que tinham ficado em a praça, suposto que vencidos do Cavaleiro Só, confiados em terem vencido outros, e não perdiam as esperanças de Florinda, porque entre todos lhe tinham mais amor. E subidos a uma sala grande donde o Duque os mandara aposentar, se ajuntaram ao todo dez, porque os mais haviam desistido vendo sua pretensão. E acabadas as festas, se recolheu o Duque com a sua gente e toda a outra que havia estado presente a elas, uns pregoando a fermosura de Florinda, outros a ventagem que a todos fizera o Cavaleiro Só, outros sua ventura, pois merecera tal prêmio, outros que de direito se lhe devia; finalmente, o mais restante do dia se gastou em mil louvores nascidos das grandezas e maravilhas que tinham visto, que por serem tais se lhe deviam de justiça, e o contrário fora causa alheia de toda ela. Porque não há cousa mais injusta que negar a cada um o louvor que pela grandeza de seus feitos, dons da natureza e perfeição de suas obras se lhe deve.

CAPÍTULO ÚLTIMO

De como os juízes deram a sentença pelo Cavaleiro Só, e como se descobriu quem era, e do fim da história de Florinda.

CHEGADO POIS O DIA SEGUINTE mandou o Duque aparelhar uma grande sala, de rica armação de tapeçaria bordada de ouro e prata, com muitas cadeiras de brocado borlado de ouro e um estrado com muitos coxins do mesmo. E tomando pela mão a Florinda e à Duquesa por outra, as fez assentar em eles. E logo mandou chamar aos quatro juízes e os cavaleiros, que como dissemos ao todo eram dez. E sendo chegados foram recebidos dele com muita cortesia e amor, e mandando-os assentar a todos, assi como estavam cobertos com seus elmos, de modo que nenhum era conhecido, lhe falou nesta maneira:

— Em verdade vos afirmo, nobres e esforçados cavaleiros, que se conforme a grandeza de vossos merecimentos se vos houvera de dar o prêmio deles, que nem eu pudera em todo cumprir minha palavra, nem vós em alguma parte ser satisfeitos de minha obra. Porque ainda que a fermosa Florinda, por quem é, mereça muito, contudo cada um de vós por seu esforço não merece pouco. Porém como esteja prometida àquele que mais aventejado se mostrasse, não quero eu mostrar-me suspeito em assinar qual seja, se não estar pelo que os juízes conforme seu parecer disserem, que eu estou prestes pera aprovar por boa a sentença que derem.

E dando lugar a que se pronunciasse, um dos juízes, o mais velho, se levantou e em nome de todos disse como era verdade que os cavaleiros o haviam feito tão extremadamente, que merecia cada um per si o prêmio, quando não houvera um que se aventejasse mais, assim na bondade de armas e valentia de forças, como mostrara, em o terceiro dia das justas, como também em ser melhor cavaleiro, visto as boas sortes que fizera em seus cavalos, o primeiro e segundo dia.

— E qual é esse? (respondeu o Duque).

— Este, senhor (disse o juiz), é esse cavaleiro que aí está — apontando ao Cavaleiro Só — e a ele julgo, com parecer de meus companheiros, conforme a palavra tendes dado, por esposo da fermosa Florinda.

— Eu aprovo por boa (respondeu o Duque) vossa sentença, porque na verdade, é bem julgada: e creio que estes cavaleiros a haverão por tal. E pois assim é, e o Céu o determina, é bem que se descubra e receba meus braços, como de pai, e a mão de Florinda (que já por filha tenho), como de esposa.

E acabado o Duque estas palavras, começou o Cavaleiro Só com muita graça a desenlaçar o elmo. E, Florinda, seu pensamento de várias imaginações com que o tinha preso, pera que pudesse fingir-se alegre e não fosse ocasião de o Duque dar em alguma suspeita do que tinha intentado, estribada na palavra e condição que lhe prometera de mandar provar por mais quatro dias o esforço do que fosse julgado por esposo seu; no qual tempo tinha determinado ausentar-se e em nenhum modo quebrar a fé e promessa que havia dado a seu antigo Arnaldo, pela guarda da qual havia passado tantos infortúnios e trabalhos. Porém como não haja alguns que por último término não tenham prêmio de bens, e fosse já chegado o tempo que a ventura lhe tinha determinado pera gozar de muitos, permitiu o Céu que a causa, que o fora, de Florinda padecer tantos infortúnios, perseguições, cárceres e o mais que de sua vida havemos contado, padecendo em toda ela tantos trabalhos, essa mesma lhe servisse do prêmio deles. Foi pois o caso que tendo já descoberto seu rosto o Cavaleiro Só, deixado o espanto que a todos pôs sua gentileza, se lançou aos braços do Duque, dos quais foi recebido com muito amor. E despedido deles pera tomar a mão à fermosa Florinda, teve lugar antes que chegasse de pôr os olhos nele; e sobressaltando-se-lhe o coração com sua vista, lançando a mão ao seio, tirou o retrato que sempre consigo trazia, e cotejando a imagem dele com o original do cavaleiro, conheceu que era seu amado e querido Arnaldo, a quem ela sempre tivera por morto. E com a nova alegria que recebeu de repente seu coração, por não rebentar com ela, despediu um grande suspiro do íntimo dele: e acompanhando-o muitas lágrimas se reclinou em os braços da Duquesa desacordada de um amoroso acidente; e tomando o Duque o retrato em a mão entendeu claramente pelo que mostrava que Arnaldo era o mesmo, porém não o conhecendo por esse, mas pareceu-lhe que seria algum amante que em algum tempo a servira, de cuja vista procediam os efeitos que via em Florinda, como verdadeira causa deles; e pera mais se certificar na verdade, pediu ao cavaleiro quisesse dizê-la contando sua vida e quem era, e donde, e se conhecia a Florinda, e que podia dizer tudo seguramente, pois já era sua esposa, ganhada por seu esforço e valentia.

— Não é só esse o merecimento que posso alegar (respondeu Arnaldo), pelo qual se me devia de direito um bem tão grande como o que hoje alcancei, que quando não tivera outros, não me conheço por tão atrevido que quisesse sê-lo em esperar por tão poucos serviços um prêmio merecedor de tantos.

— Quais são esses (disse o Duque) e donde os haveis feito?

— Pois assi é (tornou Arnaldo), eu quero dar conta deles e de quem sou, prestando-me atenção, que não será por muito tempo, porque serei breve em dá-la.

— Todos a teremos a vossas palavras (disse o Duque), como desejosos de saber, já o que quereis mostrar por elas.

E sentando-se Arnaldo em uma cadeira (já a tempo que Florinda entrava em si do acidente que lhe dera), começou de satisfazer ao desejo de todos nesta maneira:

— Em o Reino de Aragão há uma cidade chamada Saragoça, pátria minha e da fermosa Florinda que aí está, a qual com justa rezão pudera pregoar por ingrata e desconhecida, pois agasalhando-nos outras estranhas com tantos bens, ela nos lançou de si sendo própria com tantos males. O meu nome é Arnaldo, fui criado de meu pai com muito regalo, porque eram nobres de sangue e poderosos em fazenda. E não sei se do muito com que era tratado, se vencido da fermosura de Florinda, me afeiçoei tanto a ela e com tanta vontade lhe entreguei meu coração, que a não tinha mais que pera cuidar em como lhe manifestaria os secretos dele. E no cabo de alguns anos de nossos amores, estando eu na maior glória que nunca em minha vida tive (tirando a em que agora estou), falando com ela em uma janela sua, donde lhe dei palavra de não aceitar outra por esposa, satisfazendo-me com a mesma promessa, confirmando-a com me dar sua branca mão em penhor dela. No que fiquei tão estribado, que nunca tive por impossível o que agora tenho por certo, ainda que já desconfiava: não do cumprimento de sua palavra, mas da pouca certeza que tinha de sua vida. Sucedeu que um inimigo meu mui poderoso chamado dom Luís, que também pretendia a Florinda, deu sobre mi com mais três amigos seus, estando eu bem descuidado, porque fingiu aqueles dias ausente, e como não tinha comigo mais de um só criado, me deu nove estocadas, das quais só duas eram de perigo, as outras não tinham nenhum. E como me corresse muito sangue caí em terra desacordado e como despois soube de meu criado fui levado dele, tendo-me por morto, e passando pola janela donde estava ainda Florinda esperando o sucesso da briga, lhe dissera como eu estava morto, com muitas lágrimas, e ela com tal nova derramara muitas e fizera mil extremos. Porém não soube mais nada, senão despois que passaram oito dias, quando já estava fora de perigo e melhorado de minhas feridas, me disseram como Florinda se ausentara de casa de seu pai, deixando seus vestidos e levando um cavalo, e de como tiraram a vida a dom Luís dous dias logo despois de nossa briga; donde sempre me pareceu que se iria em trajos de homem pelo mundo, porém nunca o soube de certo, nem a que parte tomara. Cousa que eu mais senti que as feridas passadas. E despois de são de todo delas, tomando de casa de meu pai o dinheiro que pude, me parti em busca dela pelo mundo, e haverá isto oito anos, em os quais passei muitos trabalhos, como foi três de cativeiro de mouros, que em o mar me tomaram, e outras muitas prisões, por não ser conhecido; despois favorecendo-me mais a ventura, fui alguns anos soldado e cheguei a ser Capitão de um grande exército do Rei da Grã-Bretanha, o qual cargo tive dous, e no cabo de alguns anos me fui a Nápoles, donde soube de como um pajem do Príncipe daquele reino se achara ser mulher, e que o seu nome era Florinda, com o que fiquei algum tanto animado para tornar a prosseguir meu intento, que era não descansar até não dar o fim a minha vida, ou princípio a ela com sua presença. E passando-me a Itália cheguei a tempo em que se divulgavam por toda ela as justas por três dias e o prêmio que se prometia a quem melhor o fizesse: e mais por me certificar desta verdade do que, não sendo ela, aceitar algum outro que se prometesse, me vim a elas, pedindo a um grande senhor (com quem ao presente estava) me desse o aviamento necessário, o qual, como me estimasse em muito, me deu graciosamente tudo o com que hei entrado estes dias, assim de vestidos, armas e bons cavalos, que eu ensinei à minha mão para fazer melhor as sortes que se hão visto; das quais, se saí com alguma ventagem, não foi por esforço meu, senão causado da vista de Florinda, que logo o primeiro dia conheci, e da rezão que tinha de mais que todos a merecer. E esta é na verdade a breve história de minha vida, e agora pode Florinda dar-me conta da sua, para que eu saiba o intento que a moveu a vir-se pelo mundo e os trabalhos que há passado nele, porque eu estou pronto a ouvi-los quando a ela lhe não dê moléstia o contá-los.

Com estas últimas palavras deu Arnaldo fim à sua história e Florinda, alimpando as lágrimas que tinha derramado, movida do sentimento que de a ouvir recebera, deu princípio à sua, como havemos dito, dizendo-lhe como a causa que a fizera vir-se pelo mundo fora o parecer-lhe sempre que era morto, e como lhe tinha dado palavra de não aceitar outro esposo senão a ele corria risco, estando em casa de seu pai, cumpri-la, por isso se saíra e matara a dom Luís já vestido em trajos de homem, em o qual andara enganando o mundo, até que com temor da morte se descobriu ao Príncipe Aquilante; e do amor que lhe tivera, ao que sempre lhe resistiu só por cumprir a fé que lhe tinha dado; e, ainda agora, se consentira em as justas, fora por não molestar ao Duque, mas que intentava em os quatro dias que havia de mandar provar o cavaleiro que a ganhasse em novas forças de ausentar-se outra vez, e antes perder a vida que quebrar sua palavra. Vendo o Duque o que passava e ser na verdade aquele Arnaldo de que Florinda lhe tinha dado conta, parecendo-lhe sempre que era morto, e a cabo de tantos anos ser vivo e descoberto em tal ocasião como esta, bem entendeu que mais era cousa governada pelo Céu que guiada da ventura. E levantando-se donde estava assentado se foi a Arnaldo e, levando-o em os braços com novas mostras de amor, lhe disse muitas palavras cheias dele, constituindo-o por herdeiro de todo seu estado juntamente com Florinda, aprovando-o a Duquesa, com boa vontade. E pedindo aos cavaleiros se quisessem descobrir que té então não haviam tirado seus elmos, o fizeram, em os quais se acharam alguns senhores e alguns filhos de outros de estados de Itália; os quais, vendo a rezão que Arnaldo mais que todos tinha, e como Florinda de direito era sua, não tiveram lugar de ficar agravados, antes mui rendidos a seu serviço, como o mostraram em as festas que em seus desposórios lhe fizeram. Para as quais mandou o Duque logo dar ordem e aposentar os cavaleiros que já oferecidos se tinham para isso. E recolhido o Duque e os mais cavaleiros e gente que com ele estava, admirados do que viam, teve lugar Arnaldo de ficar só em a mesma sala com Florinda, a qual vendo diante de seus olhos a cousa que no mundo mais quisera e de quem já tinha perdidas as esperanças, e ele considerando os trabalhos que por ele havia passado pelo mundo exposta a tantos perigos e, no cabo, livre de todos, achá-la com tantos bens e com sua antigua fermosura e perfilhada de um Duque e herdeira de seu estado, começaram comunicar um ao outro a alegria de que tinham cheios seus corações, assim pelos olhos com copiosas lágrimas, como pela boca com amorosas palavras, as quais atalhou um recado do Duque, que os mandava chamar pera a mesa, a qual os fez assentar e servir como sua própria pessoa. E logo no dia seguinte mandou chamar muitos vassalos seus e outros amigos senhores de grandes estados para se celebrarem os desposórios de Arnaldo com Florinda; aos quais acudiram e com eles sua amiga Artêmia e seu esposo, com muito acompanhamento. E chegado o dia determinado pelo Duque, se fizeram com muitas festas, que duraram por oito dias, no cabo dos quais se partiram todos a suas terras, louvando assim a gentileza de Arnaldo, como a fermosura de Florinda, e julgando-os por merecedores de sua ventura; ficando-se eles com o Duque em seus paços mui estimados e queridos, como filhos dele e de todos seus vassalos: tendo mais largo tempo para contarem miudamente seus trabalhos e agradecerem entre si os que haviam passado por guardar a palavra e fé, por onde mereceram em prêmio deles tantos gostos e bens como já possuíam. E assim viveram três anos com muita alegria e contentamento, no cabo dos quais (ordenando-o o Céu) morreu o Duque, e daí a um ano a Duquesa, e eles ficaram possuindo todo seu estado, como senhores verdadeiros, em o qual viveram muitos anos, e despois ficou a seus filhos, como legítimos sucessores dele. E esta é a historia da firme e constante Florinda, e de seus trágicos infortúnios, os quais não foram bastantes para que lhe fizessem quebrar a palavra e fé que a seu querido Arnaldo dera, antes permanecendo firme e constante veio no fim alcançar o doce fruito deles, acompanhado de tantos bens e alevantada com tanta honra como havemos dito. Donde se pode tirar exemplo que, assim como nossa Florinda, por ser constante e firme em sua palavra e fé, e pela guardar passou tantos trabalhos e infortúnios, no fim dos quais alcançou tão grandes bens desta vida; assim também o que permanecer firme e certo em guardar o que prometeu a Deus e passar trabalhos por satisfazer com a obrigação de sua promessa; esteja certo alcançará os bens da outra, que são a bem-aventurança, na qual permita ele nos vejamos todos pera sempre. Amém.

FIM

Tabuada deste livro

CAPÍTULO I. Da Pátria e criação de Florinda, e princípio de seus amores.

CAPÍTULO II. De como Arnaldo se fingiu estrangeiro pera dar uma carta a Florinda e da reposta dela.

Carta de Arnaldo a Florinda.

Carta de Florinda a Arnaldo em resposta etc.

CAPÍTULO III. De como Arnaldo entrou em o jardim e do que lhe aconteceu à porta dele, despois de falar a Florinda.

CAPÍTULO IV. De uma carta que dom Luís mandou a Florinda, e do que mais sucedeu despois da reposta dela.

Carta de dom Luís a Florinda.

Reposta de Florinda a dom Luís.

CAPÍTULO V. Dos efeitos que causou em Florinda o parecer da morte de seu querido Arnaldo, e se partiu em trajos de homem pelo mundo, e do que lhe sucedeu com dom Luís, seu inimigo.

CAPÍTULO VI. De como desapareceu o cavalo a Leandro e do que lhe aconteceu em busca dele.

CAPÍTULO VII. Em que Artêmia prossegue sua vida, e dos mais trabalhos que té então havia passado.

CAPÍTULO VIII. De como Leandro tirou a vida a um leão que os vinha matar, e do que por respeito do tiro lhe sucedeu.

CAPÍTULO IX. De como Leandro se passou a Bolonha, e do que lhe aconteceu antes de chegar a ela.

Carta de Fabrício, a seu filho Otávio.

CAPÍTULO X. Do parecer que Leandro deu em este caso, e de como foi levado a Bolonha, e dos mais que lhe aconteceu em ela.

CAPÍTULO XI. Em que dá conta das festas, e quais foram os cinco letrados e escolhidos para elas.

CAPÍTULO XII. De como se continuaram as sortes, e do mais que nelas sucedeu.

CAPÍTULO XIII. Da causa que moveu a Leandro partir-se de Bolonha, e do que lhe aconteceu despois de grandes jornadas na subida de um monte.

CAPÍTULO XIV. De como Leandro se achou entre quatro fermosas donzelas, e do que com elas passou.

CAPÍTULO XV. De como Leonora acabado de ler a segunda carta prosseguiu a história de sua vida.

Carta segunda.

CAPÍTULO XVI. De como Gracinda deu conta de sua vida, e do sucesso que lhe acontecera, relatada em breves palavras.

CAPÍTULO XVII. Do que aconteceu a Leandro despois de partido do castelo, em uma venda donde estava pousado.

CAPÍTULO XVIII. Do que aconteceu a Leandro em a ermida, e do sucesso que teve a fermosa Gracinda.

Carta de Leandro, do cárcere, a Leonora.

CAPÍTULO XIX. De como Leandro teve ordem de mandar esta carta a Leonora, e lhe foi dada em sua mão, e do que em outra lhe respondeu.

Reposta de Leonora ao preso Leandro.

CAPÍTULO XX. De como Leandro se partiu pera a cidade de Otronto, e do que lhe aconteceu em o caminho.

CAPÍTULO XXI. De como Leandro ficou em companhia das pastoras, e do que com elas lhe sucedeu.

CAPÍTULO XXII. De como as pastoras prosseguiram suas sortes, e de quem mereceu a Leandro por amante.

CAPÍTULO XXIII. De como Artêmia deu conta a Leandro em breves palavras do que lhe acontecera despois de sua fugida, e de como ali viera ter.

CAPÍTULO XXIV. De como Leandro se partiu com Artêmia deixando os pastores, e do que lhe sucedeu no caminho.

CAPÍTULO XXV. De como o Ermitão dilatou o hábito por dous dias a Leandro, e do que lhe foi mostrar ao alto do monte.

CAPÍTULO XXVI. De como o Ermitão e Leandro acabaram de ver o mais que lhe ficava, e se tornaram à sua ermida, e nela lhe deu conta de sua vida.

CAPÍTULO XXVII. De como o Ermitão deitou o hábito a Leandro, e da prática que lhe fez que havia de trabalhar, e não estar ocioso.

CAPÍTULO XXVIII. De como esta escondida mulher deu conta a Leandro de sua vida, e ouviu a que Leandro lhe deu da sua.

CAPÍTULO XXIX. De como Leandro deu conta de sua vida em breves palavras, e do mais que lhe sucedeu despois que saiu da cova.

CAPÍTULO XXX. De como Boemunda, mulher do Príncipe, se namorou de Leandro, e do mais que lhe aconteceu.

CAPÍTULO XXXI. De como o Príncipe Aquilante se namorou da nova Florinda, e ela foi posta por mandado del-Rei em uma torre com guardas.

Carta do Príncipe Aquilante a Florinda.

Reposta de Florinda ao Príncipe Aquilante.

CAPÍTULO XXXII. De como o Príncipe tornou a escrever a Florinda, e do mais processo de seus amores.

Segunda carta do Príncipe a Florinda.

Segunda carta de Florinda ao Príncipe.

Terceira, e última carta do Príncipe a Florinda.

CAPÍTULO XXXIII. De como se descobriram de todo os amores de Aquilante, e do mais que sucedeu a Florinda.

CAPÍTULO XXXIV. De como Florinda encontrou uma peregrina e trocou os vestidos com ela, e do mais que em seu caminho lhe sucedeu.

CAPÍTULO XXXV. Do que aconteceu a Florinda despois que se apartou desta donzela.

CAPÍTULO XXXVI. De como Florinda foi levada ao grande Duque de Florença, e do que mais lhe aconteceu.

CAPÍTULO XXXVII. De como os cavaleiros entraram pela praça de dous em dous, e do que fizeram este primeiro dia.

CAPÍTULO XXXVIII. Do que fizeram os cavaleiros o segundo e o terceiro dia, das justas, e de quem ficou levando a ventajem de todos eles.

CAPÍTULO ÚLTIMO. De como os juízes deram a sentença pelo Cavaleiro Só, e como se descobriu quem era, e do fim da história de Florinda.

LAUS DEO.

Com licença. Em Lisboa. Por Antônio Álvares, 1633.

Glossário

a caso: por acaso, inesperadamente.
a compasso: a tempo, cadenciadamente.
abastar: prover do que é bastante ou necessário, fartar.
abatido: enfraquecido, inferior.
abonação: ato ou efeito de abonar, apresentar como bom.
aborrecer: sentir horror a, detestar.
acabar: convencer, persuadir.
açafate: cesto baixo, redondo ou oval, sem arco nem tampa.
acautelado: precavido, prevenido.
acidente: síncope, desmaio.
acipreste: o mesmo que *cipreste*.
acompassado: bem regulado, com igual conveniência entre as partes.
acreditar: ter crédito; afiançar.
adarga: antigo escudo oval de couro.
adquisito: o mesmo que *adquirido*.
afeito, *afeto* ou *afecto*: paixão, inclinação.
agastura: debilidade por falta de alimento; aflição, estertor, perturbação.
agravado: ofendido, injuriado.
agudo: fino, discreto.
alamar: cordão que guarnece e abotoa a frente de um vestuário, passando de um lado a outro da abotoadura.
alcachofra: bordado crespo em formato de alcachofra ou pinha.
aleonado: da cor do leão, fulvo.

aljôfar: pérola miúda.
alto: cimo, ponto elevado.
âmbar: substância sólida, parda ou preta, de odor semelhante ao do almíscar.
amedrentado: o mesmo que *amedrontado*.
ametade: metade.
anda: espécie de liteira sobre varas.
apaixonado: dominado por uma tristeza, arrebatado por uma moção violenta da alma.
aparelhar: dispor as peças que hão de servir para alguma obra.
apiadar-se: o mesmo que *apiedar-se*.
apinhoado: o mesmo que *apinhado*.
após: depois de (prep.).
aposseado: apossado.
apremiado: premiado.
apropositado: vindo a propósito, conveniente; discreto.
apunhar: empunhar.
aquisto: isto.
arrasado: tornado raso.
arção: peça arqueada que limita a sela adiante e atrás.
armado: equipado; adornado.
arribar: ir a um porto por motivo de força maior, ancorar.
aruar: arruar, passear ostensivamente, vadiar.
ascenço: o mesmo que *ascensão*.
assinar: assinalar, distinguir, indicar.
aspeito: o mesmo que *aspecto*.
assegurar: tornar seguro, garantir.
assento: juízo, prudência.
atabal, *atabalaque*, *atabaque* ou *timbale*: instrumento de percussão.
atamarada: da cor de tâmara.
atelado: com telas.
atrevido: arrojado, atirado.
avaro: miserável, mesquinho.
aveiada: com veias ou veios.

aventejado: que tem vantagem, superioridade; que excede o ordinário.
avisado: prudente, discreto, ajuizado.
aviso: conceito, conselho, sabedoria.

baixo: baixio, banco de areia sobre o qual a água do mar é de pouca altura.
balho: o mesmo que *baile*.
bastarda: espécie de trombeta.
bocal: mureta que serve de parapeito à volta de poços e cisternas.
boceta: bolsa pequena.
bofete ou *bufete*: secretária antiga, escrivaninha, papeleira.
bonete: o mesmo que *boné*.
botar-se: atirar, lançar fora.
brincado: que tem ornatos caprichosos, rendado.
brinco: brincadeira.
brocado: estofo entretecido de seda e fios de ouro ou prata, com figuras em relevo.
brocha: fecho, chaveta.
broquel: antigo escudo pequeno.
broslado: bordado.

cabedal: o capital, o principal, bens.
cair: atinar, acertar, compreender.
calçado: diz-se do animal que tem malhas nas patas.
cana: jogo em que se parodiam os torneios, servindo-se os combatentes de canas.
capacidade: bom caráter.
capela: grinalda, coroa de flores ou folhas.
capilar: pequeno capuz, capelo.
cecém: cebola-cecém, açucena, lírio branco.
cendal: tecido fino e transparente; véu para o rosto ou para o corpo.
chão: liso, plano.
charamela: instrumento de sopro.
claro: clareira, espaço aberto.

cobrar: obter por sorte, receber.
cobrar-se: refazer-se, recuperar-se.
com tantas veras ou *com todas as veras*: com toda a verdade, de todo o coração.
cometer: acometer, atacar.
cômodo: acomodação, agasalho, hospitalidade.
competência: concorrência à mesma pretensão, competição.
confeição: ato ou efeito de *confeiçoar*, preparar medicamentos com drogas.
confiado: confiante.
contia: quantia, retribuição dada pelos reis aos cavaleiros, por serviços no paço ou na guerra.
contra: defronte, em frente a.
contraste: oposição, embate.
convite: banquete, convívio.
cópia: grande quantidade, abundância.
correr folha: passar os escrivães a folha corrida, isto é, a certidão que atesta se um indivíduo tem ou não culpa.
correr parelhas: emparelhar, ser igual.
corrido: vexado, humilhado.
cota: corpete de dama.
cru: sangrento.
cuidado: cogitação, pensamento, pesar, tristeza, pena.
curar: cuidar, tratar zelosamente.
curioso: cuidadoso, zeloso.

damasco: tecido de seda com tafetá.
de acarreto: o mesmo que *carreto*.
de espaço: sem pressa, com largueza.
de feito: efetivamente, com efeito.
de indústria: de propósito, adrede.
demandar: dirigir-se para, ir em direção a.
deputar: atribuir, incumbir, delegar.
desacreditado: sem crédito, difamado.

descantar: cantar ao som de instrumento.
descompassado: enorme, desmedido.
descorrido: o mesmo que *decorrido*.
desenfado: distração, diversão.
desgraciado: (esp.) o mesmo que *desgraçado*.
desmaginada: o mesmo que *desimaginada*, tirada a imaginação, dissuadida.
desobrigar: cumprir uma obrigação.
despois: depois.
desprimoroso: incivil, descortês.
divisar: distinguir, avistar.
direito: direto, em linha reta.
discurso: o mesmo que *decurso*, ação de decorrer ou discorrer; percurso; sucessão.
discorrer: o mesmo que *decorrer*, correr para diferentes lados, correr em determinada direção, percorrer; meditar, pensar, falar, discursar.
dissimular: ocultar com astúcia, disfarçar.

enastrado: ornado ou tecido com fitas de *nastro*, fita estreita.
encadeneta ou *em cadeneta*: bordado a ponto de cadeia.
encarecer: exaltar, louvar, exagerar com palavras.
encontro: recontro, embate.
enfiar-se: empalidecer, denunciando no rosto susto ou medo.
engenho: faculdade, capacidade natural de invenção; máquina, maquinismo.
enleado: atado com liame; hesitante, perturbado; cativo, enlevado.
entressachado: entremetido, intercalado.
entreforro: entretela.
ervado: umedecido com sumo de erva venenosa.
escuro: intrincado, difícil.
escusa: dispensável, sem necessidade.
esforçado: animoso, forte, vigoroso.
esforçar: tornar forte, animar.
esmaltado: matizado, adornado, variegado.

espanto: fuga, afastamento.
espécia: o mesmo que *espécie*.
espécie: qualidade, condição, aparência, semelhança externa.
espertar: chamar, despertar.
espessura: bosque, mata cerrada.
esquivo: que tem esquivança, intratável, rude.
estender-se: divulgar, publicar.
estimular: desgostar, irritar, ferir.
estrado: alastrado juncado, assente no chão.
estribar: apoiar, segurar.
estromento: instrumento.
excesso: desmando, desregramento.
execução: realização, cumprimento.
experimentado: experiente.
experto: experimentado, perito.
extravagante: que não faz parte de um todo da mesma natureza.

fabricar: fazer, construir, manufaturar.
farsas: peças teatrais burlescas.
fazenda: bem, rendimento, finança.
febo: relativo ao Sol.
fementido: que mente à fé jurada, perjuro.
fineza: amabilidade, elegância, discrição, sagacidade, excelência.
fuzil: elo, anel, aro.

galantaria: galanteria.
generoso: nobre por natureza ou por origem; fiel; valente.
gentil-homem: (adj.) elegante, airoso.
golpeado: diz-se da peça de vestuário na qual, como adorno, há cortes ou aberturas (*golpes*), para que apareça o forro, de cor diversa.
gostar: experimentar o gosto, provar.
grã, grãa, gram ou *grana*: lã tinta de *grã*: inseto de cor escarlate, empregado em tinturaria e farmácia.
gravidade: qualidade do que é grave, sisudez, seriedade.

guarda: parte da arma branca que resguarda a mão; vigilância.
guião: pendão, estandarte.

imundícia: o mesmo que *imundície*.
incompadecido: incompatível.
indústria: engenho, astúcia, destreza.
interessado: agradado.
interesse: proveito, ganho; agrado.
invencionário: o mesmo que *invencioneiro*, indivíduo embusteiro, impostor.
ir à mão a: retroquir, retrucar.
ir a mão: o mesmo que *ter mão em*: conter, impedir de fazer algo.
isento: livre, desobrigado.

jubão: gibão.
justa: combate, luta, duelo.
justar: entrar em justa, lutar.

letra: inscrição, escrito.
levantado: excelso, superior.
língua: intérprete.
livraria: reunião de livros, biblioteca.
loução: que tem louçainhas, garrido, elegante.

mantéu: colarinho encanudado, ou com abas largas.
marlota: espécie de capote curto com capuz.
medonho: que causa medo; funesto, hediondo.
melhorado: que se tornou melhor, aperfeiçoado.
melhoria: superioridade, bem-fazer.
memória: monumento; vestígio.
mimoso: favorito, favorecido.
moléstia: estado penoso, inquietação física ou moral.
montar: atingir, alcançar.

mosca: ponto forte, com que se rematam obras de costura, especialmente casas de botões.

nojo: luto, pesar, desgosto.

obscuridão: o mesmo que *escuridão*, obscurecimento, apagamento.
onda: dobras ou pregas soltas, em forma de ondas.

paixão: sofrimento, mágoa.
parecer: aparecer.
parte: qualidade, prenda.
pasmo: desfalecimento, desmaio.
pássaras: perdizes.
passo: passagem, vestígio.
pateada: ato de *patear*, bater com os pés no chão, em sinal de desagrado.
pejado: repleto, carregado.
pelouro: bala de ferro ou pedra empregada em peças de artilharia.
pena: sofrimento, desgraça; punição.
penhorado: obrigado a reconhecimento, em dívida de gratidão.
per antes: por ante ou perante.
precatar: pôr em precaução, acautelar.
pífano: o mesmo que *pífaro*, instrumento de sopro.
plaino: planície, plano.
poçonha: o mesmo que *peçonha*, veneno.
pôr o selo a: elevar ao mais alto grau.
pormeio: permeio.
povo: pequena povoação, povoado.
prática: conversa, fala.
pregoar: apregoar.
presumir: ter presunção ou vaidade.
prisão: ato ou efeito de prender, captura, encerramento.
proclivo: proclive, inclinado para diante.

próprio: portador, mensageiro.
prosperidade: riqueza, bens.

quarta: pequeno cântaro, bilha.
quebro: inflexão da voz; ornamento melódico composto de duas notas rápidas, como um trilo.
quedo: quieto, parado, tranqüilo.
quietar: fazer estar quieto, tranqüilizar.

raso: sem lavores.
rebuçado: encoberto com *rebuço*, parte da capa ou capote para encobrir o rosto; disfarçado.
recolhida: posta em convento sem ter feito os votos.
recorrer: investigar, esquadrinhar.
reduzir: converter; subjugar, sujeitar.
regalado: arregalado.
regalo: prazer, satisfação.
regimento: ato ou efeito de reger.
regra: o mesmo que *régua*: cada uma das linhas de uma pauta, linha de palavras escritas.
remendo: malha ou mancha na pele dos animais.
rendido: humilhado, submisso.
reposta: resposta.
responder: equivaler, corresponder; estar defronte de.
rezão ou *rezam*: o mesmo que *razão*.
riguridade: o mesmo que *rigoridade*, tratamento rigoroso, severidade.
ristre ou *riste*: peça de ferro em que o cavaleiro encaixa o conto da lança, quando a leva horizontalmente para investir.
rodado: diz-se do cavalo que tem malhas redondas.
rompente: que rompe, assalta ou investe.
rostro: rosto.
roubador: que subtrai violentamente, que se apodera injustamente; que enleva.
roxo: vermelho, rubro.

salteiro: o mesmo que *saltério* ou *psaltério*, instrumento musical de cordas.
salvagem: o mesmo que *selvagem*.
sameado: o mesmo que *semeado*.
secreto: segredo.
segundar: secundar, fazer pela segunda vez, repetir um ato.
sentimento: pesar, desgosto, sofrimento.
silvado: moita de silvas.
sinal: firma, assinatura.
sobraçado: metido debaixo do braço, mantendo alguma coisa presa.
solicitidão: inquietação, apreensão; diligência, solicitude.
sorte: manobra para farpear o touro ou para o enganar; ponto a ser sorteado.
sucesso: aquilo que sucede, acontecimento, feito.
súpito: súbito.

tela: teia, tecido.
telilha: tela fina.
tenção: resolução, intento, plano.
terciopelo: veludo de três pêlos, veludo bem coberto de pêlos.
terço: a terça parte da espada, mais próxima do punho.
tirar: apartar, retirar; atirar.
tirar-se: sair, libertar.
tomar a mão: tomar a palavra, adiantar-se para falar.
trabalho: aflição, inquietação; empresa gloriosa e fatigante.
traça: plano, desenho; habilidade, jeito.
traçado: espada curta e larga.
trancelim: cordão ou trança delgada de seda, ouro ou prata, para guarnições de vestuário.
tredo: traiçoeiro, falso.
treição: o mesmo que *traição*.
trocado: passo de equitação.
trunfa: toucado antigo, turbante.

um e um: um a um.

vagueação: ato de vagar, vadiagem.
valeroso: qualidade daquele que tem valor, força, coragem, ou mérito.
vencimento: triunfo, ato ou efeito de vencer.
venda: taberna, loja onde há coisas à venda.
ventura: sorte, destino, acaso, sina.
vizinho: habitante, morador.
volante: tecido ligeiro e transparente, próprio para véus.

zagal(a): pastor(a).

CRONOLOGIA[1]

1610: "clérigo de missa", Gaspar Pires de Rebelo recebe o hábito da Ordem de Santiago (com cerca de 25 anos), professando no Convento de Palmela [Arquivo Nacional da Torre do Tombo, *Chancelaria da Ordem de Santiago*, Livro 10, fl.87v].

1611: recebe um benefício curado na Igreja Matriz da Vila de Ourique [idem, Livro 10, fl.96v].

1613: recebe o priorado da Igreja Matriz da Vila das Entradas [idem, Livro 10, fl.129].

1617: recebe o priorado da Igreja Matriz da Vila de Garvão [idem, Livro 10, fl.171].

1625: recebe o priorado da Igreja Matriz da Vila de Castro Verde e o cargo de "recebedor da fábrica nova da dita Igreja de Castro Verde" [idem, Livro 12, fls.242-242v]. Edita, em Lisboa, *Infortúnios trágicos da Constante Florinda*.

1633: Publica a segunda parte de *Constante Florinda em a qual se dá conta dos infortúnios, que teve Arnaldo, buscando-a pelo mundo*.

1635: Edita uma obra doutrinária intitulada *Tesouro de Pensamentos concionativos sobre a explicação dos mistérios sagrados, & cerimônias santas do Santíssimo Sacrifício da missa, & significação das vestiduras sacerdotais, com que ele se celebra, ordenado em forma de diálogo a um sacerdote, & seu ministro*.

1642: no dia 20 de novembro, dom João IV transmite a Gaspar Alonso de Medeiros o priorado da Igreja Matriz da Vila de Castro Verde, que está vago "por falecimento de Gaspar Pires de Rebelo, freire professo dela e do dito priorado último e imediato possuidor..." [idem, Livro 14, fl.76v].

1649-50: É editado, postumamente, um volume com seis *Novelas exemplares. Terceira parte. Compostas pelo autor das duas partes da Constante Florinda*.

POSFÁCIO[1]

INFORTUNADA

INFORTÚNIOS TRÁGICOS DA CONSTANTE FLORINDA é uma obra rara. Embora em seu tempo haja outras que se assemelhem — penso, por exemplo, nas novelas de Mateus Ribeiro —, ela é paradigmática em língua portuguesa: em seu gênero, na composição dos personagens, nos episódios e no modo como incorpora o neo-estoicismo seiscentista. A história de uma donzela separada do seu amado que vagueia solitária pelo mundo travestida de homem porque não deseja se casar com nenhum outro pode ser encontrada em verso e prosa desde a Antigüidade. Mas *Constante Florinda* surpreende pela total ausência de esperança por parte da protagonista em reencontrar seu amado e pela aparente falta de sentido da sua insensata peregrinação. Acreditando que seu querido Arnaldo está morto, Florinda resolve vestir-se em trajes de homem "e sair-se de casa de seu pai em um cavalo pelo mundo donde a ventura a guiasse até lhe dar o fim que ela quisesse" (cap. 5). Então, num primeiro momento, o que parece é que Florinda (ou Leandro, nome masculino que adota) atravessa os vários caminhos e incidentes como um joguete da *ventura* — palavra que, junto com *fortuna*, significa o conjunto das inconstâncias e transitoriedades da existência humana. Florinda, constante no voto dado a Arnaldo, de ser sua esposa ou de mais ninguém, toma essa sua promessa como norte a guiá-la por entre todos os infortúnios com que se depara. À diferença das peregrinações de tantos outros personagens de novelas e cavalarias, porém, não há qualquer Roma ou refúgio para onde a donzela se dirija. No final, o reencontro com o amado e a felicidade de ambos são resumidos em umas poucas páginas — cuja conclusão, na segunda parte da *Constante Florinda*, reitera a irremediável morte. É como um aviso, um ensinamento, uma desilusão acerca das virtudes do mundo que a obra se oferece aos leitores. Mesmo em plena Contra-Reforma, poucas obras souberam pôr de modo tão pleno o deleite a serviço do escarmento.

Convém lembrar quais são os infortúnios trágicos da constante Florinda. Na primeira parte: o encontro com Artêmia, que é expulsa de casa e condenada à morte por seu pai devido às mentiras de um apaixonado não correspondido; o episódio dos dois irmãos adotivos Fulgócio e Otávio, o qual, prometido a Felisberta, irmã de Fulgócio, descobre às vésperas do casamento ser meio-irmão dela; o episódio das sortes e da disputa dos cinco letrados na Universidade de Bolonha; o caso das quatro irmãs aprisionadas num castelo, o qual termina com a prisão de Leandro; o episódio da aldeia dos pastores e da competição das flores; o reencontro com Artêmia e seu travestimento em homem também; o encontro com o ermitão e a história do seu reinado na Grã-Bretanha, o passeio pelo jardim das estátuas antigas; o encontro com o selvagem e sua história, contada pela filha do sultão; o episódio do príncipe Aquilante e da paixão de Boemunda, sua esposa, por Leandro; a revelação de Florinda como mulher e a paixão do príncipe por ela; a reclusão de Florinda num convento e sua expulsão dele; a história de Gemilícia e seu amor pela encoberta Artêmia; o reencontro de Florinda e Artêmia; as justas pela mão de Florinda, o reaparecimento de Arnaldo, o casamento de ambos.

Esses episódios — além de outros menores — compõem os *Infortúnios trágicos da constante Florinda*. *Infortúnios* porque em todos eles são desventuras que contradizem a fortuna — menos talvez a fortuna de Florinda do que a dos personagens com quem ela se encontra. Para todos eles, a "fortuna" lhes é contrária porque procuram o bem em lugar onde não se encontra: invariavelmente, no amor concupiscente, isto é, nos desejos carnais. Pela mesma razão, tais infortúnios são *trágicos*: o que significa que o término de todos é a infelicidade, ou reviravolta da fortuna, de um estado bom para um mau. Falando em termos rigorosos, a uma heroína cuja virtude é ser constante não poderiam ocorrer infortúnios trágicos; assim, só ocorrem "infortúnios trágicos" à constante Florinda num sentido vulgar: fortuna adversa e acontecimentos tristes, que lhe sucedem em contraste com sua constância. E é neste sentido que devemos considerá-lo, como atesta o título da Segunda Parte, *Constante Florinda parte II, em que se dá conta dos infortúnios de Arnaldo buscando-a pelo mundo*, o qual enfatiza o sentido mais comum do termo, já registrado, aliás, no *Vocabulário* do Bluteau.

Contudo, "fortuna" é termo por demais marcado para que o tenhamos por ingênuo ou arbitrário. No século XVII, "Fortuna" é identificada a uma entidade divina, a quem os Antigos atribuíam a causa de todos os acontecimentos, prósperos ou adversos: a Τύχη dos gregos, o Acaso imprevisível, que governa tudo, e que, nas epopéias em prosa gregas[2] dos séculos II a IV, imitadas pelas do XVII, é o principal fator a mover os acontecimentos, equivalente a um Destino malévolo, sem justiça nem razão de ser. A causa absoluta é ela mesma desprovida de causa. De fato, a presença das noções de Destino e Fortuna como móveis da ação e das infelicidades dos protagonistas é uma constante em *As etiópicas*, de Heliodoro, mas também em *As efesíacas*, de Xenofonte de Éfeso, em *Leucipe e Clitofonte*, de Aquiles Tácio etc. Como exemplo, a seguinte passagem de *As etiópicas*:

> vivi algum tempo sem novas provas, feliz e orgulhoso [...]. Poucos anos mais tarde, porém, a revolução fatal dos corpos celestes revirou minha felicidade; o olho de Cronos penetrou em minha casa e lhe trouxe a infelicidade: infelicidade que minha ciência soube prever, mas que não pôde me fazer evitar. Pois os decretos do Destino são imutáveis e se alguém pode conhecê-los antes, ninguém pode deles escapar. [II, 24, 6]

No caso de Heliodoro, uma vez que *As etiópicas* reforçam as características de santidade e fortaleza como virtudes dos protagonistas, esta é uma das principais razões pelas quais a obra foi traduzida tantas vezes e para tantas línguas européias desde o seu aparecimento no Ocidente, no final do século XV, e suscitou tantas imitações ao longo dos séculos XVI e XVII.[3] Inclusive, em reconhecimento da compatibilidade dessa obra com as doutrinas cristãs, foi ela bem recebida pelos círculos erasmistas, não obstante a severidade com que julgavam a maior parte das obras de ficção, em especial os livros de cavalaria. Enfatizando o tronco comum que ligava essas epopéias em prosa gregas ao Oriente cristão, finalmente, os tradutores repetem sem cessar um argumento histórico comprobatório oriundo de Sócrates, escritor eclesiástico, segundo o qual Heliodoro, que teria vivido no século V, escrevera *As etiópicas* na juventude, antes de se converter ao cristianismo e tornar-se bispo na Tessália — o que era aceite por todos em geral.

Alegoricamente, Fortuna era representada pelos antigos na figura de uma mulher cega e calva, em pé sobre uma roda, com asas nos calcanhares, circunstâncias que significavam sua instabilidade, rapidez e cegueira, bem como a falta de domínio sobre ela por parte dos homens, que não podiam agarrá-la pelos cabelos. Segundo alguns (o espanhol Antônio de Torquemada, por exemplo), também era pintada segurando dois lemes numa nau, como quem regia para o bem e para o mal — emblema da mutabilidade da condição humana que a navegação marítima representa, com seus imprevistos e peripécias característicos. Outros, ainda, a representaram

> como mulher furiosa, & sem olhos, sobre um penedo rotundo, pelo furor, & cegueira com que inconstante & com dureza roda. Muytos a esculpião sem pés, só com mãos, & azas; porque tal vez não caminha, mas voa com males, ou com bens. Alguns a figurarão de vidro, por quebradiça. [Antônio de Sousa de MACEDO, "Domínio sobre a Fortuna, e Tribunal da Razam..." (1682), p. 494.][4]

Considerando, porém, que os deuses não podiam agir de modo instável e temerário, ainda na Antigüidade houve quem negasse caráter divino a Fortuna, como Epicuro — pelo menos, assim o diz o mesmo Antônio de Sousa de Macedo. E é neste sentido que Fortuna é interpretada pelos humanistas cristãos: como uma alegoria do desconhecimento humano acerca das causas que regem o mundo, governado todo pela Providência divina. Fortuna, assim, aparece como um nome dado pelos estultos ao que lhes sucede sem ordem aparente, por ignorarem suas verdadeiras causas. Desde que se importam apenas com as coisas que têm existência terrena — por si transitória, efêmera, fugaz — quando aquelas são bem-sucedidas consideram ter boa sorte ou boa fortuna; se fracassam, afigura-se-lhes um infortúnio, ou fortuna adversa. Todavia, se perscrutassem a justiça divina, cujos desígnios se ocultam à sua voluntariosa ignorância, poderiam encontrar as causas dos infortúnios e neles reconhecer, pelo contrário, a ação da Providência, que legitima tais insucessos com vistas seja a um bem permanente, eterno, seja ao fortalecimento dos homens dignos: "os homens bons esforçam-se, sacrificam-se e são sacrificados, e de bom grado. Não são arrastados pela Fortuna, seguem-na e igualam seus passos. Se a conhecessem, se antecipariam à sua frente" — diz Sêneca, fonte de tantos, no opúsculo *Sobre a Providência*.[5]

Esta interpretação ganha força com as doutrinas e ações da Contra-Reforma, que procuram dar conta, de um lado, do determinismo protestante (o qual reatualiza a noção de Destino com considerar que a graça está pré-distribuída por Deus aos homens), sem cair, de outro, numa noção supersticiosa de sorte, acaso ou fortuna, ou, pior que tudo, num racionalismo estrito, segundo o qual as coisas ocorreriam por exclusiva determinação humana. É neste quadro que a noção de Fortuna é teologicamente substituída pela de uma ação constante da Providência nos sucessos humanos, que não anula, porém, o livre-arbítrio. Providência é a face oculta e verdadeira da Fortuna aparente: nem bem o reino do Acaso irresponsável, nem bem o Fato ou Destino pré-fixado. No reino do Acaso, ou da Fortuna, os homens são meros joguetes, por não disporem de leis cuja razão possam observar, motivo pelo qual se entregam às paixões, em busca da satisfação de desejos imediatos. Ira, amor, cobiça, concupiscência são todas paixões que acometem aqueles em que a razão está ausente ou, fraca, é incapaz de fazer-lhes face. Para aqueles que conhecem pela razão as leis imutáveis do universo, pelo contrário, não há desordem, acaso ou fortuna, desde que reconhecem uma ordem e ordenação divinas. Esses agem conforme ditames racionais, que não excluem a piedade, e, conhecendo onde estão o bem e o mal, não se deixam arrastar por paixões; conservam assim a constância, ou firmeza de ânimo, por outra palavra, fortaleza, independentemente dos acontecimentos adversos ou funestos que lhes sucedam. Uma das obras mestras de Sêneca, em que se expõem os princípios do estoicismo romano, *De constantia sapientis* ou "Sobre a constância do sábio" (cujo subtítulo é "Que o sábio não é afetado pela injúria"), tem por fito declarado mostrar que o sábio é um que está isento do domínio da Fortuna, dominando-a, inversamente.

As obras de ficção quinhentistas, em sua *imitatio* das antigas, a princípio atribuem com candura a Fortuna o papel de instrumento das causas que regem o universo; gradualmente, porém, passam também a substituir o caráter ativo de Fortuna pelo de Providência, sem contudo eliminá-la dos enredos. Pelo contrário: de alegoria, Fortuna torna-se metáfora de todas as forças incontroláveis que atingem o homem, permitidas pela Providência para seu fortalecimento na convicção da fé e retidão dos costumes. Fortuna perde-se como nome próprio mas se multiplica como substantivo comum. Assim aparece em textos de proveniências tão distintas como, por exemplo, na tradução castelhana da *Odisséia*, feita em 1562 por Gonzalo Pérez:

> *Dime de aquel varón, suave Musa,*
> *que por diversas tierras y naciones*
> *anduvo peregrino, conociendo*
> *sus vidas y costumbres, despues que huvo*
> *ya destruido a Troya la sagrada:*
> *que navegó por mar tan largo tiempo*
> *passando mil trabajos y fortunas.*[6]

Ou naquele que é considerado o mais importante escrito político da Espanha imperial, o *Idea de un príncipe político-cristiano* de Saavedra Fajardo (1640):

> Platón, Licurgo, Solón y Pitágoras, peregrinando por diversas provincias, aprendieron a ser prudentes legisladores y filósofos. En la patria una misma fortuna nace y muere con los hombres; fuera della se hallan las mayores. Ningún planeta se exalta en su casa, sino en las ajenas, si bien suelen padecer detrimentos y trabajos.

Então, a difusão do conceito de Fortuna é tamanha, por um lado, e tão ineficaz a tentativa de excluí-lo das obras de filosofia moral, de poesia, de ficção etc., por outro, que no fim do século XVII encontramos, em termos de "razão meramente natural", a admissão de uma "Fortuna Catholica", definida como "huma causa accidental, & occulta dos acontecimentos subitos & inopinados que poderião succeder de outra maneyra" — com o que se restaura a concepção de que há acontecimentos que ocorrem, não por acaso, mas devido a uma ação propositada (*causa*), a qual todavia não é causa necessária deles (*acidental*), uma vez que esta única se resume a Deus; não conhecendo porém a causalidade desses acontecimentos (que é *oculta*), os homens supõem que poderiam suceder de outra maneira. Em resumo, com esta noção de "fortuna católica", admite-se a ocorrência de uma sucessão de acontecimentos sem interveniência divina direta, os quais são causados em primeira instância pelo livre-arbítrio das ações humanas, virtuosas ou viciosas, que podem ou não se conformar com a vontade divina, mas cuja não governabilidade torna-os, a tais acontecimentos, incontroláveis aos desígnios humanos. A idéia de base é que na vida humana, sujeita aos enganos e desenganos que Fortuna aleatoriamente apresenta, nada é permanente, nem sucessivo segundo uma ordem previamente compreensível. Nesse sentido, a adivinhação dos futuros está excluída, tanto quanto Deus não faz milagres gratuitamente: tudo tendo uma causa, embora seja, muitas vezes, inapreensível ao entendimento ou ao controle humanos. Aos indivíduos, de posse de uma vontade livre, cabe reagir com decoro àquilo que Fortuna lhes traz, aprendendo com ela acerca da fugacidade da vida e da constante insegurança das coisas. Com isso se isenta, além de tudo, a responsabilidade divina por males contingentes que ocorrem na esfera terrestre.

> Suyvant ce dessus, nostre instruction à la pieté est premierement d'apprendre à cognoistre Dieu [...]. Il faut donc premierement que nous croyions qu'il est, qu'il a creé le monde par sa puissance, bonté, sagesse; que par elle-mesme il le gouverne; que sa providence veille sur toutes choses, voire les plus petites; que tout ce qu'il nous envoye est pour nostre bien, et que nostre mal ne vient que de nous. Si nous estimions maux les fortunes qu'il nous envoye, nous blasphemerions contre luy, pource que naturellement nous honorons qui bien nous faict, et hayssons qui nous faict mal. Il nous faut donc resouldre de luy obeyr, et prendre en gré tout ce qui vient de sa main, nous commettre et soubsmettre à luy. [Pierre CHARRON, *De la sagesse* (1601), livro 2, cap. 5, p. 305.]

A ordem universal liga-se assim a uma moral individual, e toda uma ética de raiz estóica — que comparte as noções de Destino, de sujeição à vontade divina, de recusa a bens materiais etc. — é convertida em cristã. Isso já ocorrera uma vez, na Antigüidade, com as epístolas de São Paulo, nas quais é evidente uma inspiração estóica.[7] Ela é tão marcada que, desde o século IV, se encontram registros de uma pretensa amizade entre São Paulo e Sêneca, numa coleção de doze cartas supostamente trocadas entre ambos, que circulou como autêntica durante séculos — autenticidade esta que, como em outros casos, foi desmentida por Erasmo, com base no estudo filológico que efetuou para sua monumental edição da obra de Sêneca. Interessa-nos que essa ética de matriz estóica se dissemina amplamente no catolicismo do Seiscentos e que, substituídas as velhas noções de Destino e de Fortuna pela de Providência, também se substitui uma ética aristotélica, que capacita o homem à sabedoria e à justiça por meio da razão, por uma do homem prudente, santo e puro, cuja aceitação da razão divina capacita-o à temperança e à fortaleza. A distância entre ambas é grande.

Assim compreendemos que Fortuna imante diversos significados no século XVII, na gama que vai da noção de Acaso à de Providência. Comuníssimas, nos *Infortúnios trágicos*, são as expressões "contrastes da fortuna", "fortuna contrária", "sucessos da fortuna", "males da fortuna", "tempestades da fortuna", "golpes da fortuna", "assaltos da fortuna", "expondo-se a tudo o que a fortuna ordenasse", "até a fortuna dispor outra coisa", "perseguido da fortuna" etc. Ao aparecerem em obras de ficção, esses significados visam sempre a compor um verossímil que reitera a *doxa* e, portanto, não estão circunscritos de modo algum aos *Infortúnios trágicos da constante Florinda*. Em qualquer epopéia em prosa seiscentista encontramos trechos como este de *El peregrino en su patria* (1604), de Lope de Vega: *"hado* em español y otros idiomas cristianos sólo se entiende ya por las desdichas [...] es ya una voz de nuestra lengua de tan simple significación como *fortuna* [...]. Dios con su divina Providencia habla por el *hado*"[8] ou este outro, em *Los trabajos de Persiles y Sigismunda* (1617), de Miguel de Cervantes: "estas mudanzas tan estrañas caem debajo del poder de aquella que comúnmente es llamada *fortuna*, que no es otra cosa sino un firme disponer del cielo".[9] Nessas passagens, Fortuna é tida seja por o conceito pagão que vigorou enquanto os homens não dispunham da revelação e que foi superado pelo conceito mais perfeito, porque verdadeiro, de Providência; seja por a causa oculta daqueles sucedimentos que ocorrem aos homens por não viverem conforme o conceito cristão que conhecem, tendo uma vontade fraca. Podemos assim entender até a feliz expressão, "escondido da fortuna", ou "enganando a fortuna", que algumas vezes aparece nos *Infortúnios trágicos* para qualificar o personagem que se refugia num lugar isolado, a fim de se manter numa situação sem mudanças, ritualizada, sem sucessos exteriores nem nada que possa alterar seu estado — um estado senão de contentamento, pelo menos de ausência de (novos) infortúnios:

Chegado que foi o dia em que o Ermitão tinha prometido a Leandro de satisfazer a sua vontade, levando-o à ermida diante de uma cruz, lhe vestiu um pobre hábito de Ermitão, com o qual ficou muito contente e consolado, parecendo-lhe que naquele trajo passaria a vida escondido da fortuna. [cap. 27.][10]

Novamente, em termos ficcionais, e para nos manter no mesmo gênero, é certo que vários autores já notaram o caráter estóico dos protagonistas nas epopéias em prosa gregas da Antigüidade, sem que esse caráter tivesse vinculação necessária com qualquer cristianismo. As concepções estóicas amplamente difundidas na Roma imperial, que contagiaram os primeiros núcleos cristãos romanos, contagiaram também setores pagãos do império a Oriente. Mas aquelas *constância* e *firmeza* dos protagonistas das epopéias em prosa gregas, ao serem lidas pelos escritores ocidentais dos séculos XVI e XVII, recebem uma fundamentação teológica, de modo a servir de *exemplum* a leitores cristãos — o que ocorre em todos os gêneros poéticos seiscentistas, mas particularmente nos gêneros épicos, destinados a engrandecer os feitos virtuosos, oferecendo-os à emulação. A diferença é que esses feitos virtuosos não se confundem, como na épica em verso greco-latina, com batalhas pela posse de armas ou cidades, nem, como na épica medieval, com disputas por objetos sobrenaturais e serviço a donzelas, mas se concretizam em feitos morais: honra, domínio sobre as paixões, conveniência entre o saber filosófico, o agir e o falar, firmeza de caráter. O herói seiscentista, já se disse, é um misto de homem prudente, sagaz, guerreiro, filósofo, político e cortesão.[11] Inimigos seus são menos deuses, magos, feiticeiros e monstros do que desejos e temores; e é contra as ações provocadas por indivíduos possuídos por tais paixões que o protagonista há de se defender.

A escala de conhecimentos cabíveis aos homens em relação à sabedoria divina — a qual eles não ousam alcançar e por isso atribuem os acontecimentos mundanos a uma Fortuna esfíngica — é ilustrada de modo excelente no episódio do certame da Universidade de Bolonha, nos capítulos 11 e 12 dos *Infortúnios trágicos*. Numa competição ao sabor do século, enfrentam-se cinco letrados, dispostos a mostrar seus conhecimentos por meio de um sorteio de palavras, acerca das quais devem trazer uma sentença da sua especialidade:

> um Teólogo em ditos dos Padres muito visto, e um Filósofo humanista, que era o segundo lido em sentenças de Filósofos. O terceiro, um Latino prático em ditos sentenciosos. O quarto foi o nosso Leandro, escolhido por sentencioso. O quinto era um Espanhol mui dado a ditos graciosos como adágios e outros com que em sua conversação movia a riso.

Os termos sorteados são todos substantivos sobre os quais os saberes humanos devem se debruçar: *Amor, Amigo, Adulação, Amante, Louvor, Mulher, Morte, Virtude, Homem, Paz, Honra, Vício, Verdade, Benefício, Calar, Palavra, Sábio*. Até o momento em que se sorteia o termo *Verdade*, todos os cinco letrados encontram com facilidade uma sentença de seu campo de conhecimentos que trata do conceito em questão. O Teólogo cita geralmente Agostinho, Jerônimo e Crisóstomo; o Filósofo, humanista, traz com freqüência sentenças de Sêneca, mas também de Cícero e Catão, pensadores a quem são atribuídas obras de filosofia moral; o Latino recorda-se de versos e máximas de autores da latinidade; o Castelhano, em consonância com seu caráter, lança chistes e gracejos em castelhano, que convertem em jocosos os elevados conceitos trazidos pelos demais; e Leandro, em português, comumente sentencia como que em referência a acontecimentos a si mesmo sucedidos, sendo denominado de "eloqüente" por dispor de uma sabedoria prática, isto é, experiente acerca das coisas do mundo.

Ao sorteio da palavra *Benefício*, porém, o Castelhano não se lembra de qualquer sentença jocosa e retira-se do jogo; em seguida é a vez do Latino, cuja memória falha ao termo *Calar*; o terceiro a ser eliminado é o Filósofo, que desconhece qualquer dito filosófico acerca da palavra *Palavra*; no final, restam Leandro e o Teólogo, os quais, trazendo parêmias até o último termo sorteado, *Sábio*, juntos dividem a vitória e o prêmio. Em outras palavras, são conhecimentos que revelam sabedoria, na praça do mundo, segundo esta ordem crescente: chistes ou anexins; sentenças em língua latina; máximas filosóficas; provérbios teologais e adágios ou parêmias — sendo que estes dois últimos compartilham o grau mais elevado de conhecimento, por se referirem, respectivamente, às coisas santas e às coisas justas do mundo terreno. *Sábios*, enfim, são aqueles que, seja qual for a ocasião, têm sempre presente um pensamento santo ou virtuoso com que entender a razão e o momento em que as coisas acontecem. E o vencedor o é de uma disputa verbal, que não física. Aí já encontramos, plenamente incorporada à ficção, a dimensão sentenciosa, senequista, que perpassa a obra em todos os sentidos.

A CONSTÂNCIA MUDÁVEL

Sem entrar por ora na questão deste certame — e da sua relação com as formas breves de discurso nos séculos XVI e XVII —, cabe ainda referir que a imprevista "Ocasião" é outra deidade que anda a braços com a Fortuna desde a Antigüidade, dispondo, aliás, de uma representação gráfica semelhante à daquela[12] — considerando-se que homens prudentes são os que conhecem o momento oportuno para agir ou não agir e, com isso, auferirem bens, que doutro modo seriam tidos por virem ao acaso, ao sabor da Fortuna. O homem sábio ou prudente é aquele mesmo que, constante em seu ânimo, não se deixa perturbar pelas ocasiões funestas, nem pelas agradáveis, que o são apenas nas aparências, pois conhece a verdadeira sabedoria, a qual, imutável, independe das ocasiões, sabendo agir em todas elas de forma correta, conforme princípios firmes e permanentes, alheios à temporalidade.

> *Constância* é uma reta e inamovível força da mente, não pressionada nem para cima, nem para baixo por acidentes externos ou casuais. Por força entendo uma firmeza não de opinião, mas de julgamento e segura razão. [...] Mas a verdadeira mãe da constância é a *paciência* e a

humildade da mente, que é uma tolerância voluntária sem ressentimento de todas as coisas que possam acontecer a, ou em um homem. [...] Daí definirmos *reta razão* um verdadeiro sentido e julgamento de coisas humanas e divinas (tão longe quanto nos é permitido). [Justus LIPSIUS, *De constantia libri duo, Qui alloquium praecipue continent in publicis malis* (1583), L. I, cap. 4, destaques do original.]

Por tudo isso, *constância* é a virtude maior daqueles que, em privado e em público, praticam habitualmente atos justos e sábios, por compreenderem que a Providência divina rege o universo; mesmo nas ocasiões em que Fortuna parece conduzir os acontecimentos, ela é, por assim dizer, serva da Providência. Volubilidade, fugacidade, transitoriedade, provisoriedade da existência terrena — termos que compareçam insistentemente na prosa e na poesia seiscentistas — são contingências a serem combatidas pela Constância, único antídoto à disposição dos homens prudentes, quais sejam, no século XVII ibérico, homens tementes a Deus, ao Papa e ao Rei. Ser constante é uma demonstração de sabedoria fundada numa razão fiel e piedosa, ou seja, conhecedora dos princípios — Deus — e dos fins — o Juízo Final —, sendo por isso a principal virtude e epíteto de Florinda.

Para os antigos estóicos, o herói por excelência é Hércules, que se submete, voluntariamente, ao rei Euristeu, representante de Júpiter na terra: razão por que Hércules se torna emblema daqueles que, embora providos de força e poder, reconhecem a dimensão de suas fraquezas humanas e, dominando as ocasiões, conformam-se com aquelas, permanecendo com isso firmes e obedientes. Na juventude, entre um caminho de gozos e outro de fadigas com glória, Hércules escolhera este último e, por esses atributos, sai da poesia para entrar na filosofia, se assim podemos dizer.[13] Adotando-o embora, os novos estóicos elegem como herói cristão da constância e obediência a Jó, imagem do justo a quem os múltiplos infortúnios não são suficientes para fazê-lo duvidar da razão divina nem se insurgir contra seus desígnios. O paciente Jó perde os filhos, a casa, a fazenda, a saúde, mulher e filhos, sem deixar de reconhecer, em todas as circunstâncias, que o bem maior é a confiança em Deus, o qual, sendo senhor daqueles bens que lhe foram dados temporariamente, tem o direito de tomar-lhos quando julgar adequado. Distintamente do estoicismo romano, que tem na aceitação do Destino cego e imutável a justificativa da conformidade e da *apatia*, o estoicismo cristão reconhece que a constância e firmeza de Jó só são possíveis porque fundadas sobre uma razão modesta que tem por base o conhecimento judicativo da Providência divina.

> Entre a cobardia, & a temeridade assentou esta virtude [da fortaleza] o seu trono, & moderando a potencia irascivel, entre os limites do temer, ou não temer os perigos que ameaçaõ a vida corporal, não teme quando convem fiarse, & não se fia, quando convem temer; ao contrario da cobardia que tudo teme, & da temeridade que em tudo se fia, nos perigos que se offerecem, aquella repara em tudo, esta não repara em nada; mas a Fortaleza repara só no que merece reparo, porque todo o seu empenho he sahir com honra, & ficar gloriosa. [Raphael BLUTEAU, *Vocabulario latino e portuguez* (1718), verb. "fortaleza".]

Por isso, a verdadeira sabedoria é viver de acordo com esse conhecimento da Providência: segundo o qual há coisas próprias, que dependem dos homens (como o julgamento acerca das coisas, como as virtudes e os vícios, e como todos os males...), e coisas alheias, dependentes apenas de Deus. Ignorância é afligir-se e perturbar-se com o que independe do conhecimento humano, como a morte, as ruínas e os fracassos — que consistem todos em perdas de bens temporais, inúteis para a salvação. Esta é a ilustração que fazem os *Infortúnios trágicos*, ao apresentar, depois da infância feliz, a jovem Florinda ir de desgraça em desgraça, após a morte do amado, a perder o conforto do lar, o nome, as riquezas paternas, a amiga Artêmia, a liberdade e, muitas vezes, à beira de perder a própria vida.

Claro que a aceitação conformada de todos esses infortúnios não deve ser entendida como significando desprezo pela vida; significa, sim, um exercício de desapego a ela e a tudo o que se refere à temporalidade — como preconiza a doutrina contra-reformada seiscentista. Isso é mostrado mais de uma vez como uma resposta velada àquela antiga crítica do imperador Marco Aurélio contra os cristãos, segundo a qual o sábio estóico não teme a morte, enfrentando-a com um suicídio sem aparato, se julgá-lo necessário para a defesa da virtude, ao passo que os cristãos desprezam a vida, desejando a morte por amor às fileiras.[14] O momento de clímax dos *Infortúnios trágicos*, em que Florinda se despe das vestes de Leandro a fim de demonstrar sua condição de mulher ao príncipe Aquilante, que investe para matá-la, é afirmação, *malgré tout*, de que a vida é uma propriedade divina e que o martírio não é exigido senão aos santos:

> E como nosso inocente Leandro se visse no maior perigo de sua vida, pois lhe não deixavam dar rezões algumas com que pudesse sair livre ficando encoberto, indo já o Príncipe executando a força de seu braço pera o atravessar, lançou as mãos a seus ricos vestidos e tirando com força por uma e outra parte do gibão que vestido tinha, rasgando com a pressa parte dele e afastando a fina camisa, descobriu seus cristalinos peitos, que mui apertados trazia, dizendo: "aqui verás, bom Príncipe, se mereço esses nomes que dizes e a morte que me dás". [cap. 30.]

A única justificativa para tal ato é "o perigo da vida", pois em todas as demais ocasiões Florinda sustentara seu disfarce, sem representar a cena dramática de desnudar-se para mostrar sua condição feminina. A medida justa da fortaleza é "sair com honra e ficar gloriosa", cabendo aos heróis se esquivarem dos defeitos simétricos de pecarem por excesso, sendo temerários, ou de pecarem por falta, sendo covardes. Adiantando um pouco, este é um dos aspectos em que o texto ficcional, do mesmo modo como a doutrina, distancia-se das diretrizes estóicas antigas, na solução de um neo-estoicismo que reabilita os afetos — juntamente com o temor e a esperança na eternidade — como intrínsecos ao catolicismo. Excetuando-se isso, em que o horizonte religioso seiscentista compõe o verossímil dos personagens, a postura de Florinda, bem como a de Arnaldo, pouco ou nada se distingue da dos antigos Caricléia, Teágenes etc.

É preciso ler *Constante Florinda parte II* para vermos, no penúltimo capítulo, logo após a reunião dos dois amantes e do recebimento em herança do reino de Nápoles, como eles são brutalmente atacados pelo príncipe Aquilante, que, não contente em lhes tomar o reino, condena-os a morrer degolados e desterra um filho de ambos, convenientemente chamado Constâncio. O capítulo final desta segunda e última parte da *Constante Florinda* é preenchido por dois discursos de consolação feitos por Arnaldo: um, numa carta dirigida a Florinda prisioneira, em que a incita a manter a paciência, pois é chegado o instante da execução da sentença de morte, na qual se dá "a conhecer agora a firmeza que sempre sustentamos na vida"; o outro, dirigido ao povo de Nápoles, como um *exemplum* para a comunidade de que é imagem e representante. Neste discurso, de modo soberano e desprendido, disserta sobre a instabilidade da fortuna e insiste na tranqüilidade com que se despede da vida, porque sem culpas, mesmo que injustiçado:

> — Amigos e vassalos meus, não merecidos por natureza, mas granjeados de minha ventura, se ainda não tendes experimentado a pouca firmeza das glórias desta vida, agora vereis em nós quão sujeitas estão aos contrastes da fortuna [...]. Agora vereis como não tem fundamento a seguridade dos bens do mundo e como na maior força de seu descanso se deve viver com receio. Agora sabereis como todas suas alegrias são findas, suas esperanças vãs, suas desgraças contínuas e suas tristezas certas, e alcançareis de todo como dão as glórias a desejos e a penas sem medidas, pois as que agora padeço, além de excessivas, são verdadeiras, e seu bem durou pouco, porque era fingido.

Todos esses infortúnios trágicos coroam enfim, por justa conseqüência, a *peregrinatio* dos dois amantes em sua marcha em direção à morte, aonde se dirigem sem queixas nem temores, recebendo as injustiças e reviravoltas da fortuna com o ânimo sereno de quem confia na eternidade e conhece o curso necessário das coisas do mundo. Sobretudo, Florinda e Arnaldo mostram-se como exemplos de uma firmeza que só é possível porque experiente de que nada nesta vida pode ser firme, tanto quanto nada naquela morte é provisório (a antítese é figura de destaque nesta obra...). Com estas palavras termina o livro da *Constante Florinda parte* II:

> E este é o fim que tiveram estes dous amantes tão firmes. Estes foram seus trágicos infortúnios. Nisto vieram a parar tantos dons da natureza. [...] E se eles foram firmes às glórias da vida, não tiveram firmeza. Esta verdade nos está ensinando, que tragamos sempre na memória escritas estas palavras: *Para que são glórias, nem honras da vida, se mais perde quem mais alcança?*

A virtude da fortaleza ou firmeza, ilustrada pela constância seja de Jó, seja de Florinda, traduz assim a razão circunscrita a seus limites humanos e a eles conformada. Por tudo isso, um autor como Francisco de Quevedo, em seu opúsculo *Nombre, origen, intento, recommendación, y descendencia de la doctrina estoica* (1634), pode defender que a seita dos estóicos é originária do próprio Livro de Jó, o qual teria inspirado as máximas de Epiteto, fundador do estoicismo grego. Para Quevedo, os princípios do estoicismo são os mesmos e os mais elevados do catolicismo: seguir a virtude, pôr o espírito acima das perturbações e das adversidades, viver com o corpo mas não para o corpo, contar por vida a boa e não a larga etc., num propósito de conciliar com a teologia da palavra revelada aquela que foi a filosofia moral dos primeiros cristãos. As contradições entre ambas — que são muitas e decisivas —, neste e em todos os autores que pendem para o neo-estoicismo, são obscurecidas em prol de tal conciliação, bem-vista pela doutrina pós-tridentina por acentuar as boas obras, a renúncia dos bens terrenos e a noção da fugacidade da existência como aspectos próprios e necessários ao catolicismo. Longe estamos dos primeiros anos do Quinhentos, quando, pela boca de Estultícia, Erasmo ridicularizava os estóicos, os antigos e os novos, por depositarem confiança em que a lógica era suficiente para atingir o conhecimento último das coisas, e que sábios eram os que se tornavam desprovidos de paixões, com o que jamais incorreriam em erros, arrogados de semelhantes aos deuses. Para Erasmo, uma doutrina que eliminava os afetos como elementos de comunhão do homem com Deus, como propiciadores de uma moral caridosa entre os homens e evidenciadores da falibilidade como atributo próprio da humanidade, esta doutrina era uma filosofia ímpia e estulta ela mesma, em completo desacordo com o cristianismo e suas origens.

É compreensível, logo, que o neo-estoicismo seiscentista tenha tido ampla difusão na península Ibérica pós-Concílio de Trento. Seu principal representante, Justo Lípsio, inaugura uma nova era para a doutrina estóica na modernidade, com seu *De constantia libri duo* ("Sobre a constância — livros I e II"), publicado em 1583, e cujo título é emprestado do diálogo de Sêneca, *De constantia sapientis*. Foram várias edições do *De constantia* durante o século XVI e, só em inglês, foi traduzido quatro vezes entre 1594 e 1670; também foi editado na França em mais de uma tradução, desde a primeira, em 1592;[15] na Espanha, a primeira tradução é de 1616.[16] Juntamente com o *Manuductio ad stoicam philosophiam* ("Manual de filosofia estóica"), publicado em 1604, em Antuérpia, essa obra de Lípsio determinou o principal da doutrina estóica por todo o século XVII, excluindo dela somente aqueles aspectos irreconciliáveis com o cristianismo e que dependiam do fatalismo estóico: que Deus está submetido ao Destino, que há um ordem natural das coisas que exclui os milagres, que não há contingência e, portanto, que não há livre-arbítrio. Em *De constantia*, Lípsio define a Constância como uma força da mente baseada na razão, enquanto a opinião, erro da mente, leva à inconstância, produzindo emoções infundadas: desejos, medos, alegrias e tristezas. O centro da obra reside na discussão acerca dos males públicos, os quais Lípsio procura demonstrar que são impostos pela Providência divina: que são necessários ao ciclo de criação e destruição; que em verdade são úteis aos homens, desde que servem de exercício para os bons e castigo para os maus; e, finalmente, que não são nem tão terríveis nem tão incomuns que constranjam a sofrer por eles. A conclusão da obra diz que para manter a paz da mente em meio às guerras e turbulências políticas não basta mudar de lugar, deixando a pátria para se refugiar num ermo, mas é suficiente mudar de opinião sobre aqueles males — entendendo suas causas e, assim, compreendendo sua necessidade.

É evidente como essas noções se encontram espalhadas por toda a obra de Rebelo, como nas de tantos autores que partilham delas no início do século XVII, seja em Portugal, seja na Espanha. Em Portugal não se pode deixar de citar Francisco Manuel de Melo, que em seu *Hospital das letras* faz os mesmos Justo Lípsio e Francisco de Quevedo (além do autor e de Trajano Boccalini[17]) disputarem acerca dos livros coevos. Além dos tantos poemas e epístolas em que, além da evidente adoção do estilo, retoma os temas estóico-senequianos da constância do sábio, da tranqüilidade da alma, da providência e reflexões insistentes sobre a presença obstinada da morte e suas consolações, com citações explícitas, Francisco Manuel discute amiúde a doutrina estóica em *El fenis de Africa* (1648-1649), uma "vida" de Santo Agostinho, em que, como os demais neo-estóicos seus contemporâneos, refuta a supremacia da razão sobre as paixões. Mas a obra em que talvez se melhor se mostre a importância que dom Francisco forneceu aos princípios filosófico-teológicos do neo-estoicismo seja em *Vitoria del hombre sobre el combate de virtudes y vicios*.[18] Embora assine a obra, conforme noticia Maria Lucília Gonçalves Pires,[19] trata-se de uma tradução castelhana integral da obra de Jean-François Senault, em onze livros, intitulada *De l'usage des passions*; editado em 1641,[20] esse livro pode ser considerado uma reação, que se antecipa na França, ao extenso domínio do neo-estoicismo entre os círculos letrados contemporâneos.[21] Nele, o oratoriano Senault procura distinguir, com argumentos de base aristotélica, um bom e um mau uso das paixões, de modo a circunscrever o papel da razão e enfatizar o lugar da graça na vitória sobre as paixões, atribuindo-lhes o papel de auxiliares das virtudes; o primeiro tratado do livro, dedicado às paixões em geral, principia assim por um discurso que consiste numa "Apologie pour les Passions contre les Stoïques". Francisco Manuel de Melo modifica o enfoque, só com fornecer à sua tradução o esclarecedor subtítulo, ausente do original: "Triunfo de la Filosofia Cristiana contra la Doctrina Estoyca".[22] Todavia, é preciso dizer, não parece que tal enfoque seja suficiente para falar de um antiestoicismo de dom Francisco Manuel. *Vitoria del hombre* é uma tradução que deve ser entendida como pertencente a um momento em que o neo-estoicismo perde força, inclusive entre seu principal representante na Espanha, o já mencionado Francisco de Quevedo, mas cujas críticas, na pena de dom Francisco Manuel, são conciliáveis com uma longa vivência com os princípios neo-estóicos — muito diferente, portanto, da visada de Senault.

Na Espanha, o próprio Francisco de Quevedo, cuja ascendência sobre dom Francisco Manuel de Melo é conhecida, constitui o principal difusor da nova doutrina estóica, passando por épocas de maior e de menor adesão a ela, em suas obras poéticas, morais e políticas — o que mostra que a propagação do pensamento neo-estóico não se restringiu à filosofia. Os estudiosos apontam os anos de 1612 a 1635 como o apogeu da Stoa na obra de Quevedo, havendo a partir de 1635 um esgotamento da presença de Sêneca em suas obras. Mas se tomarmos como exemplo o *De los remedios de qualquier fortuna*, escrito por volta de 1633 como comentário à obra homônima atribuída a Sêneca[23] (na mesma data, portanto, da provável primeira edição da *Constante Florinda parte II*), veremos que todos os dezessete males contra os quais estóicos e neo-estóicos procuram consolar os homens estão ilustrados em episódios da obra de Rebelo: morrer, ser degolado, morrer longe da pátria, morrer jovem, carecer de sepultura, estar enfermo, terem os homens má opinião sobre si, ser desterrado, padecer dor, sofrer pobreza, não ser poderoso, perder dinheiro, perder os olhos, perder os filhos, cair em mãos de ladrões, perder o amigo, perder boa mulher. No capítulo final da *Constante Florinda parte II*, inclusive, em que Arnaldo e Florinda são sentenciados à morte, é nada menos do que morte por degolação a que são condenados. E isso não se lhes configura mal bastante, perante o bem maior que é a virtude de ambos, em nome da qual reconhece Florinda e reconhece Arnaldo todos os acontecimentos como necessários e enviados por Deus, enquanto aperfeiçoamento da mesma virtude.

Enfim, são muitos os elementos estóicos ou estoicizantes transportados para a ficção do Seiscentos: a impotência do homem diante da Providência; a impassibilidade do sábio face ao desconhecimento das razões dessa Providência que tantas vezes se assemelha a uma Fortuna cega e insensata; a constância do sábio na manutenção da virtude como único modo de não se deixar afetar pelas paixões decorrentes das instabilidades da Fortuna, a aceitação confiante de todos os infortúnios que possam lhe ocorrer, o conseqüente desapego a todos os bens e males mundanos, desde o amor mais piedoso à alegria mais inocente, desde a dor física mais intensa à perda do ser mais amado. Por fim, a convicção de que o homem é um ator a desempenhar, por breve espaço de tempo e involuntariamente, um papel que o autor do universo lhe destinou — de rei, ou de escravo. Nesse grande teatro do mundo, cabe ao homem sábio, apenas desempenhar com decência, convenientemente, o papel que lhe foi atribuído, sem queixumes, nem contentamentos vãos, ao passo que os estultos queixam-se do papel que devem representar, e representam-no mal: alegrando-se com bens que lhe trarão tristeza, e entristecendo-se com o que lhes daria alegria eterna...

Todos esses exemplos têm por objetivo demonstrar quão fundamental é ver pelo prisma do neo-estoicismo a caracterização de Florinda como constante, e por esse viés focar a ficção portuguesa do Seiscentos. Doutro modo, é difícil compreender por que, nos *Infortúnios trágicos*, Florinda é a única personagem constante e, mais ainda, a súmula da constância, demonstrada exemplarmente nas inumeráveis desgraças com que se defronta na sua peregrina vida:

> E depois de traçar muitas cousas em seu pensamento, e que meio teria para reduzir a vontade de Florinda do propósito que tinha para que o seu pudesse haver o efeito que tanto desejava; achou que como era mulher não podia permanecer em sua firmeza, havendo que pou-

cas a sustentavam, porque como esta seja um bem varonil fundado em o entendimento, não podem mulheres sustentá-lo, como incapazes da perfeição; mas como nossa Florinda era a cifra e recopilação da maior do mundo, não só estava fora desta lei, mas antes podia mui bem assinar regras da guarda dela. [cap. 31.]

APAIXONADA SEM AMOR

Sem dúvida, trata-se de uma constância algo desatinada para leitores contemporâneos, visto não se dirigir imediatamente a um bem qualquer, físico ou metafísico, mas tão-só à palavra dada a um já falecido amante — quando sabemos que, mesmo nas mais rigorosas leis do amor e da vida, como argumentam o próprio Arnaldo e o príncipe Aquilante, todo contrato e promessa são desfeitos pela morte. Porém, a um e a outro, Florinda responde pela piedade do seu intento, pela razoabilidade do seu amor — que não é fundado numa paixão passageira, mas decorre de um juízo acerca do bem da sua alma —, pela firmeza da sua fé: "tenho tanto amor que nem a morte será bastante para o desfazer; porque como ele tenha fundado suas raízes em a alma, e esta não tenha fim, com ela sempre eternamente durará" [cap. 4].

Evidentemente, encontramos aqui uma concepção de amor de molde platônico. Porém mais importante é notar que este amor se torna pretexto para uma demonstração — no sentido de uma exibição cênica — das ameaças e investidas que se sucedem no mundo contra a Constância, tanto como de uma demonstração da felicidade que, pela manutenção da mesma constância, os amantes afinal obtêm. Em *Infortúnios trágicos*, com efeito, o prêmio da constante Florinda é o reencontro com seu "bem", Arnaldo redivido. (Somente na *Constante Florinda parte* II é que tal reencontro se mostra efêmero a tal ponto que, em um único capítulo, Arnaldo e Florinda passam da felicidade para a mais completa desventura, culminando com a morte de ambos — a demonstrar que, frente à realidade da morte, a mais constante constância da vida é falsa.) Neste amor humano fiel e lícito, que permite aos amantes vencer todos os infortúnios, o que está em jogo sobretudo é o seu caráter de afeto desprovido de paixão, se assim é possível nomeá-lo, desde que é um amor que não comporta qualquer elemento de perturbação ou enfermidade da alma — definições de paixão presentes em todos os autores antigos até meados do Seiscentos, quando se dá uma reação à concepão estóica das paixões, como vimos. Seja para Aristóteles, seja para os estóicos gregos e latinos, paixão é um movimento brusco da alma, que perturba a razão; a diferença entre um e outros é que, enquanto para os estóicos as paixões são contrárias à razão e avessas aos seus mandados ("não é possível ter saúde e ao mesmo tempo estar acometido por uma doença"), para Aristóteles, as paixões são naturais ao homem, podendo a razão, superior, dirigi-las para uma ação virtuosa ("é digno de aplauso aquele que se indigna contra uma injustiça"). É nesse sentido, aristotélico, que os escritos filosóficos dos neo-estóicos cristãos irão compreendê-las, acrescendo a consideração de que a razão, apenas, é insuficiente para dominar as paixões, necessitando do auxílio da graça para tanto: "*es luego preciso que, para ser util, la Filosofia moral sea Cristiana, y que las Virtudes que deven dominar nuestras Passiones, hayan de ser animadas de la Gracia*".[24] Em todos os casos, o vício é definido pelo hábito de se deixar conduzir pelas paixões em vez de antepor a elas uma vontade firme, baseada no juízo ao mesmo tempo virtuoso e racional acerca dos bens e dos males e indene às opiniões vulgares a esse respeito.

Embora, mesmo no estoicismo antigo, se reconheça que "a paixão consiste, não em ser emocionado pela idéia que a coisa faz nascer em nós, mas em se abandonar e seguir este movimento fortuito",[25] o que vemos é que a literatura neo-estóica isenta os personagens virtuosos de qualquer afeto que não a mais pura amizade (entre Florinda e Artêmia, por exemplo, nos *Infortúnios trágicos*, e entre Arnaldo e Flamiano, na *Parte II*). Como é evidente, o amor de Florinda nada tem de concupiscível; mas também não se espiritualiza como um meio para atingir a Deus (como no platonismo quinhentista): é um exercício de virtude e de expurgação de desejos, uma "ortopedia da alma", dir-se-ia. Nem ao matar dom Luís está Florinda possuída por ira ou desespero que obscureça sua razão: mata-o por deliberada ação, a fim de que ele não provoque injustamente outras mortes; se, depois de realizada sua determinação, sente algum temor, isso se deve tão-somente a ser ela mulher, e não a uma qualquer ilegitimidade de seu ato, o qual hesite em efetuar:

> — Lembra-te, falso dom Luís, a injusta morte que há duas noites deste ao valeroso Arnaldo, e diante de quem?
> Ao que ele respondeu com grande arrogância:
> — Sim, lembra [sic], e darei a ti quem quer que fores se por injusta a defenderes.
> — Ora, pois (respondeu ela) para que tu não dês outras semelhantes, bem é que ta dêem a ti, pois dando a que deste ma causaste a mi.
> E acabadas estas rezões lhe disparou o pistolete em os peitos, e passando-o de parte a parte caiu em terra sem falar palavra, e ali acabou miseravelmente a vida. Logo que Florinda efeituou o que desejava, largando a rédea a seu ligeiro cavalo (não com pouco temor que enfim era mulher) se partiu com muita pressa tomando um caminho que lhe pareceu ser pouco continuado de gente, pelo qual andou alguns dias desviando-se quanto podia de povoados grandes, para mais segurar sua pessoa, sem em todos eles lhe acontecer cousa de que se possa dar conta. [cap. 5.]

Vencer as paixões, de fato, pode ser prerrogativa dos caracteres bons, fundados sobre hábitos virtuosos: prudentes, justos, temperantes e firmes, à semelhança de Artêmia e Flamiano, que acompanham seus amigos ao cadafalso, incitando-os a perserverar na firmeza. Contudo, dos heróis é próprio não sofrê-las absolutamente, exceto naquilo que lhes é imprescindível para serem homens e não deuses insensíveis: como o mostra o breve desmaio que acomete Florinda no último capítulo, quando reconhece estar afinal perante Arnaldo. Então, para o amor ser virtude própria e principal de heróis, ele se torna vontade racional, nisso se mostrando, esses *Infortúnios trágicos*, devedores das premissas neo-estóicas que equiparam virtude a razão, opondo ambas a vícios como domínio das paixões. Por ser amor constrito nos limites da razão e não ser perturbação, não ser contrariedade, conflito, nem enfermidade, é outra coisa que não paixão, é *constância*. A propósito, é ainda dom Francisco Manuel quem ensina que paixão e constância se contrapõem, segundo uma etimologia rara:

> "Los Griegos dividieron todas las commociones del alma en dos partes, a que llamaron: *Pathi*, y *Eupathi*, tomadas de la palabra *Pathos*; que en romance, es: Padecimento. Donde despues los Latinos (y con ellos Tulio) a lo mesmo llamaron: Passiones, y Constancias [Francisco Manuel de MELO, *El fenis de Africa* (1664), p. 202].

No nosso caso, Florinda constitui o personagem menos provável de ser virtuoso, e, por isso mesmo, sua virtude é descrita como tão surpreendente: jovem e do sexo feminino, realiza uma combinação da qual se espera inconstância e volubilidade, desde que, devido à inferioridade própria das mulheres, a virtude numa delas é mais excepcional do que num homem, e sabendo-se que, devido à pouca experiência dos jovens, eles estão mais que todos os demais tipos humanos sujeitos a afecções da alma. Portanto, da mesma maneira que as jovens Caricléia, em *As etiópicas*, Sigismunda, em *Los trabajos de Persiles y Sigismunda*, e Nise, em *El peregrino en su patria*, Florinda é tão mais virtuosa porque venceu seus desejos, temores e amores. Se os atos mais virtuosos são aqueles que o homem desempenha contra seus próprios vícios, e não contra inimigos externos, por paradoxo as personagens femininas são capazes de congregar em maior grau do que os homens a plenitude do caráter virtuoso. Impassíveis, imutáveis, perfeitas, elas são modelo de virtude não tanto porque estejam apartadas ou ignorantes das paixões, mas porque, em contínua proximidade com essas — nomeadamente, a cobiça amorosa de homens e mulheres que as amam sem juízo —, agem permanentemente de modo a não serem possuídas por paixão alguma. Daí que o amor de Florinda por Arnaldo não seja um "amor de paixão": é por decisão racional que ela conserva seu descorporificado amor, tendo de Arnaldo apenas uma esmaecida lembrança[26] — sem desejo, sem temor, sem alegria e sem tristeza —, ao passo que todos os demais personagens deixam-se arrastar inconsideradamente por paixões, único condutor de seus atos. Por exemplo, Gracinda que, esquecida da honra e do nome, persegue o desamoroso Leandro por desertas ruas noturnas; o cruel irmão anônimo, esquecido dos laços consangüíneos, que intenta contra a honra da irmã e apunhala a mãe; o rei da Grã-Bretanha que, enredado nas manhas da esposa lasciva, manda assassinar o filho, perpetuando o triângulo Fedra, Teseu e Hipólito; a princesa Boemunda, alheia a estado e condição, que assedia seu pajem etc. Sendo assim, e porque a virtude se define pelo hábito de reagir com propriedade às paixões, enquanto o vício pelo hábito de se deixar vencer por elas, os personagens menores não apenas cometem um único erro, pelo qual possam de alguma maneira se justificar, mas, reiteradas vezes, atuam de modo vicioso, conduzidos pelas diversas paixões facultadas aos homens.

Este é o caso maravilhoso da jovem napolitana que Florinda encontra na cova, habitando com o "salvagem". Por desconhecimento, ela se casara com um general, antigo marido da sua mãe, o qual, depois do reaparecimento desta, é obrigado a abandonar a moça, por ordem do Papa. Porém, por muito formosa — e filha de um sultão muçulmano, não nos esqueçamos — ela se apaixona pelo jovem Rodolfo, o que faz com que, desprezando a ordem dada pelo Papa de se manter casta até a morte de sua mãe e do general, prometa casar-se com o moço às escondidas do ex-marido. Uma meio-irmã sua, todavia, primeira filha do casamento de sua mãe com o general, também se apaixona por Rodolfo e, denunciando-lhe a ascendência turca da meio-irmã, acaba por demovê-lo do casamento. A napolitana, então, tomada de ira, resolve se vingar e recuperar o namorado, por meio de uma bruxaria:

> vendo eu que já não tinha remédio algum, foi tanta a inveja e paixão que disso tomei que não me cabia o coração no corpo, vendo a treição

que uma inimiga me tinha feito; e como seja natural das mulheres a vingança de agravos, propus logo em minha vontade de a tomar deste: pera o que falei com certa feiticeira, a qual me deu uma confeição de notáveis efeitos. [cap. 28.]

Como era de se esperar, os efeitos da poção mágica não foram os esperados e, embora a irmã também tenha recebido seu castigo — "antes de quatro dias lhe fez cair todos os dentes e cabelos e perdeu a cor do rostro, enchendo-se toda de lepra, que a tornou tão feia, que era medo vê-la" —, o castigo da aprendiz de feiticeira não tardou. A poção que deu a Rodolfo para que ele voltasse a lhe querer bem, "fez-lhe perder o juízo e ficou como doudo insensato, [...] de maneira que o que eu fiz pera ter bem e descanso me ficou servindo de grande pena". Desesperada, a jovem procura se matar, mas, sem coragem de fazê-lo, decide-se a se perder num bosque, a fim de deixar acabar a vida, mais cedo ou mais tarde. Aí é encontrada pelo doudo Rodolfo, que a buscava como um animal, e que passa a sustentá-la, desinteressadamente, o que a leva a compreender que a Providência assim procedera para que ela fizesse penitência dos seus pecados.

E vendo eu o cuidado que tinha de meu sustento, [...] tornei em mi e julguei mormente quando vi que me não fazia ofensa a minha pessoa, que o permitia assi o Céu para que eu me não perdesse; e mudei meu pensamento e determinei de fazer penitência de meus pecados, a qual estou fazendo, ainda que não conforme a graveza deles. [idem.]

Em suma, por incontinência de não se manter sem marido, por ira de ter sido preterida, por inveja dos bens da irmã, por desdém para com as leis cristãs, por medo de receber a morte, por tentar o suicídio apenas por desespero — por sucumbir em todas essas vezes a todas essas paixões, enfim, o caráter da napolitana é vil e merecedor do castigo que lhe sucede.

As paixões portanto são movimentos informes e variáveis da alma inconstante, açoitada pelas coisas, pelos outros, pelo mundo exterior. Sejam naturais ao composto corpo/alma dos homens, como pretende Aristóteles, sejam afecções da alma, equivalentes às doenças no corpo, como querem os estóicos, pertencem ao que há de alógico no homem; por conseqüência, representam aquilo que na alma padece em relação ao que age sobre ela e perante o que ela se sujeita. "Um ser autárquico não teria paixões"[27] — o que a doutrina católica contra-reformada não pode aceitar. Do estoicismo, a doutrina da Contra-Reforma absorve a noção de que inveja, desejo, temor, compaixão, alegria, tristeza são meras e involuntárias reações a coisas que se apresentam à alma por meio dos sentidos e acerca das quais ela *fantasia* bens ou males. A razão conhece o urubu como ave e a fantasia faz o homem tremer de medo pelo mau agouro do pássaro. Mas, aristotelicamente, acrescenta que cabe à razão (com auxílio da graça), fazer dessas paixões componentes das virtudes: o temor, da prudência; a esperança, da fortaleza; a ousadia, do valor; a ira, enfim, da justiça.[28]

Para aqueles que são escravos de suas paixões, movidos pelas circunstâncias exteriores das aparências, opiniões e sentidos, e que se vêem cercados por angústias, a única saída parece ser a mudança de lugar. A filha do sultão se esconde na mata, assim como o rei ermitão, as quatro irmãs prisioneiras no castelo e tantos mais, porque, em todos os casos, julgam que a mudança do lugar poderá impedi-los de, afetados por paixões causadas pelos outros, agir de modo vicioso. Uma vez que a alma dos estultos se move ao sabor dos acidentes, esperam que, se se mudarem para um lugar em que o redor não os afete com desprazeres, medos, tristezas e alegrias vãs, serão menos infelizes. Nesses casos, o recolhimento é expiação e penitência de quem não sabe agir virtuosamente no mundo.

PEREGRINAÇÃO SEM RUMO

A peregrinação desses escravos das paixões se opõe, em princípio, à constância considerada em seu sentido *lato*, latino e português seiscentista, de "o andar por terras estranhas", segundo o *Vocabulário* do

Bluteau. Por aí, toda andança fora de sua pátria é peregrinar, ação sujeita às variações do caminho, aos desvios, às mudanças, ou seja, ao domínio da fortuna. Como verifica Antonio Vilanova, em seu "El peregrino andante en el *Persiles* de Cervantes", já citado, peregrinação é termo de fortes conotações na Bíblia, onde se reitera a noção de que o homem é um peregrino sobre a terra — metáfora desenvolvida pela poesia e pela teologia muitas vezes até o século XVII, quando a vida humana, toda ela, é compreendida como um caminhar errante desde o berço até a sepultura, ponto final de uma viagem de regresso à morte: inferno ou pátria celestial. "*Moriràs*. Esto es naturaleza del hombre, no pena. *Moriràs*. Con esta condicion entré, de salir. *Moriràs*. Derecho es de las gentes bolver lo que recibiste. *Moriràs*. Peregrinacion es la vida; quando ayas caminado mucho, es forçoso bolver. *Moriràs*." Assim repisa o refrão de Sêneca, na pena de Quevedo,[29] lembrando muitas vezes a vacuidade de uma existência que, longa ou breve, próspera ou adversa, dirige-se para a mesma saída. "Nenhuma pátria é alheia ao morto", insiste, pois que toda a terra é pátria alheia àquele que nela só se encontra "de passagem".

Tornando ao sentido literal do termo, peregrinar se afigura o movimento daqueles que saem de seu lar, quer constrangidos e em fuga, quer em busca de riquezas, conhecimentos, aventuras, honras, prêmios, vitórias — felicidades, em suma. E, sempre, com esperanças de retorno. A viagem de Odisseu de regresso a Ítaca é o paradigma ocidental. Contudo, se o fim do caminho for o mesmo, quero dizer, a volta para casa, o caminhar revelar-se-á uma insânia, do mesmo modo como a agitação inútil de um doente. Movimento insensato, claro, haja vista que em nenhum daqueles bens reside a desejada tranqüilidade da alma, o repouso do sábio. Isso mesmo é dito no *De constantia libri duo*. Aí se encena um diálogo entre Lípsio e o jovem Langio que, atormentado pelas desordens políticas dos Países Baixos, decide a deixar a terra natal em busca de um lugar isolado em que possa viver em quietude. Lípsio demove-o da idéia de se desterrar, convencendo-o de que a tranqüilidade da alma não é conseguida pela mudança de lugar, mas de julgamento acerca das coisas, como vimos. Seus argumentos são os de Sêneca no *De tranquilitate animi* (II, 12-13):

> para onde quer que vás, carregas em teu peito a fonte e o alimento da tua própria dor. Como aqueles que tomados de febre, tossem e se voltam inquietamente, e vezes sem conta se reviram em suas camas na vã esperança de remédio: neste caso estamos nós, que, doentes em nossas mentes, damos voltas de um país para outro sem qualquer fruto. Isto, na verdade, acresce a nossa dor, não a alivia. Muito apropriadamente disse o sábio romano: "é próprio de uma pessoa doente não sofrer nada por muito tempo, mas usar de mudanças em lugar de medicinas. Daí procedem errantes peregrinações e andanças por praias ressequidas pelo sol: e nossa inconstância, sempre inimiga das coisas presentes, num momento está sobre o mar, noutro experimenta a terra." [*De Constantia libri duo*, englished by John Stradling 1594, L. I, cap. 2 (minha a tradução).]

Peregrinar, então, é ação dos imperfeitos, jovens sem sossego (embora com louváveis aspirações!) que desejam encontrar o conhecimento verdadeiro, a conduzi-los, no fim, à fruição da vida contemplativa. Portanto, para a filosofia de Lípsio, nas pegadas da de Sêneca, a imobilidade é, desde sempre, exercício de constância e sabedoria, que se contrapõe à errância vã. O discurso em louvor dos jardins, contido nos primeiros capítulos do Livro II do *De constantia*, qualifica a permanência nos jardins como o cultivo dos prazeres mais gentis e sossegados que a natureza propicia, ao agradar os sentidos com suavidade e permitir, desse modo, o doce e elevado labor da contemplação. Nascido no Jardim do Éden (termo que significa "em deleitação"...), onde dispunha de uma vida abençoada e feliz, para a qual foi criado, o homem foi expulso desse Paraíso por sua culpa e subseqüente punição divina. Viver no Paraíso é bem tamanho que a maior pena encontrada por Deus para castigar o homem pecador foi o exilar daí. "Olhe na Sagrada Escritura e você poderá ver que os jardins têm seus princípios com o mundo; o próprio Deus apontou ao primeiro homem sua habitação aí dentro, como sede da vida abençoada e feliz."[30] Somente após seu erro, iniciou-se a cansativa peregrinação de Adão.

Cabe recordar que em obras do chamado período medieval é comum aparecerem os jardins como metonímia do Paraíso e, por extensão, de todos os bens divinos. Basta citar, em língua portuguesa, o *Orto do Esposo*:

> fez o Senhor Deus ante ele hũ regnado, em que o homẽ uiuesse vida bemauẽturada. E este luguar fez o Senhor Deus cõ suas mããos ẽno Oriente, em Edom, que quer dizer em deleitaçom, o qual luguar he mais alto que toda a terra, em que he o aar muy dilicado e muy temperado de todo e muy esplandecẽte. E em elle ha sempre muytas plantas floridas e he cõprido de bõõ odor e de lume e de toda fremusura e de todo prazer, em tal guisa que trascende todo o entendimento sensiuil. [Livro II, "Do parayso terreal".]

Mas tal preeminência do *locus amoenus* nos textos filosóficos (a que não é alheia a tradição do jardim de Epicuro, nem os diálogos platônicos e que é incorporada pelos poemas pastoris) não tem correspondência, como é evidente, nas epopéias em prosa. No gênero pastoril, a poesia celebra uma conjuntura áurea de harmonia entre homem e natureza, cujo rompimento é doloroso para ambos; razão por que o bucolismo comporta vagarosas descrições de quadros ternos e deleitosos, e que toda mudança se inscreve no ritmo lento, invariável, cíclico e previsível da ordem natural. Já nas epopéias, os lugares de quietação aparecem sempre como transitórios e efêmeros, expiatórios, a homens cuja vida se define por ser uma trabalhosa peregrinação; os valores de honra e fama subjacentes às épicas, que hão de ser monumentalizados como *exempla* de desvios da ordem geral, não têm o que fazer na indolência contemplativa, própria das ficções de pastores. Na epopéia, para o descanso ser tido por virtuoso, é preciso que surja em recompensa de uma vida ousada em desempenhar ações valorosas, e não um costume de desocupados.

A fama e a honra devem preceder, no tempo e na vontade, a *apatia* — antecâmara da morte — por meio de ações que realizem a virtude. Não sendo assim, a tranqüilidade não se distinguiria do vício da preguiça — e o pretenso sábio, de um preguiçoso.[31] Desde Odisseu e Gilgamesh até Arnaldo, passando por Enéias, Quéreas, Teágenes, Clitofonte, seus imitadores antigos, Tristão, Percival, Galaaz, Dante e Rolando, êmulos do medievo, todos jovens heróis que peregrinam para adquirir um bem permanente e maravilhoso, no fim obtêm, menos do que o objeto procurado, a realização de suas próprias vidas, despendidas no tempo passado naquela busca.

Por tudo isso, se a peregrinação é o modo da errância, estranho ao sábio, como quer Lípsio, também é, por paradoxo, meio para que a constância, desafiada, se aperfeiçoe. O desterro converte o jovem impetuoso em adulto, experimentado acerca... de nada, senão da vacuidade do mundo e, por suposto, confirmado em si, para não mais sair em busca de aventuras e desventuras:

> *Nada do que vês é assi,*
> *trás os olhos não te abales;*
> *tudo é "mudem-me daqui,*
> *matem-me nessoutros vales".*[32]

Esta é uma das ironias de Cervantes, e não das menores: fazer seu velho Quixote polir as armas para, herói temporão, ir buscar glórias da cavalaria em vez de gozar da paz em seu lar; e, de lá, novamente partir, sem necessidade alguma. Já Sancho, a quem faz acreditar que o bem maior é dispor de uma ilha que governe, o mais que deseja é, retornado, tê-la como instrumento para transformar mulher e filhos em gente de bem, sem mais sofrer as agruras que cabem em partilha aos andarilhos. E, antes deles, todos os cavaleiros andantes e todos os amorosos aventureiros que sonham em chegar ao fim da peregrinação por mares e terras desconhecidos.

Evidentemente, as andanças não são as mesmas, em tempos históricos tão distintos como a Babilônia de Gilgamesh do segundo milênio a.C. e a península Ibérica de Florinda do século XVI d.C.

Nem mesmo a andança do pícaro Lazarilho, embora venha à luz nos mesmos anos do Quinhentos, pode ser confundida com a de Birmander do *Menina e moça*, ou com a dos pastores da *Diana*, que peregrinam num espaço fechado *en su patria*. Se entre os semideuses gregos e os cavaleiros andantes das terras européias é possível encontrar uma cadeia de referências e imitações, por pouco evidentes que pareçam, a justificar as semelhanças verificadas entre essas épicas como peregrinações de heróis, mais difícil é justificar a existência de semelhanças entre a errância do herói babilônio, enclausurado em suas terras de entre-rios orientais e sem presença visível na Bíblia,[33] e a desses "modernos" épicos. Talvez, e apenas talvez, haja uma cadeia imitativa imemorial a repor narrações que se mimetizam em percurso, metáfora comum da vida como caminho a ser trilhado e concretização do tempo abstrato em espaços: "os dias da minha peregrinação são de cento e trinta anos, poucos e trabalhosos", diz-se no *Gênesis*. Investigar tais semelhanças conduz a muito além do horizonte presente, onde a vista não é clara, e enxergo pouco.

Mais próxima a nós, como mostra Vilanova no ensaio citado, toda a ficção em prosa que medeia o fim do século XIV até o final do XVII assiste a um tipo de herói andarilho com características genéricas a que ele chama "peregrino de amor" — segundo expressão de Fiorio, protagonista de *Il Filocolo* de Boccaccio, que assim se define. Do mesmo modo que em *Il libro del peregrino*, de Jacobo Caviceo (1508), em *Selva de aventuras*, de Jerónimo Contreras (1565), em *Peregrino en su patria*, de Lope de Vega (1604), para citar alguns expoentes,[34] seus heróis vagueiam por mares e terras visando ao reencontro com amadas, perdidas por algum infortúnio. O reencontro entre ambos seria meramente amoroso e terreno, como defende Vilanova, não fosse que em todas essas obras o *delectare* está a serviço de um *docere* fortemente doutrinário, em que se mostra, com maior ou menor ênfase, a peregrinação como uma condição da alma humana exilada no mundo, a sofrer, e combater, os desmandos da Fortuna. Em todas essas narrativas os heróis logram vencer as inconstâncias da existência humana pela manutenção de uma firmeza — acerca da castidade no amor, de não perder de vista o fim da jornada, de não sucumbir a outros amantes etc. — que lhes possibilita alcançar aquilo a que a Providência lhes destinou como prêmio.[35] As leituras quinhentistas do *Fedro* de Platão — em que se mostra a alma caída na terra, condenada a vagar por longos anos e tendo breves momentos de reminiscência saudosa acerca de uma beleza e um bem celestiais perdidos ao receber o invólucro da carne terrena, "este sepulcro que se chama corpo" — não deixaram de contribuir para a alegorização estilizada da figura do peregrino, como se mostra, por exemplo, nas *Soledades*, de Góngora, ou no *Criticón*, de Gracián.

Na epopéia em prosa seiscentista, porém, e especificamente em *Infortúnios trágicos da constante Florinda*, há menos de alegoria e mais de filosofia moral nos episódios de amor e nas aventuras que aparecem como quadros exemplares, passíveis de oferecer ensinamentos doces e úteis aos leitores. Como disse, o conjunto deles permite a apresentação de uma gama extensa de desvarios passionais, que são oferecidos à avaliação da constante Florinda, a qual palmilha asceticamente o caminho que a leva, senão à perfeição — prerrogativa dos anjos e, quiçá, dos santos —, pelo menos à sabedoria. Ela peregrina *para* encontrar personagens que exibem seus erros e expiam-nos das mais variadas formas, o que faz com que sua peregrinação surja, por um lado, como uma oportunidade para exibir o erro dos demais peregrinos da vida, que representam seus infortúnios trágicos aos leitores; e, por outro, não sendo erro nem expiação, a peregrinação de Florinda surge como modo de adquirir conhecimento. Entre eles, o mais importante é o da firmeza — firmeza, agora sim, tão mais virtuosa por ser desprovida de finalidade aparente: sem buscar o amado, sem buscar consolo, nem esquecimento, nem sequer um santuário de paz, Florinda somente caminha, constante, a manter uma palavra dada.

Enfim, a constância de Florinda face aos infortúnios a que se expõe com sua peregrinação compõe como que uma imagem da própria existência humana, trabalhosa, repleta de insucessos, dores, prisões, desafios, cuja aparência caótica se resolve no final por um análogo da felicidade, a demonstrar a regência do Supremo Ordenador do Universo, que não deixa de premiar com a felicidade aqueles que se mantiverem constantes e imperturbáveis perante as múltiplas reviravoltas da vida. E disse "análogo da felicidade" porque a felicidade terrena de Florinda e Arnaldo (narrada em dez linhas...) é mero esboço provisório e antecipado daquela que propriamente se pode chamar felicidade: aquela que, no derradeiro final, tem por prêmio a morte e realiza o conhecimento último.

> Donde se pode tirar exemplo que, assim como nossa Florinda, por ser constante e firme em sua palavra e fé, e pela guardar passou tantos trabalhos e infortúnios, no fim dos quais alcançou tão grandes bens desta vida; assim também o que permanecer firme e certo em guardar o que prometeu a Deus e passar trabalhos por satisfazer com a obrigação de sua promessa; esteja certo alcançará os bens da outra, que são a bem-aventurança, na qual permita ele nos vejamos todos pera sempre. Amém.

Mas essa é outra história. No meio tempo, o tempo da perambulação da vida, os trabalhos dos personagens secundários e dos protagonistas ganham sentido ao serem narrados e assim se oferecerem ao aprendizado dos demais — aprendizes do viver. Na epopéia, a peregrinação é antes de tudo uma escola de virtude, em que o peregrino experimenta tragicamente a felicidade ou a infelicidade que decorre das ações efetuadas, e tal saber é transmitido aos leitores. De um lado, o herói virtuoso, a trilhar sem desvios sua única estrada da virtude que conduz à bem-aventurança, não se deixando seduzir pelas veredas floridas que nela desembocam e que levam tão-somente a becos sem saída; e, por toda a volta, às margens desse caminho da virtude, atalhos, em cujas encruzilhadas se encontram os demais personagens, a narrarem o caminho tortuoso cheio de vícios por eles percorrido até ali, caminhos desviados que ensinam — ao protagonista e aos leitores — os horrores que esperam a todos os que se perdem.

A meio do caminho desta vida
achei-me a errar por uma selva escura,
longe da boa via, então perdida.

Ah! mostrar qual a vi é empresa dura,
essa selva selvagem, densa e forte,
que ao relembrá-la a mente se tortura!

Ela era amarga, quase como a morte!
para falar do bem que ali achei,
de outras coisas direi, de vária sorte,

Que se passaram. [...]

Essas outras coisas desviadas do bem, já o sabemos com folga, consistem na violência e na tragédia das paixões, que desconhecem as ordens da razão. Porém, mais amplamente, simulam, ensinando, o outro caminhar do sábio pela vida e o bem que aí ele, alfim, encontrará, se se dispuser a adquirir honra e fama.

JARDINS EM RUÍNA

Há nos *Infortúnios trágicos* passagens em que Florinda interrompe sua caminhada de forasteira. Na primeira delas, em Bolonha, o faz com o fito de retomar a peregrinação, tão logo lhe seja possível. Nas três seguintes, a heroína projeta uma interrupção das suas andanças, a fim de se dedicar a uma vida sem sobressaltos: na aldeia dos pastores, na cabana do Ermitão e no convento das freiras, sendo em todas contrariada pela "fortuna". Cada uma delas corresponde a um tipo de repouso e a uma experiência.

Primeiro, no referido episódio da Universidade de Bolonha, onde, disfarçada de Leandro, aproveita a promessa de casamento com Felisberta para freqüentar por um ano o curso de Humanidades, com o fim declarado de melhor se aparelhar para o mundo:

> é de saber que em este estado vivia Leandro muito contente, porque como sabia que muitos da cidade o conheciam por esposo de Felisberta, ou ao menos que lhe tinha dado palavra, estava mais certo em não ser deles conhecido por quem era, e assim passava ali a vida mais encoberta. E como tinha de espaço um ano, queria em ele aprender alguma faculdade, porque como fazia conta de correr mais mundo soubesse melhor tratar com a gente dele. E deixados os mimos e regalos com que de Felisberta em todo este tempo era servido e o muito amor com que dela foi sempre tratado, o nosso Leandro se deu a ler muitos e vários livros humanos, e tanto aproveitou em eles que antes do ano acabado era já de todos por sábio conhecido. Porque como não se deu a outra ciência (ainda que em a Universidade aprendia) mais que a saber humanidades e sentenças, pera com elas mais ornar suas palavras, tudo o que havia de alcançar em outras aproveitou em esta faculdade, de tal modo que de todos os da cidade, por antonomásia era chamado, o estrangeiro sentencioso. [cap. 10.]

Os conhecimentos que Leandro se empenha em aprender, portanto, são aqueles que lhe permitam melhor *viver*, ou seja, agir no mundo, os quais ele aprende em livros humanos — quer dizer, não teológicos, em tempos de uma Contra-Reforma que proíbe a discussão da doutrina em obras de ficção. São desses conhecimentos que ele dá prova na festa das sortes, na qual sai por vencedor, *sábio* em humanidades. Mas o que o faz ganhar o apelido de "estrangeiro sentencioso" é o conhecimento que revela ter de sentenças, "flores de sabedoria", com que orna seus dizeres. As sentenças aparecem como repositório eloqüente do saber, em frases elaboradas que não somente carregam um sentido moral, mas ainda atingem o ânimo dos ouvintes por sua condensação e agradam pela brevidade: "quando uma idéia elevada é expressa numa forma métrica rígida, a mesma máxima parece, por assim dizer, lançada por músculos bem mais robustos" — diz o mestre da prosa latina sentenciosa, o já tão conhecido Sêneca, em uma de suas *Cartas a Lucílio* (108, §11).

Nas três outras passagens, então, Florinda interrompe sua peregrinação para se dedicar a estilos de vida menos trabalhosos e, quiçá, mais deleitosos. Na primeira, trata-se de um episódio que se inicia, como em tantas novelas bucólicas, com o sepultamento de um pastor, ecoando o enterro de Dafne na quinta *Écloga* virgiliana. Seguindo o preceito do gênero, há fontes, plantações, jardins, ares suaves, flores e cantos de pássaros,[36] mas também há profusa descrição das vestes lutuosas, adornadas de flores e ramos de árvores de diversas espécies, cores e odores: à riqueza dos ornatos corresponde um luxo da nomenclatura, rara e sonora. Também se destacam as referências aos instrumentos musicais dos amorosos pastores, que deles se valem para fazer a vida transcorrer com lentidão em meio a cantigas, descantes poéticos e outros passatempos honestos e graciosos. No caso, Rebelo descreve um verdadeiro *hortus*, em que a natureza imita a arte murando com sebes um jardim no seio da floresta, em cujo interior pacíficos pastores se refugiam do mundo.

> E levantando-se admirado do que via, prosseguiu uma vereda que pelo mais alto da floresta entrava: e a pouco menos de um quarto de légua chegou ao fim dela e princípio do melhor e principal da dita floresta: em o qual estava uma porta mui larga e alta em demasia, não com portas artificiais fechada, senão com umas naturais: de tão densa hera que, servindo-lhe de remates os troncos, as folhas, como mais ligeiras e sutis, cobriam a entrada com tanto artifício e sutileza, que pera entrarem era necessário com as mãos afastar uma e uma, pera que não desmanchassem a ordem que a natureza em ela tinha feito, como única e excelente mestra, que é de todas as cousas perfeitas. [capítulo 20]

Esse claustro natural é homólogo aos construídos em edifícios que servem de retiro do mundo pela razão humana, ela mesma imagem da divina, uma vez conhecidos os atributos de Deus como arquiteto, pintor, engenheiro, oleiro, ladrilhador etc.[37] Não é portanto um jardim inocente, como o do Éden, em que as flores vicejam com o frescor dos nomes recém-recebidos e em cuja concórdia universal os homens reverenciam a Criação: é, sim, um jardim fechado no meio da floresta, ordenado com técnica pela natureza, para abrigar homiziados.

Após ouvir das pastoras o relato acerca da morte do pastor Arsênio, as quais insistem em que fique em sua companhia, Leandro, "parecendo-lhe que entre gente tão solitária passaria sua vida mais encoberta, deliberou a vontade a que se sujeitasse à sua" (cap. 21). Do mesmo modo como na descrição da natureza, o contentamento revelado por essas pastoras seiscentistas contrasta grandemente com a melancolia e os lamentos lacrimosos dos pastores do Quinhentos: elas se mostram cheias de alegria e movimentos, a salvo em sua "corte na aldeia". Aí vive Leandro alguns meses em doce *mediocritas*, até que as amorosas pastoras o constrangem a que escolha uma favorita, entre doze que participam de um desafio poético-floral numa festa em sua homenagem. Neste desafio, cada pastora colhe e entrega a Leandro uma flor, cuja significação ele deve desvendar, e à qual a pastora há de contestar com um dito ou pensamento correspondente ao amor que lhe tem. Esses pensamentos, ditos de improviso, traduzem a agudeza da pastora e, por conseguinte, sua excelência discreta. Aqui, a coletânea de ditos adquire por inteiro seu caráter de *ramalhete* ou *florilégio* retórico, numa competição em que a realização da graça é o que mais importa, efetivada na combinação entre flor, orador e sentença — a variar os equívocos. Todas as pastoras são descritas em suas feições, em suas ricas vestes, cabelos e guirlandas de flores; cada dito, por sua vez, é festejado com risos, suspiros e ais, pela graça, aviso, cortesia e malícia com que é proferido; cada flor é destacada pela sua cor, odor, formosura. Também há zombarias, ciúmes, invejas e vergonhas, num episódio de feição sorridente. Mas esse interregno festivo, afinal, de modo similar ao jogo das sortes na Universidade de Bolonha, termina em desencanto: após eleger uma amada, e a fim de que ela não o reconheça por mulher, Leandro abandona seu esconderijo e retoma a antiga peregrinação, sendo logo vitimado por um naufrágio. Doçuras pastoris, decididamente, não são do seu talante épico.

O segundo momento da jornada em que Florinda descansa é durante o período em que habita na cabana do Ermitão, depois do naufrágio nas costas da Itália. A região, à beira-mar, é deserta. De um lado, um alto monte, ao longo do qual se situam as ruínas de construções erguidas na Antigüidade por três irmãos, gentios e eremitas; de outro, uma espessa mata — onde Leandro encontra a napolitana e o selvagem Rodolfo, já mencionados. À diferença do *hortus clausus* dos pastores, tudo aqui é ilimitado, vazio e montês. Conduzido pelo Ermitão, Leandro sobe o monte, aprendendo algo da sabedoria dos antigos, inscrita em lápides que deixaram gravadas por todo o caminho e "que mais parecem de homens justos e santos, que de gentios sem conhecimento de Deus". São sentenças em sua maior parte latinas, mas, traduzidas em português, também há aquelas que os sábios antigos deixaram em grego, hebraico, francês e italiano... Encontram-se colocadas seja em colunas, na base de estátuas que ladeiam o caminho; seja, já no alto do monte, no interior de um edifício arruinado, na base de nichos que guardam esculturas. No centro do edifício, ergue-se uma elevada torre, em cujo topo, numa sala, jazem os túmulos dos três gentios. Em suas sepulturas, a inscrição: *Mors omnia æquat*.

Vale a pena comparar essa passagem com uma que se encontra na *Diana*, de Jorge de Montemor — iniciadora do gênero pastoril na Europa moderna, em 1559, e de imenso sucesso na península Ibérica. Aí, no Livro IV, por ordem da sábia Felícia, alguns pastores vão conhecer uma edificação. No meio de um grande pátio encontra-se um padrão com figuras de generais e imperadores romanos, bem como de nobres guerreiros espanhóis, ao pé das quais letreiros versificados, de maior ou menor extensão, identificam o personagem: "Soy el Cid, honra d'España/ si alguno pudo ser más/ en mis obras lo verás" etc.; daí, os pastores seguem para uma sala onde estão esculpidas imagens de mulheres castas famosas e também de damas espanholas; no centro, finalmente, corre uma fonte, sobre a qual Orfeu dedilha sua lira. Excetuando-se a semelhança dessas "visitas guiadas" a uma galeria de estátuas, com a respectiva seqüência de comentários a cada uma das esculturas e a similaridade dos materiais de que são feitas, os quais são descritos em sua gala de pedras lavradas (mármore, alabastro, jaspes negro, vermelho, verde, branco), metais, marfins, esmaltes, engastes e cristais — cuja variedade luxuosa intensifica a maravilha e a admiração acerca das figuras — nada no edifício da *Diana* lembra as ruínas dos *Infortúnios trágicos*. Naquela, a virtude proposta aos homens e as mulheres são os da poesia antiga, fixados pela história: feitos belicosos para uns; castidade para outras. As figuras são individualizadas, tanto como seus significados são claros: Orfeu canta as donas puras, a Antigüidade tem seus análogos nos homens e nas mulheres dos tempos atuais. Nos *Infortúnios trágicos* a sabedoria dos antigos inscreve-se em ruínas a céu aberto e tudo é enigma nesse labirinto descoberto que percorrem. São sentenças lapidares, de validade universal, que tomam o lugar das anteriores ecfrases particularizantes, compondo emblemas, cuja significação está no intervalo entre a imagem e o texto:

> Seguia-se logo uma imagem de jaspe negro, a qual era de homem, e este com os olhos tão regalados que metia medo, e com feio aspecto e pior presença, tinha a língua fora, e nela de jaspe vermelho um coração pegado, e logo junto estava outro homem mui sereno em o rostro e aspecto, e afábil em sua presença, e tinha o peito rasgado de modo que lhe parecia o coração, e nele engastada uma língua, e ao pé umas letras brancas em jaspe negro em língua Italiana, que em a nossa diziam assim: *O calado tem a língua no coração e o maldizente o coração na língua.*

Assim, as figuras e suas sentenças servem de avisos morais que culminam, não com a celebração da Poesia, mas com a da Morte geral, exibida nas sepulturas transparentes que deixam ver os ossos dos três gentios. Nesse lugar ermo, Leandro recebe das mãos do rei penitente o hábito de ermitão, onde decorre outra parte de sua vida, não ocioso, insiste o Ermitão, mas desempenhando trabalhos leves, como sejam "(despois que orava na ermida), cavar em o jardim e trazer água da fonte". É uma estação expiatória, onde Leandro aprende tudo o de que necessita para se tornar eremita, e de onde é arrancado por obra da fortuna, que providencia piratas muçulmanos para tirá-lo dali.

A última parada de Florinda, já em sua condição feminina, é num convento de freiras, para onde é enviada pelo Rei, pai do príncipe Aquilante. A solução parece convir-lhe perfeitamente:

> Despois que a nossa Florinda se viu entre Religiosas, cuja vida não é mais que servir a Deus, e sua conversação de Anjos, ficou tão alegre e contente qual nunca o fora em algum dos estados que tivera, mormente despois que se viu querida e estimada de todas e tratada com muito respeito e cortesia. E como o principal intento seu era guardar a fé e permanecer em firme propósito até o fim de sua vida, pareceu-lhe que em nenhum estado poderia melhor guardar seu piedoso intento como neste, e assim vivia tão alegre como que se tivera todos os bens do mundo; e deitando de si todos os cuidados dele, trabalhava quanto podia de seguir as que mais perfeitas se mostravam em virtude, pretendendo fazer-se igual a elas na perfeição de vida. Porém, como nem armas de virtude, com serem tão fortes, bastem pera resistir aos golpes da fortuna; não bastaram estas de que Florinda já andava vestida pera a poderem defender de uma inimiga tão certa em ofensas suas. [cap. 33.]

Sua prática virtuosa não é bastante para evitar que a expulsem do convento, ao ser reconhecida por uma antiga apaixonada de Leandro, que se enfurece ao descobrir seu engano. O aprendizado que Florinda aufere desse passo não é senão um desenganado "nem as armas da virtude bastam para resistir aos golpes da fortuna". Embora não assegure haver uma censura de caráter erasmista à vida monástica, também não é possível dizer por este episódio que Rebelo a qualifique bem: Gracinda, a intrigante, é benquista pelas freiras "por sua honra e rendas que tinha", o que faz com que suas razões acerca de Florinda sejam levadas em conta, ao passo que as de Florinda nem sequer são ouvidas. Além disso, Florinda é obrigada a aceitar a hospedagem de uma dona do lugar, amiga da prioresa, apenas para que sua expulsão não deponha, "na boca do mundo", contra o convento. Injustiçada, a constante Florinda arma-se de paciência e, para não viver suspeita de maus juízos, parte às escondidas, conformada a retomar a vida de peregrina e estrangeira, preparando-se para todas as desditas futuras — a fim de senti-las menos, quando chegassem. Depois de perseguida e presa, Florinda é acolhida enfim pelos duques de Florença e reencontra seu Arnaldo. Chegara o momento de findarem suas peregrinações, pois "como cansada já de a perseguir, [a fortuna] deu lugar à ventura a favorecesse, desistindo da pretensão que levava de a pôr no último de sua vida" (cap. 36). Somente aqui o discorrer da vida de Florinda se encerra e seu descanso é efetivo.

Chegamos nós também à última parte desse estudo. A narrativa dos infortúnios trágicos da constante Florinda apresenta-se como uma travessia, em cujas estações ela reúne um punhado de conhecimentos, os quais, se nem sempre são de valia para os viciosos personagens que fugazmente encontra, são sempre apresentados como valiosos aos leitores, dóceis aprendizes da virtude. Sua peregrinação, que é combate contra a irracionalidade da fortuna e os desmandos das paixões, conquista um final feliz porque as armas de Florinda são suas virtudes. Virtudes "tanto naturais como adquisitas", isto é, experimentadas nas mais diversas ocasiões em que exercita sua discrição e entendimento, com o auxílio da graça. No que diz respeito ao convento de freiras cabem dúvidas, mas certamente a ermida, a aldeia pastoril e a Universidade aparecem como lugares de permanência onde o jovem Leandro pode se demorar para aprender o que de mais elevado e prazeroso há na existência humana, já selecionado e ordenado por seus predecessores. As inscrições, as sentenças, as agudezas são o depósito do que sobrou, em fragmentos, de longos discursos e perspicazes raciocínios, colunas subsistentes mesmo sem os edifícios que apoiavam: "de cujas ruinas só ficáraõ humas alturas".[38]

As ruínas são a evidência da fugacidade do homem e de suas obras, demonstração sensível de que nada resiste ao tempo que passa.

A corrosão produzida nas pedras, em que de perene restam apenas os pensamentos, atinge até os mortos nas sepulturas — único quinhão de eternidade compatível com a vida humana. A efemeridade das flores e dos gracejos tão circunstanciais que se apõem a seus significados, afinal, não se mostra oposta à duração das lápides carcomidas: à sua maneira, umas e outras exibem ao homem que passa o quanto é ilusória sua estabilidade frente à corrida devoradora do tempo; e, em vista da morte que o espera no fim do caminho, no curso da vida só lhe resta aprender o que pode auxiliá-lo a atingir bem a reta de chegada. Na *Constante Florinda parte II*, as pinturas com legendas na casa do letrado e as moedas com signos heráldicos (cap. 15), bem como os avisos salomônicos dados em carta do pai aldeão ao filho que vai habitar na corte (cap. 44), e ainda as alegorias pintadas em afrescos no subterrâneo onde vive e pretende enterrar-se o Triste Queixoso (cap. 32) suportam as mesmas noções, com toda sua evidência e terribilidade.

Nesses tantos casos, Rebelo traz sentenças — usemos o termo geral[39] — de todas aquelas espécies identificadas pelos livros que as recolhem: *citações* e *apotegmas*, colhidas de varões ilustres como padres, doutores, ou filósofos — que, no caso do jogo das sortes na Universidade, representam o conhecimento do Teólogo e do Humanista e, no discurso contra a ociosidade, representam os religiosos conselhos do Ermitão; *sentenças* propriamente ditas, isto é, *provérbios* e *máximas* de autores não identificados, porque universalmente verdadeiras — que é o saber do Latino e dos três irmãos gentios; *parêmias* e *adágios* — que são sentenças comuns e breves ditadas pela experiência — tal o saber de Leandro; e *anexins* do povo, "ditos de regateiras" — vulgares, nem por isso menos universais, que são os conhecidos do Castelhano. A esses se devem ainda acrescentar os motes que acompanham as figuras nas armas dos cavaleiros nas justas pela mão de Florinda, os quais, formando emblemas, consistem em agudezas sentenciosas. Cada um deles mostra um tipo de conhecimento a ser reunido e ensacado no farnel do douto peregrino. Assim o faz, sem pejo, o personagem andarilho que em *Los trabajos de Persiles y Sigismunda* recebe, à guisa de esmolas, sentenças que coleciona em um livro, "cuyo trabajo sea ajeno, y el provecho, mío" (livro IV, cap. 1), o qual se chamará *Flor de aforismos peregrinos*. Entre todas as múltiplas espécies de sentenças, estes aforismos recolhidos pelo personagem cervantino correspondem de modo exato à própria definição de *parêmia*, segundo Bluteau: sentenças públicas que se acham pelo caminho...

> PARÊMIA. Deriva-se da preposição Grega, *Para*, & *Oimi*, que quer dizer, *Caminho*, & val o mesmo que em Latim *Obvius*, *Encontradiço*, *exposto, cousa que se acha no caminho*; & assim Paremia vem a ser o mesmo que *Sentença commua, publica, vulgar*, ou *Adagio trivial, & sabido de todos*: Tritum sermone verbum, ou narratio posita ad viam. [BLUTEAU, *Vocabulario latino & portuguez*.]

É definição que vem muito a propósito por traduzir o conhecimento do nosso Leandro, "saber só de experiências feito" — como disse um épico seu antecessor. As parêmias se validam como o conhecimento adquirido não só nos livros, humanos ou divinos, e não só no saber dos maiores e dos antigos, mas, juntamente com esses, no saber encontrá-los ao longo do caminho por cada um — labor ao mesmo tempo de virtude e entendimento.[40] Esses acervos de sentenças dispostas em sucessão pelos estratagemas do concurso das sortes, das galerias, das medalhas, das exposições, das justas etc. mostram o conhecimento como algo adquirido no percurso da narração, elevando-a por meio de ensinamentos e deleitando os leitores pela variedade, como numa deambulação proveitosa. O conjunto delas mimetiza o próprio discurso épico, feito de um agrupamento de quadros sucessivos, cada um dos quais com sua "moralidade". Não é à toa que, tanto nos *Infortúnios trágicos* como na *Constante Florinda parte II*, o fim de cada capítulo seja sistematicamente delimitado por um pensamento sentencioso, o que corresponde não somente ao modo mais eficaz de distribuir as sentenças,[41] como reforça o aspecto de uma narrativa composta de episódios apartados entre si (o que acontece com freqüência também em *As etiópicas* e em *Los trabajos de Persiles y Sigismunda*).

Tal gosto pelas formas de discurso breves e axiomáticas, que então são incorporadas pela épica, tem uma longa história desde o início do XVI, que não cabe tratar aqui. Mas cabe dizer que, em princípio, como gêneros de discurso breves, se opõem frontalmente ao discurso épico — o que não quer dizer que não tenham sido absorvidos por ele desde Homero. Mais tarde, as epopéias em prosa gregas irão justamente destacar, do todo que é a *Odisséia* e a *Ilíada*, sentenças e locuções que, dessa forma, adquirem o estatuto de provérbios, isto é, de pequenas unidades, isoladas e descontínuas, a serem reincorporados em novos discursos. Toda a preceptiva — Aristóteles e Quintiliano, em particular — enfatiza o valor ímpar dessas sentenças para a persuasão, devido a suas qualidades de brevidade quanto à forma, e de verdade universal e louvável quanto à matéria ética de que trata; porém, restringem grandemente seu uso, por considerarem que a abundância das sentenças anula sua eficácia, vulgarizando-as, além de produzirem um estilo abrupto, destacado e sem organicidade, corruptor da prosa periódica.[42]

Todavia, na latinidade, os textos de filosofia moral de Sêneca demonstram as possibilidades de um uso profuso das sentenças ao mesmo tempo argumentativo e adornativo, em discursos semeados de sentenças e citações em abundância. Isso irá modelar um estilo sentencioso, "asiático", imitado com zelo na península Ibérica do Seiscentos. De fato, após um período de menosprezo (com Erasmo, por exemplo), no qual se reiteram as críticas feitas na Antigüidade por Quintiliano,[43] que a opõe ao estilo ciceroniano, é completa a valorização da prosa latina de Sêneca. Em mais de uma epístola a Lucílio, o próprio Sêneca responde a críticas como aquelas, sublinhando a importância das sentenças para o ensinamento, uma vez que as verdades filosóficas tornam-se mais evidentes e memoráveis se expressas de modo sentencioso; com elas, diz, pode o leitor "percorrer os altos cumes" dos pensamentos, desde que sua forma aguda permite-lhes atuar diretamente sobre as paixões.[44] Em suma, considera, a concisão e agudeza das sentenças, bem como sua rotundidade, tornam-nas aptas para afetar com maior eficácia os leitores, movendo-os a agir conforme o conhecimento que possuem — com o que se mostram como uma das espécies discursivas mais eficientes em termos retóricos. É nesse sentido que os escritores contra-reformistas valorizam-nas. Lembremos sempre de Baltasar Gracián, com seu *Agudeza y arte de Ingenio*, que fornece um exaustivo catálogo de espécies de agudezas, para deleite, uso e abuso dos leitores. Já na primeira década do Seiscentos, encontramos Quevedo, que efetua uma imitação propositada do estilo senequiano em língua vernácula, ao qual se seguem muitos outros, como as críticas aos "cultos" demonstram. E são estas qualidades, antes censuradas, que o século XVII destaca como virtuosas, conforme o mesmo Lípsio elogia no estilo de Sêneca: palavras selecionadas, convenientes, significantes, em que se diz mais do que está dito, procurando as coisas mais próprias na parcimônia das palavras, as quais se querem admiráveis pela *enaergeia* e pela eficácia, e, na brevidade, pela clareza e brilho; presença de contínuas e freqüentes alusões, imagens e metáforas, que deleitam e ensinam, transportando o ânimo para dentro da coisa e para fora dela; brevidade, em cujo estrito gênero de dizer surge uma certa copiosidade feliz. Um estilo cuidado, não afetado; decoroso, não agrupado; orações elaboradas, não em rodeios. Um discurso que flui, não que se arrasta; semelhante a um rio, diverso de uma torrente; que se move com força, mas sem perturbação. Enfim, como árvore fértil, cujo principal dom é frutificar, sem deixar de ter flores e folhas.[45] Não é preciso esforço para identificar características como essas na prosa narrativa dos *Infortúnios trágicos*.

Além de marcar um estilo, a aparência breve, coletiva e universal da sentença, desde a Antigüidade, fez com que merecesse um tratamento de compilação, na forma de livros de sentenças, com o fim de constituírem um depósito de pensamentos morais para uso dos oradores, retores e escritores em geral, os quais logo foram impressos pela recente tipografia do fim do Quatrocentos. As mais conhecidas compilações, no século XVI, são os próprios *Proverbia Senecae* (citados freqüentemente nos *Infortúnios trágicos*), o *Florilegium* de João Estobeu e os *Disticha Catonis*.[46] Ao longo do século XVI são ainda editados as *Flores Senecae*, extratos das epístolas a Lucílio, e os *Apophthegmata* de Plutarco, além dos *Provérbios* de Salomão, os quais, todos, dão origem a uma gama extensa de livros dos mais variados gêneros de discursos breves. Entre esses livros novos, compostos à semelhança dos antigos, é de se citar a recolha de Polidoro Virgílio, de 1498, intitulada *Proverbiorum libellum*; os *Proverbes moraux* de Cristina de Pisam, editados em língua portuguesa sob o título de *Espelho de Cristina*, em 1518; e o *Centiloquio* do Marquês de Santillana. Em Portugal, cabe referir as *Sentenças* do cortesão dom Francisco de Portugal (falecido em 1549), apelidado de "Catão Censorino" justamente pela similaridade da sua coleção paremiológica, editada em 1605, com a dos dísticos "de Catão" e também a *Feira dos anexins*, do mesmo Francisco Manuel de Melo, em que o autor coleta, em diálogos arrumados por lugares-comuns, os mais diversos provérbios portugueses — obra que não foi publicada senão no século XIX. Porém, o livro de sentenças mais conhecido e de maior difusão durante todo o século XVI foi sem dúvida os *Adágios* de Erasmo. Em sua primeira edição, de 1500, o *Adagiorum collectanea*, "tesouro de Minerva", continha 818 provérbios, aos quais foram acrescentados centenas de outros a cada nova edição, até a definitiva de 1533 quando, já sob o título de *Adagiorum Chiliades*, contou com 4.151 adágios. É uma compilação que se furta a um mero caráter didático, na medida em que, apesar da extensão, mantém-se como um catálogo assistemático, que não segue ordem alfabética nem por lugares-comuns. Exibindo uma douta variedade, é modelo para a disputa das sortes na Universidade de Bolonha e para o certâmen das pastoras, cuja festividade se acorda com a das agudezas sentenciosas. De todas essas recolhas — e de que outras mais? — são as sentenças que Rebelo engasta na prosa da sua epopéia, como pedras preciosas selecionadas, maravilhas que hão de deleitar pelo brilho, rotundidade e clareza: "Ditos e feitos ainda que pequenos, encaminhados a grandes fins ou opulentos de alta doutrina, são como pedras preciosas que em curto círculo contêm grande valor".[47]

No fim, as coletâneas de sentenças parecem corresponder com precisão ao conselho senequiano de percorrer os altos cumes, lugares em que se encontram os mais agudos e eficazes pensamentos, os que corrigem as paixões, mostras do melhor conhecimento aprendido nos caminhos da vida. Mas nesses altos montes, nas inscrições e máximas apostas às ruínas, o forasteiro seiscentista contempla, com muito mais razão, os tristes despojos de um texto perdido, os restos de construções espedaçadas: uns e outros, fragmentos a serem decifrados num labirinto cuja saída é no seu próprio centro. "La muerte, pues, nos asemeja mucho más de los que creíamos a esas ruinas que hemos estado contemplando, puesto que al morir somos como esos monumentos: firmes, frios, derrotados".[48]

Sem o texto que as animava, também as sentenças são coisas frias, *ad usum* de cada um que as lerá conforme seu grande ou pequeno entendimento. Afinal, só o conjunto dos caminhos palmilhados tece um mapa, que se quer passível de ensinar os vindouros em seus percursos, fornecendo direção às tantas peregrinações de personagens desviados. Gilgamesh sai de Nínive para ir a Nínive contar sua história.

NOTAS

NOTA INTRODUTÓRIA

1. Para um panorama dessas edições, cf. Artur Henrique Ribeiro Gonçalves, *Infortúnios trágicos da constante Florinda de Gaspar Pires de Rebelo: uma novela de amor e aventuras peregrinas* (Universidade Nova de Lisboa, Faculdade de Ciências Sociais e Humanas, 2000, mimeo), que realizou uma ampla pesquisa em arquivos e bibliotecas. Cf. também os estudos de Anne-Marie Quint, sobretudo *"Tragiques infortunes:* Violence et transgression dans les romans de Gaspar Pires de Rebelo", in: *Hommage au professeur Claude Maffre:* Université Paul Valéry-Montpellier III, 2003.

2. Vali-me bastante do *Dicionário Houaiss da língua portuguesa*, em sua versão eletrônica 1.0, dez. 2001.

3. Cf., por exemplo, d. Juan de Jáuregui, *Discurso poético* (Madri: Juan Gonçalez, 1624).

4. "[...] a la poesía ilustre no pertenece tanto la claridad como la perspicuidad. Que se manifieste el sentido, no tan inmediato y palpable, sino con ciertos resplandores no penetrables a vulgar vista: a esto llamo perspicuo", idem, fl. 30v.

5. Santos Alonso, "Introducción", in: Baltasar Gracián, *El Criticón*. 5 ed. (Madri: Cátedra, 1993), p. 47.

6. Outras passagens: no capítulo 20, o passeio de Florinda na floresta onde encontra o enterro do pastor; no capítulo 23, a tentativa de violação de Altéia por seu irmão.

7. Nesses casos, a tradução das citações latinas, em nota, ficou a cargo de Aristóteles Angheben Predebon, que cuidou também da revisão das demais passagens em latim presentes no texto.

INFORTÚNIOS TRÁGICOS
DA CONSTANTE FLORINDA

1. Que tem vantagem, superioridade; que excede o ordinário.

2. "Bom varão é aquele que aproveita a quem é possível; a ninguém, todavia, prejudica". *De Officiis*, L.3, sec. 64.

3. No século XVII, lhe é forma que coexiste com a forma lhes para o plural do pronome oblíquo da 3a. pessoa.

4. Proveito, ganho.

5. Tido crédito; afiançado.

6. "Os homens não podem ser chamados nobres com justiça, senão recomendados pela própria virtude."

7. "Mais belo é tornar-se por virtude do que nascer nobre."

8. "Condição muito diversa têm os dirigentes da corte romana: na virtude convém estribar-se, não no sangue". Panegyricus de IV Consulatu Honorii Augusti, VIII, vv. 219-20.

9. "Nobreza é um certo esplendor que provém não de outro lugar, senão da própria virtude."

10. "Dizes ter aberto as asas maiores que o ninho, de sorte que, quanto à estirpe tolhes, às virtudes acrescentas". *Epístolas*, L.1, epist. 20, v.21.

11. "Nobreza ou bondade de consangüinidade não vale, a não ser que nós mesmos tenhamos sido bons."

12. "Virtude aliada a esplendor de família mostra-se mais brilhante e, sendo mais preciosa, se sobressai à gema incrustada no ouro mais puro."

13. "Alto monte que com sua altura transcende as nuvens e atinge o céu."

14. Ser compatível, conciliar-se, harmonizar-se (v. pron.).

15. "Fica satisfeito em saber quem não busca outro fruto da sabedoria."

16. "Por meio do saber, a disciplina; pela disciplina, a bondade; pela bondade, a beatitude."

17. "Freqüentemente a glória, para ser alcançada, é desprezada; e o mundo, para ser possuído, é deixado".

18. Ver nota 3.

19. "Se louvas alguém porque é generoso, louvas seus pais". *De deo Socratis*, §23.

20. "Desprezo a leitura sem deleite". L. 2, §7.

21. "Nenhum livro é tão mau que não aproveite por alguma parte".

22. Plínio, *Naturalis historia*, L.37, §125-6.

23. Cuidadoso, zeloso.

24. Entenda-se: ainda que à nossa natureza poucas coisas da natureza satisfaçam, para o entendimento só a variedade de muitas coisas o deleitam.

25. *Flor.* No cap. 15 da *Grammatica da lingoagem portuguesa* (1536), Fernão de Oliveira assinala: "a forma e melodia da nossa lingua foi mais amiga de pôr sempre *r* onde agora escrevemos as vezes *l* e as vezes *r* como *gloria* e *flores*: onde deziã *grorea* e *froles*".

26. "Adensam fluentes meles, e com doce néctar enchem as celas". *Eneida*, L.1, v. 432.

27. Que não faz parte de um todo da mesma natureza.

28. *Dos que = de que os que*. Forma abreviada da subordinação, usual no século XVII.

29. *Todos lugares*. É comum no século XVII suprimir o artigo depois de pronome indefinido, quer no singular, quer no plural.

30. "Ninguém adentre aqui, ignorante em geometria".

31. Sofrimento, mágoa.

32. Entenda-se: e estimada deles em todo o extremo.

33. Meditaram, cuidaram.

34. Ofendidos, injuriados.

35. Lhe = lhes.

36. O mesmo que *adquiridas*.

37. *Atirasse*.

38. Umedecida com sumo de erva venenosa.

39. Inquietações; vigilâncias; temores.

40. É freqüente no século XVII o uso da proposição *de*, em vez de *por*, regendo o agente da passiva.

41. Jogo em que se parodiavam os torneios, servindo-se os combatentes de canas.

42. Manobras para farpear o touro ou para o enganar.

43. *Resposta*, forma em harmonia com seu étimo latino, *reposita*.

44. Entenda-se: depois de passado o início dos amores de Arnaldo, e agradecido ele à sua ventura por esse princípio, ainda não aventurado, mas com promessas de sê-lo, como o amor não consente tranqüilidade, não pôde Arnaldo aquietar-se, mas pelo contrário começou a buscar ocasião em que pudesse mostrar a Florinda que a antiga liberdade dele estava posta em uma nova sujeição.

45. *Do que = de que o [amor] que*.

46. Síncope, desmaio.

47. Pesar, desgosto, sofrimento.

48. Maquinismo; máquina.

49. O mesmo que *réguas*; cada uma das linhas de uma pauta ou de um papel pautado; linhas de palavras escritas.

50. Sob o epíteto de Anteros ("amor contrário" ou "recíproco"), Eros era tido por filho de Ares, deus da guerra, e Afrodite, do amor. Todavia, o deus ferreiro fabricador de armas é Hefestos, esposo de Afrodite, o qual, em nenhuma das versões que conheço, é dado como pai de Eros.

51. Entenda-se: Florinda não pode dizer suficientemente o espanto (admiração) de que é presa ao ver que Arnaldo espantara (afugentara) as suas próprias palavras.

52. Em toda esta passagem conjuga-se irregularmente o verbo "lembrar" (*lembre-vos* em lugar de *lembrai-vos*), mantido conforme o original.

53. Acresce tensão ao período a palavra subtendida ser expressa no fim da frase: "e se hei sido *avara* em descobrir o que padeço, não *o* sejais em me dardes o remédio", procedimento conhecido por hipozeugma.

54. Matizadas, adornadas, variegadas.

55. Quantidade, abundância.

56. Entenda-se: Arnaldo diz que suposto Florinda ter acertado a causa de suas palavras haverem fugido (o estar ele na presença dela), contudo não acertou com o sentido de o livrar do mesmo espanto, ou admiração — o que compreendeu pela surpresa maior que as palavras dela lhe causaram.

57. *Aprouvera*, do verbo "aprazer".

58. No original: "que o dei a vossa vida". Entendo que haja uma retomada elíptica do termo "fim", presente na locução adverbial antecedente ("por fim") e subtendida na frase seguinte.

59. Dominado por uma tristeza, arrebatado por uma moção violenta da alma.

60. A CASO, inesperadamente, imprevistamente (adv.).

61. IR À MÃO, o mesmo que TER MÃO EM, conter, impedir de fazer algo (loc. verb.).

62. *Febos*, relativos ao sol.

63. *Até*, forma que durante o século XVII concorre com *tee*, *atee*, *atê* e *atè*. Em sua *Grammatica*, Fernão de Oliveira destaca esse aspecto no cap. 35: "quero dizer deste auerbio *ate* o qual antre nos responde ao que os latinos dizem *vsque*. este auerbio digo, alghūs o pronuncião cōforme ao costume da nossa lingua que é amiga dabrila boca: e danlhe aquella letra *a* que digo no começo: mas outros lhe tirão esse *a* e não dizem *ate*: mas dizem *te* não mais, começado em *t*. Entre os quaes eu contarei tres não de pouco respeito na nossa lingua: antes se há de fazer muita conta do costume de seu falar e são estes. Garcia de Resende em cujas

obras o eu li no Cançioneiro portugues que elle ajuntou e ajudou. E Joam de Barros ao qual eu vi afirmar que isto lhe pareçia bem: e a mestre Baltasar com o qual falãdolhe ouui assi pronuoçiar este auerbio que digo sem *a* no começo e com tudo a mi me pareçe o contrairo: e ao contrairo o vso dandolhe *a* no começo".

64. *Permeio*.

65. Ver n. 40.

66. Em vez da coordenada ("e ofendiam"), empregaríamos uma subordinada ("os quais ofendiam"). A coordenação provoca um desvio elíptico dos sujeitos das orações, produzindo, além da condensação de sentidos, um quase perfeito oxímoro, com presença garantida desde o início do período.

67. O mesmo que *decurso*, ação de decorrer.

68. Entenda-se: por espargir sobre as terras a luz que recebe do sol, a lua não deixava que o escuro manto da noite se apoderasse delas; assim, os efeitos da noite só eram sentidos pelos mortais: tanto os homens, mortais mais nobres, que privados de seus sentidos exteriores ao dormir davam lugar a que a fantasia se empregasse em sonhos; como os animais irracionais que, ou em ramoszinhos, ou em buracos, ou em outro tipo de moradas, dormiam livres tanto dos efeitos da fantasia, como dos sonhos, que são operações suas.

69. Personagem da novela de cavalaria do mesmo nome, composta possivelmente na primeira metade do século XIV, mas somente impressa em 1508, tendo então se tornado modelo para as novelas cavaleirescas posteriores.

70. O mesmo que *rigoridade* (arc.), rigorosidade; tratamento rigoroso, severidade.

71. *Caudalosa*.

72. Concorrência à mesma pretensão; competição.

73. Experimentando o gosto, provando.

74. Calor do meio-dia.

75. Diz-se da peça de vestuário na qual, como adorno, eram feitos cortes ou aberturas (golpes) de diferentes feitios, para que o forro, de cor diversa, aparecesse por baixo.

76. Ponto forte, com que se rematam obras de costura, especialmente casas de botões.

77. *Gibão*.

78. Plural de *fuzil*, elo, anel, aro.

79. A terça parte da espada, mais próxima do punho.

80. *Entre*. Forma antiquada da preposição, já sem registro no *Vocabulário* do Bluteau.

81. Entenda-se: a donzela perguntou a Leandro o que ele tinha representado em sua imaginação.

82. Entenda-se o diálogo: a donzela diz que se não temesse dar pena a Leandro em relatar todos os seus trabalhos, fizera-o a fim de dar maior alívio aos dele. Ao que Leandro responde que, sem que a donzela seja prolixa, de força receberá a pena, porque como tal pena acompanha sempre o sofrimento e este seu coração já começa a sentir, com o princípio do relato que a donzela quer dar a seus trabalhos, forçosamente ele o sentirá também no decurso da pena. Ao que a donzela retruca que Leandro a quer superar por uma mão (i.é, por um pouco) e essa ela lhe dá...

83. Habitante, morador.

84. Conversa, palestra.

85. Qualidades, condições, aparências.

86. Aparecer.

87. Sentia horror a; detestava.

88. Entenda-se: Felício pretendeu fazer força a Artêmia, apertando-a com os braços e apoderando-se tanto da força dela que não lhe ficou força alguma para resistir a ele, nem teria podido resistir-lhe se não fosse um pajem que descia pela escada.

89. Apartada, retirada.

90. Equívoco com os sentidos literal e figurado de *brenha*: mata espessa e emaranhada, e confusão, enredamento.

91. Entenda-se: Leandro discorria em seu entendimento sobre a gravidade da história de Artêmia, parecendo-lhe que os seus próprios trabalhos nada eram em comparação com os dela; e querendo falar dos seus pesares, pediu a Artêmia que controlasse o seu, porque a grandeza desse lhe impedia a fala. Pensando que isso daria prazer a Leandro, Artêmia se mostrou menos triste, ao mesmo tempo que agradada em que Leandro quisesse lhe falar.

92. *Amedrontados*.

93. CORRER FOLHA: passar os escrivães a folha corrida, isto é, a certidão que atesta se um indivíduo tem ou não culpa nos cartórios em questão (loc. verb.).

94. O mesmo que *quando*.

95. Isto é, ter o conhecimento.

96. Entenda-se: o que estava mais ferido respondeu que ficava muito contente de lhe expor a causa do desafio de ambos, e que, se seu adversário (*contrário*) também ficasse, e concordasse com o que Leandro julgasse, ele mesmo estaria de acordo, dando a palavra de que, se Leandro julgasse não ter ele razão no que sustentava, ambos fariam o que pedisse.

97. *Galhardo*.

98. Firma, assinatura.

99. Primeira informação que se recebe de um acontecimento recente ou que se ignorava.

100. Posta em convento sem ter feito os votos.

101. *Instrumentos.*

102. Desgostasse, irritasse, ferisse.

103. TOMAR À MÃO: tomar a palavra, adiantar-se para falar (loc. verb.).

104. *Todo* = tudo.

105. Flexão comum no XVII.

106. Livros de humanidades, em oposição aos "livros divinos", de teologia.

107. Termo empregado aqui por "humanista".

108. Atribuído, incumbido, delegado.

109. Pontos a serem sorteados.

110. Metaplasmo por *aveludado*, com aparência de veludo.

111. Faculdades, capacidades naturais de invenção.

112. Inquietação, diligência, apreensão.

113. *Secundar*, fazer pela segunda vez, repetir um ato.

114. Qualidade do que é bom.

115. Obtém por sorte, recebe.

116. Juízo, prudência.

117. *Afeto* ou *afecto*, paixão, inclinação.

118. Atirado, arremessado.

119. Olá, irmão! O consolo é do mísero, o consolo é do mísero.

120. Vexado, humilhado.

121. Essa coisa aí, *isto*.

122. *Atelado?* Ver n. 153.

123. Medida, regra. Entenda-se: que a espaços regulares estava dado.

124. Entenda-se: ainda que quanto aos olhos não fosse inferior.

125. Corpete de dama.

126. *Comum.* É freqüente a flexão desse adjetivo no século XVII, embora na *Grammatica da lingoagem portuguesa*, no cap. 44 dedicado aos gêneros, já haja uma rejeição a tal forma: "Este nome ajetiuo 'comũ' serue a masculinos e femininos porque não digamos nos femininos comũa".

127. *Homem humano*: ênfase no caráter mortal do ser humano para diferenciá-lo do das coisas imortais. A expressão é usada também nas páginas 159 e 202, com o mesmo sentido.

128. DE ESPAÇO: sem pressa, com largueza (loc. adv.).

129. *Pílulas*.

130. *Bufete*, secretária antiga, escrivaninha, papeleira de madeira preciosa.

131. Entenda-se o equívoco: Leonora deu um ai tão sentido (com tanto sentimento) que nenhum sentido (senso) teria quem ouvindo não o sentisse (sofresse por causa dele).

132. SER PARTE (loc. verb.). Ser causa ou motivo determinante.

133. Entenda-se: deu princípio a tantas lágrimas que, nascidas de seus olhos, o fato de os deixarem agravados, não era causa para que não os mostrassem mais formosos: de modo que Leandro, atentando na tristeza (sentimento) de Gracinda, não pôde entender verdadeiramente o sentido dela.

134. O mesmo que *escuridão*, obscurecimento, apagamento. Parece tratar-se ou de um neologismo, ou de uma derivação irregular do latim *obscurus* (escuro).

135. Aflições, estertores, perturbações (s. f. pl.).

136. *Peçonha*, veneno. Possivelmente, uma derivação irregular do lat. *potio, onis*.

137. *Espairecer*; tomar ar no campo.

138. Põem termo, levam a cabo.

139. Descorrido = *discorrido* = *decorrido*.

140. Note-se a utilização dos parônimos e entenda-se: Gracinda mostrou tanta dor no que relatava (*contava*), que Leandro e as irmãs não se encarregaram (*fazerem conta*) senão em cuidarem (*terem* conta) dela; porque mostrava tanta lástima em suas palavras, que a impunha nos corações deles. Note-se a ênfase (punha-lhes a lástima a eles) e a acepção particular do verbo "pôr", como em Camões ("Aos gentios ... duro ferro porá", *Lus.*, II, 51).

141. Atente-se para a hipálage: não querendo ouvir as *palavras prostradas* [caídas por terra] que a seus pés eu dava etc.

142. Favoritos, favorecidos.

143. Posto, embora (prep. de sentido adversativo).

144. Repletas, carregadas.

145. Pequena povoação, povoado.

146. Qualidade superior, excelência, perfeição.

147. PÔR O SELO A: elevar ao mais alto grau.

148. Incompatíveis.

149. O mesmo que *invencioneiro*, indivíduo embusteiro, impostor.

150. O mesmo que *ensangüentadas*, sanguentas.

151. Entenda-se: Leandro se despediu de Flamínio com muitas mostras de sentimento, dizendo-lhe muitas palavras, acompanhadas de tanto sentimento que

duplicava (*dobrava*) esse mesmo sentimento pesaroso no coração de Flamínio; o qual, pagando a Leandro com outras palavras não desiguais em sentimento, deu mostras do agradecimento que dava a Leandro, tanto das mercês que tinha recebido dele, como do muito sentimento que Leandro mostrava trazer consigo pela ausência dele.

152. Refazer-se, recuperar-se.

153. Vermelhos, rubros.

154. Ver nota 68.

155. Entenda-se: deviam de trazer aquele caminho. A preposição *de* após o verbo *dever*, seguida de infinitivo, indica que o acontecimento é provável; o verbo *trazer* está na acepção de passar, estender, prolongar (lat. não dicionarizado).

156. Bluteau assinala a expressão "meter o resto" como significando "arriscar tudo", a partir de uma acepção de léxico do jogo. É possível que seja usada aqui nesta acepção.

157. Termo latino, habitual, que significa "bem entendido; a saber; isto é".

158. DE INDÚSTRIA: de propósito, adrede (loc. adv.).

159. Desviar a atenção de, distrair.

160. Açucena, lírio branco.

161. O mesmo que *bem-postas*, trajadas distintamente, bem-apresentadas.

162. O mesmo que *cipreste*.

163. Luto, pesar, tristeza devido à morte ou desgraça de uma pessoa querida.

164. Isto é, "se queríamos".

165. No trovadorismo, a mulher a quem o poeta dedica seu amor e cantigas é tratada por "senhor".

166. Adjetivo, hoje de dois gêneros, flexionado.

167. Com telas. Termo não dicionarizado.

168. Liso, plano (adj.).

169. A COMPASSO: a tempo, cadenciadamente (loc. adv.).

170. Panos; diz-se particularmente dos tecidos de ouro e prata.

171. Arbusto silvestre, espécie de carvalho; abrunheiro bravo; azeitona ou oliveira.

172. Espécie de leguminosa, de flores amarelas.

173. Espécie de rosa branca, de cheiro almiscarado (*rosa mosqueta*).

174. *Em cadenetas*, bordados a ponto de cadeia (ant. do cast. *cadena*).

175. Planta herbácea, espécie de malmequer.

176. *Grãa, gram* ou *grana*, lã tinta de grã (inseto de cor escarlate, empregado em tinturaria e farmácia).

177. O mesmo que *saltério* ou *psaltério*, instrumento musical de cordas, que se dedilha ou toca com um plectro.

178. O mesmo que *baile* (ant.).

179. Bordados crespos em formato de alcachofras ou pinhas.

180. O mesmo que *qualidade*.

181. Empalidecendo, denunciando no rosto susto ou medo.

182. COM TANTAS VERAS, ou COM TODAS AS VERAS: com toda a verdade, de todo o coração (loc. adv.).

183. Parte da arma branca que resguarda a mão.

184. A VOLTA DE: em direção a, o caminho de.

185. Bosques, matas cerradas.

186. O mesmo que *antigamente*.

187. Monumento; vestígio.

188. Pequeno cântaro, bilha.

189. Entenda-se: a vista é tal que não será boa quem a empregar fora desse objeto (i.é, a emenda do erro), e como a minha visão com as aparências do vosso conhecimento ficou bem informada, não foi muito que fizesse a elas a cortesia que vós com a vossa cortesia e com a gravidade desse conhecimento me obrigastes.

190. É freqüente no português e no castelhano dos séculos XVI e XVII o emprego de *pessoa* (*persona*) como pronome indefinido, significando "ninguém" (*nadie*).

191. O mesmo que *quantidade*.

192. Entenda-se: estava uma pobre e antiga ermida que, embora não ornada de imagens, na quantidade das construções era muito perfeita, ainda que pequena.

193. Passagens; vestígios.

194. Riquezas, bens.

195. Inscrição; escrito.

196. Com veias ou veios, estriada.

197. O mesmo que *aspecto*.

198. Tosca?, grosseira?, escura?

199. *Arregalados*.

200. Entenda-se: sabereis, filho Leandro, como este indigno velho (indigno não de vos nomear por filho, confiado no muito amor que tem a vós por vosso bom sujeito e boas partes, embora indigno sim por indecentes obras, e não do sangue que de direito e necessariamente herdava) fui rei etc.

201. Como em muitas outras ocasiões, o verbo "ser" aparece com valor de "estar".

202. Milon de Crotona, lutador, venceu várias vezes nos Jogos Olímpicos, tornando-se o mais célebre atleta da Antigüidade; ele e sua mulher foram discípulos de Pitágoras (séc. VI). Na *História vária*, II, 24, Eliano conta o seguinte: "Alguns contestaram a verdade da força proverbial de Milon de Crotona, dizendo isto a seu respeito: enquanto nenhum lutador era capaz de tomar a romã que Milon fechava em sua mão, sua amada tirava-lha com facilidade, ela que se divertia freqüentemente em se medir com ele. Pode-se concluir dessa história que Milon tinha um corpo possante, mas que sua alma não era viril".

203. Entenda-se: e como eu visse a certeza de minha morte, comecei de traçar alguma ordem em meu pensamento, por escapar dela.

204. Percorrendo, passando.

205. Uma vez que o Ermitão fala com o próprio Leandro em segunda pessoa, a construção ("dessa pessoa") é estranha. Pode ser erro, a não ser que se trate de um hipozeugma: "se a graça da vossa *pessoa*, e brandura e mansidão *dessa*, me não obrigara".

206. Pessoas ou textos que se invocam para corroborar uma opinião.

207. Importar, interessar.

208. Forma irregular do imperativo afirmativo.

209. Enorme, desmedida.

210. *Por ante* ou *perante*, isto é, um caminho que estava feito à frente de espessas matas, entre elas.

211. PEGAR DE, empunhar, segurar.

212. Inflexões da voz; ornamentos melódicos, compostos de duas notas rápidas, como um trilo de curta duração.

213. Entenda-se: bem é que em castigo (*pena*) desse pensamento me imponha todas as penas que para vos satisfazer me podem suceder.

214. DESCANTAR: cantar ao som de instrumento.

215. O mesmo que *espécies*, aparências, semelhanças externas.

216. Investigava, esquadrinhava.

217. Portador, mensageiro.

218. Se divulgasse, publicasse (v. p.).

219. Intérprete, tradutor.

220. Posto em risco, isto é, por ser descoberto como mulher entre os outros mancebos.

221. Que têm esquivanças, intratáveis, rudes.

222. Entenda-se: e como o entendimento mais enfraquece onde o amor mais se aperfeiçoa, não pôde pronunciar nenhuma palavra; porém não encobriu os efei-

tos da grandeza desse amor em seus olhos e rosto, trocando a formosa cor desse rosto em várias cores, e, embora nada dissesse, falava segredo público, porque é propriedade do amor não calar segredo mesmo quando emudece a língua.

223. Banquetes, convívios.

224. Entenda-se: "morre, traidor falso, que o bem que te queria e os bens que de mim tens recebido e a vontade que eu tinha de te levantar mais não mereciam de ti tão grande traição".

225. Entenda-se: como o amor de Aquilante fosse conhecido de seus criados antes que ele o declarasse a Florinda, temendo que, por ser jovem e pouco experiente, o príncipe resolvesse se casar contra a vontade do Rei e do Reino, avisaram ao Rei o que se passava, fazendo que o Rei mandasse tirar Florinda dos paços e encerrá-la numa torre. Vendo Aquilante que os criados haviam conhecido nele algumas mostras de seu amor, as quais causaram o afastamento da causa dele, isto é, Florinda, ficou muito pesaroso e sentido, porque estava certo de que o Rei lhe desviaria seu intento de se casar com ela.

226. Converter; subjugar, sujeitar.

227. Baixios, bancos de areia sobre os quais tem pouca altura a água do mar.

228. Note-se os equívocos nesta passagem: a significação de *espécies* (semelhança externa, aparência); a concordância do particípio com o objeto (a ter vista = tê-la visto); e o duplo sentido do substantivo *vista* (o aspecto e aparência de Florinda, mas também o seu olhar).

229. *Quem* = *que*.

230. Convencem, persuadem.

231. Entenda-se: peregrina (estrangeira, vagamunda) no trajo, que na fermosura sempre fora peregrina (excelente, de rara beleza ou perfeição).

232. Estava defronte de.

233. Bom caráter.

234. Pequeno capuz, capelo.

235. Turbante, toucado antigo.

236. Espécie de capote curto com capuz, primeiramente em uso entre os mouros.

237. Dizia-se do cavalo ruivo que tem manchas redondas brancas.

238. Brincadeiras, divertimentos.

239. Enfeite de fímbria ou das outras extremidades de um vestuário; orla enfeitada.

240. Malhas ou manchas na pele dos animais.

241. "[...] chamam-se 'ondas' várias coisas que, por estarem dobradas e pregadas, quando se soltam fazem aquelas ondinhas, como as da água, e assim se diz: 'cabelo em onda', 'guarnecer um vestido em ondas'" (*Dicionario de autoridades*, Real Academia Española, 1726-1739).

242. Ruivos, malhados de branco.

243. Tecido ligeiro e transparente, próprio para véus.

244. À locução adverbial *à destra* (à mão direita, do lado direito) equivale o antigo advérbio *adestra* (ao lado, de reforço), os quais correspondem ainda ao adjetivo *adestro (a)*, que qualifica algo que vai ao lado, ou que acompanha algo, para reforço ou por luxo.

245. *Sortija*, em castelhano, significa "argola", "aro"; em português, "sortilha"; aqui, trata-se de um jogo a cavalo, o jogo das argolinhas, que se executa pondo um aro de ferro pendurado em uma corda ou vara, o qual os cavaleiros que *correm sortijas* devem, na corrida, apanhar com a lança.

246. Mesmas, idênticas.

247. Sem lavores.

248. Que tem malhas nas patas.

249. Passo de equitação que consiste em fazer o cavalo pôr-se à frente do mesmo lugar, andando de lado.

250. Mourão, ou moirão, no jogo das canas, é o quadrilheiro que vai à esquerda; também qualquer vara ou pedra, fincada ao solo.

251. Peça aguçada de ferro ou madeira, para se cravar no chão, em parede etc.; qualquer peça pontiaguda.

252. Trombeta bastarda, ou simplesmente, bastarda, é aquela cujo som é um misto entre o som forte e grave da trombeta legítima e o som delicado e agudo do clarim, diz Bluteau.

253. Equipados; adornados.

254. Intrincadas, enigmáticas.

255. "Pôr" com sentido de "vestir", "usar como adorno" (armas = flor-de-lis).

256. Igualara; alcançara.

257. *Riste*, peça de ferro em que o cavaleiro encaixa o conto da lança, quando a leva horizontalmente para investir.

258. Deter, fazer parar.

Cronologia

1. Os dados referentes a Gaspar Pires de Rebelo são reduzidos, sendo provenientes das folhas de rosto de suas obras e de alguns documentos de arquivos. A recente tese de doutoramento de Artur Henrique Ribeiro Gonçalves acrescenta pouco às informações disponíveis, apesar das pesquisas que efetuou em fundos paroquiais. Os testemunhos até hoje descobertos permitem traçar somente

o percurso das atividades religiosas do autor, uma vez que, apesar de identificado como licenciado e teólogo, não se encontram registros de estudos seus nas universidades portuguesas de Coimbra e Évora.

POSFÁCIO

1. A pesquisa da qual resultou esta publicação contou com o apoio do CNPq.

2. Prefiro essa denominação àquelas habituais de novela grega, ou novela bizantina, ou novela de amor e de aventura, ou ainda novela de peregrinação etc. pelos motivos que discuto em *A epopéia em prosa seiscentista: uma definição de gênero* (São Paulo: Unesp/Fapesp, 1997). Recentemente, tive notícia da tese de doutoramento de Artur Henrique Ribeiro Gonçalves (Universidade Nova de Lisboa, set. de 2000), intitulada *Infortúnios trágicos da Constante Florinda de Gaspar Pires de Rebelo. Uma novela de amor e aventuras peregrinas*, em que o autor mantém a classificação tradicional — expandindo-a, no fim, para "novela de amor e aventuras peregrinas grego-bizantinas modernas". A multiplicidade dessas tantas designações, a meu ver, reflete incompreensão na abordagem do gênero, bem como acerca da sistemática dos gêneros no século XVII.

3. A primeira edição completa do texto grego d'*As etiópicas* é de 1534, à qual se seguem traduções em francês (1547), latim (1552), alemão e espanhol (1554), italiano (1559) e inglês (1569).

4. In: *Eva, e Ave, Maria Triunfante*: Theatro da Erudiçam, e Filosofia Christã. Em que se representão os dous estados do Mundo: Cahido em Eva, e levantado em Ave. Primeyra, e segunda parte.... accrescentado nesta quinta impressão com o Dominio sobre a Fortuna. Lisboa Occidental, off. de Antonio Pedrozo Galram, 1734 (1.ª ed., 1682).

5. *De Providentia*, V, 4.

6. Cito a partir do ensaio de António Vilanova, "El peregrino andante en el *Persiles* de Cervantes", in: *Erasmo y Cervantes* (Barcelona: Lumen, [1949] 1989), pp. 326-409), p. 346. Este trabalho inaugural acerca do tema da peregrinação na ficção dos anos de Quinhentos e Seiscentos oferece vários exemplos em que Fortuna aparece como interveniente dos acontecimentos, de modo mais ou de modo menos alegórico.

7. Como a comparação do homem virtuoso com um atleta, a representação de Deus como amigo, mestre e pai dos homens, a falta de temor da morte, a crença na Providência etc. Apologetas e Padres da Igreja como Tertuliano, Lactâncio, Jerônimo são dos que incluem Sêneca entre os autores cuja doutrina devia ser conhecida dos cristãos. Para o assunto ver Karl Alfred Blüher, *Séneca en España* (Madri: Gredos, 1983), pp. 24-9.

8. Ed. de J.B. Avalle-Arce. Madri: Castalia, 1973, p. 245.

9. Ed. de J.B. Avalle-Arce. Madri: Castalia, 1969, p. 474.

10. Cf. também cap. 21: "porque como ele andasse enganando a fortuna em aquela vida [de pastor] a ver se ali o deixava de perseguir" etc.

11. Cf. O prólogo Al Lector de *El héroe*, de Baltasar Gracián: "Formaronle prudente Seneca, sagaz Esopo, belicoso Homero, Aristoteles Filosofo, Tacito Politico, y cortesano el Conde. Yo copiando algunos primores de tan grandes Maestros, intento bosquejarle Heroe, y vniversalmente prodigio. [...] Aqui tendràs vna, no politica, nin aun economica, sino vna razon de estado de ti mismo, vna bruxula de marear à la excelencia". In: *Obras de Lorenzo Gracián, diuididas en dos tomos*... Amberes, en Casa de Geronymo y Iuanbaut., tomo I, p. 534.

12. Cf. Raphael Bluteau, *Vocabulario portuguez, & latino* (Lisboa: Pascoal da Sylva, 1716-28), verb. "occasiaõ": "apparecia a occasiaõ nua, com azas nos pès, em demonstração da sua ligeireza, com hum pé no ar, & outro sobre huma roda, symbolo da sua velocissima volubilidade; com hum veo em huma maõ, & na outra huma navalha, que de uma parte era muyto afinada, & da outra sem córte, em prova de que só cortava, & obrava para os que sabiaõ usar della; & finalmente com largo cabello na parte dianteyra da cabeça, com o qual cobrindose parte do rosto, mostrava, que a quem a conhecesse, deixava por onde lhe pegassem, & pela parte posterior com as costas viradas, que a naõ poderiaõ mais tomar".

13. Cf. M. P. de Almeida, *Poesia e pintura, ou pintura e poesia*, in: A. Muhana, *Poesia e pintura ou pintura e poesia. Tratado seiscentista de Manuel Pires de Almeida* (São Paulo: Edusp/Fapesp, 2002), p. 87: "Saiu-se Hércules ao campo e fugiu do rebuliço da cidade e pôs-se a contemplar dois caminhos na vida: o da virtude, trabalhoso e estreito, e em que o homem se nega a si mesmo deleites e passatempos; e o do vício, que é suave, largo e descansado para o corpo, e determinou eleger o caminho que guiava à virtude e à imortalidade da fama; e assim coberto com a pele do leão Nemeu, que matou com suas mãos, peregrinou pelo mundo e alimpou-o de monstros e de maus homens, inimigos da paz. Ensinou as virtudes e obras de cavaleiro; e assim de suas poesias e de suas pinturas se tira mais proveito que ver combates de feras".

14. *Meditações*, XI, 3. Não é contraditório que idêntica crítica de desprezo à vida pelos pagãos seja lançada por autores cristãos contra os estóicos. Veja-se por exemplo Francisco de Quevedo, em seu *Doctrina estoica* (in *Obras*, p. 451), que acha por bem defender os estóicos desta pecha: "He llegado al escandalo desta Secta. En la Paradoxa de los Estoïcos se lee con este Titulo: *Puede el Sabio darse la muerte, esle decente y deve hazerlo*" etc.

15. *Les Deux livres de la Constance de Just Lipsius*, esquels, en forme de devis familier, est discouru des afflictions et principalement des publiques, et comme il se faut résoudre à les supporter. (Tours: Mettayer, 1592).

16. *Libro de la constancia de Justo Lipsio*, Traducido de Latin en Castellano, por Juan Baptista de Mesa (Sevilha: Matias Clauijo [Tip.], 1616).

17. Em seu *Ragguagli di Parnaso* (1612), Trajano Boccalini acusa Sêneca, enquanto tutor e privado de Nero, de hipocrisia moral, o que leva diversos autores em Espanha a ir em defesa do cordovês, já então exemplo de político, além de escritor moralista.

18. Publicada nas *Obras morales de Don Francisco Manuel a la Serenissima Reyna Catalina, Reyna de la Gran Bretaña*. Tomo Primero (Roma: Falco, 1664. 2 v., v.I, p. 1-485).

19. "A 'guerra interior' em Francisco Manuel de Melo", in: *Xadrez de palavras. Estudos de literatura barroca* (Lisboa: Cosmos, 1996), p. 66.

20. Em 1645 o livro já contava com seis edições; recentemente (1987), foi publicado pela Librairie Fayard.

21. Cf. K. Blüher, op.cit., p. 585, onde aponta o Augustinismo e o Jansenismo como pensamentos que na França destronaram o neo-estoicismo já na primeira metade do século XVII; e Pascal, Malebranche, Racine, La Rochefoucauld e La Bruyère como autores cujas críticas a Sêneca vão no sentido de excluir seu legado, absorvido pelo catolicismo contra-reformado.

22. Para uma abordagem inicial acerca do neo-estoicismo em Francisco Manuel de Melo cf. o ensaio de Maria Lucília Gonçalves Pires já citado, a "Introdução" de Segismundo Spina à obra poética de Francisco Manuel de Melo, *A tuba de Calíope* (São Paulo: Brasiliense; Edusp, 1988), o artigo de José Adriano de Carvalho, "A poesia sacra de D. Francisco Manuel de Melo", in: *Arquivos do Centro Cultural Português* (Paris: Fundação Calouste Gulbenkian, 1974), e o de Giacinto Manupella, "Acerca do cosmopolitismo intelectual de D. Francisco Manuel de Melo" (*Brasília*, v. XI, Coimbra, 1961), no qual, sem notícia de que o *Vitoria del hombre* fosse uma tradução, defende ser D. Francisco Manuel anti-estóico.

23. Trata-se do opúsculo *De remediis fortuitorum*, do qual se encontram códices em que é atribuído a Sêneca desde o século VII. Petrarca tinha-o por um dos seus livros prediletos e, com base nele, escreveu seu *De remediis utriusque fortune*. *De remediis fortuitorum* foi traduzido ao castelhano algumas vezes durante a Idade Média e sua atribuição a Sêneca foi contestada apenas no século XVI, por Justo Lípsio. A edição consultada foi *De los remedios de qualquier fortuna. Desdichas que consuela Lucio Aneo Seneca*, in: *Obras de don Francisco de Quevedo Villegas...: divididas en tres tomos*. En Amberes, por Henrico y Cornelio Verdussen, 1699, p. 131-49.

24. Francisco Manuel de Melo, *Vitoria del hombre*, op. cit., p. 9.

25. Sêneca, *De ira*, II, 3, 1.

26. É deliciosa a passagem do reconhecimento de Arnaldo por Florinda, quando, sem se fiar na imagem da memória, ela tira o retrato que guardava no seio, a fim de confirmar se aquele cavaleiro que via era o mesmo: "e sobressaltando-se-lhe o coração com sua vista, lançando a mão ao seio, tirou o retrato que sempre consigo trazia, e cotejando a imagem dele com o original do cavaleiro, conheceu que era seu amado e querido Arnaldo". *Infortúnios trágicos*, cap. último.

27. G. Lebrun, "O conceito de paixão", in: *Os sentidos da paixão* (São Paulo: Cia. das Letras/Funarte, 1987), p. 18.

28. Cf. F. M. de Melo, *Vitoria del hombre*, op. cit., p. 18-19.

29. *De los remedios de qualquier fortuna*, op. cit., "De la muerte", p. 131.

30. *De constantia libri duo*, L. 2, cap. 2.

31. No prólogo a suas *Obras Morales*, Francisco Manuel de Melo acusa expressamente de preguiçosos os que preferem a vida retirada aos negócios: "los más ennamorados del semblantes del Deleyte, no pretenden de la Vida otra felicidad que el Ocio. Por este fin vestiendo de hermosos nombres su pereça la llaman: Sosiego, Reposo, Quietud, Paz y Descanso".

32. Francisco de Sá de Miranda. *Obras completas*. Texto fixado por M. Rodrigues Lapa (Lisboa: Sá da Costa, v. I, p. 15).

33. Embora o episódio do dilúvio no *Épico de Gilgamesh* seja incorporado no *Gênesis*, a peregrinação de Gilgamesh não consta de nenhum dos livros da Bíblia, e só no século XIX essa obra veio à luz — pelo que era inteiramente desconhecida dos escritores do Quinhentos e do Seiscentos.

34. Para mais informações sobre essas obras, veja-se *A epopéia em prosa seiscentista*, op. cit., e Javier González Rovira, *La novela bizantina de la Edad de Oro* (Madri: Gredos, 1996).

35. González Rovira julga necessário subdividir a peregrinação que aparece nas que chama novelas bizantinas, exemplificando: peregrinação religiosa a lugares sacros (*Persiles*, *Peregrino en su Patria*), peregrinação de amantes como fuga ou busca mútua, peregrinação do amante desdenhado ou que acredita na morte do amado em busca de consolo e esquecimento (*Selva de aventuras*, *Los amantes peregrinos*), peregrinação para experiência, cumprimento de uma missão ou busca de aventuras (a mesma *Selva*, *Historia de Hipólito y Aminta*), a falsa peregrinação, e por último "a interpretação de qualquer desses motivos ou a estrutura mesma da obra a partir de uma perspectiva simbólica como *peregrinatio vitae* regida pela Providência e pelo livre arbítrio", p. 133-4. Embora importante como classificação do tópico, da perspectiva da epopéia em prosa tal subdivisão não acrescenta aos aspectos essenciais do gênero.

36. Segundo Curtius, são estes os seis tópicos reunidos pelo reitor Libânio para a formulação da paisagem ideal. Cf. *Literatura européia e Idade Média latina* (São Paulo: Edusp, 1996), p. 255.

37. Cf. *Poesia e pintura ou pintura e poesia*, op. cit., pp. 136-8.

38. Gaspar Pires de Rebelo, "A custosa experiencia", in *Novelas exemplares*. Compostas pello autor das duas partes da Constante Florinda... (Lisboa: Domingos Carneiro, 1684 [1ª. ed., 1649-50]), p. 261.

39. Vinculada ou não a uma autoridade, composta por um ou mais membros de frases, metafórica ou literal, o que define a sentença é sua concisão formal e

aspecto ético: "Sentença é uma oração extraída da prática da vida que indica com brevidade o que é ou o que deveria ser". *Retórica a Herênio*, IV, 17, 24.

40. Cf. *Constante Florinda parte II*, cap. 16: "Próprio é dos homens desejosos de ver muitas cousas [...] não ter descanso, ainda descansando. Tal fui eu, porque dizendo-me o Letrado que era tempo de tomar descanso do trabalho de meu caminho, não pude descansar até que me não ficou cousa alguma por ver".

41. Cf. Quintiliano, *Inst. orat.*, VIII, 5.

42. Cf. Aristóteles, *Retórica*, II, 21 e III, 9; Quintiliano, *Inst. orat.*, VIII, 5.

43. Cf. Quintiliano, *Inst. orat.*, X, 1, 125-30.

44. Cf. em particular as epístolas 89, 94 e 108, esta já citada.

45. Esta passagem em que consta o elogio do estilo de Sêneca feito por Justo Lípsio em seu *Manuductio ad stoicam philosophiam* foi traduzida a partir da citação *apud* Blüher, op. cit., p. 410.

46. Os *Proverbia Senecae*, que com este nome figuram na edição príncipe de Sêneca (1475), consistem na verdade em versos sentenciosos do mimógrafo latino Publílio Siro (séc. I d.C.), os quais são amplamente referidos por Sêneca em suas obras. O *Florilegium* de Estobeu (séc. V d.C.) reúne desde versos a poemas inteiros, apotegmas e tratados cujos assuntos percorrem filosofia, física, retórica, poética, ética etc.; foi editado pela primeira vez em 1535. Os *Disticha Catonis* reúnem dísticos de épocas e origens muito diversas; sua *editio princeps* é de 1475. Para um estudo minucioso dessas coletâneas de sentenças ver Claudie Balavoine, "Bouquets de fleurs et colliers de perles: sur les recueils de formes brèves au XVIe siècle", in: *Les formes brèves de la prose et le discours discontinu. XVIe-XVIIe siècles* (Paris: Vrin, 1984).

47. F. M. de Melo, *Tácito português* (Lisboa: Sá da Costa, 1995), p. 2.

48. Jordi Pardo Pastor, "Introducción a la 'poesía de ruinas' en el barroco español". *Hispanista*. Primeira revista eletrônica dos hispanistas do Brasil, p. 14.

Este livro, composto na fonte Fairfield
e paginado por Alves e Miranda Editorial,
foi impresso em Polén Soft 70g na Prol Editora Gráfica.
São Paulo, Brasil, no outono de 2006.